AGATHAS

Agathas

KATHLEEN GLASGOW
& LIZ LAWSON

Tradução
Lavínia Favero

PLATAFORMA 21

TÍTULO ORIGINAL *The Agathas*

Plataforma21 é o selo jovem da VR Editora

DIREÇÃO EDITORIAL Marco Garcia
EDIÇÃO Thaíse Costa Macêdo
ASSISTÊNCIA EDITORIAL Andréia Fernandes
PREPARAÇÃO Marina Constantino
REVISÃO João Rodrigues
DIAGRAMAÇÃO Gabrielly Alice da Silva e Pamella Destefi
ARTE DE CAPA © 2022 Spiros Halaris
DESIGN DE CAPA Alison Impey
ADAPTAÇÃO DE CAPA Gabrielly Alice da Silva
MAPA © 2022 Mike Hall

Dados Internacionais de Catalogação na Publicação (CIP)
(Câmara Brasileira do Livro, SP, Brasil)

Glasgow, Kathleen
Agathas / Kathleen Glasgow, Liz Lawson; tradução Lavínia Fávero. - Cotia, SP: Plataforma21, 2023. - (Agathas)

Título original: The Agathas.
ISBN 978-65-88343-63-0

1. Ficção norte-americana 2. Mistério I. Lawson, Liz. II. Título. III. Série.

23-167594 CDD-813

Índices para catálogo sistemático:
1. Ficção: Literatura norte-americana 813
Eliane de Freitas Leite - Bibliotecária - CRB-8/8415

VR EDITORA S.A.
Via das Magnólias, 327 – Sala 01 | Jardim Colibri
CEP 06713-270 | Cotia | SP
Tel.| Fax: (+55 11) 4702-9148
plataforma21.com.br | plataforma21@vreditoras.com.br

Para todas as melhores amigas/detetives
adolescentes que existem por aí!

Agatha Christie

Também conhecida como Dama Agatha Mary Clarissa Christie, Lady Mallowan, título concedido pela Ordem do Império Britânico (sobrenome de solteira: Miller; 15/07/1890-12/01/1976).

Escritora inglesa famosa por seus 66 romances de mistério e 14 antologias de contos.

Também conhecida como a autora mais bem-sucedida de todos os tempos.

Além de tudo isso, uma mulher fodástica.

Casa do Gerber
Casa da Kennedy
Casa da Brooke
Rodovia 1
FLORESTA
Casa da Alice
Casa da Park
Castelo Levy
ENSEADA
DO CASTELO

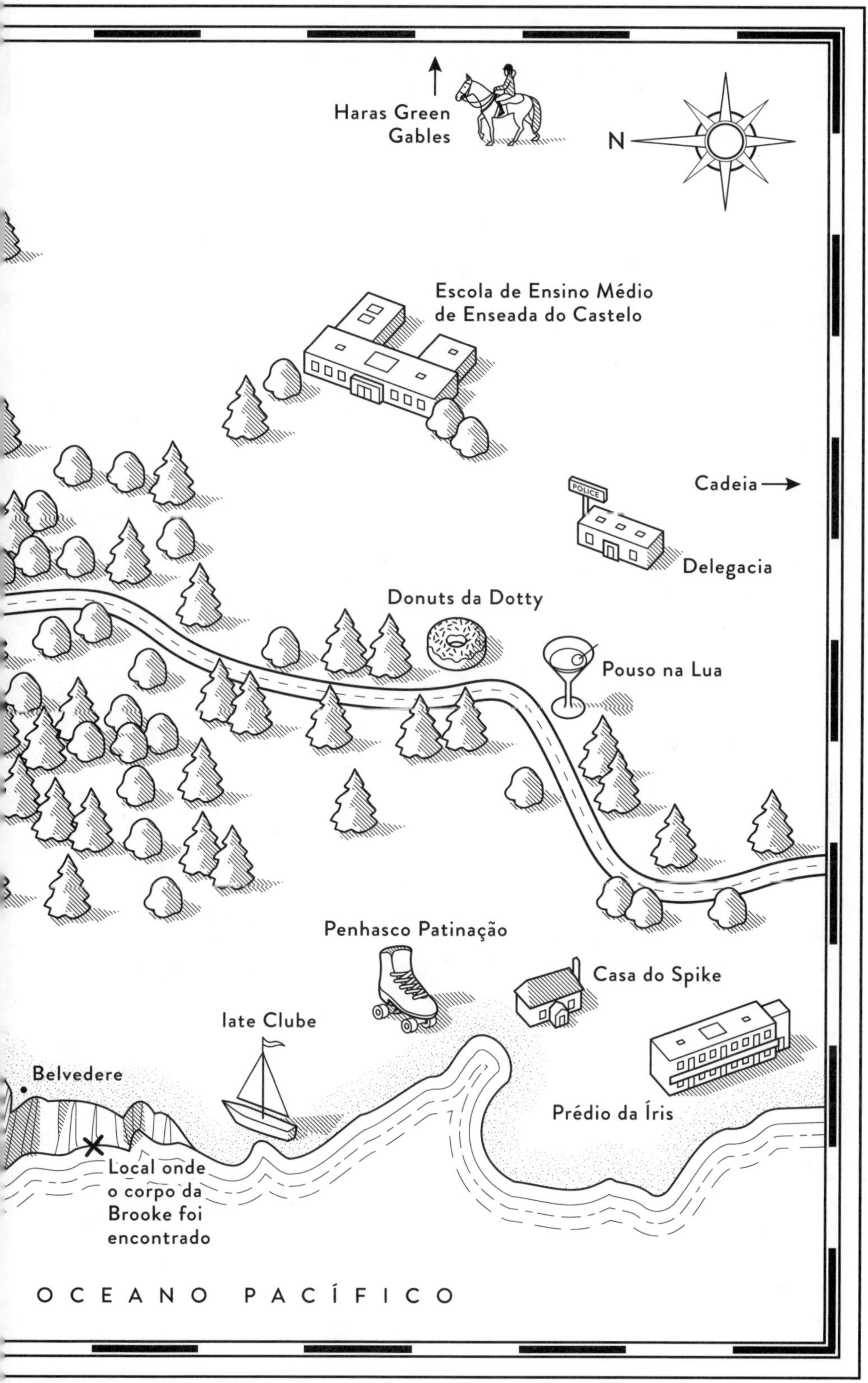
Haras Green Gables
N
Escola de Ensino Médio de Enseada do Castelo
POLICE
Cadeia
Delegacia
Donuts da Dotty
Pouso na Lua
Penhasco Patinação
Casa do Spike
Iate Clube
Belvedere
Prédio da Íris
Local onde o corpo da Brooke foi encontrado
OCEANO PACÍFICO

CAPÍTULO UM

ALICE OGILVIE

31 DE OUTUBRO

07:50

"Essas loiras, senhor, são responsáveis
por muita confusão."
AGATHA CHRISTIE,
Os trabalhos de Hércules

"ALICE OGILVIE É MALUCA."

As palavras escritas no meu escaninho são enormes, feitas com marcador permanente preto, e não tem como não reparar. Sou capaz de ver do fim do corredor conforme vou me aproximando, as palavras pinicando meus olhos feito alfinete. É meu primeiro dia de aula depois de cumprir prisão domiciliar, e essa é a recepção que recebo. Não posso dizer que fiquei surpresa.

Rebecca Kennedy dá uma risadinha do outro lado do corredor, onde está parada, só observando, com Helen Park e Brooke Donovan. Minhas ex-amigas. Minhas ex-*melhores* amigas.

Será que foi uma delas que escreveu? Não a Brooke: ela jamais faria uma coisa dessas. Mas eu não descartaria a hipótese de ter sido a Kennedy. Isso é *bem* o tipo de coisa que ela faria. Começo a sentir uma dorzinha no peito, mas penso comigo mesma: o que Agatha Christie faria neste exato momento? Permitiria que essas três garotas a atingissem? Fugiria correndo do colégio? Foi isso que Agatha fez quando o primeiro marido a traiu? De jeito nenhum. Agatha Christie ergueu a cabeça e se tornou uma autora de sucesso em diversos países.

Dou meia-volta e olho bem feio para as três. O sorrisinho irônico da Kennedy murcha.

– *Perderam* alguma coisa? – digo, com o tom mais entediado de que sou capaz. A última coisa que quero é que essas três saibam que me importo com isso.

A Park, claro, se retrai e se encosta nos escaninhos, fingindo que não tem nada a ver com aquilo; ela abaixa a cabeça e deixa o cabelo preto, lustroso e escorrido formar uma cortina, tapando o rosto. A Park manda muito mal no quesito confronto. A Kennedy revira os olhos. E a Brooke... bom, os lábios pintados de vermelho dela tremem, como se *eu* é que tivesse feito algo de errado.

– Alice – diz a Brooke, baixinho, como se estivesse prestes a tratar do assunto. De um assunto que eu preferiria *jamais* tratar, muito obrigada.

Eu me forço a olhá-la nos olhos e é só aí que reparo na roupa que ela está usando. Dou uma olhada nas outras pessoas que estão no corredor e confirmo que, ahã – *todo mundo* está usando. Menos eu.

Fantasias. Porque hoje é Halloween. Que ótimo. Minha reinserção na vida social da Escola de Ensino Médio de Enseada do Castelo já está desmoronando e ardendo em chamas.

A Brooke, a Kennedy e a Park estão fantasiadas de líderes de torcida banhadas em sangue. Que *original*. As três estão todas paramentadas: saia curta de pregas branca e azul, cabelo perfeitamente cacheado, sangue por toda a roupa, mas não no rosto. Não iam querer se jogar de verdade na fantasia *a ponto* de estragar a maquiagem.

Eu, por outro lado, estou parecendo uma tonta. Sou a única pessoa deste corredor – quiçá, de todo o colégio – que não está arrasando de fantasia.

Até parece que eu precisava de mais alguma coisa para me lembrar de que já não me encaixo aqui, mas o universo, pelo jeito, resolveu deixar esse fato *explícito*. Elimino a emoção do rosto, jogo o cabelo para trás e abro a porta do escaninho. Sei que todo mundo está olhando. Esperando para ver o que vou fazer. Se vou reagir.

Só que não vou.

Porque *eu não ligo*.

Estou lutando para permanecer acordada na aula de Matemática do terceiro período quando a porta da sala se escancara. Um moleque do primeiro ano espia e fica com a cara toda vermelha, porque todo mundo vira a cabeça para ele ao mesmo tempo.

– Hum – diz o moleque, com a voz trêmula. – Hum, desculpa. Tenho que entregar um bilhete? – Ele vai logo se aproximando da srta. Hollister e mostra o bilhete para a professora, mas, antes que ela consiga pegar o papel, o bilhete escapa dos dedos do menino e vai flutuando até o chão. O garoto fica ainda mais vermelho e tenta pegar o bilhete antes que encoste no chão de linóleo. – Desculpa, desculpa. Toma – murmura. Ele enfia o papel na mão da srta. Hollister e sai correndo da sala. Que espetáculo. Pelo menos impediu a Hollister de ficar tagarelando sobre Pré-Cálculo sem parar.

Ela abre o bilhete, lê e, em seguida, pousa o olhar direto em mim.

– Alice – fala, com sua voz anasalada, mexendo no colar que está usando, que me parece estranhamente caro. Minhas costas ficam rígidas. Estou de volta às aulas há só três horas e já arrumei confusão? Meu Deus, mal tive tempo de fazer xixi. – Estão te chamando na sala da srta. Westmacott.

Meu estômago fica embrulhado. Não arrumei confusão. É muito, muito pior do que isso.

Estou sendo convocada a comparecer na sala da orientadora.

—

Bato de leve na porta, torcendo, contra todas as expectativas, para que, quem sabe, a srta. Westmacott não esteja lá. Mas quase imediatamente ouço um "Pois não?" empolgado demais.

Até então, jamais tive o desprazer de entrar na sala da Westmacott, mas já ouvi os boatos. Quando abro a porta, percebo que todos são verdadeiros. A mulher tem mesmo o próprio nome escrito em letras garrafais, douradas e cintilantes, na parede atrás da mesa. Tem mesmo um mural na parede batizado de "Mural dos sentimentos". E aquele cantinho sobre o qual todo mundo fala? Aquele com pufes, para ela poder fazer "um bate-bola" com os alunos?

Também é de verdade.

Não é para menos que a Brooke não queria que o pai se casasse com essa mulher.

– Oi! – grita. – Entre! – A orientadora faz sinal para eu entrar, e obedeço, até porque não tenho escolha. – Que tal sentarmos ali? – Ela aponta para os pufes.

Hã, não.

– Meus... joelhos estão doendo – minto. Não vou sentar em um pufe de jeito nenhum. – Pode ser na cadeira. – E me sento antes que dê tempo de ela protestar.

Depois de um instante de hesitação, a Westmacott volta para a cadeira dela, cruza as mãos em cima da mesa e inclina o tronco para a frente.

– Estamos felizes por você ter voltado, Alice. – A orientadora está usando uma túnica com um monte de formas esquisitas coladas na gola, e o cabelo castanho está preso para trás com uma faixa de cabelo. Não uma faixa descolada, perceba, mas uma daquelas largas, que eu já tinha visto em fotos de gente dos anos 1990. – Sabemos que as coisas andaram meio... difíceis nos últimos meses. – Ela faz uma cara solidária, o que me revolta o estômago. Já sei o que está por vir. – Todos pensamos que seria melhor eu e você termos um tempinho para conversar. – Ela ergue a sobrancelha como se estivesse fazendo uma pergunta, mas sei que não é uma pergunta. Sei que não tenho escolha. – Podemos só bater um papo, conversar sobre como as coisas estão indo. Como o pessoal da escola tem te tratado. Esse tipo de coisa! – Ela dá um sorriso.

– Ahã. – É a melhor resposta que consigo dar.

A Westmacott ignora minha falta de entusiasmo e continua falando:

– Vamos começar conversando sobre Brooke e Steve. Os dois estão namorando. Como você está lidando com isso? Óbvio que não deve ser fácil...

Jesus, essa mulher vai mesmo tocar nesse assunto? Ela é a primeira pessoa que comenta abertamente comigo sobre os dois desde que tudo aconteceu. Como a Brooke era minha melhor amiga desde que nasci, eu sempre soube que ela não era o anjo perfeito pelo qual se passava (duas palavras: Cole Fielding). Antes, eu gostava disso: a gente precisa dar uma apimentada nas coisas de vez em quando, para a vida continuar interessante. Mas eu jamais esperava que a Brooke roubasse meu *namorado* bem debaixo do meu *nariz*.

Eu e o Steve começamos a namorar quando eu estava no segundo ano do ensino médio e ele, no terceiro, quando se tornou a estrela em ascensão do time de basquete oficial do colégio. Antes disso, o Steve sempre ficava nos bastidores, passava muito tempo treinando em acampamentos esportivos – para bancar esses acampamentos, a mãe dele tinha dois empregos –, mas acho que valeu a pena, porque um dia ouvi umas meninas comentando sobre o Steve no banheiro, sobre como era tão improvável o fato de um garoto do qual ninguém nunca tinha ouvido falar agora levar o time nas costas, e eu sabia que teria que ficar com ele. Começamos a namorar poucas semanas depois. Foi graças a mim que o Steve se tornou popular. Ganhou uma vida social. Eu dei acesso ao meu *mundo* para o cara. E o que ele me deu em troca? Ele me *deu um fora*.

Então, lá por junho, depois que ele me falou que queria terminar porque eu era muito mandona (grosso), fui para o Egito com a minha mãe, visitar o set de filmagem de um filme em que ela estava trabalhando. Meu pai estava viajando a trabalho, como costuma estar 99 por cento do tempo, e a primeira neta da Brenda ia nascer e ela foi para San Diego por causa disso. Então, das duas, uma: ou eu ia com a minha mãe ou ficava amargurada dentro de casa, sozinha. Achei que seria uma boa distração, talvez até fizesse Steve ficar com saudade, e, enquanto eu estivesse fora, poderia pensar em um jeito de me acertar com ele. E também, sendo bem sincera, o que não costumo ser em relação a *sentimentos*, pensei que, de repente, eu e minha mãe pudéssemos, sabe, nos divertir juntas.

Bom, não foi nenhuma grande surpresa que acabou sendo mais uma viagem em que a minha mãe trabalhou 24 horas por dia, e eu fiquei socada dentro do quarto de hotel, sozinha. Ainda bem que existe serviço de quarto e que encontrei uns livros da Agatha Christie no saguão.

Digamos apenas que eu e minha mãe não nos entrosamos, mas que a Brooke e o Steve com certeza fizeram isso.

Tremo só de lembrar que a Brooke apareceu na minha casa para me informar, aos prantos, que nunca teve a intenção de que isso acontecesse – nunca teve a intenção de *se apaixonar pelo Steve*. Quando eu e o Steve namorávamos, ele e a Brooke sempre se deram bem – e eu fui burra de achar que isso era uma coisa *boa*, quando obviamente não era.

– Podemos não falar disso? – Minha voz treme, espremo os lábios. "*Controle-se*, Ogilvie."

O olhar da Westmacott se suaviza.

– Claro. Por que não começamos com o que você estudou em casa? Conte como passou esses últimos meses, estudando em casa enquanto estava em... hum...

– Prisão domiciliar? – completo a frase para ela.

– Hã, sim.

– Foi tudo bem. – Cruzo os braços em cima do peito, bem apertado.

– Imagino que você possa ter sentido uma certa solidão.

– Foi *tudo bem* – repito. Meu Deus, por que ela está tão decidida a insistir nesse assunto? – Meus pais me deram uma égua de presente – acrescento, por nenhum motivo que não seja manter a Westmacott calada por mais alguns segundos. – De aniversário, há alguns meses. Pouco antes de... – Deixo a frase no ar.

O olhar da Westmacott se ilumina.

– Uma égua! Que fantástico! De que raça?

Na verdade, *não é* fantástico. Está mais para a coisa que meus pais sempre fazem: compram algo para mim – algo que eu não suporto – porque é caro. Dou de ombros.

– Hã, marrom?

– E essa água fica no Haras Green Gables?

Faço que sim. Um nome absolutamente bobo para um lugar cheio de seres absolutamente monstruosos. Mas, pelo jeito, os meus pais não sabem disso. Odeio cavalos desde o verão depois do quarto ano, quando a minha mãe resolveu que ter uma filha que monta seria bom para sua imagem e me mandou para o acampamento de equitação. Concordei, porque, pelo menos, a minha mãe se lembrou de que eu existia por um momento. Não foi tão terrível assim... Até que foi.

No último dia do acampamento, estávamos exibindo nossas montarias quando Marinda Kelly caiu do cavalo dela e foi parar no chão: quebrou o quadril e as duas pernas. Isso, sim, é que é trauma. Tiveram que chamar a ambulância. Depois dessa confusão, jurei que jamais voltaria a estar a menos de dez metros de um cavalo. Jura essa de que os meus pais, obviamente, nem se lembraram.

– Eu adoro esse lugar! Meu querido Oliver fica lá! – A Westmacott diz isso como se estivéssemos prestes a estabelecer um laço de amizade por causa do amor que compartilhamos por cavalos.

É claro que ela é uma mulher que gosta de cavalos. Claro que é.

– Legal. – Quem é que dá o nome de Oliver para um cavalo? Mas guardo meus pensamentos para mim mesma. A última coisa de que preciso é levar uma suspensão no primeiro dia em que estou de volta. Estampo um sorriso na cara.

A orientadora fica falando sobre seus cavalos preferidos, os horários em que cavalga. Mas, pelo menos, parou de fazer perguntas a meu respeito.

O sino finalmente toca, indicando o final do período e a minha chance de fugir. Fico de pé, mas a Westmacott me detém.

– Espere, espere – diz, dando um tapa na própria testa. – Esqueci de te falar um dos motivos para eu ter te chamado aqui! Como você perdeu os primeiros meses de aula, designamos uma professora particular para você. – A orientadora fica em silêncio por alguns instantes. – Bem, seus *pais* designaram. Eu sou a intermediadora.

Uma *professora particular*?

– Eu estou bem – protesto. – Não preciso...

– Alice. – A Westmacott ergue a sobrancelha por baixo dos óculos de armação grossa. – Seus resultados no período em que você ficou em casa foram... digamos apenas que os consideramos insatisfatórios. A única matéria que você conseguiu acompanhar é o Francês. Considere isso não como uma sugestão, mas como uma exigência. – O sorriso dela se desfaz, e seu tom de voz, até então exageradamente alegre, fica mais ríspido. Sinto um arrepio na espinha. – Tudo bem?

Pisco e faço que sim.

– Ótimo! – Ela bate palmas e sua voz volta a ter aquele tom agudo, de entusiasmo exagerado, como se não tivesse acabado de rosnar para mim. – Designamos Íris Adams para ser sua professora particular.

– Quem?

– Íris Adams. Você não sabe quem é?

Dou de ombros. Tem muita gente nesse colégio. Por acaso eu deveria saber o nome de todo mundo?

A Westmacott ergue as sobrancelhas.

– Vocês estudam juntas desde o Jardim de Infância. – Como se isso fosse avivar minha memória.

Faço que não.

Ela olha para o papel que está segurando.

– Bem, aqui estão todas as informações. Íris vai passar na sua casa hoje, depois da aula. Todos concordamos que seria melhor assim porque...

– Ótimo. – Eu a interrompo, arrancando o papel da mão dela. – Obrigada.

Percebo uma breve irritação no rosto da Westmacott, mas o sorriso logo volta para o lugar.

– OK. Perfeito. Ah, Alice?

– Sim?

– A vida nos dá limões, mas a gente pode fazer uma limonada!

Mando um joinha para ela.

Mal posso esperar.

CAPÍTULO DOIS

ÍRIS ADAMS

31 DE OUTUBRO

11:45

SÃO MUITAS AS VANTAGENS de ser invisível.

Não estou falando de ser invisível *de verdade*, tipo aquela coisa toda vaporosa dos filmes. Estou falando de ser o tipo de pessoa que os outros simplesmente não enxergam de fato, porque o tipo de pessoa que a gente é (o tipo de pessoa que *acham* que a gente é) não é do interesse deles. E, como os outros não nos enxergam, ficamos livres para ouvir conversas, observar comportamentos e detectar padrões. Todas essas coisas são essenciais para a sobrevivência, especialmente no ensino médio.

Por exemplo, hoje, na aula de Biologia, consegui impedir a Kennedy – nome: Rebecca, mas todo mundo da Turma dos Tops lá do colégio se chama, entre eles, pelo sobrenome, o que acho um hábito curioso e detestável que faz todo mundo soar como corretores de ações da bolsa, caras que entornam o caneco de uísque e passam vergonha – de apresentar um de seus rotineiros comportamentos à la *Meninas malvadas,* apenas deixando escapar algumas informações que coletei enquanto me trocava para a aula de Educação Física.

A Kennedy não ficou nem um pouco feliz em ser obrigada a fazer dupla comigo no laboratório, apesar de eu estar carregando essa garota nas costas, que vai tirar um dez nessa matéria. Todos os dias que a gente tem aula no laboratório, a Kennedy olha para mim, solta um suspiro, encolhe o pescoço como se eu tivesse cortado a carótida dela e fala:

– Camisa de flanela, *de novo*?

Se eu quisesse que minhas roupas fossem criticadas, eu me sentaria com as Fodonas da Costura na hora do almoço. Elas fazem as próprias roupas, o que é admirável, mas torna a conversa tediosa. E, por favor, a Kennedy deveria ser a última a criticar minha roupa, já que hoje veio vestida de alguma espécie de líder de torcida morta. Tudo bem, é Halloween. Mas mesmo assim...

Normalmente, eu deixo por isso mesmo. Sei muito bem como ignorar os outros, mas hoje não deu, porque passei o dia inteiro sendo confrontada com o doloroso retorno de Alice Ogilvie, e com o que isso vai significar para mim.

Desculpe, *Ogilvie*, como o clã dela a chama.

A Kennedy já estava começando a falar do meu cabelo no momento em que resolvi dar um corte, enquanto abria o abdômen do nosso sapo, o que a fez ficar bem pálida.

– Rebecca – falei. – Fiquei sabendo do Cole. Sinto muito. Deve ter sido um golpe e tanto.

Ela abanou o rosto.

– É *Kennedy*. E *do que* você está falando?

Moldei meu rosto em uma expressão perfeitamente solidária: lábios apertados de leve, queixo baixo, cabeça inclinada.

– Ah, *uau*, não, desculpe. Achei que você já *sabia*.

– Que p. – disse ela. – De que p. você está falando, Inês?

– Íris – corrigi, com firmeza. Abri a pele do sapo com todo o cuidado para que a Kennedy conseguisse dar uma boa olhada nas partes internas esponjosas e reluzentes dele. Do lado de dentro, as coisas são tão diferentes do lado de fora. A maioria das pessoas não se dá ao trabalho de descobrir isso.

– O Cole vai com a Madison... quer dizer, com a *Fletcher*, no baile da regata. Por acaso ele não ia com você?

É igual a lidar com crianças pequenas, na verdade. A gente tem que desviar a atenção delas, para evitar que façam o que a gente não quer que elas façam. Oferecer um chocolate, um joguinho de celular todo colorido e pronto: crise contornada. Eu sabia que, se comentasse isso, a Kennedy não ia ficar nem um pouco feliz: todas as Tops adoram o baile anual da regata, no Iate Clube. É uma oportunidade para comprar vestidos obscenos de tão caros e fingir que são uma espécie de realeza local, enquanto entornam garrafas de bebida que valem tanto que poderiam pagar um ano inteiro de mensalidade da faculdade.

Entreguei o bisturi para a Kennedy e me recostei na cadeira.

Foi mesmo uma grande alegria ver a Kennedy estraçalhar aquele pobre sapo. Ainda bem que ele já estava morto.

Na hora do almoço, sento no meu lugar de costume, no fundo da cantina, com o Spike e os demais Pés-Rapados. É nosso lugar designado. O layout social da cantina da Escola de Ensino Médio de Enseada do Castelo é estritamente respeitado. Pés-Rapados no fundo, nas últimas mesas. Punks à direita, perto da saída, para o caso de um dos Tops mais musculosos resolver mexer com eles – precisam ter como sair rápido daqui. À nossa esquerda, ficam as Fodonas da Costura, apinhadas em meio a um amontoado de roupas de cânhamo e coques bagunçados, presos com grampos vintage. A parte da frente da cantina é tomada pelos Gênios, com seus iPads e óculos sujos. A equipe de dança fica ao lado deles, quase no meio, reluzente e altiva. Os Tops do esporte, puro entusiasmo, boca-suja e sempre com suas camisetas personalizadas dos respectivos times, se espalham pelas mesas da esquerda, com duas bandejas de comida cada um. E, no meio, bem no meio, porque o resto de nós orbita em volta do brilho delas, ficam as Tops. Cintilantes, cheias de saúde e de dinheiro, exalando vida fácil. O meio é o melhor lugar para elas: assim, podem fazer o que quiserem que sempre terão uma plateia: nós, os espectadores, estamos sempre dispostos a assistir (ou não).

Os Pés-Rapados são os amigos que tenho em Enseada do Castelo, e a vida toda fomos obrigados a nos juntar, principalmente, por necessidade. Porque – e se prepare: somos *pobres*.

Minha mãe trabalha em um bar. Tudo seria diferente se ela fosse a dona do bar, e ainda mais se o bar fosse legal, mas não é o caso. Minha mãe é aquela pessoa no Pouso na Lua que serve as bebidas, seca as lágrimas dos fregueses e fica segurando as notas de dinheiro deles, úmidas e amassadas, perto do ventilador, para secá-las, porque precisamos da grana. Em Enseada do Castelo, das duas, uma: ou você é servido ou serve. O pai do Spike é um dos faxineiros lá do colégio. Quer que sua casa palaciana à beira-mar fique um brinco? É assim que os pais de cinco dos Pés-Rapados pagam o aluguel.

Ou seja: entre nós, na minha opinião, há quem mal consiga pagar as contas e há quem viva bem. Mas, em comparação com o resto do povo dessa cidadezinha e desse colégio, ambos litorâneos e tão aconchegantes, estamos na base da pirâmide.

O Spike e os outros Pés-Rapados estão muito envolvidos em uma discussão sobre quem vai ser o mestre na próxima vez que jogarem *Dungeons & Dragons*. Pego meu sanduíche. Cole Fielding está na ponta da mesa, tirando um cochilo, com aquele cabelo loiro todo bagunçado, a cabeça apoiada nos braços. Mesmo dormindo, continua chamando a atenção de tão bonito que é.

A Zora me pega olhando para ele e solta uma risadinha.

– Você gosta de caras que usam roupa de couro, Íris? – pergunta.

Cole Fielding não pertence a nenhum grupo. Com exceção de algumas das Tops, se é que isso vale como grupo. Elas ficam passando o garoto de mão em mão, como se fosse bala. O Cole é bem famoso por seus *talentos*.

– Haha – respondo. – Mas não, obrigada.

Não é que eu não *pense* a respeito. Principalmente quando estou no Penhasco Patinação e o Cole está me passando os patins por cima do balcão e fala "E aí, Íris?", com aquela voz preguiçosa dele, sorrindo. É o jeito com que fala "Íris". *Íií-rissss.* Como se fosse uma palavra gostosa de falar.

Sacudo a cabeça. Tenho uma política rígida de ficar na minha, porque aprendi que romance = tragédia. Não tem nada de errado com um pouco de fantasia. Mas, se o Cole fosse um cara escroto, seria bem mais fácil ignorá-lo.

Há um certo alvoroço, e cabeças se viram para a parte da frente da cantina.

Sabe aquelas cenas de filme em que todo mundo e tudo o mais fica, do nada, em um silêncio sepulcral?

É isso o que acontece. Até os Pés-Rapados olham.

A mais famosa das Tops deu o ar da graça.

Alice Ogilvie, a garota desaparecida de Enseada do Castelo, em pessoa.

Tipo assim, eu entendo. Pessoas não podem simplesmente... desaparecer. Quer dizer, *podem*, e muitas garotas *desaparecem*, mas normalmente acontece daqueles jeitos sinistros e horríveis, que costumam ser perpetrados por homens perturbados.

Não são muitas que simplesmente... *puf*.

E daí... voltam.

Não sei a história toda, só pedaços, partes dela que, na minha opinião, têm a ver com dor de cotovelo e ciúme, puro e simples. Mas sei, sim, que o município de Enseada do Castelo gastou um montão de tempo e dinheiro tentando encontrar Alice e que as amigas de sobrenome até fizeram uma vigília à luz de velas para ela, sendo que poderiam ter ficado no TikTok ou seja lá o que fazem para passar o tempo. E agora essas amigas estão *putas*.

Alice Ogilvie está congelada na parte da frente da cantina.

Normalmente, ela iria direto, desfilando, se sentar com a Henderson, a Kennedy, a Park e a Donovan, mas as quatro se fecharam, formando tipo um casco de tartaruga, nem mesmo estão olhando para ela.

Seria de se pensar que a Alice ficaria de cabeça erguida e se sentaria em qualquer lugar, mas não faz isso. Apenas fica parada ali.

Os lábios da garota estão tremendo.

– Cara – murmura o Spike. – Isso é meio triste.

Por um instante, sinto pena da Alice Ogilvie.

Aquela dor de saber que ninguém te quer.

Há um alvoroço na mesa das Tops. Brooke Donovan, basicamente o equivalente humano de um algodão-doce, levanta e abana para Alice. A Kennedy puxa a Brooke para trás, obrigando a amiga a se sentar de novo.

Mas a Alice Ogilvie, cujos lábios estavam tremendo havia apenas poucos instantes, olha bem na cara da Donovan e, lentamente, levanta o dedo do meio, depois dá as costas e sai da cantina pisando firme.

De repente, sinto uma breve e surpreendente admiração pela Alice Ogilvie.

Ela basicamente mandou a gentileza ir se foder.

Depois da aula, é hora da minha sessão com a Westmacott. A sala da mulher é execrada por muitos, mas não por mim.

Não ligo para a decoração cintilante nem para os pufes nem para os pôsteres com frases motivacionais pendurados nas paredes. Tipo, que mais você queria de uma orientadora escolar? Que ela fosse Thanos? Fala *sério*.

Além do mais, a Westmacott tem vários lanchinhos na sala. Barrinhas de granola, balas de goma, Cheetos, *crisps* de couve, o que você quiser.

Certa vez, me contou que faz isso porque muitas garotas da escola não querem ser vistas comendo (esse é outro assunto no qual não precisamos entrar) e sabe que, quando vêm falar com ela, estão morrendo de fome. Se fechar a porta, as garotas comem.

Quando entro, a Westmacott me atira um pacote de balas de goma de morango, que eu abro de uma vez, porque não sou burra (comida de graça) e, além disso, vou ter que enfrentar um longo trajeto de bicicleta até a casa da Alice Ogilvie.

A srta. Westmacott me empurra uma pasta por cima da mesa.

– Aqui está. Que sorte a sua.

Fico olhando para a pasta azul com cobiça. Não é uma pasta azul qualquer. É uma pasta azul que vale milhares de dólares. Três mil dólares que vão me ajudar a chegar mais perto do objetivo de tirar eu e a minha mãe de Enseada do Castelo e ir para bem longe do Coisa, de uma vez por todas.

Visto a armadura. Não vou pensar no Coisa neste exato momento. Neste exato momento, estou em missão.

– Acho que o primeiro dia de volta da Alice não foi muito bom – comento, já guardando a pasta na mochila. – Ela tomou um gelo da turminha.

A srta. Westmacott balança a cabeça, concordando.

– Alice cavou a própria cova. Agora vai ter que aguentar ficar lá dentro por um tempo. Ações têm consequências.

O olhar da orientadora se dirige a uma caixa no canto da sala. Meio que saindo por cima da caixa tem um par de tênis enormes, alguns DVDs da série *Lost* e uma coleção de bugigangas do Michael Jordan, que é perturbadora de tão grande.

A srta. Westmacott torna a olhar para mim e encara a mesa em seguida. Oh-oh. Acho que minha orientadora está prestes a cair no choro. Todo mundo sabe que ela ficou com o treinador Donovan durante o ano passado inteiro. Como poderíamos não saber? A Westmacott sempre ficava um pouco perto demais dele durante as reuniões com os alunos no ginásio e era a pessoa que mais gritava nas arquibancadas, sem sombra de dúvida, durante os jogos.

Não quero ser insensível, mas não quero ter que orientar minha orientadora. Vou logo fechando a mochila e a colocando no ombro.

A Westmacott pega um lenço de papel da caixa que está em cima da mesa e, finalmente, olha para mim.

– Estou superatacada da alergia. Desculpa.

– Bom, é melhor eu ir – falo, timidamente.

Os olhos lacrimejantes da Westmacott se fixam nos meus.

– Como vão as coisas em casa? – pergunta, com um tom sugestivo.

Aperto as tiras da mochila. A Westmacott está me cutucando, procurando um ponto fraco, procurando aquela abertura. Ela sabe ser gentil, mas, às vezes, é um pouco invasiva. Pressiona demais para conseguir informações. A gente precisa ficar o tempo todo esperta.

Em agosto, houve... um incidente. Era para ter passado batido, não era para ninguém ter ficado sabendo, já que as aulas ainda não haviam voltado, mas encontrei a Westmacott por acaso na farmácia, enquanto minha mãe estava pegando meus analgésicos com o farmacêutico. Pude perceber que ela não acreditou nem um pouco na história de que caí no Penhasco Patinação.

A srta. Westmacott quis desenhar carinhas no meu gesso, mas não deixei.

Mudo de assunto:

– Então, só preciso fazer isso até o fim do trimestre, certo? E, mesmo que ela não tire dez, vou receber? Mesmo que a Alice seja reprovada, vou receber?

– Correto. Os pais dela concordaram. Ela é mais inteligente do que você pensa. Tenho a sensação de que Alice só precisa que alguém acredite nela, esse é o segredo.

— Srta. Westmacott — falo —, não quero ser grosseira, mas eu não posso ser, tipo, o César Millan, o encantador de cães, e ensinar a Alice a se comportar. Vou dar aula particular pra Alice, e só isso.

— Talvez ela te leve para andar a cavalo, Íris. Talvez vocês duas se tornem amigas. O mundo é cheio de coisas improváveis. — A srta. Westmacott dá um sorriso. — Essa não seria a pior coisa do mundo. Ter uma amiga.

— Ah — digo, já dando as costas para ir embora. — Seria, caso essa amiga seja Alice Ogilvie.

Quando chego ao fim da enorme entrada para carros, pavimentada com tijolinhos, da casa da Alice Ogilvie, meu estômago está roncando. Estou me arrependendo de não ter pegado mais lanchinhos lá na sala da Westmacott.

A casa agiganta-se sobre mim. Não me surpreende ser colossal: essa é a regra em Enseada do Castelo, onde as pessoas têm piscinas dentro de casa, salas de cinema e pistas de boliche particulares. Até os barcos no Iate Clube de Enseada do Castelo são mansões flutuantes. Se não é grande e extravagante, não é Enseada do Castelo. O Iate Clube esteve fechado para reformas no ano passado. A reinauguração será no dia da regata anual. É um troço muito importante para a cidade. Provavelmente, se a Alice não tivesse levado um fora do Steve, a essa altura estaria na costureira, provando o vestido do baile da regata.

Estou passando a tranca na minha bicicleta, do lado de fora da porta dupla da casa, quando ela se escancara e uma mulher de suéter marrom, rosto gentil e calça cinza espia por ela.

— Você deve ser a Íris — diz, sorrindo. — Entre. A Alice está lá em cima.

Eu não queria, mas, no instante em que piso lá dentro, meio que paro de respirar. Jamais tinha entrado em uma casa como aquela, só visto do lado de fora. O lugar é do tamanho de um hangar de avião. O pé-direito deve ter pelo menos uns cinco metros e tem uma parede inteira só de janelões, com vista para o mar, belo e plácido.

Tipo assim, eu também moro perto do mar, mas do lado mais pobre do centro, em um apartamento de dois quartos, com a minha mãe. A praia fica bem ali, praticamente só tem as rochas e as lindas ondas, mas não temos uma parede de janelas devotadas à vista. Tem uma janela com vista, e uma longa escadaria de madeira apodrecida, que a gente desce para ir até a praia.

Por um instante, eu me permito sentir uma pontada de desejo, algo que normalmente não me permito, porque dói. Amo a minha mãe e a vida que temos, mas às vezes... eu gostaria de ter uma bela janela com vista para o mar. Gostaria de sair pela porta de casa e poder sentir a areia nos dedos dos pés, em vez de sempre ter que ficar de sapato nas rochas pontiagudas que formam a parte da praia em que a gente mora. Às vezes, sinto que minha vida é um eterno caminhar em cima de rochas pontiagudas, e eu só quero pisar em uma areia fofinha de vez em quando.

– É lindo, não é? – comenta a mulher.

– Sim – respondo, voltando para o presente. – Com certeza. A senhora é mãe da Alice?

Tomara que ela não consiga ouvir meu estômago roncando.

A mulher dá risada.

– Ah, não, não. Sou a Brenda. Eu cuido da Alice.

– A Alice tem 17 anos – falo.

Ela sorri.

– Até a Alice, que tem 17 anos, precisa de cuidados.

A mulher pega o celular, aperta a tela e põe o aparelho no ouvido. Ouço um celular tocando em algum ponto distante da casa.

– Sua amiga chegou – avisa Brenda, pelo celular.

Em algum canto recôndito do andar de cima, Alice Ogilvie grita:

– PROFESSORA PARTICULAR.

Brenda aponta para uma escada branca em caracol.

– Quinta porta à direita.

Eu não costumo me sentir diminuída, mas, neste exato momento, na casa da Alice, eu me sinto tão pequena quanto aquele sapo deve ter se sentido na aula de Biologia de hoje.

Sabe quando a gente entra na casa de alguém e tem fotos fofas, de criança, nas paredes? Com a bochecha suja de bolo no aniversário, brincando na areia com baldinho e pazinhas de plástico, fotos da escola faltando um dente?

As fotografias requintadas da Alice, com molduras caras que preenchem as paredes da escada, não são desse tipo. Mesmo nas fotos de pequena, talvez com 3 ou 4 anos, a Alice está toda linda e embonecada, com vestidos de cetim e cabelo perfeito, acomodada em almofadas de veludo. E não há nenhuma foto da Alice com os pais. Só da Alice sozinha.

Na verdade, a casa inteira passa uma impressão de melancolia e solidão, e estou meio que me arrependendo de ter que a encontrar aqui, mas é melhor do que na minha casa. Não preciso da Alice Ogilvie por *lá*.

Conto as portas do andar de cima. Sete ao todo. Bato na quinta.

– Entra logo! – grita Alice.

Abro a porta. Alice está esparramada em uma cama enorme.

– Escrotos – murmura, atirando o celular na cama, perto dela. Em seguida, vira de barriga para cima e olha para mim. Dá para ver que ela não faz a menor ideia de quem eu seja, apesar de termos, pelo menos, duas aulas em comum por ano, desde que a gente estava no ensino fundamental.

Ela tirou aquela roupa estranha que usou para ir à aula hoje – uma monstruosidade qualquer de saia curta, mais adequada para o tapete vermelho de uma estreia de filme do que para uma aula de Matemática – e está de calça de moletom e camiseta.

– Bem-vinda ao meu inferno – diz, toda amargurada. – Quanto meus pais estão te pagando?

– Pergunta você pra eles – respondo. – E vou receber mesmo se você não passar de ano, só pra você saber.

– Bom, que trabalhinho fácil esse seu, então. – Ela suspira. – Senta logo em algum lugar pra gente poder começar. Estou superocupada.

Alice continua deitada na cama, completamente imóvel. Não parece, na verdade, que tem alguma coisa para fazer, nem agora nem nunca.

Vou até o sofá que fica perto da cama, chutando uma pilha de livros de encadernação barata pelo caminho. Sento, já abrindo a mochila. A Alice suspira de novo.

– Anda logo, pergunta.

– Quê?

– Pergunta logo. Você sabe que quer perguntar. Todo mundo quer.

– Perguntar o quê? – Resolvo me fazer de boba. É *claro* que quero saber tudinho a respeito de onde a Alice se enfiou. Mas também tenho a sensação de que essa garota é meio parecida com um gato: quando a gente quer brincar, eles não querem. Preferem a brincadeira do jeito deles, principalmente se ela vai te transtornar.

– Sobre o que aconteceu. Sobre onde eu estava. O que eu fiz. Você sabe que quer saber, Irene.

Alice tem olhos azul-gelo lindos e uma cabeleira loira, que parece macia e encantadora de um jeito refinado. O tipo de cabelo que exige idas semanais ao cabeleireiro, naqueles lugares onde oferecem água com rodelas de limão, toalha quente no rosto e tudo o mais.

– Íris – corrijo. – Meu nome é Íris.

– Dá na mesma.

– Na verdade, não dá na mesma: é o meu nome. Você gostaria que eu te chamasse de Abigail?

Ela dá um sorrisinho irônico.

– *Touché*. Pergunta.

– Na verdade, não é da minha conta – falo.

Tipo assim, estou *morrendo* de curiosidade. Óbvio, já vi tantos programas policiais na tevê que sei que a Alice não sofreu nenhum ferimento, porque teria sido levada para o hospital se isso tivesse acontecido. Teria saído na *Gazeta da Enseada* e no noticiário do canal KWB. Só que nada disso aconteceu. Na verdade, não aconteceu *nada*. Nenhuma matéria no jornal. Tudo em relação a Alice Ogilvie só... parou de ser noticiado. Ela foi levada para casa e lá permaneceu, até hoje. Tenho o pressentimento de que a Alice não estava sozinha, seja lá onde se enfiou.

Como ela está me encarando de um jeito um pouco irritante, olho para baixo e tiro da mochila a pasta azul, que tem nossos deveres de casa, quando um dos livros me chama a atenção. Pego o exemplar.

Morte no Nilo. Agatha Christie.

O livro de capa mole está bem batido, com frases sublinhadas, várias páginas com vincos nos cantos.

– Gosto de mistérios – declara Alice. – Do fato de a gente nunca saber o que realmente aconteceu até só bem no final. Temos que ir juntando as peças à medida que lemos.

Ela pisca para mim e se vira para baixo.

– Que engraçado – falo. – Você gostar de ler esse tipo de coisa e, sabe-se lá como, foi parar no meio de um dos maiores mistérios de Enseada do Castelo. Que até hoje não foi solucionado.

A Alice levanta um dos ombros. Eu suspiro. Estou ficando cansada e temos trabalho a fazer.

– Por onde você quer começar, Alice? Literatura ou História?

– Não foi nada do que as pessoas pensam, só pra constar – responde ela, com a voz abafada.

– Não sei o que as pessoas pensam – falo, bem devagar. – Talvez você tenha fugido. Talvez tenha sido sequestrada por algum tarado líder de culto e tenha conseguido fugir antes de beber o Ki-Suco envenenado à la Jim Jones. Talvez esteja com amnésia passageira. Vai saber? Pessoalmente, aposto que você deu no pé para dar uma lição em alguém.

A Alice vira de barriga para cima de novo e se senta na cama.

– E por que – diz, com frieza – você pensaria isso?

Vou contando nos dedos.

– Primeiro, você tinha acabado de terminar o namoro, certo? E a sua melhor amiga agora está com o seu ex? Isso deve doer. Segundo, saiu no noticiário que tinha um vaso espatifado na sua casa? Só que não encontraram nenhuma outra digital que não fosse a sua, a dos seus pais e a da sua governanta. Talvez você mesma tenha quebrado? Para despistar?

– Babá – corrige Alice. – A governanta é a Bibi.

– Não faz diferença. O que quero dizer é, e falo isso sem nenhum julgamento, e se você sumiu por vontade própria? Que bom pra você. Se as coisas estão uma merda onde você está, vaza.

– É isso que você faria? – O tom da Alice ainda é de frieza, mas os olhos dela brilham, como se ela estivesse... interessada.

– Todo mundo tem o direito de abandonar o barco – falo, com um tom neutro, já tirando de dentro da pasta de tarefas a apostila de mitologia grega que temos que ler para a aula de Literatura. – Quando muito, Alice, de repente você se aproximou demais do Sol durante o voo, que nem o Ícaro.

Ela inclina a cabeça.

– Que nem quem? Que negócio é esse?

– A lição de casa. A leitura sobre Ícaro. Ele e o pai fizeram asas para conseguirem fugir. Mas, como eram feitas de plumas e de cera, o pai falou para o Ícaro não chegar muito perto do Sol, porque as asas poderiam derreter e pegar fogo. Só que o Ícaro não deu ouvidos ao pai, porque era cabeça-dura e orgulhoso. E foi exatamente isso que aconteceu, e ele se afogou. Você teve a sua chance, Alice, mas ela desmoronou.

Ela fica olhando para mim e refletindo.

– Hum. Olha só você. Uma pequena detetive. Mas acho que você não sabe de nada, na verdade.

Será que a Alice vai chorar? Porque não foi para isso que fui contratada.

Como falei para a Westmacott, não vou fazer milagre e ensinar a Alice a se comportar direito.

Só que a Alice não chora. Dá uma breve fungada e pergunta, em seguida:

– Tá, que mais preciso saber sobre esse cara de asas?

Quando estou saindo da casa, Brenda me dá um Tupperware cheio de macarrão.

– Pra você. Já está de noite. Vai estar com fome quando chegar em casa.

De repente, tenho vontade de chorar ao pegar aquele pote de plástico das mãos daquela mulher bondosa que, obviamente, ouviu meu estômago roncar naquela casa tão grande e tão vazia.

Às vezes, eu me esqueço de que as pessoas podem ser boas. Que a gente não precisa pedir por isso. Elas simplesmente são.

– Obrigada – respondo.

– Ah – diz Brenda. – Vamos trocar contatos? Só por garantia? Eu tenho o número de telefone de todas as amigas da Alice. Gostaria de ter o seu também.

Eu pisco.

– Só vou dar aula particular pra ela. Não vamos, tipo, sair nem nada.

Brenda sacode o celular para mim.

– Só gosto de ficar de olho nela. Acho que você é capaz de adivinhar o porquê.

Jogo a mochila no chão, abro o zíper e guardo o Tupperware lá dentro. Tiro o celular do bolso e falo meu número para Brenda. Ela me manda uma mensagem na mesma hora.

"Oi, amiga nova da Alice."

O Tupperware fica batendo nas minhas costas enquanto volto para casa pedalando, e o vento forte que vem do mar fustiga meu rosto. Minhas mãos estão geladas. As pessoas estão na rua para pedir travessuras ou gostosuras, usando máscaras e levando fronhas ou baldes nas mãos. Minha mãe sempre fazia questão de sair umas duas horas antes do trabalho para me levar. Sinto falta disso, de ficar de mãos dadas com ela. Quando morávamos só eu e a minha mãe.

Sinto uma leve pontada de dor no pulso ao virar o guidão da bicicleta. Apesar de ter tirado o gesso e de fazer fisioterapia todos os dias, ainda dói de vez em quando, algo que faz com que eu constantemente me lembre do Coisa.

Meu estômago fica todo embrulhado.

Seja lá o que Alice tenha feito, com ou sem asas, aonde quer que tenha ido e por que motivo, ela cometeu um erro fatal, na minha opinião.

Ela *voltou.*

iPHONE DE R. KENNEDY

MENSAGENS TROCADAS EM GRUPO

15:22

Rebecca Kennedy: Não me matem. Meu pai me mandou uma mensagem há um segundo dizendo que o DJ Porcini não vai poder tocar na festa hoje...

Helen Park: NOSSA, QUE

RK: Eu sei, desculpem. Acho que ele teve que ir fazer uma apresentação de última hora em Ibiza, e... aff. Desculpa. Que bosta

RK: Mas você sabe QUEM vai?

RK: Adivinha?

HP: Steve?

RK: Quê?

HP: O Steve vai?

RK: ... hum... óbvio. Certo, BD?

Brooke Donovan: Sim. Estaremos lá

RK: OK vou contar. COLE

HP: Kennedy! Climão

RK: Quê? Até parece que a Donovan é dona dele

Ashley Henderson: Saiu do grupo

BD: Henderson você vai?

AH: Não, dã. Vou pra Los Angeles. Meu pai tem uma estreia

RK: OK vlw pelo toque

BD: Kennedy

AH: Tudo bem, sei q ela só tá com inveja

RK: Até parece

HP: Quem mais poderia tocar? O Feral Bunny tá por aí? Pergunta pro seu pai, Kennedy

RK: Ele disse q não

RK: Brookie, desculpa pelo Cole. Achei q não teria problema já q vc tá com Steve agora

BD: Não ligo

RK: Que bom. vc não pode se apossar de TODOS os caras do colégio, kkk

RK: Precisa deixar pelo menos uns pra gente

HP: Que tal o DJ UnderCeej? Sua mãe falava c/ ele qdo ele tava namorando o Trevor Pennington, certo Brookie?

BD: O q vc quer dizer com isso, Kennedy?

RK: KKK nada. Só falei q vc não precisa ficar chateada pq tá com steve agora. Nem todo mundo pode ser seu, brookie kkk

BD: SEI disso, kennedy

HP: Então vamos ter q ficar ouvindo música na caixinha Bluetooth de alguém? Que desastre.

RK: MEU DEUS, PARK. Supera. Meu pai disse que vai dar um jeito de levar Frank Sea pro baile da regata, tá?

AH: Frank Sea vai tocar na estreia!

HP: QUÊ?

RK: Pelo menos seu chef vai fazer aqueles drinques especiais, certo?

HP: Acho que sim

RK: Só vira uns dois q vc nem vai saber a diferença

HP: poxa, tá bom

CAPÍTULO TRÊS

ALICE

31 DE OUTUBRO

20:50

"Por que eu não deveria odiá-la?
Ela fez comigo a pior coisa que
se pode fazer com alguém."
AGATHA CHRISTIE,
A maldição do espelho

RECONHECI A ÍRIS ASSIM que ela apareceu no meu quarto e, odeio ter que admitir, me senti meio mal por nunca ter me dado ao trabalho de decorar o nome dela. Quer dizer, *claro*, se eu passasse o tempo decorando o nome de todo mundo do colégio, não teria tempo para mais nada, mas... acho que poderia ter me esforçado um pouquinho mais.

A garota não era tão terrível quanto eu estava esperando. O cabelo até que era legal – aquela coisa meio bagunçada, de quem acabou de acordar, que não cai bem na maioria das pessoas, mas nela funciona. E, por incrível que pareça, a roupa não era completamente fora de moda. Ela estava com as peças certas – camisa de flanela xadrez, All Star –, mas, tipo, faltava aquela coisinha a mais para arrematar. De repente eu poderia ajudá-la. Gostei do fato de a Íris não ter esfregado a inteligência dela na minha cara, ao contrário das outras pessoas inteligentes de Enseada do Castelo. Sei que não sou burra: apenas nunca me interessei muito pelas coisas da escola.

Agora que ela foi embora, está um silêncio no meu quarto... Silêncio demais. Só consigo pensar que é noite de Halloween, e todas as minhas ex-amigas estão na festa que acontece todos os anos no Castelo Levy, enquanto eu estou aqui, sozinha.

Tenho certeza de que a Brooke está lá, toda arrumada, andando pelos corredores do castelo com o Steve, comentando que o castelo era da família dela e que a avó morava ali antigamente. Os dois de cabeça juntinha, dando risada, de mãos dadas, como se não tivessem nada com o que se preocupar. Como se não tivessem se conhecido só por minha causa. Como se eu nem existisse.

Essa imagem fica passando na minha cabeça, sem parar. Pego meu iPad e escolho alguma coisa bem besta para assistir na Netflix, mas nem isso ajuda a fazer meu cérebro calar a boca. Só consigo pensar nessa festa, no Steve e na Brooke, no que aconteceu no verão e em como tudo isso é injusto...

Não aguento mais. Está todo mundo lá, se divertindo, e eu estou aqui, sozinha. Eu mereço estar lá tanto quanto qualquer um deles. A Brooke roubou *meu* namorado e, sabe-se lá como, *eu* sou a vilã?

Pulo da cama, escancaro a porta do closet e troco de roupa.

Uma vez arrumada, desço as escadas de fininho. Como a Brenda está no quarto dela, consigo sair e chegar até meu carro – outro presente que meus pais me deram por culpa – sem ter que lidar com perguntas. Ao longe, as ondas batem nos penhascos logo abaixo da nossa casa, o vento do outono atiça a arrebentação, com força. Eu poderia dizer que tem alguma coisa no ar de hoje à noite, alguma coisa assustadora, mas não sou o tipo de pessoa que acredita nisso.

Ligo o som do carro no volume máximo, para abafar os pensamentos acelerados, saio com o carro da vaga e pego a Rodovia 1.

A estrada está lotada hoje à noite. A Rodovia 1 acompanha os penhascos, dividindo o mar das colinas. Poucas casas ficam no lado esquerdo da estrada. O centro de Enseada do Castelo fica do lado direito de tudo, atravessado no pé das montanhas.

Passo pela entrada da casa da Park, que, como eu, mora no lado dos penhascos, só que a casa dela é cercada por muros altos. O pai da Park é um empresário multinacional, seja lá o que isso quer dizer, e é superparanoico com tudo. A Kennedy e a Donovan moram a poucos minutos, mas na direção oposta à do castelo: a casa delas fica lá nos bairros sobre as montanhas, do lado direito da estrada. Seguindo em frente, tem o centro da cidade, onde fica o colégio e todos aqueles restaurantes que os perdedores do *Top Chef* vêm abrir. Os vencedores abrem seus restaurantes na costa de Los Angeles, óbvio.

Mas, antes de passar pelo centro, chego ao meu destino: o castelo. Fica do lado esquerdo da rua, em um terreno de quatro hectares, o maior deste lado da estrada, o dos penhascos. Foi construído pelo bisavô da Brooke, há uns oitenta anos, para servir de moradia para a família.

O castelo fica do lado do mar da Rodovia 1 e tem uma varanda com uma piscina externa gigante e uma vista de tirar o fôlego do Oceano Pacífico. Só se pode entrar em certos cômodos do castelo, mas, por causa das várias festas a que fui ao longo dos anos, já entrei em todos – e o lugar é, literalmente, insano. Tem, tipo, janelões de vitral, uma piscina interna toda decorada com chafarizes de sereias que cospem água e tantos quartos que perdi a conta.

O bisavô da Brooke costumava receber seus súditos ali, dava umas festas caprichadas, que duravam o fim de semana inteiro, e todas as pessoas importantes da indústria do entretenimento de Los Angeles eram convidadas. Um monte de estrelas de cinema frequentava a casa e pelo menos uma morreu sob circunstâncias misteriosas.

O lugar foi construído muito antes de Enseada do Castelo ser um município, e todo o terreno do lado dos penhascos fazia parte dele – segundo o que a Kennedy me disse, a certa altura o castelo chegou a ter tipo uns quarenta hectares, tudo de área privativa. Reza a lenda que a bisavó da Brooke tinha um zoológico lá dentro, com lhamas, tigres e tudo o mais.

Incorporadoras foram comprando quase todo o terreno ao longo dos anos e fizeram casas enormes, como a minha e a da Park. Acho que isso trouxe um monte de dinheiro para a cidade – transformou Enseada do Castelo em um lugar mais residencial, não apenas um destino turístico. Mais recentemente, essas incorporadoras voltaram sua atenção à revitalização do Iate Clube. O pai da Kennedy teve alguma coisa a ver com isso, acho, e só sei disso porque, há alguns meses, ela passou, tipo, uma semana inteira reclamando que o pai tinha cancelado a viagem para Barcelona, que a família faria nas férias de verão, porque precisou ficar em Enseada do Castelo para poder fechar o negócio.

Saio da estrada e entro no estacionamento do castelo. Paro ao lado do carro da Park, um Porsche Cayenne verde, que os pais dela compraram por nenhum motivo específico a não ser o fato de a Park existir e de eles a *amarem*.

Ao sair do carro, ouço o pessoal: gente falando alto lá longe, uma gargalhada. A gargalhada da Brooke. O som arranha minha pele, até chegar ao coração, e, por um instante, eu realmente chego a pensar em voltar para o carro e ir embora. De repente, ir embora do mesmo jeito que fiz três meses antes.

Naquela noite, no último verão, eu tinha acabado de voltar do Egito, e a Brooke passou lá em casa e disse o que disse a respeito dela e do Steve... foi, tipo, como se meu coração tivesse parado de bater. Tipo, como se meu cérebro tivesse entrado em curto-circuito. Eu só conseguia pensar na Agatha Christie, no que ela fez depois de ter descoberto que estava sendo traída pelo marido. Agatha simplesmente sumiu por onze dias, e metade da população da Inglaterra estava convencida de que ela tinha sido assassinada pelo cara. Tipo, isso é foda ou não é? Não que eu *quisesse* que o Steve, sabe, fosse preso nem nada. Mas, ao mesmo tempo, não me pareceu nem um pouco ruim pensar que as pessoas ficariam procurando por mim. Querendo saber de mim. *Pensando* em mim.

Sendo assim, entrei no carro e comecei a dirigir. Deixei o celular em casa, assim como o vaso no saguão que derrubei sem querer quando saía pela porta... O que meio que fez todo mundo pensar que eu tinha sido sequestrada, e o Steve teve que ir até a delegacia para ser interrogado, e a cidade organizou toda uma equipe de buscas para me procurar...

Enfim, quando voltei, cinco dias depois, todo mundo estava superputo da vida. As pessoas ficaram tão putas da vida que meus pais foram obrigados a negociar com as autoridades locais, e chegaram ao consenso de que a prisão domiciliar seria uma punição apropriada para o que eu fiz.

Mais uma onda de risadas atravessa o ar noturno. Começamos a fazer essa festa no castelo havia três anos, quando estávamos no começo do ensino médio, cortesia dos contatos da Brooke. No primeiro ano, veio quase só gente do colégio, mas a notícia se espalhou e, agora, também vem gente das cidades vizinhas. O pai da Kennedy, que trabalha como empresário musical em Los Angeles, chama um dos clientes dele para tocar. Todo mundo vem usando as fantasias mais elaboradas possíveis. A festa se tornou um acontecimento e tanto.

Ao virar na frente do castelo, no ponto onde a gente sempre combinava de se encontrar, ouço música, mas não vejo nenhum DJ. Ou seja: o pai da Kennedy não conseguiu trazer um dos clientes dele. A Park deve ter dado um *piti*.

Deve ter pelo menos umas duzentas pessoas aqui, espalhadas por todos os lados, dando risada, conversando, gritando. Todo mundo está se divertindo pra caramba sem mim.

Atravessando uma parte do gramado, há um grande terraço de pedra que fica atrás da entrada dos fundos do castelo e onde montaram um bar, capitaneado por um bartender fantasiado de pinguim. Avisto o Cole Fielding parado na frente do bar, conversando com a Kennedy, que ainda está com aquela fantasia de líder de torcida ensanguentada. O cabelo loiro está preso no alto da cabeça, em um coque bagunçado que, tenho certeza, ela passou mais de uma hora fazendo até ficar perfeito. Com uma das mãos, de unhas pintadas, ela segura o braço do Cole.

Até o *Cole* está aqui? Isso só pode ser coisa da Kennedy. Faz anos que ela quer ficar com esse garoto. Será que a Brooke levou numa boa?

No gramado com vista para o mar, alguém – provavelmente o caseiro da Kennedy – montou uma grande fogueira, rodeada por almofadões, cobertores de pele sintética e outros apetrechos de acampamento de luxo. Vejo a Park, a Donovan e o Steve logo de cara. Estão esparramados em uma almofada gigante. A Brooke está praticamente deitada em cima do Steve, e a Park está, como sempre, sentada bem perto dos dois, de um jeito constrangedor. Ela não tem noção de limites. As duas também continuam com a fantasia de líder de torcida ensanguentada, e o Steve só pôs uma máscara verde no alto da cabeça, por cima do cabelo castanho e grosso. Ele nunca foi muito de se fantasiar, o que me irritava loucamente quando a gente namorava.

Meu coração começa a bater acelerado dentro do peito enquanto absorvo toda essa cena. E é claro que a Kennedy escolhe justo este momento para me ver.

– Ai, meu Deus. *Eca* – diz, bem alto. A música basicamente para de tocar de uma hora para outra, todo mundo se vira na minha direção e fica olhando. *Merde.* Não era essa a entrada que eu tinha em mente. Na minha cabeça, seria mais ou menos assim: eu chego, a Brooke me vê e cai dura no chão, chorando de culpa, e todas essas pessoas me pedem desculpa, uma por uma, por terem sido tão grossas comigo. Apesar de eu já ter visto todo mundo no colégio de manhã e isso não ter acontecido, por algum motivo achei que poderia rolar agora. Juro por Deus: às vezes não sei o que passa pela minha cabeça.

Em vez disso, uma vozinha em minha mente grita “foge foge foge foge foge”, sem parar. Só que não posso ir embora agora. Não seria ridículo? Cerro os punhos e tento me lembrar de que tenho tanto direito de estar aqui quanto qualquer um deles.

Continuo atravessando o gramado, indo em direção à fogueira.

O Steve começa a se levantar quando vê que estou me aproximando, e a Brooke cai do colo dele, em cima do cobertor, o que me causa uma pontadinha de satisfação. Ela olha feio para o Steve e aí se levanta do chão, ajeita a saia curta de pregas e vira de frente para mim, fazendo uma cara feia e brava.

Mas é o Steve quem fala primeiro:

– O que você está fazendo aqui, Alice? – pergunta, baixinho.

Paro na frente dos dois.

– Eu só... – Deixo a frase no ar, com o coração a mil.

A Brooke faz que vai ficar entre nós dois, e ele ergue a mão, para impedi-la.

– Deixa que eu cuido disso – diz, depois vira para mim e fala: – Vem. – Em seguida, me pega pelo braço e começa a me levar para outro lugar, se desviando das muitas pessoas que se aglomeraram ali. Baixo a cabeça, tentando não olhar nos olhos de ninguém.

Estamos quase de volta à lateral do castelo quando somos surpreendidos por uma voz, vinda de trás de nós. Brooke.

– Aonde vocês *vão*? – Ela parece chateada.

Eu e o Steve viramos para trás, e ele fala:

– Brooke, me dá um minutinho, OK?

A cara dela murcha.

– Você vai ir para o escurinho? Com *ela*? – choraminga, dando uma risada amargurada.

Por um instante, meu corpo é percorrido por uma emoção desconhecida, algo que pode ser parecido com culpa, mas aí a Kennedy aparece atrás da Brooke.

– Tem certeza de que essa é uma boa ideia, Steve? – indaga. – Você sabe o que essa garota fez no verão.

– Kennedy, *meu Deus* – dispara a Brooke. Aí vira de novo para mim e para o Steve, meio que fazendo careta. – O que você está *fazendo* aqui, Alice? Já não causou estrago até dizer chega? Por que você não pode simplesmente nos deixar em paz?!

A Brooke só pode estar brincando. Está querendo dar a entender que *ela* é a vítima?

– Se *eu* já não causei estrago até dizer chega?? Foi você que roubou o meu namorado...

– Eu não *roubei* seu namorado – interrompe a Brooke. – Jesus, Alice. Você é tão dramática... Você estava no *Egito*. Vocês dois tinham *terminado*. E aí você sumiu... Por que *fez* isso? Foi tão assustador...

– Chega! – grita o Steve, dando um corte em nós duas. Agora ele não falou tão baixo, nem com um tom gentil. Parece puto.

A Brooke fica com a cara vermelha. Deve estar pensando a mesma coisa que eu – *nunca* ouvi o Steve falar desse jeito, com ninguém. No verão, quando reapareci sem dar nenhuma explicação, todo mundo estava tão irritado, mas o Steve simplesmente me ignorou – na verdade, essa é a conversa mais longa que nós dois tivemos desde o dia que ele me deu o fora. O Steve simplesmente não é um cara bravo.

Ele respira fundo e, então, se dirige à Brooke.

– Vou acompanhar a Alice até o carro. Está escuro e é Halloween. Vai saber que tipo de tarado anda por aí. Preciso fazer isso, Brooke.

Ela cruza os braços sobre o peito.

– Tudo bem. Volta logo, tá? – O tom de voz é tenso, mas ela consegue dar um sorriso. Chega a me embrulhar o estômago. Meu Deus, esses dois: farinha do mesmo saco irritante. Um sussurro de arrependimento passa pelo meu cérebro, mas eu o esmago antes que dê tempo de ficar mais alto.

— Volto. — O Steve sorri para a Brooke e chega mais perto dela. Então se abaixa, para dar um beijo em seu rosto. De repente, virei invisível.

Quando chegamos ao estacionamento, o Steve está praticamente me arrastando pelo braço. Toda vez que tentei parar e conversar, ele me deu *aquela* olhada e continuou andando. Agora, sob a luz dos postes, consigo ver bem o rosto dele pela primeira vez, e ele não parece nada feliz.

Paramos a alguns metros do meu carro, e ele solta meu braço.

— Por que você veio aqui, Alice? — pergunta, de novo.

— Eu... — O que *estou* fazendo aqui? Agora, as minhas fantasias de que todo mundo iria implorar pelo meu perdão me parecem ridículas. A raiva se esvai do meu corpo. Estou cansada. Cansada de bancar a durona. Cansada de tudo isso. — Vou embora. — Obviamente, não vou encontrar o que estava procurando neste lugar.

A expressão do Steve se suaviza, porque é claro que sim, porque ele é o Steve, que é um cara legal demais, até mesmo comigo.

— Alice, você tá bem? — Ele põe a mão no meu braço, com delicadeza desta vez. O rosto dele está bem perto do meu, e os olhos têm um ar bondoso.

Essas palavras abrem um buraco no meu tronco, e o calor da mão dele no meu braço é quase coisa demais para suportar. Eu tenho saudade dele, mas, mais do que isso, tenho saudade da minha *vida*. Tenho saudade das minhas amigas. Tenho saudade... da Brooke. Isso me dá vontade de chorar, apesar de eu não chorar, via de regra. Solto um suspiro trêmulo.

— *Steve*.

Uma voz sussurra na escuridão. A voz de Brooke Donovan, para ser exata. Que, pelo visto, nos seguiu, assim como a Kennedy e a Park. A Kennedy está segurando o celular, gravando tudo. A Park dá pulinhos atrás das duas, toda empolgada.

O Steve tira a mão do meu braço. Fecho a boca.

– Alice, está na hora de você ir embora – declara a Brooke.

Abro a boca para responder, mas não tenho mais nada a dizer. Em vez de falar, reúno todas as minhas forças e, sem olhar nem de relance para trás, entro no carro e vou embora.

CAPÍTULO QUATRO

ÍRIS

31 DE OUTUBRO

21:20

O MACARRÃO QUE A – babá? empregada? cuidadora? – da Alice me deu era uma coisa quentinha, cheia de queijo, com tomate seco, brócolis e nozes picantes. Lavo o Tupperware vazio na pia da cozinha e ponho para secar no escorredor de louça.

A casa da Alice tinha cheiro de coisa boa. Flores frescas, comida sendo preparada em algum lugar que eu não podia ver; o aroma se espalhava pela enorme sala principal.

Nosso apartamento tem cheiro de lixo que precisa ser tirado. Roupa suja que ainda não levamos até o porão deprimente, onde teremos que tirar as roupas de outra pessoa da máquina, com cheiro de molhado e já meio secas, de tanto tempo que ficaram lá dentro.

A lâmpada do teto se apaga, depois torna a acender. O proprietário sempre diz que vai consertar.

Abro a janela sobre a pia para deixar entrar a brisa do mar, gelada e salgada. Quem sabe não congela as lágrimas que se acumulam nos meus olhos.

Quando a gente é pequena, os outros falam que, um dia, a nossa vida vai ser incrível. Falam que a gente pode ser qualquer coisa ou qualquer pessoa que quiser, desde que se esforce, seja uma pessoa boa e jamais desista de lutar.

Só que eu faço tudo isso e continuo sendo uma garota sozinha dentro de um apartamento litorâneo de merda, com fiação zoada.

Viro para a mesa da cozinha, apoio meu iPad. Tenho dois trabalhos para entregar amanhã e preciso estudar para uma prova de Cálculo. Certo? Não é essa a minha passagem para longe daqui? Usar meu cérebro e conseguir uma bolsa de estudos para fazer faculdade? Estou no penúltimo ano do ensino médio. Era só com isso que eu deveria estar me preocupando.

Pela porta, posso ouvir passos do lado de fora. Sei que é só alguém que mora no prédio, porque *ele* não pode voltar. Está proibido de voltar.

Mesmo assim...

Começo a tremer. Não pense nele. Não.

Mas é tarde demais. Consigo sentir as mãos dele no meu peito, me empurrando. Eu fiquei no meio dos dois, depois que ele foi para cima dela. O barulho do meu pulso quebrando quando caí no chão de linóleo.

O Velho do C11 batendo na porta. "O que está acontecendo aí dentro?"

O Coisa olhando para mim, de cara vermelha, depois se arrastando até a porta, enxotando o velho.

Claro que ele ligou dias depois, pedindo desculpas, chorando, como sempre faz. Minha mãe trocou o número do celular. De novo.

O apartamento, a lâmpada que pisca. O ar à minha volta fica mais abafado, faz com que eu me sinta diminuída, pequena, nada, tudo o que existe dentro de mim desaparece.

Pego o casaco, o celular, as chaves e os fones de ouvido e fujo da minha própria casa.

—

Fico respirando fundo, caminhando pela Rodovia 1, secando o rosto no ar gelado. Meu coração parece um tambor que bate alto no meu peito.

"Inspira, expira, inspira, expira."

Quando chego ao belvedere, paro. Gosto de ficar aqui e olhar as ondas lá embaixo, de ficar ouvindo o som da água batendo na base do precipício. Tem algo de hipnotizante no modo como a água se enrola, formando curvas brancas que se desfazem.

Não estou pensando em nada terrível. É só tranquilo, só isso.

Dou um passo para trás, percebo que estou perto demais da beirada. É preciso tomar cuidado. Todos os anos, sempre tentam fazer um plebiscito ou algo assim para colocar uma grade de proteção, mas nunca vai para a frente. Em vez disso, há placas com bonequinhos caindo, cercadas por um monte de pedrinhas, "Cuidado onde pisa" e uma cerca quebrada.

Vou sentir saudade do mar quando, enfim, conseguir tirar minha mãe e eu daqui. Não sei para onde vou nos levar, mas tem que ser para bem longe desse lugar. Onde ele nunca mais vai poder nos incomodar.

Coloco os fones de novo, viro para trás, olho para os dois lados com todo o cuidado antes de atravessar a rodovia. Esse trecho da estrada é cheio de curvas, e vai saber quem pode estar passando a toda a velocidade na noite de Halloween. Preciso ficar para o lado da floresta, para não correr perigo.

Uma buzinada e dou um pulo para trás, com o coração a mil.

Um carro prateado passa voando, indo na direção contrária. Por acaso é Alice Ogilvie que está dirigindo tipo um morcego saído do inferno? Eu só consegui ver ondas de cabelo loiro, mas parecia ser o carro dela.

O que a Alice estaria fazendo fora de casa? As amigas dela a odeiam. E ela deveria, sabe, estar lendo a respeito de Ícaro. Paciência. Não é culpa minha se ela não estudar, tento me convencer. Fico feliz porque vão me pagar, não importa o que aconteça com as notas dessa garota.

Continuo andando e, uns quinze minutos depois, ouço um ruído de batida eletrônica, vindo lá do alto da colina. Um amontoado de vultos alvoroçados, de cores vibrantes, se move ao redor de uma fogueira que bruxuleia no gramado do castelo.

Certo. O Castelo Levy. A festa de Halloween que as Tops dão todos os anos. Até o pessoal das cidadezinhas vizinhas comparece, todo arrumado e se coçando de vontade de ficar bêbado.

Continuo andando, meio na diagonal, para que ninguém me veja, e aí dois vultos surgem na clareira, logo adiante. Estão se empurrando, o que é simplesmente ótimo. Agora vou ter que passar por uma briga. Ainda de fone, me escondo atrás de uma árvore para esperar as coisas acalmarem e aí me dou conta de quem é: o Steve Anderson, com uma máscara verde em cima da cabeça, e a Brooke Donovan, de saia curta. Ela deve estar morrendo de frio.

Os dois pararam de se empurrar. O Steve está com cara... bom, não está com a cara do Steve de sempre, de *vibe* meio sussa e legal. Ele deve ser o cara mais legal da turminha dos Tops, para dizer a verdade.

Mas agora não está sorrindo. Pelo contrário, parece meio puto. E um pouco... bêbado? Está meio que ziguezagueando, sem saber direito para onde vai. Achei que o Steve não era de beber. Ele é bem certinho, por causa do basquete.

A Brooke está chorando, com o cabelo na cara. Ela sempre foi superdescolada, mas nem precisa ser. É, literalmente, a garota mais famosa e mais rica da cidade. Tipo assim, já escreveram livros e mais livros sobre a história da família dela. Que, ao que parece, inclui algumas mortes misteriosas no mar, uma fortuna feita, perdida e refeita, e uma famigerada batalha de custódia envolvendo a avó, que se tornou manchete no mundo todo. Tudo isso significa que a Brooke poderia ser a maior vaca da cidade, mas não é.

O carro prateado que passou por mim há pouco me vem à cabeça nessa hora e aí cai a ficha. *Só podia* ser a Alice. Mas por que ela viria para cá depois de tudo que rolou? Da boca do Spike e da Zora, fiquei sabendo de tudo; que o Steve deu um pé na bunda da Alice no verão para ficar com a Brooke. Aí, quando a Alice sumiu, a Zora ficou bem convencida por, tipo, um dia, de que o Steve tinha feito alguma coisa com ela, e acho que a polícia também pensou isso, porque ele foi interrogado e tudo o mais. Montaram uma equipe de busca, acionaram o Alerta Amber – a operação de emergência em caso de sequestro de crianças e adolescentes. Fizeram de tudo e, do nada: Alice reapareceu na porta da casa dos pais, miraculosamente bem, sem nem sequer um mísero arranhão.

O Steve agarra a Brooke pelos ombros, e eu me assusto. Fico tensa, tiro os fones.

Eu me escondo mais fundo no meio das árvores e a Brooke se desvencilha dele, com um puxão violento.

– Eu sabia – grita. – Sabia que você ia voltar pra ela. Todo mundo sempre me abandona.

– Não estou te abandonando, só se acalma – responde o Steve, gritando de volta e segurando o braço da Brooke.

Dou um passo à frente e paro. Cadê as amigas dela?

– Me solta. Sai de perto de mim, *agora*! – berra a Brooke.

– Não vou deixar você fugir de mim – diz o Steve.

De repente, um exército de Tops segurando copos de plástico vermelhos se abate, descendo a longa escadaria que leva do castelo até o estacionamento. Todos estão de celular em punho, filmando a Brooke e o Steve, mas ninguém intervém para acabar com o que está acontecendo.

A Brooke dá um empurrão no Steve, e ele vai cambaleando para trás.

E aí o Steve dá um empurrão na Brooke.

– Ei, cara, agora chega. – É Cole Fielding. Ele faz menção de segurar o Steve, mas o Nelson e o Gerber, os amiguinhos do Steve, do basquete, seguram o Cole.

– Brooke. – A Kennedy vem correndo e ajuda a amiga a se levantar.

– Qual é o seu problema, caramba? – grita a Park, falando com o Steve e dando um soco no braço dele.

A Brooke endireita a saia. Depois dá as costas e sai correndo.

Na minha direção.

O Steve começa a ir atrás dela, mas a Park não o deixa passar, espalmando as mãos contra o peito dele.

– Brooke – grita o Steve. – Você não pode fazer isso comigo, Brooke!

Eu vou mais para trás, mais para o meio das árvores, para as amigas da Brooke não me verem. Sei que não vai ser nada bom se souberem que estive aqui.

A Brooke passa correndo por mim, aos prantos, de celular na mão, com uma expressão enlouquecida. Parece minha mãe, do jeito que ela ficava depois de uma briga com o Coisa, quando eu era pequena. Desesperada e em seu próprio mundinho.

Por instinto, fico parada. É assustador ver a Brooke com a mesma cara que minha mãe fazia.

Só saio do meio das árvores depois que ela passou por mim. As amigas da garota ainda estão paradas no estacionamento. A Kennedy chama, sem muita convicção:

– Brooke! Anda, volta.

Mas aí dá de ombros e vira as costas. A Park leva o Steve embora dali, de braços dados com ele. Acho que a Brooke é só um transtorno bêbado para essa gente. O que, a meu ver, não é coisa de amigo, nem de longe.

Se as amigas da Brooke não vão ajudá-la, eu vou. Saio correndo atrás dela. Não deveriam permitir que uma garota saísse correndo sozinha no escuro.

Só que, quando chego à primeira curva da estrada, não tem ninguém, só o barulho do mar batendo nos penhascos, lá embaixo. Ando pela rodovia e chamo pela Brooke, mas ninguém responde.

Brooke Donovan sumiu.

CAPÍTULO CINCO

ALICE

1º DE NOVEMBRO

07:52

"Não existe algo que possa
ser chamado de mar verdadeiramente calmo.
Sempre, sempre há movimento."
AGATHA CHRISTIE,
Morte na praia

ESTOU EXAUSTA HOJE DE manhã. Depois que fui embora da festa, fiquei dirigindo na direção oposta à do castelo durante um tempo, tentando esvaziar tudo da mente. Quando cheguei em casa, demorei um tempão para pegar no sono e, quando finalmente dormi, tive um montão de sonhos esquisitos com penhascos, ondas arrebentando e a Brooke chorando naquele castelo imbecil.

Estou quase chegando ao meu escaninho quando uma mão enfeitada com vários anéis de grife segura meu braço. Dou um pulo, surpresa, e solto:

– Cai fora.

A Kennedy lança as mãos ao alto, em um gesto de rendição, aquele sorrisinho irônico dela estampado na cara.

– Desculpe. Jesus, Ogilvie. Não sabia que você era tão assustada.

Reviro os olhos.

– Ah, tá. O que você quer, *Rebecca*? – Chamo ela pelo nome, dando uma risadinha irônica. Sei que a Kennedy odeia. E, como era de se esperar, ela fica vermelha por um instante. "Ótimo."

– Bom, *Alice* – diz ela, como se eu também odiasse meu nome, mas não odeio, muito obrigada. – Graças a você, a Brooke e o Steve brigaram feio ontem, depois que você foi embora. Tenho certeza de que ficou sabendo. Parabéns.

Olho feio para ela. Tive quatro horas de sono, e lidar com a Kennedy e a pose dela é a última coisa que sou capaz de aguentar neste exato momento.

– E foi culpa minha por quê?

A Kennedy faz careta.

– Hã, e por que *não* seria culpa sua? Aparecer daquele jeito. A Brooke ficou superchateada, sabe? Depois que os dois brigaram, ela saiu andando. Nem dormiu lá em casa, como a gente tinha combinado.

Cerro os dentes e solto o ar bem devagar. Que alegria é ter que lidar com a Kennedy logo de manhã cedo.

– Em primeiro lugar – falo –, *eu* não controlo a Brooke e o Steve. Se os dois brigaram, é problema deles. E, em segundo lugar, por que você não está conversando com a *Brooke*, já que está tão preocupada com o bem-estar dela? – Aponto vagamente para as pessoas que estão passando pelo corredor. – Cadê a Brooke, aliás? Por que você não vai encher a paciência dela, em vez da minha?

A Kennedy fica com uma expressão preocupada.

– Ainda não a vi. Mandei um monte de mensagens pra ela hoje de manhã, mas não tive resposta. Imagino que a Brooke ainda esteja chateada por ter sido obrigada a lidar com *você*.

Reviro os olhos.

– Bom, valeu mesmo pela informação. – Ponho a mochila no ombro e me preparo para escapar dessa situação tão encantadora. – Te vejo... – começo a dizer, mas a Kennedy me interrompe.

– Treinador! – grita. Eu me viro e vejo o treinador Donovan vindo na nossa direção. Ele abana para a Kennedy e para na nossa frente.

– Sim, Rebecca? – responde o treinador. Está com uma cara exausta, com olheiras e olhos inchados, e seu sorriso simpático de sempre desapareceu. Ao que tudo indica, ninguém dormiu bem ontem à noite. – Vocês duas não deveriam estar se dirigindo à sala de aula, senhoritas?

– Cadê a Brooke? – pergunta a Kennedy, sempre tão agradável, de um jeito abrupto.

– Brooke? – pergunta o treinador, olhando para nós duas.

– Sim. Cadê ela? Passei a manhã inteira procurando.

O treinador Donovan franze o cenho.

– Ela não está com você? Ela dormiu na sua casa.

– Não. – Um quê de irritação passa pelo rosto da Kennedy, mas ela sabe que é melhor não ser grossa com os professores, muito menos com o treinador. – Ela não dormiu lá em casa. A Brooke não dormiu em casa?

O treinador espreme os olhos.

– Não. Ela dormiu na sua casa.

A Kennedy solta um suspiro.

– *Não.* Ela dormiu na...

– Minha nossa – interrompo. – Ela dormiu na sua casa? – Dirijo a pergunta à Kennedy primeiro, que faz que não. – Na sua casa? – pergunto para o treinador.

– Não – responde ele. – A Brooke foi na festa do castelo e me falou que ia dormir na casa da Rebecca.

Nós três ficamos em silêncio por breves instantes, os outros dois, provavelmente, tentando entender como pode a Brooke não ter dormido nem na casa de um nem na casa do outro.

– Então, tá. Cadê a Brooke? – pergunto, olhando para os dois.

O treinador pega o celular, toca algumas vezes na tela e coloca na orelha.

– Estou ligando para ela. – Depois de alguns instantes, desliga. – Não atendeu. – O treinador suspira. – Eu gostaria de poder dizer que a Brooke não faz esse tipo de coisa, mas… – Ele deixa a frase no ar por um segundo e fica com um olhar distante. – Tenho certeza de que logo ela vai aparecer. Deve estar com o Steve. Estou indo para a aula, mas se vocês virem a Brooke ou tiverem notícias dela, meninas, por favor, digam para me procurar.

Eu e a Kennedy ficamos olhando o treinador se afastar e aí eu torno a me virar para ela.

– Caramba…

A Kennedy aperta os lábios.

– Não que seja da sua conta, Alice, mas o treinador e a Brooke não estão se dando muito bem ultimamente. Ela tem passado um tempo na minha casa e na da Park, ou, às vezes, vai dormir com o Steve lá na pousada Brasão de Família e tal.

– Os dois não estão se dando bem? – A Brooke e o treinador sempre foram próximos. Mas, desde que a mãe da Brooke morreu, sei que tem sido difícil e que *havia* uma certa tensão. Só que eu sempre achei que era por causa do luto. – Por que não?

A Kennedy dá de ombros.

– Sei lá. Dinheiro, acho eu. Vai saber. Sabe, aposto que ele tem razão, no fim das contas. A Brooke e o Steve devem ter se encontrado depois da festa e feito as pazes. – O olhar da Kennedy se dirige ao meu rosto, esperando pela minha reação. Mas, como não reajo, a cara dela murcha. – Bom, preciso ir pra aula. – Ela se afasta uns dois metros de mim e aí para de supetão.

– Steve. – Ouço Kennedy murmurar.

– Que foi? – Fico confusa por um instante e aí me viro.

E lá está o Steve, parado na frente do escaninho dele, sozinho.

Ele está um caco. Com o cabelo todo bagunçado, a calça suja, com um rasgo no joelho. Está só com um tênis, o outro pé está descalço, e o rosto está sujo de terra. O Steve fica agarrado à porta do escaninho, como se fosse desmoronar caso soltasse. Viro para a Kennedy, que me olha de canto. Sei que estamos pensando a mesma coisa.

"O que foi que aconteceu com ele?" Nunca vi o Steve neste estado. Mesmo depois dos jogos de basquete, ele sempre se arruma. Nunca aparece em público todo suado e nojento, que nem os colegas de time.

A Kennedy vai até ele, e eu vou atrás.

– Steve! – grita. O Steve se vira para nós e se encolhe de dor. À medida que me aproximo, me dou conta de que ele está fedendo a lixo e a sapato velho. A Kennedy torce o nariz. Também deve ter sentido. No que ele estava pensando para aparecer no colégio desse jeito?

– Que foi? – diz ele. Pela expressão exausta, parece que foi um tremendo esforço só fazer essas duas palavrinhas saírem pela boca. Se eu não o conhecesse, diria que está de ressaca. Ou, quem sabe, ainda bêbado, mas o Steve não é de beber muito, ainda mais por que a temporada de basquete já vai começar.

– Em primeiro lugar – a Kennedy aperta o nariz –, você está fedendo a lixeira. Precisa ir pra casa.

O Steve sacode a cabeça.

– Acordei no mato. Tenho prova. Vou me arrumar no banheiro.

Isso é tão típico do Steve, tão responsável. Aparecer para fazer uma prova em que, provavelmente, vai se sair mal. Ele está com cara de quem não dormiu nada.

A Kennedy também sacode a cabeça.

– Certo. Bom, vamos ao que interessa: cadê a Brooke? Você se encontrou com ela depois que foi embora da festa?

O Steve fica com uma expressão estranha.

– Brooke?

– Sabe, a sua namorada – alfineta a Kennedy. Ela olha para mim e dá um sorrisinho irônico. – Desculpa, Alice. – Essa garota simplesmente não consegue se segurar.

— Como assim...? — O Steve fica alguns instantes em silêncio. — Espera aí. Ela não está aqui?

Sinto um aperto no coração.

A Kennedy sacode a cabeça de novo.

— Não. Ela não está com você? Era pra Brooke ter dormido na minha casa, mas não apareceu, e o treinador Donovan disse que ela também não dormiu em casa. — Pela primeira vez nesta manhã, a Kennedy parece estar preocupada. — A última vez que eu vi a Brooke foi quando ela saiu correndo, depois que vocês dois brigaram, ontem à noite.

— Como assim? — pergunta o Steve. Qualquer vestígio de cor que existia no rosto dele, que já não era muito, se esvai. Agora conseguimos chamar a atenção do cara. — Eu também não vi mais a Brooke. Cadê ela?

— Aí é que está — diz a Kennedy. — Pelo jeito, ninguém sabe.

Depois dessa, o Steve levanta o dedo e fala:

— Preciso vomitar. — Em seguida, desvia correndo de nós e vai direto para o banheiro dos meninos, me deixando plantada com a Kennedy ali, nós duas sozinhas. A gente se olha, de olhos arregalados, e um arrepio de medo percorre minha espinha.

No final do terceiro período, a Brooke ainda não apareceu, mas os boatos sobre o que aconteceu ontem à noite se espalharam. O corredor está em polvorosa, fofocando sobre a Brooke e o Steve... e sobre mim.

Estou no banheiro quando ouço duas garotas conversando do lado de fora da cabine, falando que o Steve apareceu bêbado hoje de manhã no colégio e foi mandado embora. Só que, em vez de ir para a casa dele, foi para a casa da Brooke e ficou batendo na porta até os vizinhos chamarem a polícia. Ao que tudo indica, a polícia o levou até a delegacia, sob a acusação de perturbação do sossego, e agora ele está em casa. Tomara que esteja dormindo, para se recuperar do que quer que tenha acontecido.

Que estranho: o Steve não é de beber tanto, muito menos durante a pré-temporada de basquete, quando costuma estar treinando.

– Ouvi o sr. Carpenter perguntar pro treinador Donovan se a Brooke estava bem. Ele disse que sim… Provavelmente, deve só ter dado uma fugidinha por uma noite – prossegue uma das garotas. – Aposto qualquer coisa que a Donovan deve só estar dando uma de Ogilvie.

Como é que é? Que tipo de fofoca sem sentido é essa? Por que o treinador está falando para os outros que a Brooke está bem? Não está preocupado com ela? E o que essas duas querem dizer com "dando uma de Ogilvie"? Por acaso esse é, tipo, um termo que as pessoas estão usando agora? Aff, esse colégio.

Dou descarga e abro a porta da baia com uma pancada.

– Ah, oi – falo, toda fofa. A cara da Sarah Keller fica branca, e a amiga dela fica de queixo caído.– Agradeço se vocês duas calarem a boca sobre esse assunto. Vocês não sabem nada da Brooke, nem do Steve, nem de mim. – Dou um sorriso que mostra todos os meus dentes. – E não ligo para o que o treinador diz. A Brooke jamais – nessa hora, faço aspas com os dedos – "daria uma de Ogilvie". Entenderam? Por favor, vão cuidar da própria vida. Espalhar fofoca é falta de educação.

As duas balançam a cabeça, de olhos arregalados.

Dou as costas e saio do banheiro de cabeça erguida, mas um pressentimento muito ruim começou a se instalar na minha barriga. Que pai ou mãe não surta imediatamente quando a filha some? Por que o treinador não está fazendo nada? Não faz nenhum sentido.

Tem algo muito, muito errado nisso.

Quando o sino do final do último período toca, já não estava conseguindo me concentrar. Saio da última aula meio entorpecida e estou tão perdida nos meus próprios pensamentos, tentando entender o que houve, que quase bato com tudo em uma porta de escaninho aberta.

Ouvi a expressão "deu uma de Ogilvie" tantas vezes hoje que perdi a conta, e todo mundo no colégio, incluindo o treinador, parece ter aceitado o fato de que a Brooke simplesmente resolveu sumir por uns dias, como se isso fosse só uma coisa que meninas adolescentes fazem. Como se fosse normal.

Não acho que a Brooke teria fugido como eu fiz, mas o último verão me mostrou, mais do que qualquer coisa, que as pessoas nem sempre são o que parecem ser. Sim, a Kennedy comentou que a Brooke andava se desentendendo com o treinador. Talvez ela tenha *mesmo* fugido.

Só que, quando já estou quase saindo do colégio, avisto o treinador. Parado no corredor, conversando com outra professora, parecendo... normal. Como se não tivesse nada com o que se preocupar, como se a única filha não estivesse desaparecida.

Eu me aproximo dele e fico ali, parada, até a conversa acabar e a outra professora se despedir, constrangida.

Não perco tempo dando "oi".

– O senhor teve notícia dela? – pergunto para o treinador.

Ele fica com uma expressão irritada. Tenta disfarçar, estampando o sorriso mais falso que já vi na vida, mas a tentativa é frustrada.

– Oi, Alice. – O treinador fica em silêncio, como se estivesse me esperando responder com alguma gentileza besta, como se isso tivesse importância neste exato momento.

E, de repente, fico louca da vida. Tipo, revoltada, tomada pela fúria. Tenho a sensação de que ninguém está procurando pela Brooke por minha causa e, talvez, parte da minha raiva, na verdade, seja vergonha, claro, mas também... *caramba*!

– Por que o senhor não está preocupado com ela? – pergunto. Não ligo se estou sendo grossa. Apenas não ligo.

O treinador Donovan respira fundo, como quem tenta não perder a paciência.

— Estou preocupado, Alice. Mas, como já te falei, não é a primeira vez que a Brooke faz isso, ultimamente. Isso para não falar... — Ele espreme os olhos. — Você deveria saber melhor do que ninguém que, às vezes, as pessoas precisam de um tempo. Para espairecer e sei lá mais o quê. Vou pedir para a Brooke te ligar assim que chegar em casa. Tenho certeza de que ela vai gostar de saber que você estava preocupada. Agora, vá para casa, tente não se preocupar. Vejo você amanhã, tá bom? — O treinador me dá as costas e sai pelas portas duplas, banhado pelo sol da tarde, me deixando ali sozinha, com minha fúria.

Não acredito que esse cara está simplesmente ignorando a situação. A Brooke pode até ter me magoado, mas era minha melhor amiga. E eu só me cansei de não ver ninguém preocupado com a segurança dela.

E sei exatamente o que fazer em relação a isso. Enfio a mão na mochila, tiro o celular e entro nos meus contatos. Vou dando *scroll* na tela até encontrar quem eu quero. Lilian Levy.

A avó da Brooke.

"A senhora me pediu para mandar mensagem se a Brooke um dia se metesse em confusão", digito. "A senhora teve notícias dela? A Brooke não voltou para casa ontem à noite. Preocupada. SOS."

Um segundo depois, meu telefone toca.

CAPÍTULO SEIS

ALICE

2 DE NOVEMBRO

08:05

"Por que se atormentar, olhando para o pior lado da situação?... Porque, às vezes, é necessário."
AGATHA CHRISTIE,
Cipreste triste

A AGATHA CHRISTIE FICARIA orgulhosa de mim, por confiar nos meus instintos. Porque a Brooke ainda não apareceu, mas Lilian Levy saiu lá de Nova York e veio voando para cá, e as coisas finalmente estão começando a se desenrolar.

A começar por terem convocado uma reunião com todos os alunos, hoje de manhã, antes do horário das aulas, com presença obrigatória.

Entro de fininho no auditório, encontro lugar para sentar mais para o fundo. Lá embaixo, bem na frente, avisto o treinador, com cara de mau humor, levando um sermão de uma mulher idosa, bem-arrumada, de bengala. Lilian Levy.

Dou um sorriso. O treinador parece um menininho levando bronca da mãe. Ou, no caso, da sogra. Quando eu e a Brooke ainda éramos amigas, eu ia com ela para o estado de Nova York todos os anos, passar um tempo na casa de veraneio da família da mãe dela, nas montanhas Adirondack. Com a Lilian não se brinca, e sei que ela nunca foi muito fã do treinador.

O auditório começa a ficar cheio, e enterro a cabeça no celular para evitar fazer contato visual com quem quer que seja. A última coisa que quero é ouvir mais comentários sobre o que fiz no verão. O povo dessa cidadezinha precisa muito aprender a virar a página.

Ah, minha querida Lilian Levy. Eu sabia que podia contar com ela.

Um silêncio toma conta do ambiente, e tiro os olhos do celular. O Steve, a Park, a Kennedy, a Henderson e todos os demais estão sentados na primeira fileira, do outro lado do corredor, parecendo preocupados. O Steve está com cara de quem andou chorando.

Lilian Levy sobe no palco, seguida pela diretora Brown e pela srta. Westmacott. As três confabulam por alguns instantes, e aí a Brown se aproxima do microfone.

– Ol… – O microfone guincha bem alto, e ela se afasta. Algum imbecil sentado na primeira fila grita "Cadê a Brooke?!", e algumas pessoas dão risada. A Brown faz cara feia para elas e continua: – Olá, pessoal. Estamos aqui hoje porque Brooke Donovan está desaparecida. A última vez que foi vista foi por volta das dez horas da noite de Halloween, saindo do estacionamento do castelo, caminhando pela Rodovia 1, no sentido contrário ao do castelo. Vou passar a palavra para a avó da Brooke – nessa hora, a Brown faz sinal para Lilian Levy – por alguns instantes. Mas, se alguém aqui, qualquer pessoa, tiver informações sobre o paradeiro de Brooke Donovan, precisamos saber. – A diretora se afasta do microfone, fica do lado da Westmacott, e Lilian assume seu lugar.

Faz um ano que não vejo a Lilian, e ela está impecável como sempre, apesar da novidade da bengala em que se apoia, usando um spencer Chanel de tweed e calça de alfaiataria, uma maquiagem sutil e elegante. E, como sempre, está usando os óculos de armação vermelha que são sua marca registrada, óculos esses que eu e a Brooke sempre cobiçamos.

– Bom dia, pessoal. Como a maioria de vocês já deve estar sabendo a essa altura, minha neta, Brooke Donovan – por um instante, a voz da

Lilian falha, ela pigarreia e continua – está desaparecida desde a noite de Halloween. Naquela noite, ela foi a uma festa no Castelo Levy, mas não voltou para casa. Fui informada de que Brooke estava usando o uniforme de líder de torcida. Uma saia curta e uma blusa *cropped*. É possível que tenha bebido. Pelo que pude entender, o marido da minha falecida filha – Lilian retorce a boca de desgosto – a princípio suspeitou que Brooke tinha fugido de casa. Mas, a essa altura, acho que todos concordamos que simplesmente não é esse o caso.

A Lilian prossegue:

– Se alguém tiver qualquer informação de onde ela possa estar, por favor, comunique às autoridades. Estou oferecendo uma recompensa *substancial* para quem nos ajudar a localizá-la. As primeiras 72 horas são as mais importantes em casos de desaparecimento. Esse é um assunto muito sério. – Ela lança um olhar ameaçador na direção do treinador, por um instante, depois se afasta, aproximando-se da diretora Brown, e a Westmacott vai lá para a frente.

A Westmacott pigarreia ao microfone. Seu rosto está pálido.

– Oi, pessoal. Como disse a sra. Levy, se alguém souber onde Brooke pode estar, por favor, nos informe. E, se alguém precisar conversar, a porta da minha sala está aberta. Obrigada.

E, depois dessa, fomos dispensados.

CAPÍTULO SETE

ÍRIS

2 DE NOVEMBRO

12:06

ESTOU NA CANTINA, TENTANDO fazer a lição de Cálculo, quando percebo uma comoção.

Ergo a cabeça e fico surpresa ao ver uniformes azuis e olhares severos, já que um grupo de policiais está olhando para o mar de adolescentes. A diretora está com eles.

Cutuco o Spike.

— O que tá rolando?

— Em que mundo você vive, Íris? Aquela garota rica, a tal de Brooke, acho, está desaparecida... — O Spike faz careta para mim.

A Zora mordisca uma cenoura.

— Você não compareceu à reunião no auditório hoje de manhã, Íris?

— Não, eu... — Fico observando os policiais se movimentarem lentamente. — Nunca vou nesse tipo de coisa. — Cabulei a reunião, fui me esconder no canto mais recôndito da biblioteca e fiquei lendo, sentada no chão. Eu e a sra. Henley temos um acordo: posso me esconder lá desde que ajude a guardar os livros retirados de volta às prateleiras. Até ouvi um zum-zum-zum, gente falando que a Brooke não apareceu no colégio ontem, mas não prestei atenção. Ela é da turma das Tops. Essas garotas perdem aula o tempo todo. De todo jeito, eu estava com outras coisas na cabeça, tipo como fazer para mudar de identidade.

Começo a ficar toda arrepiada.

O Spike mastiga suas batatinhas sabor sal e vinagre, pensativo.

– Aquela festa no castelo, que dão todo Halloween. Ela não voltou pra casa.

"Não voltou pra casa." Meu sangue fica gelado, aquela cena da noite de Halloween repassando pela minha cabeça. A Brooke tinha sumido quando corri atrás dela. Estava escuro mesmo, ficando tarde, e voltei para casa.

Mordo o lábio.

– Ela não voltou pra casa mesmo? Nem foi pra nenhum outro lugar? – Tipo, acho que pensei que, talvez, as amigas da Brooke tivessem ido atrás dela depois da festa ou que a própria Brooke teria mandado mensagem para alguém. Jamais pensei...

O que foi que eu fiz?

A Zora tira um papel da mochila e passa para mim por cima da mesa.

– Olha. Cinquentinha mil para quem conseguir encontrar a menina. Distribuíram esses folhetos na reunião. A avó da Brooke apareceu e fez um discursinho.

Olho para o folheto, mas minha visão está borrada de pânico. A foto da Brooke no papel, toda linda e fofa, paira diante dos meus olhos.

Eu a vi, eu fui atrás dela. A Brooke sumiu. Fui para casa. Cheguei em casa umas dez e quinze da noite. Agora é hora do almoço, e a polícia está aqui na cantina. Quanto tempo faz que ninguém tem notícia da Brooke? Vi o treinador hoje de manhã, quando eu estava indo para a aula. Ele estava com a mesma cara de sempre: meio mal-humorado, agarrado nos arquivos de aulas e em uma prancheta.

Se a filha do cara está desaparecida, por que ele *apareceu* no colégio, para começo de conversa?

O cheiro das batatinhas do Spike, de repente, me dá enjoo. Dobro o folheto e guardo na mochila.

Fico observando os policiais andarem lentamente entre as mesas, acompanhados pela diretora, que aponta para alguns alunos. Devagar, esses alunos ficam de pé, um por um.

A Kennedy, a Park, a Henderson. O Steve Anderson, que está um caco, aliás. Cara inchada, ombros encolhidos.

A Park está caindo no choro. Dá para saber pelo jeito que ela encolhe os ombros e deixa o cabelo comprido cair na frente do rosto. As Tops normalmente fazem cara de tédio, mas parecem meio surtadas nesse exato momento. Até a Kennedy, que se orgulha de sempre manter a calma, está roendo a unha pintada de rosa-choque, toda nervosa. O Steve parece um cervo assustado, paralisado.

"A Brooke estava fugindo e aí sumiu."

Está um silêncio mortal na cantina, e vemos as Tops pegarem suas coisas e sair, acompanhando os policiais.

Fico observando essas garotas serem levadas da cantina.

– Eu voto no bom e velho sequestro com pedido de resgate – murmura a Zora, colocando uma mecha de cabelo laranja atrás da orelha. – Quer dizer, a família dela é cheia da grana. Aquela avó praticamente exala dinheiro.

"A Brooke passou correndo por mim."

Eu corri atrás dela e chamei, mas... nada. E aí eu simplesmente... fui para casa. Quer dizer, por que as *amigas* da Brooke não foram atrás dela?

Sinto falta de ar.

– Aposto que foi uma das três – comenta o Neil, apontando para a porta da cantina, por onde as Tops acabaram de sair.

– Aquelas garotas? De jeito nenhum! – defende o Spike. – Elas não seriam capazes de *assassinar* ninguém. Não iam querer quebrar uma unha. Tem muito tarado aqui em Enseada do Castelo. Tipo, Remy Jackson? Nunca descobriram quem fez *aquilo*.

– Eles nunca descobriram um monte de coisa. Mona Moody? A estrela de cinema que morreu no Castelo Levy nos anos 1930? – A Zora faz um tom mais grave. – São tantos mistérios na nossa bela cidadezinha à beira-mar...

Tenho a sensação de que estou sendo engolida por uma enorme nuvem de tempestade.

Dez anos atrás, Remy Jackson foi encontrada em uma lixeira, embrulhada com sacos de lixo e *silver tape*. Ela tinha 14 anos. Nunca solucionaram esse assassinato. Caso encerrado.

Aquela noite continua passando pela minha cabeça. A Brooke, brigando com o Steve, que *não parecia* o Steve, depois passando correndo bem perto de mim, e depois a estrada deserta, quando virei na curva da rodovia.

– Íris? – diz o Spike, me cutucando no braço. – Ei, Adams, você tá bem?

Tremendo, tiro o celular do bolso de trás da calça e mando uma mensagem para minha mãe.

"Mãe, aconteceu uma coisa ruim. Preciso de você."

Fico de pé, enfio o iPad e a lancheira na mochila.

– Ela deve apenas estar imitando a Ogilvie – debocha Zora. – É a nova onda entre as Tops. Sumir!

– Íris? – repete o Spike, baixinho. – Aonde você vai?

– Fui eu – falo. – Acho que fui eu. A última pessoa que a viu.

Começo a me afastar rapidamente. O Spike grita:

– Íris! Ei, Íris! – Mas não olho para trás.

O que a Zora falou fica gravado a ferro e fogo no meu cérebro: talvez, quem sabe, a Brooke, docinha feito algodão -doce, tenha ido embora sozinha depois de brigar com o namorado. Mas e se *não foi*? E se eu fui a última pessoa que a viu antes de ela desaparecer?

—

14:45

O nome do detetive é Thompson, e ele parece irritado comigo, o que acho um tanto inaceitável, já que uma garota está desaparecida. A sala onde estamos é igualzinha àquelas dos programas de tevê: uma mesa comprida e gasta, uma janela em uma das paredes, através da qual não consigo enxergar. Quem estará do outro lado, nos observando? Talvez eu não devesse ter vindo até aqui. Afinal de contas, o que sei eu? E, pelo jeito, esse cara nem *dá importância*.

– Então – diz ele, meio ríspido. – Você estava caminhando pela Rodovia 1, viu uma briga na clareira? Na festa do castelo. A srta. Donovan e o namorado, correto?

– Sim, como eu já lhe contei pelo telefone. A Brooke deu um empurrão no namorado, que também a empurrou. E depois ela saiu correndo.

– Você caracterizaria essa briga como violenta?

– Bom, eles se empurraram. E a gritaria?

O detetive anota alguma coisa no bloco.

– Por que você estava na rua tão tarde, caminhando sozinha?

– Eu não... Por que isso tem importância? – pergunto. – Eu saio pra caminhar. Estava dando uma caminhada.

A câmera de vídeo do nosso lado range.

– Você é amiga da srta. Donovan?

– Não, na verdade, não – respondo.

– Que horas você diria que ela passou correndo por você?

– Não sei. Nove e meia, quinze para as dez, talvez? Não olhei no celular nem nada.

– A srta. Donovan, por acaso, andava chateada no colégio antes disso? Algo que você possa ter notado?

— Não sei. Quer dizer, como eu disse, não somos amigas. Às vezes, ela me parecia triste. Tipo, a mãe dela morreu, mas isso já faz tempo.

Mudo de posição na cadeira. Eu e a Brooke não éramos amigas, mas eu gostava do pouco que sabia sobre ela. Não sei se brigar com o namorado é suficiente para fazer alguém fugir de alguma forma que não seja apenas temporária, mas adicione um pouco de álcool, empurrões e resquícios de luto, bom, isso já pode ser outra história. Mas também...

— Por que o pai dela estava no colégio? — pergunto. Esse fato ainda me deixa com a pulga atrás da orelha. — Quer dizer, o senhor não estaria em casa ou procurando, se sua filha estivesse desaparecida? E o namorado da Brooke? Vocês chegaram a interrogá-lo? Os dois brigaram. — Eu me sinto um pouco culpada por apontar o dedo para o Steve, mas já vi tantos programas em que o culpado é sempre o namorado, por mais legal que o cara possa parecer a princípio.

Thompson tira os olhos das anotações e fica me encarando.

— Acho que isso é algo com o qual nós precisamos nos preocupar, não você, srta. Adams. Não se preocupe, temos tudo sob controle.

Não gosto do olhar frio dele. Que me faz lembrar da vez que a polícia veio em casa, depois do incidente com o Coisa. O jeito que olharam para mim e para minha mãe, como se a gente, por algum motivo, fosse culpada. Como se fôssemos um incômodo. Como se estivéssemos mentindo. Como se eles não quisessem se dar ao trabalho.

— Sim, mas será mesmo? Eu e a minha mãe pegamos a Rodovia 1 para vir aqui e não tem ninguém lá. Foi lá que eu a vi. Vocês não deveriam estar por aí? Sabe, *procurando*?

O detetive Thompson cerra os dentes.

— Sabe, srta. Adams, eu também já fui adolescente, mas você não vai me ver sentado aqui lhe passando sermão sobre como ser adolescente. Então, talvez, só porque assistiu a alguns programas de tevê sobre policiais, não pense que sabe como fazer o *meu* trabalho, OK? Já basta a avó da garota fazendo isso, para ser bem sincero.

Certo. Lilian Levy. O discurso da reunião que eu perdi. A recompensa em dinheiro. Acho que Thompson simplesmente não gosta de dar ouvidos a mulheres. Ponto-final.

Thompson enfia um chiclete na boca.

– Voltando ao assunto em questão, srta. Adams. Então a srta. Donovan brigou com o namorado e passou correndo por você, e você foi correndo atrás dela e aí ela sumiu? *Puf?*

Algo no jeito que Thompson diz "*puf*" me irrita. E o fato de ele não ter, na verdade, respondido à minha pergunta sobre as buscas. Parece que esse cara não está levando a situação a sério.

– O senhor sempre se refere a garotas desaparecidas com "*puf*"? – pergunto, com um certo tom de irritação.

Thompson solta o lápis.

– Vou ser franco, srta. Adams. Fico feliz por você ter vindo. Estamos conversando com algumas das amigas de Brooke neste exato momento. Dando uma procurada. Interrogando convidados da festa. Mas também temos que levar em consideração o fato de que a srta. Donovan pode ter simplesmente fugido por livre e espontânea vontade. Adolescente briga com namorado, talvez meio bêbada, resolve dar uma lição nele. Chamar um pouco de atenção. Vimos isso acontecer no verão, não vimos? E é do meu conhecimento que a srta. Donovan era amiga da garota que sumiu no verão passado. Achamos que estamos lidando com um caso de imitação. Você sabe como as garotas são.

Fico encarando o policial.

– Como as garotas *são*? Somos tão levadas pela emoção que resolvemos sumir pra chatear o namorado ou algo assim?

Thompson olha para as minhas mãos, os punhos cerrados com força em cima da mesa. Os nós dos dedos estão brancos.

E aí dá um *sorriso*. Como se achasse graça da minha raiva.

– Você está bem, srta. Adams? Alguma coisa está acontecendo com *você*? Dei uma olhada na sua ficha. Teve um probleminha no seu apartamento, no verão.

Falo devagar, tentando me manter calma:

– Acho isso não vem ao caso.

Ele dá de ombros.

– Talvez você seja dessas que atraem confusão. A senhorita me parece muito chateada para alguém que nem conhecia direito a garota desaparecida.

– Estou muito chateada porque o senhor não está levando isso a sério. As garotas não são todas iguais. Quer dizer, e se ela, sabe, caiu do penhasco? Era uma festa. Talvez estivesse bêbada. Por acaso estão *procurando*?

– Como eu disse, estamos conversando com as amigas, com a família dela. Estamos fazendo buscas pelo local. Voltemos à senhorita e àquela noite. O que as amigas de Brooke fizeram quando ela saiu correndo?

Penso na noite de Halloween.

– Não foram atrás dela – conto. – Mas também essas amigas são meio terríveis, se o senhor quer saber a verdade, então isso não me surpreende tanto.

– Mas você foi atrás dela. Então, de acordo com o que temos até agora, você foi a última pessoa a vê-la. O que *você* fez quando se deu conta de que ela havia sumido?

– Eu... – Por que minha voz está tremendo? Thompson me olha tão feio que está me deixando nervosa. – Fui pra casa. Terminei minha lição, fiz *upload* no portal do colégio e fui dormir.

O detetive Thompson solta o lápis e tira sujeira da unha.

– Você não nos ligou? Para informar que havia uma garota desamparada na rodovia? Não voltou para a festa, não foi contar para as amigas dela que não conseguiu encontrá-la? Você simplesmente... foi para casa? Talvez também não tenha achado que era grande coisa, então.

Sinto um aperto no peito. Eu jamais deveria ter vindo até aqui. Esse cara, ele obviamente não *dá a mínima*.

A câmera ronca. Thompson dá umas batidinhas, e ela para de fazer barulho.

– Obrigado por ter vindo, srta. Adams – diz, por fim. – Agora temos um horário aproximado e um local onde a srta. Donovan foi vista pela última vez. Você ajudou muito. Se precisarmos de mais alguma coisa, entraremos em contato.

Ele fica de pé.

– É só isso? – pergunto, surpresa.

– É só isso – responde Thompson. E aí estende a mão, como se a gente devesse se cumprimentar ou algo assim, mas não aperto a mão dele.

Pego minha mochila, levanto e vou até a porta.

Chegando à porta, olho para trás.

– É bem verdade que uma garota desapareceu no verão e acabou sendo outra coisa – declaro. – Mas, desta vez, pode não ser isso. Não somos todas iguais.

CAPÍTULO OITO

ÍRIS

2 DE NOVEMBRO

15:15

MINHA MÃE LIGA O carro e fica esperando, como sempre fazemos, o escapamento parar de fazer aquele barulho esquisito, depois sai do estacionamento da delegacia de polícia de Enseada do Castelo.

– Você fez o certo – diz minha mãe. – Pobre da menina. Talvez esteja só entocada na casa de alguma amiga. Tomara que não seja nada mais sério nem nada parecido com o que aquela tal de Ogilvie fez no verão. Por acaso você não está dando aula particular para ela?

– O nome dela é Alice e, sim, estou dando aula particular pra ela. Mas por que todo mundo acha que a Brooke só está imitando a Alice? Ela ainda não voltou pra *casa*. E, se as amigas estão escondendo a garota, com certeza fizeram uma encenação e tanto hoje no colégio. Elas surtaram na cantina quando a polícia apareceu.

"Entocada na casa de alguma amiga" ainda quer dizer voltar para casa depois de algumas horas, no máximo depois de um dia. A Zora uma vez brigou com a mãe e ficou na casa do Spike por quase dois dias. Mas a mãe *dela* sabia onde a Zora estava. A Alice Ogilvie ficou sumida por cinco dias, cinco longos dias, período no qual ninguém teve notícias e o carro dela foi encontrado, todo destruído, em uma cidade completamente diferente. Aquilo não foi "se entocar na casa de alguma amiga". *Aquilo* durou tanto que chegou a ser assustador.

A Brooke não é de aprontar. Acho que não, em todo caso. E o Steve parecia mesmo bravo. Ela me deu a impressão de estar com medo ao fugir. Será que o Steve é mesmo um perigo? E não me canso de me perguntar: por que o treinador apareceria para dar aula se a filha dele não voltou para casa?

À medida que avançamos pela Rodovia 1, passamos por, talvez, três carros, e alguns uniformes azuis vasculhando as imediações da floresta e perto do Belvedere. Por acaso não deveria ter um monte de viaturas por ali, policiais vindos de tudo quanto é lugar, procurando pela Brooke? Não deveria haver aquela fita amarela de cena de crime, gente de macacão branco e luvas especiais, a coisa toda? E cadê os barcos? Talvez a Brooke tenha caído do penhasco do Belvedere. As pessoas caem. A cerca é detonada, estava escuro, e ela estava enlouquecida e, talvez, podre de bêbada.

Tremo só de pensar. Consigo sentir os olhos da minha mãe vasculhando meu rosto, mas fico olhando pra fora, encarando o mar pelo vidro do carro. O céu começa a escurecer sobre a água conforme nuvens de tempestade se assomam.

A voz da minha mãe sai tremida:

– Acho que eu só quero ter esperança, Íris, de que essa menina esteja apenas se escondendo em algum lugar. Porque a alternativa é...

O clima entre nós duas é tenso. Fico nervosa.

Garotas desaparecidas encontradas de repente. Em leitos de rio. No acostamento de estradas. Amarradas e descartadas dentro de lixeiras, como Remy Jackson.

– Certo – digo, baixinho.

MENSAGENS DE TEXTO TROCADAS POR R. KENNEDY E H. PARK

2 DE NOVEMBRO

15:16

Rebecca Kennedy: O q te perguntaram

Helen Park: Quem tava na festa

HP: O q rolou entre a Brooke e o Steve

HP: Se tive notícia dela

RK: É, me perguntaram isso também

HP: Vc teve?

RK: Não e vc?

HP: Não

HP: Também perguntaram da Alice. Do q rolou no verão. Como foi q ela fugiu

RK: Idem

RK: O q vc falou?

HP: Só q acho q a Brooke não faria isso

RK: É, mas você chegou a pensar q a Alice faria?

HP: Sinceramente, sim

RK: OK justo

RK: Aposto q a Brooke tá imitando ela. Sabe como as duas tão sempre tentando se superar

HP: Não sei... pode ser

RK: Perguntaram alguma coisa sobre mim?

HP: Tipo o q?

RK: Tipo onde eu tava naquela noite

RK: Aonde fui depois

RK: Esse tipo de coisa

HP: Um pouco acho

RK: O q foi q vc falou?

HP: Falei q vc tava na festa depois foi pra casa

RK: Foi só isso q vc falou?

HP: Sim. Óbvio q não contei pra eles do vídeo, se é disso q vc tá falando

RK: OK, q bom

HP: O q vc falou

RK: De onde eu tava?

HP: Não, sobre mim

RK: Q q tem vc?

HP: Sei lá, só onde eu tava naquela noite da festa e tal

RK: Tipo, não tem nada pra contar, tem? Vc só tava com a brooke e o steve como sempre certo?

HP: É

RK: Pq vc tá esquisita?

HP: Não tô

RK: Hum OK, Park. Deixa quieto, vou nessa

CAPÍTULO NOVE

ALICE

2 DE NOVEMBRO

15:20

"Não discuto com homens obstinados.
Entro em ação, contra a vontade deles."
AGATHA CHRISTIE,
O mistério do trem azul

DEPOIS DA REUNIÃO, ACHEI que as coisas iam se desenrolar, e as pessoas iam começar a levar essa situação a sério. Mas, pelo jeito, meus colegas não ficaram tão intimidados por Lilian Levy quanto os policiais de Enseada do Castelo. Mesmo depois de a polícia ter aparecido na hora do almoço e tirado várias das minhas ex-amigas do colégio para irem prestar depoimento, a expressão "deu uma de Ogilvie" continua pairando nos corredores, como se os burros dos meus colegas ainda achassem que tudo isso é uma piada.

A diretora Brown me pega quando já estou saindo, para me avisar que os policiais exigem minha presença na delegacia. Considerando o que aconteceu na hora do almoço, esse desenrolar dos acontecimentos não me surpreende.

Um minuto depois, paro no estacionamento da delegacia. Fica a poucas quadras do colégio, mas o céu está com um tom perturbador de cinza-chumbo, e o vento está mais forte. Como estamos bem na costa, as tempestades que caem em Enseada do Castelo vêm rápido e são violentas. Ser pega desprevenida por uma delas é, sem dúvida, desagradável.

A delegacia fica bem no centro da cidade, decorada com palmeiras altas que, tenho quase certeza, não são nativas da região. Só sei que o pai da Kennedy, que é diretor do Comitê de Planejamento de Enseada do Castelo, fica mandando importar e replantar palmeiras toda vez que uma delas morre. Parece muito trabalho só por causa de umas árvores, se quer saber minha opinião.

Saio do carro de cabeça erguida, como se meu coração não estivesse batendo bem alto dentro do peito, a cem quilômetros por hora. A última vez que estive aqui foi logo depois daquele *incidente* que ocorreu no verão, e essas lembranças estão ameaçando vir à tona.

Quando o detetive Thompson sai pelos fundos e me vê, faz cara feia. Não dá para dizer que somos melhores amigos. Esse cara foi uma das pessoas com as quais menos gostei de lidar depois que voltei, o que realmente quer dizer muito. Tem um monte de candidatos nessa lista.

– Alice – diz ele –, é sempre um prazer vê-la. Que interessante: você, pelo jeito, sempre acaba aparecendo na minha delegacia. Venha comigo.

Reviro os olhos, e o Thompson segura a portinhola, permitindo que eu passe para o outro lado do balcão. Vou atrás do cara até os fundos da delegacia, entro em uma pequena sala de interrogatório saída direto de *Lei & Ordem: Unidade de Vítimas Especiais*. Está igual desde a última vez que estive aqui. Feia.

Nos livros da Agatha Christie, os interrogatórios com testemunhas e suspeitos são conduzidos de uma forma mais elegante, em salas de estar chiques e a bordo de navios a vapor de luxo. Na próxima vez que eu me envolver em um mistério, prefiro que seja em um lugar mais interessante do que Enseada do Castelo.

O Thompson vem logo para cima de mim.

– Alice, tenho certeza de que você sabe por que está aqui. Ficamos sabendo que você compareceu à festa de Halloween lá no castelo, na noite em que Brooke Donovan desapareceu. Correto?

– Sim – respondo.

O Thompson anota alguma coisa no caderno.

– Várias testemunhas disseram que você e Brooke tiveram um desentendimento naquela noite.

– "Desentendimento" me parece uma palavra muito forte, mas, sim, discutimos. Mas preciso contar...

– Qual foi o motivo? – interrompe o Thompson.

Fico em silêncio. Sinto um calor subindo pelo pescoço, mas obrigo minha voz a continuar firme:

– A Brooke não ficou muito feliz que eu apareci.

O Thompson levanta a sobrancelha para mim.

– Ah, é? E por quê?

– Eu não era exatamente bem-vinda na festa.

– Hum... – Ele escreve mais alguma coisa no caderno. – Então, você aparece na festa sem ser convidada. Você e Brooke discutem. Steve Anderson também estava lá? Se bem me lembro da conversa que tivemos ainda este ano, vocês dois namoravam, correto? E agora ele está namorando a srta. Donovan?

– Sim, mas...

– Steve estava envolvido nesse desentendimento?

– Um pouco. Mas...

– Você se lembra se ele estava bravo quando você foi embora?

Fico em silêncio, tentando pensar na melhor maneira de responder.

– Por favor, responda à pergunta, Alice. Estou tentando determinar qual era o estado de espírito de Steve Anderson quando você saiu da festa. Vou perguntar de novo: ele estava bravo?

– Sim, ele estava chateado, mas...

– E quando foi que você saiu da festa? – Ele me interrompe *de novo*. Meu Deus, é frustrante lidar com esse homem. O Hercule Poirot nunca tratava as pessoas que interrogava desse jeito e era tão pomposo que até a Agatha Christie não suportava o cara. E olha que foi ela quem o *criou*.

Aperto bem os lábios.

– Por volta das 21:45, acho eu? Todo mundo ainda estava lá.

– Você foi direto para casa? Ou se demorou?

– Me demorei como?

Thompson franze o cenho e dá de ombros.

– Às vezes, as pessoas se demoram. Sabe, depois de discutirem. Querem ter a última palavra. Sair por cima. Você ficou por lá? Talvez tenha falado com Brooke de novo? Discutido mais um pouco, dessa vez em particular?

Fico boquiaberta.

– Como? Por que o senhor está me perguntando isso? – Eu sei por que ele está me perguntando isso, afinal não sou burra, mas quero que o Thompson confirme e diga na minha cara. A polícia *me* considera suspeita.

– Por favor, apenas responda à pergunta.

Fico tentada a ser grossa também, mas respiro fundo para não perder a paciência. Depois do que rolou no verão, aprendi, da pior maneira possível, o que acontece quando a gente bate boca com policiais.

– Não! Não fiquei lá. Fui pra casa. Pra minha *casa*.

O Thompson fica em silêncio, pensando na minha resposta.

– Mais alguém te viu? Em casa?

A Brenda estava dormindo quando voltei e, obviamente, nem meu pai nem minha mãe estavam lá. Sacudo a cabeça.

– Não.

– Interessante. – Ele anota mais alguma coisa, depois olha para mim de novo. – É estranho você ter desaparecido há poucos meses e depois ter reaparecido como se nada tivesse acontecido. E agora aqui estamos nós, com outra garota desaparecida com que lidar. Você e Brooke eram amigas. Por acaso você chegou a contar para ela o que fez durante sua ausência? Deu algumas dicas de como fugir?

Fico indignada. Ah, *lá* vamos nós. É por *isso* que estou aqui.

– Por acaso o senhor está tentando me dizer que a Brooke simplesmente fugiu? Como eu?

Ele dá de ombros.

– Você precisa admitir que é uma grande coincidência.

– Às vezes, coincidências acontecem, não é mesmo? Sei que o senhor falou com o Steve, a Kennedy, a Park, com *todos* eles. Tiveram notícias da Brooke? *Alguém* teve notícia dela nos dois últimos dias?

– Não, Alice, mas isso não quer dizer...

– A Brooke não faria isso. Estou dizendo que não faria. Agora, por que vocês todos não vão...

Ele me interrompe.

– Alice, por favor. Quem está conduzindo este interrogatório? Você ou eu? – O Thompson ignora o fato de eu ter olhado feio para ele, empurra a cadeira para trás, raspando-a no chão, e fica de pé. – Obrigado pela cooperação. É tudo que precisamos da senhorita neste momento. – E faz sinal para eu me levantar.

Continuo onde estou. Vim até aqui para falar uma coisa e vou falar, mesmo que seja, literalmente, a última coisa que eu faça. A Miss Marple não engoliria essa palhaçada, e eu também não vou engolir. A Miss Marple é uma velhinha durona dos livros da Agatha Christie que não é detetive nem policial nem nada, e muita gente a subestima por esses motivos. Mas nunca deixa isso impedi-la de descobrir a verdade: ela é extremamente inteligente e entende como os seres humanos se comportam.

– A Brooke não faria isso. – Lanço o meu melhor olhar feio de Alice Ogilvie para o Thompson. – Ela não fugiu. Olha, de início eu também achei que a Brooke poderia estar me imitando. Tipo, óbvio que, nos últimos tempos, ela tem feito tudo o que eu faço. Mas, como o senhor mesmo disse, *ninguém teve notícias dela*. Isso não lhe parece nem um pouco estranho?

O Thompson tem a audácia de revirar os olhos. A mais completa grosseria.

– Agradeço *muito* a sua opinião, Alice, mas estamos resolvendo essa questão.

– Vocês não estão...

Ele ignora o fato de eu estar tentando dizer algo e simplesmente fala ao mesmo tempo:

– Não que eu lhe deva explicações, mas *estamos* conduzindo buscas. Infelizmente, contudo, está começando a cair uma tempestade, então teremos que adiar a busca mais intensa até amanhã de manhã. Estamos tentando empregar nossos recursos *bastante* limitados da melhor maneira possível, para que o que aconteceu conosco no verão não se repita. Como tenho certeza de que você bem se lembra, isso não acabou muito bem, não é mesmo? Muito tempo e muito dinheiro foram desperdiçados. Você sabe disso melhor do que ninguém.

Sacudo a cabeça com veemência.

– O senhor precisa me ouvir. É diferente. A Brooke não é igual a mim. Tem alguma coisa estranha nisso tudo. Ela teria entrado em contato com alguém a essa altura, se estivesse bem. Sugiro que o senhor repense seu modo de conduzir essa investigação.

– Ah, você sugere, Alice? – diz o Thompson, com um tom sarcástico. – E como *você* sugere que procuremos por uma garota desaparecida?

– Bem, em primeiro lugar – falo –, eu levaria em consideração a *personalidade*. A Brooke jamais deixaria as pessoas tão preocupadas com ela. – Levanto o dedo. – Mesmo que esteja puta com o treinador, teria ligado pra uma das amigas de qualquer maneira. O fato de ninguém ter recebido notícias dela significa que a Brooke está em perigo. E isso significa que o senhor precisa começar a procurar por toda Enseada do Castelo, já.

Ele relincha. *Relincha* mesmo, como se fosse a maldita da minha égua ou algo assim.

– É mesmo, Alice? No verão, por acaso *você* se deu ao trabalho de pegar o celular e avisar para alguém que estava bem? Eu já ouvi o suficiente, obrigado. Está na hora de você ir embora. Sei que a senhorita é jovem. Mas, um dia, vai descobrir que as pessoas podem lhe surpreender – completa, como se eu já não soubesse disso. Como se eu não fosse *especialista* nesse assunto.

– Pode até ser, *policial* – falo, toda fofa. – Mas qualquer pessoa que saiba *o mínimo* a respeito de como se soluciona um mistério sabe que entender a mente e a personalidade da vítima é a chave para solucionar um crime.

CAPÍTULO DEZ

ÍRIS

2 DE NOVEMBRO

16:10

– ALICE? – PROCURO pelo quarto. Está tudo escuro. As cortinas estão fechadas. Tem um ar de desespero e tristeza, como se a pessoa aqui dentro tivesse sofrido uma grande humilhação e estivesse enfurnada.

– Quê? – Uma voz abafada, vinda de baixo de uma montanha de cobertores cor-de-rosa e roxos que está na cama enorme da Alice.

– Hum, hora da aula particular? – Vou para o outro lado do quarto, até o sofá, com cuidado para não pisar em nenhuma das roupas ou livros espalhados pelo chão. – Atena e Aracne não esperam por ninguém.

Pego um dos livros, um exemplar de capa mole, surrado, intitulado *Os cinco porquinhos*.

O volume de cobertores se mexe.

– Quem são essas e qual é a delas?

– Basicamente, duas mulheres fodonas que se meteram em uma disputa para ver quem tinha as melhores habilidades artísticas, e uma delas acabou virando aranha.

– Interessante.

Tento uma abordagem mais compreensiva:

– Sei que a Brooke era sua amiga e tudo mais. Você deve estar chateada.

– Ela deixou de ser minha amiga no instante em que ficou com meu namorado. Mas, sim, estou chateada. Com muita coisa. Ter que ir à delegacia e ser interrogada, ter a polícia tipo, sabe, *me* acusando de ter algo a ver com o desaparecimento da Brooke. É, com tudo *isso*.

Dou uma folheada no livro. Até que é interessante. Costumo preferir livros sobre crimes de verdade, algo um pouco mais radical. Sempre achei Agatha Christie uma coisa tão água com açúcar, de velhinha, mas talvez eu esteja enganada.

– Eu também fui – falo, timidamente. – À delegacia.

Alice emerge do meio dos cobertores, com o rosto amassado, o cabelo bagunçado.

– Por quê, caramba? O que você tem a ver com isso? Você nem é amiga dela. Você nem é amiga de ninguém, né? – Ela mexe no cabelo delicadamente, alisando as partes emaranhadas.

Ignoro o comentário sobre meus amigos, porque aposto que, se eu fosse Brooke Donovan, o Spike, a Zora ou algum outro Pé-Rapado teria ido atrás de mim, procurado por mim ou algo assim. Nenhum dos amigos da Brooke fez isso por *ela*. Pelo jeito, nem o Steve, nem o pai dela.

Eu me arrependo de ter falado, mas agora é tarde demais.

– Porque eu estava lá, é por isso. Não na festa, mas perto. Eu estava fazendo uma caminhada.

Resolvo não comentar que a Alice quase me atropelou, já que, pelo visto, ela nem percebeu ou nem liga.

A Alice está me encarando de um jeito curioso, com um brilho nos olhos e uma expressão determinada. Como isso está me deixando nervosa, começo a tagarelar:

– Eu vi a briga. Entre a Brooke e o Steve. Eles estavam se empurrando. E aí ela saiu correndo e passou por mim. Sabe aquela primeira curva da estrada? Fui atrás dela, porque nenhuma das Tops fez isso. Mas a Brooke tinha sumido quando cheguei à curva. Só que não consigo imaginar aonde ela pode ter ido. Quer dizer, Alice, *cadê* a Brooke?

– As Tops? – pergunta Alice. – O que é isso? Uma espécie de código?

Fico com a cara vermelha.

– É, hã, assim que todo mundo chama vocês. Quer dizer, você e o seu... pessoal. A Turma dos Tops. Porque vocês são, bom, quer dizer, vocês mandam no colégio.

– Que grosseria, não? Tipo assim, a gente não fica botando todos vocês no mesmo saco.

– Não? Você acha que foi *a gente* que se deu o apelido de Pés-Rapados?

A Alice ignora meu comentário e ergue o queixo.

– Você foi muito legal. Por ter ido atrás dela. Não acredito que ninguém mais fez isso. – Fica em silêncio por alguns instantes. – Bom, talvez eu *possa*. Quer dizer, apesar de o próprio pai da Brooke, pelo jeito, achar que não é nada. Eu é que tive que ligar pra avó dela. – A Alice fica enrolando a ponta do cobertor no dedo.

– Foi *você* que fez isso? – pergunto.

– Sim! Porque, obviamente, o treinador não ia fazer.

– Alice... – Fico em dúvida.

– Que foi? – Ela me parece irritada, fica cutucando as cutículas.

Respiro fundo, porque o que vou dizer é meio assustador, para ser sincera. E, se eu falar em voz alta, pode se tornar mais real.

– Alice, tipo, você acha mesmo que a Brooke simplesmente fugiu, como você fez? Não acha que, talvez, seja outra coisa... outra *pessoa*? Esse tipo de coisa?

A Alice fica tensa.

– Eu, definitivamente, não acho que a Brooke tenha fugido. Ela não daria conta, pode acreditar. A Brooke é muito apegada ao conforto. Mas a outra... não pode ser isso. Simplesmente não pode.

Baixinho, falo:

– Pode, sim. Quer dizer, e o Steve? O namorado...

– Não – responde a Alice, com firmeza, olhando bem feio para mim.

– Também é possível – prossigo, bem devagar – que ela, sabe, tenha caído nos penhascos. Vi alguns policiais por lá depois que fui interrogada, mas não vi nenhum barco na água. Será que nem estão procurando pela costa?

A Alice não olha para mim. Está imóvel.

– Não quero pensar nisso – diz, por fim. – Só sei que, pelo jeito, a polícia está pondo a culpa em *mim*, como se a Brooke estivesse imitando o que eu fiz.

Tiro o caderno da mochila e pego uma caneta.

– OK, vamos só repassar tudo, coisa por coisa.

– Como é que é?

– Vamos só anotar o que a gente sabe e o que a gente acha. A sua amiga está desaparecida. Você acha que ela não fugiu. Talvez, elencar as possibilidades pode te ajudar ou, tipo, desencadear alguma lembrança. De onde a Brooke pode ter ido.

A Alice fecha os olhos e solta um suspiro.

– Fui pra festa. A Brooke ficou puta por eu ter aparecido lá. A gente discutiu aos gritos. O Steve me acompanhou até o carro. A Brooke nos seguiu. Fui embora. Fui pra casa. Tomei banho, li meu livro. Na manhã seguinte, fui pra aula, e a Kennedy me contou que o Steve e a Brooke tinham brigado, como se isso fosse culpa *minha*. A Kennedy sabe ser tão...

– Concentre-se – falo, com delicadeza.

– *Aff*. A Kennedy falou que era pra Brooke ter dormido na casa dela, mas não apareceu. Ela achava que a Brooke devia ter ido pra casa, no fim das contas, mas o treinador pensava que ela estava na casa da Kennedy.

Anoto isso.

– Você não acha que a Kennedy está tentando acobertar a Brooke? Tipo, que talvez a Brooke esteja na casa dela, relaxando na sala de jogos ou algo assim?

– Sala de jogos? O que é isso? 1975?

– Existe a possibilidade de a Kennedy estar mentindo pra acobertar a Brooke?

A Alice pensa a esse respeito.

– Sim e não. Quer dizer, quem não mente pra acobertar as amigas de vez em quando? Mas ela me pareceu sinceramente preocupada quando o treinador disse que não sabia onde a Brooke estava. E por que a Kennedy ficaria desse jeito se não fosse verdade?

– As pessoas mentem – ressalto.

– A Kennedy não sabe mentir. Ela simplesmente não sabe ficar de bico calado. – Nessa hora, a Alice franze o cenho. – Aí, a gente pensou, ah, talvez o Steve tenha encontrado a Brooke depois da festa. Pensei, por um segundo, que talvez ela tivesse ido pra uma pousada: a Brooke gostava de ficar na Brasão de Família, aliás, estava sempre indo lá com o Cole...

– Espera aí, a Brooke e o Cole ficavam? – Tento manter um tom neutro.

Mas minha cara me entrega.

– Íris Adams – ronrona a Alice. – Você tem uma quedinha pelo Cole Fielding? Ora, ora.

– Cala a boca. Vamos voltar para o assunto em questão.

– Mas aí a gente viu o Steve, ele estava um caco. Tinha perdido um tênis, estava todo sujo e me pareceu genuinamente surpreso quando a gente falou que a Brooke tinha sumido.

Tiro os olhos das anotações, e o rosto da Alice está todo enrugado, pensativo.

— O que mais me incomoda é o seguinte: você não ficaria preocupado se ninguém mais tivesse visto sua filha desde a noite anterior, numa festa? Você não ligaria pra polícia na mesma hora? A Brenda ligou, quando eu sumi. Mas o treinador simplesmente foi dar a primeira aula. Foi por isso que mandei mensagem pra Lilian.

Olho para minhas anotações. "Treinador: comportamento suspeito? Steve: briga com Brooke, alega não saber onde ela está. Kennedy: alega que Brooke não foi dormir na casa dela."

Alice prossegue:

— Tenho quase certeza de que foi a Lilian quem chamou a polícia.

Fico batendo o dedo na folha do caderno.

— Se eu vi a Brooke por volta das dez da noite, são nada mais, nada menos, do que onze horas até alguém se dar conta de que ela está desaparecida. Supostamente.

— E? — pergunta a Alice, impaciente.

— Bom — digo, devagar. — É um tempão, dá pra um monte de coisa acontecer. Número um, ela sai correndo pela Rodovia 1, talvez tenha se escondido no mato por um tempo? Ou talvez tenha ido até o Belvedere e escorregado.

A Alice estremece.

— Você não pode ignorar essa possibilidade.

— Continua — diz Alice.

— Número dois, alguém está com ela. Minha amiga Zora acha que é um lance de sequestro para pedir resgate, mas ela tem uma tendência ao exagero.

A Alice pega o caderno da minha mão.

— Vou anotar essa, porque vai saber... A Brooke é uma herdeira, caramba.

— Número três: A Brooke mandou mensagem pra alguém, pedindo carona, e está escondida em algum lugar. Ou chamou um Uber, está te imitando, em alguma outra cidadezinha, o que me faz pensar...

A Alice estala os dedos.

— *Cadê* o celular dela? Ninguém falou nada do celular. Não conseguem rastrear e tal? A Brooke jamais entregaria o celular pra alguém, teria resistido. Mas vou ter que discordar sobre ela ter saído da cidade. A Brooke nunca usou transporte público na vida e prefere conforto. Quer dizer, eu *conheço* essa garota. Ela *faria as malas* antes de fugir. Eu? Só dei no pé.

Pego meu caderno de volta, delicadamente.

— Número quatro. É o pior, mas é necessário. Ela foi agredida por alguém.

— Bom, essa é certamente uma coisa horrorosa de se dizer, Íris. Valeu mesmo.

— Não dá pra descartar. — Olho para minhas anotações de novo. — São três opções: ter fugido, acidente ou a coisa ruim. Tinha *um monte* de gente na festa. Vai saber quem poderia estar passando de carro pela Rodovia 1 e ter visto a Brooke? E vai saber quando vamos descobrir, porque, pelo jeito, não está rolando muita coisa *no quesito* investigação.

Alice sai da cama bufando e começa a andar de um lado para o outro.

— Dá pra acreditar que a polícia nem vai realizar mais buscas hoje? Aquele detetive me falou que suspenderam, por causa da tempestade. Basta uma chuvinha para não saírem para procurar uma garota desaparecida?

Pensar na incompetência da Delegacia de Polícia de Enseada do Castelo, além de toda a lição de casa que ainda precisamos fazer, está me dando dor de cabeça. Fecho o caderno e coloco no chão.

— Acho que é melhor a gente começar — falo, pegando o iPad na mochila. Vários papéis saem junto com ele e, quando vou recolher tudo, dou de cara com o anúncio de *desaparecida* que a Zora me entregou na cantina. O papel fica me encarando do carpete da Alice.

Olho para o folheto. É a foto da Brooke no segundo ano, o cabelo comprido e castanho brilhando, os olhos límpidos, azul-claros. Está encaixada na reentrância de uma árvore, linda e perfeita. "Você me viu?", diz o folheto. "Desaparecida desde 31 de outubro, às 22 horas, na Rodovia 1 ou em seu entorno, na saída do Castelo, possivelmente perto do Belvedere. Brooke Donovan. 1,65 metro de altura, 55 quilos, cabelo castanho, olhos azuis."

Tem algo de muito triste em ver uma garota que a gente conhece, mesmo que seja só de vista, reduzida a uma foto impressa em uma folha de papel e a um pedido de ajuda.

No pé do folheto está escrito: "Cinquenta mil dólares de recompensa por informações que levem ao paradeiro de Brooke Donovan".

A Alice aponta para o folheto.

– A grana é toda da Lilian, aliás. O treinador é só um cara normal. Quando se casou com a Victoria, teve que assinar um acordo pré-nupcial e tal. A família Levy designou um administrador do patrimônio, acho eu, que cuida das despesas da Brooke e da manutenção da casa. O treinador recebe uma quantia mensal, mas isso vai acabar quando a Brooke fizer 18 anos, em dezembro. Ela comentou sobre isso algumas vezes. Depois que a mãe morreu.

Guardo o folheto na mochila, com cuidado para não amassar. Deve ser legal pra Brooke, pra Alice e pras outras garotas iguais a elas, simplesmente... ter dinheiro.

Cinquenta mil dólares.

Certos pensamentos, tipo o que essa recompensa poderia significar para mim e como vou pôr as mãos nela, começam a se insinuar no meu cérebro, mas também sinto uma certa vergonha deles. Uma garota sumiu. É *com isso* que eu deveria me importar, não com esses rabiscos no meu caderno, falando do Steve, do treinador e da Kennedy. Mas cinquenta mil dólares poderiam tirar a mim e minha mãe de Enseada do Castelo, nos levando para bem longe do Coisa.

Enfim...

Ligo o iPad.

– Quer fazer a lição de História? É hora da monarquia na aula da Hansen. Ela gosta de passar umas molezinhas que nem essa. A gente só precisa escolher quatro esposas do Henrique VIII, ler as bibliografias e escrever um resumo. É isso.

– Íris? – A voz da Alice, de repente, fica com um tom determinado, e eu ergo a cabeça. – Por que simplesmente estamos sentadas aqui?

– Porque temos lição de casa pra fazer?

– Minha amiga está desaparecida. A polícia está fazendo corpo mole, e agora cancelaram a busca perto dos penhascos, que é o último local em que ela foi vista, por causa de uma chuvinha? Eu me preocupo com a Brooke. Quer dizer, eu não gosto dela, mas ainda a amo, se é que isso faz sentido. E estou preocupada. E quero fazer alguma coisa. Não quero só ficar aqui sentada, lendo sobre um cara nojento qualquer que mandou decapitar as esposas.

– Bom, ele não decapitou *todas* as esposas...

– Íris. – A Alice suspira, pega na minha mão e me faz levantar. – Eu não posso apenas não fazer nada. E posso ver que você também se importa, porque você estava tomando nota. Você está meio que *metida* nisso.

– Metida no quê? – pergunto, desconfiada, tirando o meu braço da mão dela. – Estou metida na lição de casa, isso com certeza. E em não ir mal...

– Metida em encontrar a Brooke. E estou entediada. Então vamos. – Os olhos da Alice brilham.

– Vamos *aonde*?

– Vamos. Pros penhascos. Pro castelo. Dar uma volta pelo último lugar em que achamos que a Brooke esteve. Investigar. Se a polícia não vai fazer nada, por que nós não podemos fazer? Você acha que a Miss Marple ficaria aí sentada, se preocupando com as esposas do Henrique? Eu acho que não.

Ela já está calçando os sapatos, procurando um casaco.

– Mas isso seria contaminar as provas, poderia causar confusão.

A Alice me olha com um brilho nos olhos.

– Íris Adams, achei que você era do tipo de garota que poderia gostar de causar confusão. Ou me enganei a esse respeito?

Olho para meu iPad, pensando na nossa lição de casa. Brooke Donovan está desaparecida, e ninguém, pelo jeito, acha que pode ser algo mais do que uma adolescente boba que está de sacanagem, só se divertindo.

A Alice tem razão. Vamos só dar uma olhada. Provavelmente, não vai acontecer nada. Não vamos encontrar nada. É melhor do que ficar lendo sobre um rei terrível que conseguia o que queria matando as esposas.

CAPÍTULO ONZE

ALICE

2 DE NOVEMBRO

16:54

"Intuição é como ler uma palavra
sem precisar vê-la por escrito."
AGATHA CHRISTIE,
Assassinato na casa do pastor

QUANDO PARAMOS NO ESTACIONAMENTO vazio do castelo, vinte minutos depois, o céu desabou, a chuva cai aos cântaros e bate no para-brisa do meu carro, com força e velocidade. Em qualquer outra circunstância, eu teria sugerido que a gente voltasse para casa e tomasse uma bela xícara de chá quente em vez de ficar andando por aí com esse tempo, mas já se passaram dois dias inteiros, e ninguém teve notícias da Brooke. Ninguém mesmo. E precisamos fazer algo a esse respeito, *já*.

Se a Lilian não tivesse chegado à cidade, será que a polícia teria ao menos começado a procurar por ela? O treinador bateu tanto na tecla de que a Brooke simplesmente fugiu, naquele primeiro dia. Por que não acha estranho o fato de a filha não ter entrado em contato com ninguém? Que tipo de pai não vai procurar imediatamente a filha desaparecida? Sei que o fato de eu ter sumido no verão passado deixou todo mundo desgostoso, mas também sei que *eu* e a *Brooke* não somos a mesma pessoa.

Estaciono e pego, no console, a lanterna grande e pesada que trouxe de casa. Vai escurecer dentro de uma hora, no máximo, e sabe-se lá quanto vamos demorar. Não sabemos qual foi a distância que a Brooke percorreu naquela noite.

A Íris vira para trás e pega os guarda-chuvas que estão no banco, guarda-chuvas esses que tiramos do armário de casacos da minha casa.

– Preparada? – Ela me oferece um dos guarda-chuvas, e eu pego.

Faço que sim e saio do carro, enfrentando a chuva gelada, tentando pensar no que fazer e aonde ir primeiro. O que a Agatha Christie faria? Tento incorporar a rainha. Não posso dizer que investigo desaparecimentos de garotas com frequência. Muito menos de garotas que conheço.

– Eu vi a Brooke correndo naquela direção. – Íris rompe o silêncio do outro lado do carro. Vai até a parte da frente do veículo, segurando o guarda-chuva o melhor que pode, com essa água toda, e aponta para a estrada. – Ela e o Steve estavam brigando ali – nessa hora, aponta para uma área perto do caminho principal que leva ao castelo –, e aí a Brooke saiu correndo. Subiu por ali, na direção da curva da estrada. Pensando bem, acho que pode ter ido para o meio do mato. Quem é que continuaria simplesmente correndo pela rodovia, né? Eu ia querer sair da estrada, tirar um tempo para me acalmar... – O telefone dela toca, interrompendo-a. – Espera aí – diz, tirando o aparelho do bolso de trás.

Estou prestes a protestar, a dizer que, seja lá quem estiver do outro lado da linha, não pode ser mais importante do que o que estamos fazendo, mas ela já está falando.

– Quê? Não, Spike, não estou. *Saí*. Com quem? Eu... – A Íris olha para mim e fala mais baixo: – Alice. – Fica em silêncio. – Sim. *Ogilvie*. Você sabe que estou dando aula particular pra ela... A Alice quis vir até o castelo procurar.... Sim. Mesmo com esta chuva. Certo. Sim. Quê? Não, Spike, não... Alô? *Alô?* – Um segundo depois, a Íris tira o celular do ouvido.

– Amigo seu? – pergunto, erguendo a sobrancelha.

– Ah, era só o Spike – responde ela, como se esse nome devesse significar alguma coisa para mim.

– Spike? – repito.

– Sim. Meu amigo. Spike. Está com outros dois amigos nossos. Todos eles estão no clube de ciência forense e se dedicam mesmo a esse tipo de coisa, principalmente o Neil. Estão vindo pra cá. Pra nos ajudar.

– Pra nos *ajudar*? – Com certeza, não sei direito o que estou fazendo, mas também não preciso que um monte de pessoas aleatórias apareça aqui para bagunçar tudo antes mesmo que a gente consiga começar.

A Íris solta um suspiro.

– É. Quando o Spike põe alguma coisa na cabeça, ninguém consegue tirar. Mas acho, sim, que eles podem ser úteis nesse exato momento. Tipo assim, eu não sei o que estou fazendo... você sabe?

Aperto os lábios e dou de ombros.

– Acho que não.

A Íris parece incerta.

– Além do mais, não é que eu ache que a gente vá... mas se encontrarmos *mesmo* alguma coisa, tipo, importante, não acho que seja de todo mal ter mais gente conosco. – Ela treme e esfrega o braço com a mão livre. – Fui a última pessoa a ver a Brooke – completa, e o que diz sai meio abafado, por causa da ventania. – Eu deveria ter feito *mais*. Ter corrido mais rápido, ficado por aqui. Chamado a polícia logo depois do ocorrido. – A Íris morde o lábio, as bochechas ficando vermelhas. Será que ela vai chorar? Não sei lidar com gente que chora. Minha mãe me informou, anos atrás, que chorar é uma qualidade pouco atraente e, depois disso, parei.

Dou um tapinha no ombro dela, constrangida.

– Passou, passou.

A Íris olha para mim com um sorriso minúsculo no rosto.

– Por acaso você acabou de me falar "passou, passou"?

Agora é a minha vez de ficar vermelha.

– Desculpe, eu... – começo a dizer, mas sou interrompida por um carro que entra no estacionamento cantando pneu. E passa por cima de uma poça gigante, fazendo voar água bem em cima de mim e da Íris antes de parar. – Que merda é essa?

– Chegamos aqui em tempo recorde – diz um cara que sai do banco do motorista, dando um soquinho no ar. Ele é baixinho e atarracado, tem uma daquelas barbinhas esquisitas e ralas que, pelo jeito, os garotos adolescentes acham bonito. Sopra nas próprias mãos. Está gelado aqui, por causa do vento que vem do mar e da chuva que aperta mais a cada segundo que passa.

– O fato de já estarmos dentro do carro ajudou. Mas tudo bem, Neil – resmunga uma garota que sai do banco de trás do carro de duas portas, precisando se espremer para não bater no banco do motorista antes de, finalmente, se libertar. Ela tem cabelo curto laranja, na altura das orelhas, e olhos marcados com delineador preto pesado. Fica com uma mão completamente inútil em cima da cabeça, vai correndo até a parte de trás do carro e abre o porta-malas. – Ainda bem que a gente trouxe isso. – Então tira lá de dentro uma sacola preta pequena e vários guarda-chuvas.

– O que tem nessa sacola? – Dirijo a pergunta a Íris, mas o terceiro integrante do trio responde, saindo do carro pelo lado do passageiro. É alto e magrelo, tem cabelo castanho cacheado na altura do ombro e está usando um casaco militar verde *oversize* que meio que o engole.

– É o nosso kit do clube de ciência forense. E aí, Íris? – O cara abana para ela e dá um sorrisinho tímido. Reconheço esse sorriso. É o mesmo sorriso que eu via na cara do Steve sempre que a Brooke estava por perto, nas semanas antes de ele terminar comigo. Na época, eu não me dei conta, mas, agora, com certeza sei o que esse sorriso significa. Alguém tem uma quedinha. Interessante.

– E aí, Spike? – responde a Íris, passando por mim e se aproximando dos amigos. Reconheço os três, que sempre se sentam na mesa dos fundos da cantina, onde as pessoas esquisitas comem: é possível que o Spike-Quedinha estivesse na minha aula de Geometria do ano passado, mas não tenho cem por cento de certeza disso. Boa parte da minha atenção na época era tomada pelo Steve, em garantir que ele não deixaria de me encontrar depois de uma aula e de me acompanhar até a seguinte.

– Então – diz o primeiro cara, passando a mão no cabelo molhado e pulando de um pé para o outro, todo empolgado. – Por onde começamos? Vamos refazer os passos da Brooke naquela noite, correto? Vai ser um pouco difícil por causa dessa chuva, mas, Íris, você disse que a viu. Pode nos mostrar por onde ela foi? Mesmo que muitas das pegadas tenham desaparecido com a chuva, talvez ainda possamos encontrar...

– Com licença – interrompo, apertando os lábios. Sei que eles estão aqui para *ajudar*, supostamente, mas quem são essas pessoas? – Eu sou a Alice. – Bato no peito. – E vocês?

Os três param de andar de um lado para o outro e me encaram.

– A gente sabe quem você é, Alice – diz o garoto-que-ama-Íris, fazendo uma cara engraçada. – *Todo mundo* sabe quem você é.

No passado, se alguém me dissesse isso, eu teria sentido uma pontadinha de prazer, mas o arrepio que percorre meu corpo agora não tem nada de prazeroso.

– Que ótimo. Certo. Mas quem são vocês? – Sei que, em teoria, a Íris acabou de dar "oi" para ele, mas eu gostaria de uma apresentação formal, por favor e obrigada.

– Spike – responde o garoto. O que ligou para a Íris e insistiu em vir para cá. Faz sentido. – E essa é a Zora. E o Neil. – Os dois abanam.

– *Obrigada*. Agora podemos seguir em frente.

– Ótimo. – Neil não pensa duas vezes. Tira a sacola do ombro da Zora, que olha feio para ele. Das duas, uma: ou o cara não percebeu ou ignorou. O tal Neil joga a sacola em cima do porta-malas fechado do carro e começa a tirar coisas aleatórias lá de dentro: saquinhos herméticos, luvas de plástico e uma coisa pequena, redonda e preta.

– Por acaso isso é uma *bússola*? – pergunto.

— Sim — responde ele, bem sério. — Podemos nos perder no mato. Segurança em primeiro lugar. — Então coloca as coisas de volta na sacola.

Abro a boca para argumentar que podemos simplesmente usar a bússola do nosso *celular*, caso isso aconteça, mas a Íris me lança um olhar do tipo "deixa quieto", então fecho a boca. Que seja. Leve a bússola, veja se eu ligo. Vejo as horas no telefone.

— Podemos, por favor, andar logo? Essa chuva está descontrolada, e logo vai escurecer. — Tremo. — A Íris disse que viu a Brooke sair correndo dali. — Aponto para a entrada do castelo, onde costuma ser a festa de Halloween. — Ela foi naquela direção. — Aponto o lado da Rodovia 1 oposto ao que estamos, na direção do mato. — É isso, Íris?

— Sim. — Agora que os amigos dela chegaram, a Íris me parece estar diferente, de algum jeito. Mais à vontade. Os olhos brilham de empolgação. — OK. Será que a gente deveria se dividir?

— Se *dividir*? — repete o Neil, como se essa ideia fosse uma ofensa pessoal contra ele. — Não, não. Não. Vamos ficar juntos. Está escurecendo, e olha esse *tempo*. Além disso, há onças-pardas. A união faz a força, Íris. Isso pra não falar que o assassino pode estar por aqui. Eles gostam de fazer isso. Aparecer nas cenas de crime pra sentir o gostinho da emoção.

Ao ouvir a palavra "assassino", sinto um enjoo de pavor. Sei que eu e a Íris conversamos exatamente sobre isso há pouco. Sei que essa é a outra opção, certo? Se a Brooke não fugiu nem foi sequestrada. Mas, mesmo assim... Ouvir isso dito em voz alta é algo completamente diferente.

— Ela não está *morta* — diz Íris, com a voz trêmula. Não sei se ela acredita nas próprias palavras.

O Neil dá de ombros.

— Tem certeza? Já se passaram dois dias. Quarenta e oito horas, quase. E hoje li que, em 88,5 por cento dos casos, jovens que são sequestrados morrem dentro de 24 horas...

Fico irritada. A Íris chega mais perto de mim, colocando a mão no meu braço com gentileza. “Desculpa”, fala, sem emitir som. Faço sinal de que não foi nada. Sei, melhor do que ninguém, que não dá para controlar os amigos. O cara começa a ir para o outro lado do estacionamento, dirigindo-se ao ponto em que a Íris perdeu a Brooke de vista.

Chegando lá, subimos com dificuldade pela encosta escorregadia da rodovia, indo em direção ao alto do morro, no meio das sequoias. Aqui, as árvores são tão altas que é difícil ver o céu. Andamos poucos metros, as copas bloqueiam quase toda a chuva, mas o ar fica mais gelado. Tremo de frio. A Brooke devia estar superchateada para vir correndo para cá. Ela sabe que, à noite, quase não dá para ver nada.

O Neil e a Íris, que estão liderando o grupo, param na minha frente, do nada. O Neil escorrega pelo chão e se segura no tronco mais próximo.

– Não sei pra que lado ela foi depois daqui – comenta a Íris, frustrada. – Pode ter ido em qualquer direção, na verdade.

O Neil aponta para o alto, onde o morro se torna mais íngreme, mais rochoso, mais perigoso.

– A menos que ela estivesse com equipamento de escalada, duvido que tenha avançado muito naquela direção. Meu palpite é que a Brooke continuou acompanhando a estrada, provavelmente na direção em que você a viu. Pra ficar perto das luzes dos carros que passam, sabe?

A Íris balança a cabeça, concordando, e um segundo depois eu faço o mesmo. Tudo bem, o cara é bom nisso. Talvez, contar com a presença dos amigos da Íris não tenha sido a pior ideia do mundo.

Ouço uns grunhidos atrás de nós, porque a Zora e o Spike, os retardatários, nos alcançam. A Zora põe a mão livre no joelho e respira fundo.

– Eu não tinha me dado conta de que as atividades desta noite incluiriam treino aeróbico.

O Spike solta uma risada debochada.

– Zora, a gente ia *andar de patins*. Isso, *sim*, é um treino aeróbico.

Ela solta um suspiro.

– Ah, por favor. Você sabe que eu só ia junto pela carona. E pelo colírio. – Nessa hora, pisca para a Íris, que fica vermelha. Que colírio? Quem é... me dou conta, com um susto, de que devem estar falando do Cole Fielding. Que trabalha lá há séculos. Quando ele e a Brooke saíam, a Brooke me obrigou a ir ao rinque de patinação para encontrar o cara.

Senhor, será que *todo mundo* desta cidade está apaixonado por esse garoto? Pobre do Spike.

O Neil ignora os dois. Estou me dando conta de que ele não veio até aqui para ficar de conversa-fiada, *de jeito nenhum*. Enfia a mão na sacola, que leva a tiracolo, e tira dela luvas de látex e saquinhos herméticos.

– Toma. Todo mundo pega um kit e calça as luvas. – Ele entrega tudo para nós quatro. – Não queremos contaminar a cena do crime, mais do que a chuva já fez. – E se vira para mim: – Além disso, antes de começarmos: Alice, você pode nos dizer alguma coisa a respeito daquela noite? Sei que você e a Donovan tiveram uma bela de uma briga na festa de Halloween, e que você ameaçou a Donovan...

– Como *é* que é? – Ergo a sobrancelha. – Eu o quê? – É isso que a central de fofocas está dizendo? Jesus, não é pra menos que, ontem, a polícia me arrastou até a delegacia.

O Neil tem a decência de ficar envergonhado.

– Hã, desculpa, isso não saiu como eu pretendia.

O Spike fica entre nós dois.

– Acho que o Neil – ele dá um soco no braço do outro garoto – está tentando dizer que, se você se lembrar de alguma coisa que a Brooke disse naquela noite que poderia ajudar, pode ser bom nos contar.

Sacudo a cabeça.

– Não. Ela estava simplesmente puta. Comigo... e com o Steve.

Atrás de mim, a Zora murmura, de um jeito sinistro:

– Se quer saber minha opinião, *sempre* é alguém próximo da vítima. Tipo da família... ou o namorado.

Viro para ela.

– E você sabe disso como? – retruco, erguendo a sobrancelha. – Porque tem diploma de Psicologia e Ciência Forense? – Quem essa garota acha que é?

Ela dá de ombros.

– Sei lá. De todo modo, vocês viram a recompensa em dinheiro que a avó está oferecendo? Um belo de um trocado.

Faço careta. Não sou muito fã dessa garota.

– OK – diz o Neil, me fazendo parar de prestar atenção na Zora. – Vamos nos separar em diagonal e andar, digamos, uns quinhentos metros. Ninguém vai muito longe, mas, Spike: você está com o melhor calçado pra andar nesse tempo, então fica com o caminho que sobe mais pelas árvores, onde é mais escorregadio...

– Ah, valeu – resmunga o Spike.

– Zora, você é a próxima, depois vou eu, depois a Íris. – Ele faz sinal com a cabeça para ela. – Depois você, Ogilvie.

Aperto os lábios ao ouvi-lo me chamar pelo meu sobrenome, mas obedeço. Enquanto vou descendo até a estrada, ouço a Zora perguntar como vamos fazer para saber o que são quinhentos metros, o que é uma pergunta pertinente. O Neil fala para a gente andar só até ele gritar para todo mundo parar. Esse Neil, com certeza, não se constrange de assumir a liderança.

É estranho procurar alguma coisa que a gente não sabe de fato o que *é*. Estou tentando encarar isso como o Poirot encararia. Como a Miss Marple encararia. Como a própria e brilhante Agatha Christie encararia. Obviamente, nem tudo é uma pista. Como o papel de chiclete prateado que vejo enterrado embaixo de um montinho de folhas. Pego o papel o enfio no bolso, só por garantia, mas esse tipo de coisa não vai nos ajudar em nada. Acho que não. Há grandes chances de ser mais uma distração do que qualquer outra coisa: precisamos nos concentrar no que é importante, no que pode de fato nos levar até a Brooke. Tipo, sei lá. Algo como uma arma ou dois pares de pegadas? Ou, tipo, rastros de pneu de um carro em fuga. Alguma espécie de sinal de que alguém a pegou.

Enquanto andamos, não paro de olhar para a floresta. Mal consigo enxergar a Íris, que está logo adiante, de cabeça baixa, procurando. Estamos andando há alguns minutos quando avisto um pequeno pedaço de tecido molhado, meio enfiado debaixo do pé de concreto de um banco. Eu me abaixo e pego – uma estrela de *jeans* – e enfio no bolso, junto com o papel de chiclete.

Poucos minutos depois, o Neil grita:

– OK, podem parar, pessoal. Desçam o morro. Alice, fique onde está. – Fico esperando por eles e fecho mais meu casaco leve. Definitivamente, não escolhi uma roupa adequada para enfrentar essa chuva. A luz do dia está desaparecendo atrás dos penhascos, e está ficando um frio dos infernos aqui.

– Alguém achou alguma coisa suspeita? – pergunta o Neil, quando a gente se reúne.

Penso nas coisas que estão no meu bolso e estou prestes a comentar, quando a Íris fala:

– Eu vi lixo, mas... – E aí ela dá de ombros.

O Neil revira os olhos.

– Ótimo, Íris. Mas eu estava falando de alguma coisa real. Tipo uma peça de roupa que vocês saibam que é da Brooke. Pegadas que não foram apagadas pela chuva. Algum sinal de luta. Algo que possa nos levar ao nosso próximo passo. – O poder de estar no comando, com certeza, está subindo à cabeça do Neil. Santo Deus.

A Íris fica vermelha.

– Desculpa, *Neil*. Eu... só... Como podemos ter ideia do que estamos procurando? Ou, tipo, quais são os sinais de luta no meio da floresta? É difícil saber. – A empolgação que ela sentia antes diminuiu.

O Neil faz uma cara pensativa.

— Bom, agora vamos fazer a mesma coisa do outro lado da estrada, OK? Talvez ela tenha atravessado... é bem mais difícil andar deste lado, por causa do morro, do que lá perto dos penhascos. E, à noite, também é bem mais fácil de enxergar do lado de lá.

Estou ficando frustrada, minha calça está empapada, e a chuva começou a nos fustigar desde que saímos da cobertura da copa das árvores. Mas, como isso também foi ideia minha, para começo de conversa, e quero ajudar a Brooke, não posso simplesmente dar para trás. Acho que pensei que a gente daria de cara com algo gritante, mas está começando a parecer que isso não vai acontecer. A Íris falou que viu um monte de policiais aqui mais cedo, andando pelo local, então talvez não tenha sobrado muita coisa para a gente encontrar.

Atravessamos a rodovia de novo e chegamos ao Belvedere, uma clareira ampla, com bancos espalhados, onde os turistas gostam de parar para ver a vista quando estão passando pela cidade. Daqui, é fácil ver o mar. Tem uma cerca contornando parte do local, mas está quebrada em vários pontos. O Conselho de Enseada do Castelo anda mesmo deixando a desejar no quesito manutenção dessa área.

Fico parada. Já estive nesse lugar cerca de três trilhões de vezes na vida, mas estou ficando com a pele toda arrepiada, e não só porque estou ensopada e com frio. Eu gostaria de estar em casa, enfiada debaixo das cobertas, debochando das aulas particulares da Íris, do imbecil do Henrique VIII e das suas esposas imbecis.

A Zora é a primeira a falar:

— Ela pode ter escorregado ou algo assim, sabe? Não é impossível.

— Não sei, não — discorda o Neil. — Ela cresceu aqui... Sabe que não deve chegar muito perto da beirada.

— Mas ela estava bêbada — murmura o Spike. — Certo? Foi isso que eu ouvi dizer. Pode ter ficado tonta e tal. Desmaiado.

A Íris dá de ombros.

— A Brooke não me pareceu estar tão bêbada assim quando passou correndo por mim. Mas acho que eu estava bem longe.

O Spike fica de quatro, perto da beirada do penhasco. Meu corpo inteiro treme.

— Ei! — grito. — Cuidado. Está escorregadio. O que você está procurando, aliás?

— Não sei — resmunga ele. — Cabelo preso nas rachaduras? — A Íris vira para mim. Acho que está tentando ver se estou bem. Endireito os ombros e balanço a cabeça para ela, de leve.

— Mas, se foi o namorado, acho que ela não estaria aqui. Acho que o cara teria, tipo, desovado a garota em outro lugar — comenta a Zora, como se isso não fosse nada de mais. — Ou talvez ela ainda esteja viva, em algum porão. Não é implausível.

Jesus, essa garota precisa dar *um tempo*.

— Você pode, por favor, parar de especular? — Minha voz sai mais brava do que eu pretendia, mas sinceramente...

— Desculpa — dispara a Zora. — Mas o criminoso quase sempre é alguém que a vítima conhecia muito bem.

A Íris se coloca diante da Zora.

— A gente ainda não sabe o que aconteceu, se é que alguma coisa aconteceu — diz. — Vamos continuar caminhando. — Eu me dou conta, com um susto, de que a Íris está me defendendo para a amiga. Quando foi a última vez que alguém me defendeu? Nunca, talvez.

Começamos a andar de novo, mas o Neil fica parado, olhando para o Belvedere, observando as ondas. E tira uma foto da água com o celular.

— Cara — grita o Spike. — Você vem ou não?

— Sim — berra o Neil, guardando o celular no bolso. — Já vou.

Andamos alguns metros pela trilha e aí, do nada, uma van entra meio, derrapando no acostamento, bem à nossa frente, e para de supetão. Está escrito

"KWB" na lateral do carro. É o canal de notícias local. Que ótimo. Incrível. Fantástico. Era exatamente disso que a gente precisava agora. Repórteres.

A porta da van se abre, e uma mulher se debruça para fora, segurando um guarda-sol de golfe por cima dos cabelos ruivos e cacheados. Ela abana.

– Oi, pessoal!

Todos nós ficamos parados no lugar.

– Ah, não, caramba – resmunga o Spike, entre dentes.

– Pessoal! – repete a mulher, que agora já saiu completamente da van. Um homem largadão sai atrás dela, equilibrando com uma mão uma câmera enorme, que tem uma minissombrinha presa na parte de cima. – O que vocês estão fazendo aqui? Sabem que estão perto do local onde Brooke Donovan, a garota desaparecida, foi vista pela última vez? Vocês a conhecem? São colegas dela na Escola de Ensino Médio de Enseada do Castelo? – A mulher pousa os olhos em mim, e sua expressão muda por completo. – Ah! – exclama. – Ah, conheço *você*. Alice Ogilvie.

Sinto um aperto no peito. Eu também conheço essa mulher. Tessa Hopkins, do canal de notícias local. Depois que eu reapareci, no verão, ela não parava de me ligar, tentando conseguir uma entrevista comigo. A Brenda por fim mandou ela se catar, e as ligações pararam, mas essa mulher não aceita "não" como resposta facilmente.

– Alice, você tem um minutinho? – Ela faz sinal para o câmera, que coloca o equipamento no ombro e deixa cair a minissombrinha no chão. É melhor torcer para essa coisa ser à prova d'água. – Você pode me dizer: você e Brooke Donovan planejaram isso? Você some durante o verão e aí ela some alguns meses depois? Para dar uma lição em todo mundo? – A Tessa está bem na minha cara agora, me metralhando com perguntas imbecis, igualzinho ao que todo mundo tem feito, como se fosse tudo culpa minha.

Eu nem tento me segurar. Estico o braço, arranco o microfone da mão da Tessa Hopkins e atiro no meio da Rodovia 1, depois sacudo para ela a lanterna pesada imbecil que eu estava carregando.

– Se você não nos deixar em paz neste exato momento, vou pedir pros meus pais te processarem por assédio – falo. O câmera abaixa a filmadora e dá um assovio.

– Acho que, na verdade, você não pode fazer isso, Alice – diz Tessa Hopkins, secando uma gota de chuva perdida do rosto. – Liberdade de imprensa.

Minhas narinas se dilatam.

– Espera só pra ver... – falo. Dou um passo na direção dela. A Tessa dá um passo minúsculo para trás.

– Vai embora logo, mulher do noticiário – grita o Spike.

A Tessa fica com uma expressão irritada. Tenho certeza de que não está acostumada a receber ordens de um monte de adolescentes, mas esta adolescente já se cansou dessa merda. Um instante depois, ela põe a mão no bolso do blazer e oferece alguns cartões de visita pra gente.

– Tudo bem. Se algum de vocês quiser conversar – diz –, sabem onde me encontrar.

A Zora passa o braço na minha frente e arranca os cartões da mão dela.

Ficamos olhando a Tessa e o câmera andarem pela Rodovia 1, indo buscar o microfone.

Mais perto da beira do penhasco, o vento está ainda mais forte, fazendo a chuva bater no nosso rosto à medida que o céu escurece. O Neil fica parando atrás de nós, mexendo no celular, digitando.

– Neil – diz a Zora, exasperada. – Presta *atenção*.

– Estou prestando – retruca o Neil. – Estou prestando muita atenção, na verdade. Estou checando o mapa das mar... – Ele fica calado ao olhar para a lateral do penhasco.

– Pessoal?

A voz dele está trêmula.

Nos reunimos em volta do Neil.

– Pessoal – repete ele, apontando para o mar lá embaixo.

Do meu lado, a Zora solta um ruído minúsculo e abafado.

Olho para baixo.

Ali, jogado no meio das rochas escarpadas, tem um cadáver.

Um cadáver com o rosto virado para baixo, de jaqueta de couro preta, cabelo loiro comprido esparramado, flutuando na água feito algas; pernas nuas e azuladas saindo de uma saia curta, de pregas, de líder de torcida. Sendo fustigado pela chuva forte.

O tempo para.

Brooke.

– Viu, mesmo que ela tenha caído do Belvedere, o corpo dela teria sido arrastado, por causa da maré e das correntes – sussurra o Neil. – E teria se machucado toda, por causa do deslocamento, dos barcos e, tipo, das coisas que tem lá embaixo. Pode ter ficado presa em uma piscina criada pela maré ou algo assim. Se mudou de lugar, a gente não a encontraria ali. Encontraria...

– Aqui – completa o Spike. – Ai que merda. – Ele tira o telefone do bolso. – Precisamos chamar a polícia.

Duas coisas acontecem depois.

A Zora vomita nos arbustos, e eu, sem nem pensar, pego na mão da Íris quando meu corpo começa a tremer, com meu choro silencioso.

O silêncio pesado é interrompido por um ruído.

– Caramba – diz uma voz conhecida e ofegante. E eu me viro e lá está ela: Tessa Hopkins, parada atrás de nós, tapando a boca com a mão.

KWB, CANAL 10

2 DE NOVEMBRO

18:02

• BOLETIM URGENTE •

Âncora Ben Perez: Boa noite. Sou Ben Perez, e este é o *Notícias às Seis*, da KWB. Esta noite, trazemos novidades explosivas da reportagem que tem dominado as manchetes da região central da Califórnia nos últimos dois dias: a história de Brooke Donovan, a estudante do ensino médio de 17 anos que está desaparecida. Brooke é, claro, filha de Victoria Donovan, da família proprietária da Levy Cosméticos, que, no ano passado, ficou na posição 122 do ranking das maiores famílias de bilionários do mundo da revista *Forbes*. Ficamos sabendo que a família está empregando sua considerável influência política para pressionar as autoridades locais encarregadas deste caso.

Âncora Valerie Metz: Obrigada, Ben. Brooke Donovan sumiu na noite de Halloween, dois dias atrás. Seu desaparecimento foi comunicado às autoridades pela avó, Lilian Levy, da Levy Cosméticos, mas inicialmente se supôs que ela tinha fugido.

Ben Perez: Isso mesmo, Valerie. Nossas fontes dizem que a polícia tem motivos para acreditar que o corpo encontrado o de Brooke Donovan. Nossa repórter Tessa Hopkins está no local. Tessa, você está me ouvindo?

Repórter Tessa Hopkins: Obrigada, Ben. Apesar de a polícia ter procurado por Brooke Donovan em Enseada do Castelo nas últimas 48 horas, a maior busca estava planejada para amanhã de manhã, por causa da chuva. Mas, esta noite, adolescentes da cidade encontraram um corpo na água, no pé destes penhascos atrás de mim. Seria o de Brooke Donovan? Até agora não sabemos, porque o corpo ainda precisa ser identificado pela família. Mas, se for mesmo a srta. Donovan, muitas perguntas terão que ser respondidas. Como ela foi parar na água? Foi acidente? Ou um crime? Continuem ligados.

Ben Perez: Desculpe a interrupção, mas acabei de ser informado pelas nossas fontes de que a polícia já está com um suspeito sob custódia. Estamos tentando obter mais informações sobre isso neste exato momento e voltaremos com novidades à medida que mais notícias forem chegando.

CAPÍTULO DOZE

ALICE

2 DE NOVEMBRO

20:00

"Acho que as pessoas costumam matar quem amam com mais frequência do que quem odeiam. Possivelmente porque as pessoas que amamos são as únicas que podem tornar nossa vida insuportável."

AGATHA CHRISTIE,

A casa torta

MINHAS MÃOS NÃO PARARAM de tremer desde que saímos dos penhascos. Não sei quando eu e a Íris nos separamos, mas ela estava ali, segurando minha mão, e, um minuto depois, tinha ido embora. Voltei para casa já faz um tempo. A Brenda preparou um banho de banheira para mim e, durante todo o tempo, minhas mãos continuaram tremendo. Depois também. Agora, ainda estão tremendo.

Tudo por causa daquela imbecil da Brooke Donovan.

Que está *morta*.

Um suspiro de assombro e um choro interrompem o silêncio do meu quarto. Viro a cabeça – literalmente *viro a cabeça* – para ver de onde veio o barulho, antes de me dar conta de que, é claro, veio de mim. Da minha própria boca.

A Brenda ergue os olhos. Está sentada do outro lado do quarto, lendo um livro na poltrona reclinável gigante que tenho desde a época do ensino fundamental.

– Você está bem, Alice? – pergunta, em voz baixa.

Faço que sim, piscando muito. Era nessa poltrona que a Brooke costumava se sentar quando vinha em casa, naquela época, com a desculpa de fazermos a lição de casa juntas. Mas, na verdade, vinha para me fazer companhia, quando eu me sentia sozinha. A gente nunca falou disso, mas sei que é verdade. Eu sempre preferia ir para a casa dela: a mãe da Brooke sempre estava lá, carinhosa e acolhedora.

Fico imaginando como deve ser aquela casa agora. De três sobraram dois e agora de dois sobrou...

Interrompo esse pensamento antes que dê tempo de terminá-lo e viro para o lado, com o celular na mão. A Íris não para de me mandar mensagem para ver como estou, mas ainda não respondi. Não sei o que dizer.

Nem ficar vendo o TikTok sem pensar em nada está ajudando: não paro de me deparar com vídeos em homenagem à Brooke e um monte de comentários falando do Steve. Pelo jeito, alguém viu o cara ser levado para a delegacia há pouco, e a fofoca está aumentando. Somando isso com a briga na noite de Halloween, ele já está se tornando o principal suspeito aos olhos dos meus colegas.

Penso naquela manhã, dois dias atrás, lá no colégio, como ele estava esquisito e desgrenhado, um caos com o rosto todo arranhado. Sem um dos tênis. Tento visualizar: o Steve, naquela noite, bravo, brigando com a Brooke. Encontrando-se com ela depois da festa. Brigando mais um pouco. Chegando cada vez mais perto da beirada do penhasco, até que...

Uma mensagem apita no celular, de um número que não conheço. Provavelmente é spam. Quando abro, vejo que só tem duas linhas, mas definitivamente não é spam.

Trouxeram Steve para interrogatório. Parece que deu ruim.

Minha pulsação se acelera.
"Quem é?", digito.

Um amigo.

Um amigo?? que amigo? Kennedy? É você? Você acha mesmo que essa é uma boa hora pra me trolar? Não sei se vc ficou sabendo, mas tive uma NOITE PÉSSIMA.

Não é a Kennedy.

Estou ficando puta. Como eu disse, tive uma noite bem terrível, e não estou com paciência para joguinhos nesse exato momento.

QUEM É, ENTÃO?

Alice, é um amigo, OK? Juro.

Como você sabe meu nome??

você sabe quem eu sou?

Sim. Alice Ogilvie. Sei que você estava preocupada com sua melhor amiga. Com o fato de ninguém estar procurando por ela. Sei que você é inteligente e obstinada e quer saber o que realmente aconteceu com ela

Você pode, por favor, dar mais detalhes a seu respeito?

Como a gente se conhece? Qual é o seu nome?

Não posso te dizer isso. ainda não. Apenas saiba que quero ajudar. Mas você não pode contar pra ninguém sobre mim

Ajudar?? Como?

Posso conseguir coisas. informações. Sei como são os policiais desta cidade.

Começo a digitar coisas e apago – quero saber mais... Quero saber *tudo*, mas obviamente, seja lá quem for, não vai me contar isso neste exato momento.

OK, o que você pode me contar então?

Neste exato momento, o que você precisa saber é que Steve está na delegacia e as coisas não estão boas pro lado dele

Faço careta para a tela do celular. "Tipo assim, isso não é nenhuma informação nova. Estavam postando isso nas redes sociais."

Ficam sem responder por um tempo, e acho, por um instante, que a pessoa desistiu. Mas aí:

OK. Lá vai. Ele está sendo preso, oficialmente.

Peraí, como? preso?

Sento na cama, com o coração a mil.

– Alice? – diz a Brenda, com um certo tom de preocupação.

– Tô bem – respondo, tentando, o melhor que posso, deixar a tremedeira de fora da minha voz. Afundo a cabeça de novo no travesseiro, digitando furiosamente.

OI??

Tenho q ir desculpa. Logo + entro em contato.

Mando mais umas duas mensagens para esse número, pedindo mais informações, mas ninguém responde. Como alguém pode jogar uma bomba dessas em cima de mim e simplesmente sumir? Meu coração está batendo a três quilômetros por minuto dentro do peito. Deve ser algum engano, certo? Não tem como os policiais terem provas suficientes para *prender* o Steve, tem? Uma imagem de agora há pouco passa pela minha cabeça: a chuva, o corpo flutuando, a Brooke...

A Brenda levanta da poltrona, e é só aí que percebo que estou choramingando. Ela se aproxima de mim e põe a mão fria na minha testa. É algo que já fez tantas vezes – quando fico doente, na noite em que fiquei menstruada pela primeira vez, na vez que eu e o Steve tivemos uma briga feia depois do baile da primavera, no segundo ano, e ele me falou que estava de saco cheio de ser tratado feito um acessório: mas esta noite é diferente.

O toque da pele dela na minha faz algo explodir no meu peito, algo que estava amarrado bem apertado há muito, muito, muito tempo e, de repente, em vez de dar boa-noite para a Brenda, estou chorando. Muito.

E, como ela é a Brenda, só balança a cabeça, senta na cama do meu lado e me abraça.

MENSAGENS DE TEXTO TROCADAS

ENTRE R. KENNEDY E H. PARK

3 DE NOVEMBRO

13:20

HP: Não consigo nem pensar. Tô na aula de cálculo, mas vão nos liberar. Me encontra no Podrão.

RK: Não pode ser verdade. E EU ODEIO aquele banheiro, mas OK.

HP: Ouvi falar q o Steve ainda tá na delegacia. Pq ele ainda tá lá?

RK: Talvez pq tenha sido ele

RK: Tipo, não me surpreenderia, pra ser sincera. NUNCA vi ele daquele jeito do Halloween

HP: Ele tava descontrolado

RK: Park?

HP: Vc acha que fizeram exame de drogas nele?

RK: Exame de drogas nele?!

HP: Deixa quieto

RK: Hum, OK. kd vc, já tô no Podrão

RK: Vc acha q ele tava DROGADO?

HP: Q? não. vc acabou de falar q ele tava esquisito

RK: Bom, ele tava

RK: Aposto q vão fazer a gente ir na delegacia de novo, todo mundo

RK: Pra falar com a gente tipo sobre onde a gente tava

RK: Não vou mostrar o vídeo

HP: Hahaha

RK: Hahaha??? qual é o seu problema

HP: Nada... Tô meio... espera tô chegando

RK: Quê

HP: Brooke

HP: Ela morreu. Ela MORREU. Não era isso q deveria ter acontecido

HP: Porra.

RK: Tô aqui. Tudo bem. Tô aqui.

HP: Não consigo lidar

RK: Tô bem aqui

HP: Tô surtando

RK: Tudo bem, tô aqui

HP: Não sei o q fazer

RK: Não, quero dizer tô LITERALMENTE BEM AQUI. NO BANHEIRO. DO SEU LADO. JESUS CRISTO CARALHO, HELEN, LARGA ESSE CELULAR.

CAPÍTULO TREZE

ÍRIS

3 DE NOVEMBRO

17:32

TALVEZ SEJA INSENSÍVEL. TALVEZ seja egoísta ou cruel da minha parte fazer isso, já que uma garota morreu.

Mas é isso que a gente faz quando não sabe o que mais fazer. A gente anda de patins.

Fomos andar de patins quando a Zora terminou com aquela garota de Carmel. Fomos andar de patins quando a mãe do Neil recebeu o diagnóstico. Andamos de patins durante toda a quimioterapia dela. Andamos de patins durante a remissão dela.

E agora estamos andando de patins no meio disso. Dando voltas e mais voltas no Penhasco Patinação. As luzes cor-de-rosa, roxas e laranja piscando nas paredes, algum hit da música disco antiquíssimo vibrando do sistema de som.

O anúncio veio pelo sistema de som do colégio. Que o corpo da Brooke Donovan tinha sido identificado. Que a srta. Westmacott estava à disposição dos alunos que precisassem conversar. Que não haveria mais aula naquele dia.

E aí, não pelo sistema de som, mas por mensagem de texto, boatos e cochichos, veio a notícia de que o Steve Anderson foi preso pelo assassinato da Brooke Donovan.

Mandei três mensagens para a Alice, falando que, talvez, a gente devesse cancelar a aula particular já que, sabe, *Brooke*. A *amiga* dela. Mas a Alice não respondeu. Falei que estaria no rinque, caso quisesse conversar.

Estou um pouco preocupada com a Alice, para ser sincera. Não que eu a conheça tão bem assim, mas o pessoal estava falando coisas pelos corredores. Que, como ela não apareceu na escola, talvez... estivesse envolvida. Já vi programas policiais suficientes para saber que, com certeza, o namorado normalmente é o culpado, mas, de vez em quando, acontece que uma namorada ajuda o cara. Não que eu ache que a Alice seja esse *tipo* de namorada, mas é só que... andam falando dela há meses, e os boatos cobram seu preço.

Então, aqui estamos nós, deslizando em volta do rinque, uma coisa interminável e tranquilizante.

Spike passa zunindo por mim, vai mais devagar, me rodeia. Ele manda muito melhor do que eu, apesar de nós dois virmos aqui desde que a gente era pequeno.

— Steve Anderson — fala, simplesmente.

Olho feio para ele.

— Possivelmente.

O Spike dá de ombros.

— Ele me parecia um cara legal, mas será que a gente conhece mesmo as pessoas, Íris? — Então se afasta de mim, a milhão.

Estou pensando que eu deveria dar uma olhada no celular, que ficou no escaninho, quando a vejo perto da parede, abanando freneticamente para mim.

E o que eu vejo *não* é a Alice Ogilvie que eu conheço.

Essa não é a mesma Alice Ogilvie que está na minha órbita desde o jardim da infância. Aquela Alice era cheia das alfinetadas, dos "Problema seu", o próprio retrato do cabelo perfeito e das roupas perfeitas. Impenetrável.

A Alice parada diante de mim, quando chego patinando, está de calça de moletom e de blusão de tricô desbeiçado e prendeu o cabelo, que costuma estar perfeito e escovado, com um... *scrunchie*.

– Meu Deus – diz ela, observando o rinque. – Não venho aqui desde que a Brooke me arrastou, pra disfarçar, quando ela estava com o Cole.

Meus olhos se dirigem a Cole Fielding, normalmente tão falante e fofo, entregando patins prostrado atrás do balcão. O garoto está tão abalado que nem jogou charme para cima de mim quando fui pegar os patins, o que foi muito decepcionante.

– Alice – falo. – Sinto muito. Pela...

– Estou em um *estado* – diz ela, baixinho. – Essa é a palavra que não para de passar pela minha cabeça. Isso é esquisito? Um *estado*.

– Alice. É luto. Você está de luto. Fala comigo.

Os olhos dela lacrimejam por breves instantes.

– Você ficou sabendo, certo? Do Steve? Claro que sim. Todo mundo ficou sabendo. Você ouviu o que mais estão falando? As pessoas estão me mandando mensagem agora, sabe? Tipo "E aí, Alice, foi você? Foi você que ajudou o Steve?".

– As pessoas são escrotas, Alice. – Dou uns tapinhas na mão dela. Por um instante, a Alice deixa, depois tira a mão.

– Em todo caso, passei a noite em claro, desde que fiquei sabendo que o Steve foi pres...

A Alice tapa a boca com a mão.

Fico encarando.

– Espera aí. Como você ficou sabendo ontem à noite que o Steve foi preso, se só anunciaram *hoje*?

A Alice descobre a boca.

– Não me pergunte. É melhor você não saber.

Fico calada, com uma expressão impassível, para a Alice não saber em que estou pensando. Quem a Alice conhece que *sabe* das coisas? E como ela *conheceria* alguém que *sabe* das coisas?

Resolvo apenas balançar a cabeça. Uma hora ou outra, vou descobrir.

A Alice pisca.

– Então. Enfim, desde que fiquei sabendo, passei a noite inteira pensando...

A Zora passa, me pega pelo braço e me arranca dali.

– Ei, Alice, vem patinar com a gente – diz. – Vai pegar uns patins. Vai espairecer sua cabeça.

– Íris! – grita a Alice, franzindo o cenho.

– Ei, a gente estava *conversando* – falo para a Zora. – Sei que você não gosta dela, mas a Alice está tentando falar *comigo*. A amiga dela *morreu*.

A Zora solta um suspiro.

– Tudo bem, mas, independentemente do que ela diga, não leve muito a sério, OK? Quer dizer, você sabe o que andam dizendo. A Alice pode muito bem ter sido cúmplice.

Então me olha com uma cara de sabe-tudo.

Eu me desvencilho da Zora.

– Se a Alice foi cúmplice, eu sou o quê, então? Provavelmente, fui a última pessoa a ver a Brooke com vida, certo? Talvez tenha sido *eu*.

Paro de novo na frente da Alice.

– Essa garota é tão mal-educada – reclama ela, descascando o esmalte da unha, ansiosa. Respira fundo. – Olha. Acho que... tudo isso pode ser culpa minha. Sabe? Se eu não tivesse batido o pé e ido naquela festa? E se o Steve e a Brooke não tivessem brigado? Talvez nada disso teria acontecido. A Brooke talvez ainda estivesse viva.

Meu coração congela. É uma porrada de culpa para sentir e, de repente, fico com pena de Alice Ogilvie.

– Alice, antes de mais nada, *não*. Se *foi* o Steve, foi o *Steve*, e a culpa é *dele*. Eu fico puta com muita gente o tempo todo e por acaso assa...

– Você disse "se".

– Disse, e daí?

– E daí que você não acredita que foi ele.

– Não foi isso que eu disse. Só sou uma pessoa que acha que, até terem reunido todas as evidências, nada é definitivo. E não ouvi nada a respeito das evidências, você ouviu? E, tipo, você não viu aquele programa da Netflix? Em que os policiais basicamente coagiram aquele garoto a confessar que tinha matado a garota? Vai saber o que rolou na delegacia. Eu assisti àquele programa com a mulher que cuidava de...

– Eu gosto de assassinato, sabia? Quer dizer, não assassinato-*assassinato*, mas de ler sobre isso. Passei muito tempo lendo esse verão. Agatha Christie. Mistérios. Gosto de enigmas.

– Tô ligada. – Não sei aonde ela quer chegar com isso.

– E tenho tentado desemaranhar as coisas na minha cabeça. Só que não faz sentido pra mim. O que poderiam ter contra o *Steve*?

– Continua.

– Quer dizer, ao menos interrogaram, digamos, o treinador? Porque eu, pra início de conversa, continuo achando difícil acreditar que ele não estava ligando pra todos os hotéis e companhias aéreas, procurando em todos os becos pela Brooke. Não que eu queira puxar o tapete do cara, mas, de um ponto de vista puramente investigativo, me parece muito suspeito o fato de o treinador não ter ligado pra polícia e avisado que a filha estava desaparecida. Foi a avó da Brooke que fez isso, e só depois que *eu* contei pra ela.

A Alice fica torcendo uma mecha de cabelo no dedo, perdida em pensamentos.

– Eu só sinto, no fundo do meu coração, que tem alguma coisa de errada nessa situação.

– Sei que você amava o Steve – falo, tentando ser compreensiva –, mas ele pode muito bem ter feito isso. As pessoas nem sempre são o que parecem.

– Eu realmente odeio esse raciocínio. Quer dizer, eu entendo. Mas odeio.

Dou de ombros.

– Enfim – diz ela. – Só quero dar uma investigada. Como a gente fez ontem, quando você anotou, e com a nossa busca. Se foi o Steve, preciso de evidências que me provem isso, e aí vou conseguir virar a página. Mas e se... não foi? A Brooke merece que alguém descubra o que de fato aconteceu com ela.

O Spike passa por mim, me puxa pela parte de trás da camiseta. Eu ignoro.

– E – prossegue a Alice –, se eu for mesmo descobrir o que aconteceu com Brooke Donovan, vou precisar que você seja minha ajudante. Você sabe que esse povo, tipo o Thompson, acha que a gente não é capaz de fazer isso. Assim como ninguém achava que a Agatha Christie seria capaz de escrever um mistério impossível de solucionar. As pessoas subestimam as mulheres o tempo todo. E estou de saco cheio disso.

Ela fica olhando para mim com cara de expectativa.

– Me dá um segundo – digo.

Tomo impulso e me afasto, os braços latejando, a cabeça girando. Provar? Provar *o quê*? E *ajudante*?

A Alice Ogilvie é uma garota que fez a burrice de fugir e *continuar* fugida, uma garota que deixa um rastro de destruição por onde passa, e agora a amiga morreu e ela quer que eu... que eu... o quê? Banque tipo a Veronica Mars, a jovem espiã, e, do nada, solucione um crime que, pelo jeito, não precisa ser solucionado? O corpo de uma garota foi encontrado, o namorado dela foi preso.

Eu sou uma pessoa que passa desapercebida. Gosto de viver escondida no meu mundinho. É silencioso e seguro aqui, e, quando arrancam isso de mim, como o Coisa fez, tudo vira um caos, e eu demoro muito para me recompor. Vou para a aula, estudo e ando de patins. É isso. É chato e sem graça, mas é o que eu tenho.

Passo pela Zora e pelo Neil, que estão fazendo uma manobra em sincronia.

Mesmo assim, continuo com a pulga atrás da orelha. Também pensei muito na Brooke ontem à noite, no corpo dela na água, o cabelo preso nas reentrâncias das rochas, as pernas nuas e inchadas. No fato de uma garota ter que morrer desse jeito, sozinha e com frio.

Tomara que o Steve tenha um bom advogado, isso com certeza. Ele vai precisar.

Alguma coisa cutuca meu cérebro quando passo pela Alice. Ela está me olhando, esperando pela minha resposta.

A Alice falou que o treinador seguiu normalmente a rotina depois de descobrir que a filha não tinha voltado para casa nem estava no colégio. Tudo bem, talvez ele tenha feito alguma coisa nos bastidores que a gente não saiba, mas foi a Alice quem entrou em contato com a avó da Brooke, não o treinador. Tem algo muito esquisito nisso.

Isso para não falar... na Kennedy. Era para a Brooke ter ido para a casa da Kennedy depois da festa e... e se realmente foi? Sim, a polícia interrogou todas as Tops, mas e se o interrogatório não tiver sido muito meticuloso?

As possibilidades são infinitas. Instigantes. Sem falar no elemento superinteressante do tal contato misterioso da Alice.

Passo patinando por ela. Que me mostra o anúncio de desaparecimento da Brooke enquanto me aproximo, para eu conseguir enxergar o que ela quer que eu enxergue, o que ela sabe que, muito possivelmente, é a única coisa que me fará dizer "sim", porque a Alice tem dinheiro, como bem disse, e eu não.

Cinquenta mil dólares.

Sei aonde quero ir. Está favoritado no meu laptop. Pinheiros Uivantes, bem no norte do estado. Um lugar escondido. Longe de Enseada do Castelo e dessa gente tipo a Alice Ogilvie, que anda por aí como se vivesse em uma bolha de ouro.

Como se nada de mau jamais pudesse acontecer com ela.

Mas aconteceu. Algo de mau aconteceu com a Alice Ogilvie.

Posso ver na cara dela, quando vou parando na sua frente. O olhar de desespero e de súplica. A dor que sente por causa da Brooke, que provavelmente jamais vai admitir, e tudo bem, porque a gente não deve obrigar as pessoas a serem tão vulneráveis. Às vezes, a gente precisa que as pessoas fiquem bravas, sejam impetuosas, malvadas e cabeça-dura.

Principalmente quando a gente vai, *quem sabe*, solucionar um crime.

– OK – digo, arrancando o folheto da mão dela. Dobro o papel e enfio no bolso. – Eu topo.

– Excelente – diz a Alice. – A primeira coisa que precisamos fazer é falar com o Steve. Preciso olhar ele cara a cara e perguntar se realmente assassinou a minha melhor amiga.

CAPÍTULO CATORZE

ALICE

5 DE NOVEMBRO

09:42

"Todo assassino é, provavelmente,
amigo de longa data de alguém."
AGATHA CHRISTIE,
O misterioso caso de Styles

– NÃO SEI SE é uma boa ideia, Alice – repete a Brenda, ao entrar com seu sedan de luxo, um Lincoln que nem é fabricado mais, no estacionamento da cadeia de Manzanita. Estamos no sudeste da cidade de Enseada do Castelo propriamente dita, no alto das montanhas, perto de uma cidadezinha minúscula chamada Florada. A cadeia costumava ficar no centro de Enseada do Castelo, perto da delegacia. Mas, há uns dez anos, o Comitê de Planejamento resolveu que ela estragava a vista e a transferiram aqui para cima. Isso causou muitos problemas nas cidadezinhas do entorno. Foi um verão zoado: o mesmo verão em que Remy Jackson foi assassinada.

– É só o Steve. Você *conhece* o Steve. – Estamos tendo essa discussão desde que eu e a Íris pedimos para a Brenda vir conosco, sob a condição de responsável legal. Quinta à noite, depois que resolvemos que o nosso próximo e primeiro passo tinha que ser falar cara a cara com o próprio Steve, lemos no site da prisão que, aparentemente, como somos menores de idade, não podemos simplesmente ir na cadeia e visitá-lo. Tínhamos que esperar até ele ser indiciado e, só *depois*, poderíamos vir.

Regras são tão frustrantes. Não gosto de ser tratada como criança. Mas, quando liguei para a prisão para protestar, o homem do outro lado da linha, definitivamente, não se comoveu com meus argumentos.

– A gente vai ficar bem. Só entra com a gente, autoriza nossa entrada e tal, e aí você pode ficar jogando *Candy Crush*.

A Brenda dá aquele suspiro dela, tipo "Ai, Alice", mas para em uma vaga a poucas fileiras de distância da cadeia, um prédio baixo e quadrado, de puro concreto. Sinceramente, era de se pensar que, pelo menos, tentariam fazer um prédio um pouco agradável para quem fica lá dentro. Como é que alguém espera reabilitar pessoas em um lugar feio que nem esse?

Nós três saímos do carro. A Íris permaneceu calada durante boa parte do trajeto. Acho que é porque ficou me ouvindo discutir com a Brenda nos bancos da frente.

Entramos na cadeia, nos apresentamos para a mulher que estava atrás do vidro blindado e nos sentamos, à espera. Alguns minutos depois, passamos pela campainhas das portas pesadas que dão acesso à área de visitantes, com suas mesas redondas e cadeiras parafusadas no chão. E é só quando o Steve aparece, de macacão laranja e expressão exausta, que me cai a ficha.

O Steve está *na cadeia*. Tipo, que droga é essa?

Óbvio que eu já sabia disso, mas vê-lo na minha frente de fato, de macacão laranja, com um olhar exausto, é um soco no estômago. Ele está com cara... ele está com cara de *criminoso*. Minha boca fica seca. Tudo o que eu pretendia perguntar some da minha cabeça quando o Steve se senta à mesa, na nossa frente.

– Alice – fala. Está com cara de quem não dorme há dias. – Íris Adams? – Depois repara na Brenda. – *Brenda?* Caramba... – Ele sacode a cabeça. – Não sei o que vocês três estão fazendo aqui, mas não posso lidar com isso agora.

Engulo em seco e me recomponho. Desmoronar não vai ajudar

ninguém, sem falar que seria extremamente constrangedor. Uma coisa de cada vez, a começar pelo mais importante.

– Steve – digo. – Vim aqui te fazer uma pergunta. Você matou minha amiga?

O queixo dele cai. Do meu lado, Brenda fica dura. Olha feio para mim, tipo “Alice, o que você está fazendo, caramba?”, mas eu ignoro. É para isso que a gente veio até aqui.

O Steve aperta os olhos com as mãos. Está com cara de quem está prestes a desmoronar.

– Você pode falar com a gente – diz a Íris, baixinho. – Deve estar tão apavorado. Só conta o que foi que aconteceu. Talvez a gente possa ajudar.

O Steve passa a mão pelo cabelo e espreme os olhos, encarando o nada, como se estivesse tentando decidir se vai ficar ou ir embora. Fica calado por tanto tempo que não aguento mais. Começo a tagarelar.

– Steve, você apareceu no colégio naquela manhã estando todo zoado. Não entendo: você nunca bebia durante a temporada, né? Por que...

– Alice – interrompe ele. – Por favor, para. Já faz dois dias que estou aqui, e os guardas não são nem um pouco legais, e eu... – O Steve se engasga. – Eu não sei o que vai acontecer comigo.

– Talvez, se você falar com a gente, vai se sentir melhor – insiste a Íris. – Queremos ouvir o seu lado da história.

Ele dá um sorriso amarelo.

– Obrigado, Íris. – Mordo o lábio para não deixar a empolgação transparecer no meu rosto. Essa tática de dupla de boazinha e malvadinha que a Íris sugeriu está mesmo *funcionando.*

O Steve funga e aí começa a falar:

– Aí é que está. Eu não *sei* o que foi que aconteceu.

– O que você... – começo a dizer, mas a Íris me chuta por baixo da mesa e calo a boca.

Ele prossegue:

– Então, eu fiquei sabendo... que a Brooke morreu e juro que, um segundo depois, a polícia estava batendo na porta de casa, dizendo que precisavam conversar comigo na delegacia. Como eu não sabia o que fazer, fui com eles. Começaram a me perguntar sobre aquela noite, mas eu não conseguia me lembrar de nada do que aconteceu depois que você foi embora, Alice. Eu me lembro de conversar com você: naquela altura, eu tinha tomado meia cerveja, no máximo, e estava bem sóbrio... mas aí a gente voltou pra festa e, depois disso, é tipo... um branco. Um branco total. Falaram que eu e Brooke... – A voz dele falha. – Que nós brigamos? E que ela saiu correndo. Mas eu não me lembro de nada disso. Quando dei por mim, estava acordando na floresta, com a sensação de que tinha sido atropelado por um caminhão. Eu me dei conta de que tinha prova, mas precisava comer alguma coisa primeiro e parei no Donuts da Dotty. – O Steve sacode a cabeça, de frustração. – As pessoas não param de me perguntar o que foi que aconteceu, o que foi que eu *fiz*, mas eu não me lembro.

– Talvez você tenha bebido mais do que acha que bebeu – sugere a Íris, com a maior delicadeza.

– Não! – A palavra sai como uma explosão da boca do Steve, a Íris se encolhe visivelmente e a Brenda põe a mão na dela. Um dos guardas que estavam parados perto da entrada do recinto dá um passo na nossa direção.

– Steve – falo, com uma voz baixa.

Ele cerra os dentes e respira fundo antes de responder:

– Desculpa, Íris. Desculpa. Eu só... isso é tão frustrante. Não tenho feito mais nada além de repassar aquela noite na minha cabeça, tentando preencher as lacunas, mas parece que tem um buraco negro na minha memória. – Nessa hora, o Steve coloca as mãos no rosto.

– Você tem advogado, Steve? – pergunta a Íris, com um tom de preocupação. Ela manda muito bem mesmo nisso.

– Tenho – resmunga ele, ainda com as mãos no rosto. – Designaram uma defensora pública para mim. Ricky alguma coisa. Randall? Sei lá. A mulher é legal, mas… – Ele solta um suspiro e nos olha nos olhos. – Enfim, nada disso faz diferença. É tarde demais. – O Steve, então, aponta para o salão em que estamos. – Olhem só onde eu estou. Estou fodido.

Coloco a mão espalmada em cima da mesa, entre nós. Sinceramente, como eu falei para a Íris, se o Steve for culpado, é culpado. Se for isso que descobrirmos, que seja. Mas eu estive presente naquela noite e vi o Steve. E o cara estava *sóbrio* quando eu o vi, mas a Íris falou que parecia bêbado quando presenciou a briga. O que não faz sentido, e eu gosto quando as coisas fazem sentido.

– É isso que precisamos descobrir. Por que você não consegue se lembrar de nada.

O Steve apoia a cabeça entre as mãos.

– Alice, deixa quieto. Minha advogada está tomando as providências, OK? Não há nada que você possa fazer.

Aperto os lábios. Só porque não sou nenhuma *advogada* famosa não significa que não posso ajudar.

– Steve, sei que a gente não tem se falado nos últimos meses, mas quero que saiba que virei uma espécie de especialista em mistérios ultimamente: passei muito tempo lendo os livros da Agatha Christie e…

Ele suspira fundo e me interrompe:

– Isso é a vida real, Alice. A minha vida. Não um livro imbecil qualquer. – Então nos dá as costas e faz sinal para um dos guardas que estão parados perto da porta. O guarda começa a se aproximar. – Tenho que ir. Sei que você quer ajudar, mas, por favor, não começa com essas suas manias, Alice, de tentar resolver essa situação.

—

Assim que voltamos para o saguão, seguro o braço da Íris. Ela está com uma expressão empolgada, um brilho nos olhos.

— Alice, eu...

Interrompo:

— Temos que descobrir por que o Steve não se lembra de nada, já que ele diz que só bebeu meia cerveja.

— Alice... — insiste a Íris, mas eu continuo falando.

— Quando eu vi o Steve naquela noite, ele parecia superbem — continuo. — Como é que foi de sóbrio pra completamente *bêbado* em meia hora?

A Íris balança a cabeça, enfática.

— Sim, total. Mas Alice... me *escuta*. — E então dá um sorriso. — Eu conheço a advogada do Steve. A Ricky Randall. Eu *conheço* ela. Ela costumava cuidar de mim.

Meu coração acelera.

— Ai, meu Deus. Que incrível. Você conhece essa tal de Ricky? A gente precisa falar com ela! Você sabe onde ela poderia estar neste exato momento?

A Íris dá mais um sorriso.

— Ah, sei, sim.

— Então tá — falo, já empurrando as portas da cadeia e deixando entrar a luz do sol. — Vamos atrás dela.

CAPÍTULO QUINZE

ÍRIS

5 DE NOVEMBRO

12:30

A ALICE OGILVIE FICA me encarando, sentada do outro lado da mesa, no sofazinho na parte dos fundos do Pouso na Lua, mexendo no canudinho vermelho da sua água com gás.

A Brenda foi logo se debandando para o balcão assim que chegamos, acreditando que a gente vai fazer um pouco da lição de casa antes que chegue a minha hora de ir lá para os fundos lavar louça. Porque é isso mesmo que eu faço nas tardes de sábado, enquanto minha mãe atende no balcão do bar. Estamos com cadernos e lápis, só para manter as aparências. A Brenda está no celular, tomando chá.

– *Aquela* ali? – pergunta a Alice. – *Aquela* é ela?

Ela olha para a Ricky Randall, que está agarrada no copo, no outro canto do balcão, com um monte de papéis espalhados na frente dela, a pasta aberta, abarrotada só Deus sabe do quê. Digita furiosamente em um notebook, tirando cabelo do rosto.

– É ela – respondo. Estou acostumada a ver pessoas subestimando a Ricky. Na verdade, tenho quase certeza de que ela usa isso a seu favor.

– As calças de moletom e a camisa de flanela não inspiram muita confiança – comenta a Alice. – E... por acaso ela tá meio bebinha?

Ricky Randall solta um arroto bem alto.

– Fala *sério* – resmunga a Alice.

– Todos os melhores advogados são meio maltrapilhos e infelizes, Alice. Além do mais, é uma vantagem pra nós ter contato com a advogada do Steve. Ela pode nos passar informações do que tá rolando no caso e, de repente... pode nos ajudar a ir um pouco mais fundo nessa *coisa* que, ao que tudo indica, estamos tentando solucionar. É bom contar com ajuda.

– Ah, a gente é capaz de solucionar – diz a Alice. – Somos as pessoas perfeitas pra isso, Íris. Você não consegue enxergar? Ninguém vai prestar atenção na gente. Quem *iria* pensar que estamos fazendo alguma coisa? Somos só duas adolescentes burras, certo?

Algo nessa afirmação me magoa, para ser sincera. Quer dizer, a gente convive com isso todos os dias. Na aula, na rua, em todos os lugares. Os professores que não pedem para a gente responder a nenhuma pergunta na aula, mas pedem para os garotos. Os cochichos reprovando nossas roupas, nossa maquiagem. O jeito que os homens olham para nós, sendo que a gente só quer comprar um simples café no Donuts da Dotty. Aquele policial da delegacia, o Thompson.

– Íris! Olha só você, estudando tanto, em plena tarde de sábado.

A Ricky Randall está parada perto da nossa mesa, olhando para mim e para a Alice, com os olhos um pouco enevoados.

Ela estende a mão para a Alice.

– Ricky Randall, advogada. Eu e você temos algo em comum, não é mesmo?

A Alice faz careta antes de apertar a mão da Ricky.

– Alice Ogilvie – diz ela, com ar afetado. – E, sim, acho que temos.

– Posso me sentar com vocês? – pergunta a Ricky, mas não espera pela resposta. Senta-se do meu lado, me empurrando e me fazendo bater na parede. Está cheirando a uma mistura de seu gim com gengibre preferido e do sanduíche de salada de ovo que deve ter acabado de comer, ali no balcão mesmo.

Dou de ombros para Alice, que está me lançando um olhar de "Fala sério". Minha mãe sempre diz: "A Ricky Randall dança conforme a própria música, por mais bêbada que esteja".

A Ricky pega um dos meus livros. *A sangue frio*, do Truman Capote.

– Escolha interessante.

– Tenho que ler pra fazer um trabalho – explico. – E você me conhece, gosto de histórias de crimes baseadas em fatos reais.

Ela balança a cabeça, girando o canudinho vermelho por um minuto.

– Tenho a sensação de que precisamos tirar o elefante da sala logo de cara, vocês não acham, garotas?

Eu e a Alice nos entreolhamos.

– Em primeiro lugar, sim, Alice Ogilvie, sou a advogada do seu ex-namorado, que está sendo acusado de assassinar a sua ex-melhor amiga. E já sei muita coisa a seu respeito, por causa do que você aprontou no verão. Pode acreditar em mim: o fato de meu atual cliente também ter sido considerado, por um *breve período*, um possível suspeito do seu desaparecimento não vai ajudar em nada quando ele for a julgamento.

– Julgamento? Quem falou em julgamento? – pergunta a Alice.

– Alice – falo. – O Steve, provavelmente, vai se declarar inocente. E aí os promotores vão ter que provar que foi ele. Vai ter um julgamento. E também... – Deixo a frase no ar, porque o resto não é lá muito bom, e não sei se a Alice chegou a parar para pensar nisso.

– Vocês duas serão convocadas a testemunhar – a Ricky completa a frase para mim. – A Íris porque testemunhou a briga, viu a Brooke correndo e pode confirmar a presença dela perto da cena do suposto crime. E você, Alice, porque é ex-namorada e ex-amiga, que brigou deliberadamente com a garota falecida na noite da festa, já mentiu para a polícia antes e, lamento informar, não tem um álibi concreto para a noite do assassinato.

A Alice fica com a cara corada.

– Não fui eu! Quantas vezes vou ter que dizer isso? Não acredito que todo mundo está pondo a culpa em *mim*.

A Ricky dá um sorriso.

– Não ajuda em nada o fato de você ter acabado de ir visitar seu ex-namorado na cadeia. Sendo uma boa advogada, posso tentar pintar isso como uma tentativa sua de garantir que o Steve não mencione a sua participação no crime.

– Ai, meu Deus! – grita a Alice. – Como é que você sabe que a gente foi lá na cadeia?

– Sou advogada dele, Alice. Sei das coisas.

– Pra mim, chega – declara ela, jogando o celular dentro da bolsa. – Sério, Íris? Isso? Você quer que eu lide com isso?

A Ricky Randall dá risada.

– Calma, menina. Eu não estaria fazendo o meu trabalho se não levantasse todas as possibilidades, certo? Tenho o pressentimento de que as duas adolescentes indo visitar um suspeito na cadeia não foram lá apenas pra conferir se o rapaz tem dinheiro pra gastar na lojinha do presídio, e sim que elas têm mais coisas em mente. Então, desembuchem. Por que foram até lá? E o que querem de mim? Porque sei que querem alguma coisa.

A Alice continua furiosa. Viro para a Ricky e falo:

– A Alice se preocupa com o Steve, sim, mas se preocupa mais com a Brooke. E achamos que é bem possível que outras pessoas tenham... feito isso.

A Ricky coloca meu exemplar de *A sangue frio* em cima da mesa.

– É mesmo?

– Por acaso a polícia interrogou *mais* alguém? – pergunta a Alice.

Pego meu caderno e meu lápis. A Ricky olha para eles.

– É isso aí – murmura. – Sempre anote. Registre tudo.

A Ricky olha para a Alice.

– Posso passar algumas informações, mas não todas. A polícia interrogou, sim, muitas pessoas que estiveram na festa. Mas, como tinha muita gente, é impossível saber todo mundo que estava lá. Falaram com as amigas da Brooke. Interrogaram o pai dela. Só que nada pareceu fora do normal.

A Alice me dirige o olhar. Balanço a cabeça, tipo "Manda ver".

– Acho perturbador o fato de Matt Donovan não ter ligado pra polícia no mesmo instante em que se deu conta de que a filha não voltou pra casa, srta. Randall. A Brooke já estava desaparecida havia dez horas quando o cara apareceu lá no colégio como se não houvesse nada de errado e aí fez pouco caso, dizendo que ela deveria ter fugido...

– E foi a Alice quem ligou pra avó – completo, interrompendo a Alice. – Lilian Levy. *Não* o treinador Donovan.

– Não me diga. – A Ricky se recosta no sofazinho e cruza os braços. – Isso me preocupa. Mas também poderia ser interpretado como "adolescentes fogem *mesmo*". Às vezes, mais de uma vez. Às vezes, estão com problemas em casa e ficam na casa das amigas, como a Brooke fazia com aquela garota insuportável. Qual é mesmo o nome dela?

– Rebecca Kennedy – eu e a Alice respondemos ao mesmo tempo.

– Ela mesma. Mal posso esperar para ter uma conversinha com ela – comenta a Ricky.

– E por falar em Kennedy – digo –, era para a Brooke ter dormido na casa dela, mas não apareceu, e a Kennedy não ligou pro treinador logo de cara na manhã seguinte pra contar. Tipo assim, só estou pensando teoricamente, mas...

– Você está forçando a barra, Íris – comenta a Ricky. – Não é má ideia, mas é forçar bem a barra.

— Presta *atenção* — intervém a Alice. — A Brooke era minha amiga. Eu a conhecia desde que me entendo por gente, até que ela roubou meu namorado. Agora a Brooke morreu e o Steve foi preso por isso. Tem alguma coisa nessa história que não me desce. Não dá pra dizer que é burrice, mas por que o *Steve*? Que evidência exatamente eles têm contra ele?

A Ricky solta um suspiro.

— Encontraram um tênis de basquete vermelho na floresta, perto da Rodovia 1, logo do outro lado do Belvedere, onde acreditam que Brooke tenha caído. Pegadas de tênis perto da cerca dos penhascos. Um período de pelo *menos* seis horas em que ninguém o viu nem sabe onde ele esteve naquela noite. Período esse de que o *próprio Steve* não consegue se lembrar nem faz ideia do porquê não consegue se lembrar...

— O Steve não é de beber — informa a Alice. — É por isso que eu não consigo entender. Ele falou que tomou meia cerveja, mas daí não conseguir se lembrar de nada por causa disso?

A Ricky dá de ombros.

— Difícil dizer. A polícia não fez exame toxicológico em ninguém que foi interrogado. O Anderson foi lá no dia seguinte ao desaparecimento de Brooke: esse seria o momento para submeter o namorado que brigou com ela poucas horas antes de a garota desaparecer a esse exame, mas isso não foi feito. Como você bem sabe, Alice, a polícia de Enseada do Castelo não tem muita competência para lidar com casos de desaparecimento.

Tiro os olhos do caderno.

— Isso mesmo. A briga. Foi tudo gravado em vídeo. Muita gente também deve ter gravado você e a Brooke, Alice, e também o Steve e a Brooke brigando.

A Alice fica pasma.

— A polícia também tem isso — explica a Ricky. — Vídeos e declarações de pessoas que foram à festa são evidências de que um rapaz bem alto e forte empurrou uma jovem muito menor do que ele. Não é algo que a gente queira que os jurados vejam, com certeza. Também tem fios de cabelo dele na floresta, junto com os de Brooke.

– Mas nada... – Fico em dúvida, procurando a palavra certa. – Tipo, absolutamente concreto? Tipo... arma do crime ou algo assim?

– Bom, o que eles têm pode ir se somando, isso com certeza – responde a Ricky. – Mas nenhuma arma do crime até o momento. Também não sabemos bem como foi que Brooke morreu. Sabemos que ela caiu do penhasco. A polícia, obviamente, acha que foi Steve, mas o que fez Brooke cair do penhasco? Foi ele que a empurrou? Steve bateu nela, e Brooke caiu? Os dois se agrediram e ela escorregou? Será que brigaram na floresta, e ele a arrastou pela Rodovia 1...

– Para – diz a Alice. – Está me dando dor de cabeça.

– Estou apenas explicando todas as possibilidades para você, Alice. Isso é sério. Temos que esperar o laudo do legista sair, o resultado do exame toxicológico de Brooke, para saber com exatidão, ou quase isso, qual foi a causa da morte e a forma da morte, ou seja: que tipo de ferimento causou a morte dela e se essa morte foi acidente, homicídio ou suicídio. É isso que vai determinar por quais crimes Steve será formalmente indiciado na audiência preliminar.

Anoto, no meu caderno do caso, "laudo do legista, toxicologia, audiência, forma da morte.

– Quanto tempo demora pra sair esse laudo? – pergunto.

– Depende – responde a Ricky. – Pode levar alguns dias, pode levar algumas semanas. Suspeito que o laudo preliminar saia dentro de alguns dias.

A Alice respira fundo.

– Só me fala uma coisa: se o Steve for a julgamento e for considerado culpado, qual... qual é a pena que ele vai, sabe, receber?

A Ricky fica encarando a Alice com um ar intimidador.

– Como eu falei, isso vai depender das outras provas que podem ter contra ele. Pode ser uma pena de quatro anos, se o promotor entender que foi homicídio culposo, ou seja: um acidente que poderia ter sido evitado. Se conseguirem provar que foi ele, mas que não prestou socorro, o promotor pode entrar com uma acusação de homicídio simples, que tem uma pena de, quem sabe, quinze anos. Também tem...

Ela fica em dúvida.

– O quê? – insisto. Estou começando a ficar com cãibra na mão de escrever tão rápido.

A Ricky descasca o esmalte preto das unhas.

– Se for provado que Steve levou Brooke até os penhascos com o propósito específico de matá-la, a acusação passa a ser de homicídio qualificado. Aí as coisas ficam um pouco enevoadas, porque é preciso ter provas disso, o que é difícil. Mas e se o laudo do legista concluir que ela sofreu outros ferimentos *antes* de ter caído do penhasco? Que foi agredida, ferida de alguma maneira, algo que seja evidência de que Steve chegou às vias de fato... Estamos falando de uma pena que pode variar de 25 anos a prisão perpétua.

A cara da Alice fica pálida como um fantasma.

– Sinto muito – diz a Ricky. – Estou apenas levantando todas as hipóteses. É minha obrigação encontrar evidências suficientes para provar que não foi Anderson quem a matou. Preciso criar uma narrativa que semeie a dúvida no júri. Um coitadinho, que mora na parte pobre da cidade e acaba tendo, sem querer, um relacionamento com uma herdeira, não consegue lidar com a pressão, os dois brigam, a menina foge, o rapaz desmaia na floresta e, quando se dá conta, acorda, a namorada está morta e a polícia diz que foi ele.

– Bom, é exatamente isso que o Steve disse que aconteceu – comento.

– Precisamente. E aí é que está o problema. – Nessa hora a Ricky se vira para Alice. – Lamento pela sua amiga Brooke, mas preciso te falar. Esse tal de Anderson? Parece que estou falando com uma massinha de modelar muito linda. O cara concorda com *tudo*. É maleável feito um canudinho. "Sim, senhora" isso. "Sim, senhora" aquilo. Fico um tanto surpresa por você ter namorado Steve por tanto tempo. Achei que você precisaria de algo um pouco mais apimentado.

– O Steve sempre me tratou muito bem – declara a Alice, com um tom ríspido. – E, em todo caso, não é da sua conta.

– É da minha conta, srta. Ogilvie, porque, para provar que meu cliente é inocente ou conseguir um bom acordo com a promotoria para ele, evitando que o garoto vá a julgamento, preciso dirigir a atenção dos promotores para outra pessoa que poderia ter feito isso. Ou seja: você, quem sabe. Vou adotar a estratégia de que Steve é apenas um bom garoto da parte pobre da cidade, que se apaixonou por uma menina rica, que é *você*, aliás, e tomou algumas decisões equivocadas.

– Tudo bem – retruca a Alice. – Não ligo. Não tive nada a ver com isso. Só sei que essa investigação me parece apressada e negligente, parece que a polícia está procurando pelo em ovo, só porque Lilian Levy apareceu na cidade e jogou a culpa em cima do Steve.

– O tênis dele estava lá na floresta – comento, para reavivar a memória da Alice.

– Bom – diz ela, se dirigindo a mim –, então é nossa missão descobrir, né? O que precisamos fazer é simplesmente o que *você* está fazendo. – Nessa hora, aponta para Ricky. – Semear a dúvida. Levantar a hipótese de que foi outra pessoa que fez isso, não o Steve, e como fez.

A Ricky olha para a Alice, depois para mim.

– Mantenham-me informada, meninas, mas não se esqueçam: eu trabalho para o Steve, não para vocês. E advogados não perguntam para os clientes se eles são culpados ou inocentes. Apenas tentamos conseguir o melhor acordo possível para eles. Só quero que façam uma coisinha para mim.

A Ricky vira o copo, fica de pé e olha para nós.

— Seja lá o que vocês duas estiverem planejando, tentem não ser assassinadas. Porque pessoas que metem o bedelho onde não são chamadas, com as pessoas erradas... costumam acabar mortas. E acho que Enseada do Castelo não precisa de mais nenhuma garota morta, entenderam?

Ela volta para o balcão, pega a pasta, dá "tchau" para minha mãe e sai meio trôpega do Pouso na Lua.

— Que figura — comenta a Alice. — Não vamos *morrer*.

— Alice... Se você quer mesmo fazer isso, preciso me certificar de que é pelos motivos certos, OK? Não porque você ainda está apaixonada pelo Steve, certo? Nem porque acha que, com isso, vai conseguir ter um arco narrativo de redenção.

Ela espreme os olhos.

— Arco narrativo de redenção?

— Sabe, a garota malvada faz o bem, soluciona o assassinato da amiga, se torna heroína aos olhos da cidadezinha. Esse tipo de coisa. — Estou de olho na Alice. Tenho meus próprios motivos, que incluem dinheiro, claro, mas uma garota morreu mesmo, e me parece justo e correto que a pessoa certa seja condenada por isso.

A Alice sacode a cabeça vigorosamente.

— Meu Deus, não. Quer dizer, você *ouviu* essa mulher? Ela é advogada do Steve, mas também precisa dar a entender que *eu* tive alguma coisa a ver com o assassinato da Brooke e, nem vem, Íris, eu *não* vou pagar por isso. Eu estava na banheira, com um livro na mão, não andando por aí, arrancando os cabelos da minha ex-melhor amiga ou atirando a Brooke, pelos cabelos, de um penhasco.

A Alice olha para baixo.

— Ai, a Brenda mandou mensagem. Quer saber por que não estamos estudando e querendo saber quem era aquela mulher.

Olho para ela, sentada no bar.

— Fala que a Ricky era minha babá. E começa a estudar, porque, sinceramente, preciso muito receber por ter melhorado suas notas, mesmo estando prestes a... espera aí, o que exatamente vamos fazer?

A Alice fica pensando, fazendo questão de abrir o caderno de modo grandioso para satisfazer os olhos curiosos da Brenda.

– Vamos fazer uma lista dos possíveis suspeitos. Dar uma bisbilhotada por aí, pôr as mãos na massa. E, sabe, fazer um painel dos suspeitos. E, francamente, já que vamos fazer tudo isso e tenho um conhecimento profundo de Agatha Christie, caramba, devia contar pontos na nota, concorda?

Solto um suspiro. Estamos, provavelmente, a um milímetro de andar por aí de capa de chuva bege, fumando cigarros Lucky Strike, à espreita pela cidade, anotando tudo em um caderninho preto.

O que não me parece tão ruim assim, para dizer a verdade.

PERFIL DO INSTAGRAM DE STEVEZAO33
COMENTÁRIOS NA ÚLTIMA FOTO POSTADA

{Foto de Steve e Brooke, com os rostos bem juntinhos, grande sorriso. No fundo, praia e sol. Um casal perfeito, em um dia perfeito.}

COMENTÁRIOS MAIS RELEVANTES:

RKennedyRealOficial Steve, não consigo acreditar que foi você. Brooke era minha MELHOR AMIGA!! Tomara que você queime no inferno.

curtoEC ASSASSINO

fandoSTeveAnderson Ei, vc é tão gato, me manda uma DM

Snobe952 não acredito na sua cara nessa foto c/ ela. Vc já estava pensando em matar ela

JonasBros99 ASSASSINO

MarkP23SouEu Steve pq você fez isso pq vc é gato d+ pra matar alguém

Bananasensual ASSASSINO

FlorDosAnjos2 É muito óbvio que ela não tratava ele bem. Steve me manda uma DM

> **RKennedyRealOficial** VOCÊ É UM SER HUMANO DOENTE
>
> **FlorDosAnjos2** Ah é vem falar isso na minha cara????

BieberPresidente ASSASSINO QUEIMA NO INFERNO

Dono99 Brooke, vc era um anjo um anjo puro, vc era boa demais para este mundo. Agora está em um lugar melhor com a sua mãe 🙏🙏🙏🙏🙏🙏🙏🙏🙏🙏🙏🙏

Will_772263 Cara não acredito que estão falando tudo isso de você. Só pode ser mentira certo?

JeffersonKingCNN Você é amigo do acusado? Se sim, tenho interesse em falar com você. Por favor, entre em contato comigo pelo e-mail Jefferson.King@CNN.com

> **Will_772263** Credo vai cuidar da sua vida, abutre
>
> **Ahendo** Eu era amigo do Steve! Vou te mandar um e-mail!
>
> **Will_772263** Vai cuidar da sua vida Henderson

CAPÍTULO DEZESSEIS

ALICE

5 DE NOVEMBRO

20:02

"De agora em diante, é nossa obrigação
suspeitar de absolutamente todos entre nós.
Um homem prevenido vale por dois.
Não se arrisquem e fiquem alertas
ao perigo. Isso é tudo."
AGATHA CHRISTIE,
E não sobrou nenhum

QUANDO A ÍRIS CHEGA aqui em casa, depois de seu turno no bar, eu a levo para a sala que minha mãe chama de "jardim de inverno". É um nome que eu antes achava esnobe e constrangedor. Mas, desde que me envolvi com a Christie, agora acho meio incrível (não conta para os meus pais). Muitos livros da Agatha Christie são ambientados na Inglaterra, em mansões antigas, no campo, e um monte dos livros e peças dela têm cenas que se passam em jardins de inverno.

Eu já preparei a sala. Uma pilha de cadernos com espiral em cima da mesinha de mármore, junto de um saco cheio de lã vermelha e cartõezinhos. Do lado, coloquei o grande painel de cortiça com rodinhas que a gente usava para as aulas durante o tempo que fiquei em prisão domiciliar.

Agora vai ser nosso painel dos suspeitos.

A Íris se aproxima da mesinha onde estão os materiais, mexe neles e olha para mim.

– Mandou bem, Ogilvie.

– Obrigada. – Fico meio vermelha e, para Íris não ver, me viro para o painel. Não sou muito acostumada a ouvir elogios da minha família e dos meus amigos. – Pensei que a gente podia usar essas coisas para mapear tudo. O Poirot sempre fala de organização e método nas investigações, e essa é uma boa maneira de a gente se organizar.

A Íris pisca.

– Poirot?

– Hercule Poirot? O principal detetive da Agatha Christie. Ele é, tipo, um detetive conhecido em todo o mundo, que soluciona um monte de mistérios quase impossíveis de resolver. Sempre diz que conta com a organização, o método e com "aquelas pequenas células cinzentas" para descobrir quem foi que cometeu o crime.

– Células cinzentas? – pergunta a Íris. – Tipo... você tá falando do cérebro?

Faço que sim.

– Sim! Então, tipo, ele sempre usa o raciocínio, a lógica e a psicologia para solucionar os casos. Um dos motivos pelos quais temos que fazer isso sozinhas é porque, obviamente, a polícia não está usando *nada* disso na própria investigação.

A Íris pega um tanto de cartõezinhos e fica batendo eles na mesa, pensativa.

– Ficou perfeito. Além do mais, eu estava pensando que a gente precisa fazer um dossiê do caso. Registrar tudo. Já comecei a fazer anotações lá no bar. Além disso, tudo que aquele seu contato por acaso saiba... seja lá quem for. – Ela me lança um olhar. Eu dou um belo sorriso e faço o sinal de que vou ficar de bico fechado. Não quero admitir que também não faço a menor ideia de quem é essa pessoa. – E também as declarações das testemunhas: que são *suas* amigas, aliás, Alice.

— *Ex*-amigas — resmungo.

A Íris revira os olhos.

— Ex-amigas. Que seja. — Ela pega um cartãozinho e anota algumas palavras, depois dá a volta na mesa e o prende com tachinha no meio do painel.

"BROOKE DONOVAN"

Levanto a sobrancelha para a Íris.

— Podemos fazer um círculo em volta do nome dela, sabe? — explica. — Ver como todos os suspeitos se conectam com a Brooke. Quais poderiam ser os motivos para matá-la.

Balanço a cabeça, concordando.

— OK, tá. Faz sentido.

— Então. Começando por quem estava na festa. — Ela pega outro cartãozinho e, desta vez, escreve "Steve Anderson".

Abro a boca, mas antes que dê tempo de falar alguma coisa, a Íris declara:

— Alice, ele foi preso e acusado de *assassinato*. Claro que é um suspeito.

Reflito sobre o que ela disse.

— Tá bom. Prossiga.

— Valeu.

No mesmo cartãozinho, embaixo do nome do Steve, a Íris escreve: "Motivo: é sempre o namorado/ciúme/briga/apagão. Evidências: tênis que poderia ser dele encontrado na floresta perto de onde Brooke desapareceu, fios de cabelo, não foi visto por dez horas".

Ela pega um pedaço de lã e vai até o painel, levando o fio e o cartão. Prende o cartão com uma tachinha e aí liga, com a lã, o nome da Brooke ao cartão do Steve, depois volta para perto de mim. Pega a caneta, mais um cartão e escreve "Helen Park".

— Hum. — Penso nesse nome. — Pode ser. A Park e a Kennedy são melhores amigas desde que nasceram. Mas, quando tudo aconteceu, no verão... — ignoro o olhar que a Íris me lança — ... a Kennedy e a Donovan ficaram muito mais próximas. A Park pode ter ficado de saco cheio da concorrência. – Fico alguns segundos em silêncio, ponderando. – Ela sempre teve um ciúme muito estranho da Brooke.

A Íris escreve: "Motivo: ciúme. Evidências: ??" E o cartão vai parar no painel, ao lado do cartão do Steve.

– Acho que a próxima tem que ser a Kennedy? – pergunto, e aí fico pensando por alguns instantes. A Kennedy, com todos os seus defeitos, na verdade era amiga de confiança da Brooke, não que eu vá dizer isso em voz alta um dia. – Ela estava bebendo: a Kennedy *não* tem fama de saber beber – falo. – Era pra Brooke ter dormido na casa dela naquela noite, e ela diz que, sabe-se lá por quê, só percebeu que a amiga não estava lá na manhã *seguinte*? Como isso é possível? E a Kennedy tem pavio curto.

A Íris franze o cenho.

– Esse é um motivo bem fraco, Alice. – Mas escreve: "Motivo: pavio curto, aonde Kennedy foi depois da festa, por que não ligou para a polícia quando se deu conta de que Brooke não estava na casa dela? Evidências: ??".

– Tá. Quem mais?

– Ashley Henderson?

Faço que não.

– Se o colégio votasse em quem seria a Pessoa com mais Probabilidade de Assassinar Alguém, para publicar no anuário, a Ashley ganharia. Mas, apesar disso, não pode ter sido ela. A Ashley estava em Los Angeles.

– Tem certeza? Ela pode ter mentido. Talvez tenha dito que foi... e ficou aqui, em segredo, e depois...

Eu interrompo.

– Não, desculpa, Adams. Ela estava em Los Angeles com certeza. Postou tipo quatro milhões de *stories* no Insta, um monte de fotos dela com Titi VanBaale, que é a estrela do filme, então não tem como ter sido ela e...

Deixo a frase no ar, porque reparo que a Íris está me olhando de um jeito estranho.

– Que foi?

Ela fica em silêncio e aí sacode de leve a cabeça.

– Por acaso você acabou de me chamar de "Adams"?

Chamei?

– Eu... – Não sei bem o que dizer. – Talvez.

A Íris faz cara de quem achou graça.

– Nada. Não foi... nada. – Ela pega outro cartão. – OK, então nada da Henderson. Chegamos à última suspeita da Turma das Tops?

Dou de ombros.

– Acho que sim?

– Ah, espera aí. – A Íris anota alguma coisa e prende no painel sem olhar para mim.

Quando leio, sinto um calor no rosto.

"Alice Ogilvie."

– É por causa do que a Ricky falou lá no bar? – Levanto e vou pegar o cartão, para amassá-lo e atirar no lixo, que é o lugar dele, mas a Íris me detém. – Não *fui* eu, Íris.

– Alice, pode parar – diz ela. E fala com um tom ríspido. Fico paralisada. – Senta. – Aponta para uma cadeira, e eu me sento. Em seguida, ela se agacha na minha frente. – Sim, é por causa do que a Ricky falou. Você ouviu: vai ser convocada para testemunhar, se e quando o caso for a julgamento. Você estava lá naquela noite. E fomos visitar o principal suspeito na cadeia. Se chegar a esse ponto, a Ricky pode dar a entender que você estava envolvida de alguma maneira e...

– Eu não estava! – Meu Deus, será que o povo dessa cidade *nunca* vai parar de pôr a culpa de tudo o que acontece em mim?

– Eu sei disso – diz a Íris, com a maior delicadeza. – Você sabe disso. Mas precisamos ter tudo isso em mente. Não queremos deixar nada passar batido.

Dilato as narinas.

– Tudo bem. Mas, na minha opinião, tem um bilhão de pessoas que deveriam ser investigadas antes de mim. Tipo, qualquer uma das pessoas da nossa lista. E ainda nem terminamos de considerar a Turma dos Tops... Jesus Cristo, *por que* estou chamando eles assim? Tem outras pessoas...

– Alice – me interrompe a Íris –, eu entendi, mas acho que você compreende. Precisamos fazer isso. OK? Você vai pro painel. – Ela vai até o quadro e escreve, embaixo do meu nome: "Motivo: namorada dispensada, aptidão de desaparecer. Evidências: ??".

Cerro os dentes.

– Tá bom. – Levanto e pego um cartão e uma caneta. – Vou fazer o próximo. Cinco. O ex... ficante da Brooke. Cole Fielding. Como eu falei, na primavera... eles ficavam. Totalmente por baixo dos panos, mas o Cole ficava pressionando a Brooke para os dois terem algo mais sério. Ninguém sabe disso, na verdade. Só eu, a Kennedy e a Park, e a Kennedy sempre ficava com ciúme, porque é obcecada pelo Cole, literalmente, há anos... Espera aí! Isso poderia ser um motivo pra Kennedy. Não poderia?

A Íris faz que sim.

– É. Espera aí, só um pouquinho. Qual é o motivo do *Cole*? Se ele gostava tanto da Brooke e tal...

Dou de ombros e escrevo no cartão, embaixo do nome dele.

– Coração partido.

– Ah. Justo. Não tem motivo mais forte do que esse.

Entrego o cartão para a Íris, que o prende no painel e depois pega outro e escreve um nome. – Acho que esse pode ser o último...

"Treinador Donovan."

– Finalmente – falo.

A Íris balança cabeça.

– Você me falou que todo o patrimônio está no nome de Brooke. As pessoas fazem loucuras por dinheiro – diz ela.

Concordo com a cabeça.

– Total. E, como a Kennedy falou, o treinador e a Brooke andavam se desentendendo. Ela dormia fora de casa. O cara não ficou preocupado no dia em que a filha desapareceu. Tudo isso. É simplesmente... suspeito.

Tiro o cartão da mão da Íris e escrevo "Motivo: problemas em casa. Dinheiro". Vou até o painel, prendo o cartão e volto.

Ela titubeia.

– Acho que você não vai gostar deste, Alice. – Morde o lábio, escreve uma palavra em um cartão e mostra para mim.

"Acidente."

Faço cara de convicção.

– Não foi. A Brooke sabia se cuidar. – Não consigo aceitar o fato de que tudo isso pode ter sido apenas... uma fatalidade. Minha melhor amiga ter morrido. Tem que ser mais do que isso. Simplesmente tem que ser.

A Íris fica me olhando.

– Ela estava bêbada. Estava escuro. Já teve gente que escorregou na beira daquele penhasco. Você sabe disso. E se o laudo do legista falar que os ferimentos da Brooke foram causados por uma queda acidental?

– Espera aí. – Ergo as duas mãos. – Como é que eles podem determinar isso?

– Física? Se a Brooke foi empurrada, é mais provável que tenha sido empurrada para a frente, não? E pode ser que não teria, digamos, vários arranhões e ferimentos causados por ter batido na parede do próprio penhasco durante a queda. Mas, se foi alguém forte como o Steve que a empurrou, a Brooke poderia ter caído mais *afastada* do penhasco e teria se ferido ao cair nas pedras e na água, lá embaixo, e aí a água levou o corpo?

Fico tonta.

– Talvez eu devesse ter prestado mais atenção nas aulas de Física.

– Talvez. – A Íris inclina a cabeça.

Pego o cartão da mão dela e vou até o painel. Prendo com uma tachinha e coloco um fio, ligando até o cartão do meio, então viro para a Íris.

– OK. Acho que terminamos.

Ela está com uma expressão estranha.

– Acabei de lembrar. O que foi que a gente esqueceu. – Então anota alguma coisa em um cartão e ergue o papel para eu conseguir ver.

"Desconhecido."

Franzo o cenho.

– Desconhecido?

Ela faz que sim.

– É. Eu estava só pensando... Estamos considerando o óbvio, o que está bem na nossa frente, porque é assim que a gente quer que as coisas funcionem. "O namorado a matou. Foi o pai. Amigas ciumentas." Mas... tipo, e se foi alguma outra coisa? Algo que a gente não esteja conseguindo enxergar agora? Outra coisa... ou *outra pessoa*. Pensa na Remy Jackson e na pessoa que... fez isso. Ainda está à solta. – A expressão da Íris me dá um arrepio na espinha. – Ou... – Ela fica pensando e aí se inclina bem para a frente. – E se for uma pessoa completamente diferente? Alguém em que a gente nem chegou a pensar? Tinha muita gente na festa. Tem muita gente que poderia... não ter as melhores intenções em relação à Brooke. Ou à família dela. – A Íris aponta para o cartão. – Logo: "Desconhecido".

Fico tremendo, apesar de estar com um blusão por cima do pijama e de o aquecimento central da casa estar no máximo.

A Íris vai até o painel, prende o último cartão e se aproxima de novo de mim. Nós duas ficamos em silêncio, examinando o painel.

Não consigo parar de olhar para o último cartão.

"Desconhecido"

Pela primeira vez, tenho um certo medo do que podemos descobrir e também do que pode acontecer conosco quando isso acontecer.

CAPÍTULO DEZESSETE

ÍRIS

5 DE NOVEMBRO

21:32

ESTAMOS FAZENDO O QUE detetives fazem: ficar de tocaia. Primeira parada, casa da Brooke, para espionar o treinador Donovan. Tudo bem, seria melhor se estivéssemos usando um carro um pouco menos chamativo do que uma SUV Mercedes prateada, mas é o que tem pra hoje.

E também é chato. E meio esquisito, ficar parada dentro do carro, na rua silenciosa, olhando para a casa da Brooke, com essas janelas que mais parecem olhos sinistros.

Ficamos sentadas no carro, esperando... alguma coisa. Mas a casa e tudo o que tem lá dentro parece estático e silencioso, feito uma pedra. A mansão é coberta de heras e fica mais para o fim da rua. Ao contrário das outras casas que a cercam, tem um gramado dos dois lados e na frente. E uma vista perfeita para o mar, do alto do morro.

– A mãe da Brooke mandou construir essa casa pra ela e pra filha quando a Brooke ainda era bebê – conta a Alice, falando baixinho. – Alguns anos depois, o treinador foi morar com elas. Parecia a história de amor perfeita: exilada da família rica, uma mãe solo volta a morar na cidade natal dessa família, conhece o amor da sua vida que, não apenas quer se casar com ela, mas também adotar a filha, como se fosse dele.

A Alice não está errada. A maioria das mães solo ficaria feliz só de poder contar com algum tipo de ajuda. Começo a dar um Google em "Matt Donovan, Matthew Donovan, treinador Donovan, Escola de Ensino Médio de Enseada do Castelo" no meu celular.

– Ele não tá em casa – declara a Alice, por fim. – Não tem nenhuma luz acesa.

– Isso é meio suspeito, né? Tipo assim, se minha filha estivesse... *sabe*... Tenho a impressão de que eu estaria em casa, certo? Planejando o enterro? Avisando as pessoas? Qualquer coisa?

– Com certeza – responde a Alice. E anota isso no nosso dossiê. – O que o Google tá falando?

Paro de mexer no celular.

– Nada. Matt Donovan, bláblábla, treinador isso, índice de vitórias aquilo. Só que tem uma coisa que eu não entendo: por que a mãe da Brooke se casou com o treinador? Tipo assim, o cara é um zé-ninguém. A família Levy tem, praticamente, dinheiro correndo nas veias. Por que a mãe da Brooke se casou justo com *ele*?

A Alice sacode a cabeça.

– A Victoria era diferente. Acho que não queria mais fazer parte de tudo isso. Da vida da família. Dos costumes deles. Ela não curtia. Sim, era uma mulher chique, mas sempre fez questão de fazer coisas normais. Tipo preparar biscoitos em casa.

Ela fica alguns instantes em silêncio.

– Tipo assim, meus pais contrataram uma treinadora de modelos pra mim quando eu tinha 7 anos, pra sair melhor nas fotos de família. E, enquanto isso, a Brooke saía por aí com a porra das *escoteiras*, pra identificar espécies de cogumelo e fazer tiara de flores.

– Eu me lembro disso – falo, baixinho. – A Brooke era da minha tropa.

A Alice olha para mim.

– A Victoria amava o treinador. Morava naquela casa gigante, mas tinha uma vida simples. Sei que isso parece estranho, mas é verdade. A única coisa com a qual ela concordou foi fazer o baile de debutante pra Brooke no ano passado, porque a Lilian insistiu. A Lilian mora em Manhattan. A turma dela ainda leva super a sério essa coisa de bailes de debutante. O treinador não foi. A Lilian *não* é muito fã dele.

– Aulas de como ser modelo? – pergunto, debochando.

Ela dá de ombros.

– Nem começa. Eu, com certeza, teria arrasado nas tiaras de flores, mas minha postura é *perfeita*.

A Alice, de repente, parece ter se perdido nos próprios pensamentos.

E, de uma hora para outra, começa a escrever sem parar no dossiê, depois lê em voz alta:

– "Vigilância da casa do TD encerrada, hora: 21:45. A casa do suspeito está às escuras, mas onde ele está? Comportamento estranho para uma pessoa enlutada." – Ela fecha o dossiê e dá partida no carro. – Adiante – diz, com um tom firme.

O Donuts da Dotty fica espremido entre o Rainha dos Toffees e o Mundo das Conchas, na Avenida Litorânea. Estamos na parte esquerda do centro, perto do calçadão, onde ficam todas as lojinhas turísticas.

Foi para cá que o Steve veio depois que acordou todo confuso, lá na floresta. Pegar um *donut* e um *latte* antes de ir para a aula. A Alice estaciona o carro e se vira para mim.

– O devido protocolo dos detetives exige café pra nossa tocaia. É o que os melhores detetives fariam. Em segundo lugar, o Steve veio aqui depois de ter acordado lá na floresta. O que, acho eu, prova que não foi ele, porque, sinceramente, quem comete assassinato e depois vai comprar um *donut*?

– Bom – falo –, eu vi um programa sobre um cara que matou a mãe a paulada na cozinha e depois preparou carne assada e purê de batata para comer, então tudo é possível.

– Íris – diz a Alice, contrariada. – Você dá a impressão de ser uma pessoa tão legal e, apesar disso, seu cérebro está cheio de coisas horrorosas.

– O mundo é cheio de coisas horrorosas – retruco, já saindo do carro.

No segundo que abro a porta da cafeteria, o aroma de açúcar e café torrado nos atinge em cheio. Vou até o caixa e pego a carteira, mas a Alice faz sinal para eu deixar disso.

– É por minha conta – fala.

A Dotty está jogando fora *donuts* de geleia polvilhados com açúcar de confeiteiro na lixeira que fica diante do balcão. Ela é uma mulher detonada, de ombros curvados, que frequenta o Pouso na Lua. Ergue os olhos.

– Só pedidos para levar, meninas. Vou fechar às dez – diz, com a voz rouca. – Espero que não queiram nada muito complicado.

– Só um café – respondo.

A Alice põe o dedo no queixo.

– Hum, que tal um *mocha* de amêndoas gelado com um daqueles pães doces de amêndoas? E, desculpa perguntar, mas não foi você…

A Dotty olha para a Alice, já colocando um pão doce dentro de um saquinho.

– Como é que é?

– Sou tão enxerida, eu sei, mas… foi você, certo? A mulher que viu o Steve Anderson? *Você sabe.* Naquela *manhã.*

A Dotty para o que está fazendo e fica olhando de uma para a outra.

– Como sabe disso?

A Alice se debruça no balcão, em tom de segredo.

– Conheço a irmã dele. Desculpa. Ela é muito fofoqueira.

– A Dusty? Bom, diz para a Dusty que ela me deve dez dólares, daquelas cervejas que eu paguei no Pouso na Lua. E, sim, ele esteve aqui. Vocês conhecem o rapaz, garotas? Que pena, sério. Pobre da menina.

A Dotty me entrega um copo de viagem, e me viro para pegar o café na cafeteira.

– Por acaso ele estava, tipo, completamente chapado? – pergunto, com todo o cuidado. Não quero que a Dotty fique desconfiada. – Ouvi dizer que o Steve estava superbêbado naquela noite. Tipo, óbvio, bêbado a ponto de... *bom*...

A Dotty enche um copo de plástico com gelo.

– Se quer saber a minha opinião...

A Alice a interrompe:

– Ah, não, metade do gelo, por favor. Não encha o copo, senão eu ganho menos café. E só dois dedinhos de amêndoa, por favor.

A Dotty faz careta para ela.

– Se eu quiser saber sua opinião sobre o quê? – insisto, com um tom suave. Tomo um gole de café. Minha mãe diz que a Dotty é capaz de falar por *horas e horas*.

– Ele não parecia tão mal assim. Conheço bêbados, pode acreditar, e o garoto não estava fedendo tanto, como deveria estar depois de uma bebedeira, ou seja lá o que o noticiário está falando. Tentei dizer isso, mas os policiais nunca me dão ouvidos. O Steve estava dormindo no carro dele quando cheguei aqui, aí ele entrou e foi no banheiro, parecia que estava tossindo o pulmão para fora. Pediu um pãozinho de canela e um *latte*. Parecia muito confuso.

– Confuso como? – pergunta a Alice. Então pega o *mocha* de amêndoas da mão da Dotty e chacoalha delicadamente.

– Não sabia que horas eram e ficou falando que tinha perdido o celular. Não conseguia se lembrar do meu nome, e olha que vem aqui toda hora. Parecia mais que tinha batido a cabeça ou algo assim, não que estava de ressaca.

Lá na cadeia, o Steve falou que tinha certeza de só ter tomado meia cerveja. *Estava* cambaleando quando o vi brigando com a Brooke, mas ainda lúcido a ponto de conseguir gritar com ela e empurrá-la. Qual o nível de embriaguez dele para não se lembrar de nada depois de, supostamente, só ter tomado uma cerveja, sem falar de não se lembrar de, talvez, possivelmente, ter empurrado a namorada penhasco abaixo? Alguma coisa não bate, porque, quando as pessoas desmaiam no bar, continuam *desmaiadas*, de acordo com minha mãe.

A Dotty registra nosso pedido no caixa. A Alice dá uma nota de vinte para ela.

– Mas é uma pena – comenta a Dotty. – Conheço a família do rapaz. Eles não têm muito dinheiro. Devem estar arrasados. O Steve, por acaso, não ia ganhar uma bolsa de estudos para jogar basquete na faculdade?

– Sim – responde a Alice. – Ele se esforçou muito pra conseguir essa bolsa. A mãe tinha dois empregos só pra conseguir mandar o filho para os acampamentos de treino e tal.

A Dotty sacode a cabeça.

– Foi isso que eu pensei quando achei o tênis dele no banheiro. Tipo, esse menino deve precisar desse tênis. Parece caro, com certeza não vai querer perder...

– Desculpa – interrompo. – Por acaso você disse...

– O tênis dele. O Steve foi ao banheiro, como eu falei, e, pelo barulho, parecia que estava cuspindo o pulmão. Entrei para limpar o banheiro depois que ele saiu, porque podia ter vomitado e tal, mas não foi nada disso. O banheiro estava um brinco de tão limpo, mas vi o tênis. Não tinha como não ver. Têm pé grande, esses jogadores de basquete, certo? Entreguei para os policiais, quando vieram naquele mesmo dia, sabe? Então talvez tenham devolvido e tal.

A Alice fala:

– Então, espera aí, quando o Steve entrou aqui, estava com os dois tênis?

– O que foi que eu acabei de dizer? – responde a Dotty, exasperada.

– Se eu achei o tênis, e ele foi a primeira e única pessoa que entrou aqui, óbvio que o tênis era *dele*. O Steve entrou com os dois pés calçados. Como eu poderia deixar de reparar? Vermelho-vivo, tipo sangue.

Eu e a Alice ficamos nos encarando. Os policiais disseram que encontraram o tênis do Steve na floresta.

Só que ele estava com os dois sapatos nos pés quando entrou aqui.

E aí a polícia... pegou o tênis?

– Dotty – falo, tentando manter um tom calmo. – Você tem, tipo, câmeras de segurança?

– Bom, não sei por que vocês iam precisar *disso* – responde ela. E faz uma expressão séria. – Aliás, aonde vocês estão querendo chegar, meninas?

A Alice responde com um tom disfarçado e gentil:

– Em lugar nenhum, nada mesmo. Minha amiga só é enxerida. Talvez até mais enxerida do que eu.

A Dotty faz careta para a Alice.

– Em todo caso, já era. Os policiais também levaram os vídeos, se é isso que vocês querem saber. Disseram que precisavam, que era evidência. E agora a câmera não funciona!

Pego o troco da Alice da mão da Dotty e coloco no vidro das gorjetas.

– Você ajudou muito. Obrigada!

Dentro do carro, pego meu celular e abro o contato da Ricky Randall. A Alice vê e segura minha mão.

– Toma – diz, e joga alguma coisa no meu colo. – Usa esse. Fiquei pensando que a gente precisa, sabe, manter as coisas em sigilo.

– Por acaso isso é um celular descartável? – pergunto.

– Sim – responde ela, tomando o *mocha*. – Comprei uns quando fui buscar nosso material investigativo, hoje à tarde.

– Agora estou me sentindo tão profissional. Tipo uma detetive de verdade. Só preciso ter problemas com a bebida e um casamento arruinado para completar.

Digito o número da Ricky e mando a seguinte mensagem: "Sou eu".

Eu quem?

– Usa um pseudônimo – sugere a Alice, olhando para a tela.

Eu. Meu nome é: A Sangue Frio.

Ah, pelo amor de Deus. Você está falando de um celular descartável? Vocês vão acabar morrendo, meninas.

Dotty, do Donuts da Dotty, disse que, quando Steve entrou, estava com os dois tênis nos pés, mas esqueceu um no banheiro. Ela entregou pra polícia. Mas você falou que ELES alegam ter encontrado o tênis na floresta.

Não me diga.

"Como foi que esse tênis foi parar na floresta, se Steve estava com os dois nos pés quando entrou aqui?", digito.

Que estranho. Não tenho um interrogatório formal com Dotty Schumacher nos meus arquivos. Interessante.

Ela falou que a polícia levou os vídeos da câmera de segurança daquela noite

Nesses vídeos, Steve apareceria usando os dois tênis quando entrou aqui, então...

Não há nenhuma menção a vídeos de segurança no relatório da polícia

Preciso refletir sobre isso.

Tomem cuidado. Depois nos falamos. Mandou bem, A Sangue Frio.

Leio as mensagens da Ricky em voz alta, para a Alice.

Alice coloca a bebida no porta-copos.

– Então, a polícia pegou o tênis e o quê? Plantou?

– Tecnicamente, acho que a palavra que queremos empregar é "incriminou". Será que a polícia incriminou Steve Anderson? Isso é muito intrigante.

Mal consigo raciocinar. Meu coração está batendo a um quilômetro por minuto. Minhas palavras saem aos borbotões.

A Alice me lança um olhar de deboche.

– "Intrigante"? Acho que o café está batendo mesmo, Adams. Talvez a gente tenha que fazer mais uma sessão de trabalho hoje à noite, porque, ao que tudo indica, *você* não vai conseguir dormir.

O lance de Enseada do Castelo é o seguinte: por mais que esse lugar me irrite, é muito lindo. Ainda mais à noite, passando de carro pela Rodovia 1, com o mar de um lado, plácido e escuro, a lua pairando feito uma pedra preciosa esbranquiçada. Parece uma coisa mágica, os barcos e iates balançando serenamente na marina do clube.

Tirando que uma garota morreu nessa praia.

A Alice para o carro. Aponta para uma casa sem dúvida chamativa, iluminada feito uma árvore de Natal e vibrando com uma batida de música.

– É a casa do Gerber. Um dos amigos otários do Steve – explica. – É pra cá que todo mundo vem no sábado à noite.

Meu celular – o de verdade, não o descartável – vibra. Minha mãe.

Você tá bem?

"Sim", respondo. "Com Alice. Estudando."

OK. Te amo.

A Alice fica me olhando guardar o celular no bolso do casaco.

– Deve ser legal – comenta, falando baixinho. – A sua mãe se preocupar com você.

– Seus pais deixam você ficar na rua até tarde? – pergunto, na maior delicadeza. – Não é melhor você avisar?

A Alice dá de ombros.

– Eles não ligam. Quase nunca estão em casa. Trabalham muito, vivem viajando. Minha mãe trabalha com cinema, e meu pai... faz alguma coisa complicada com dinheiro, que envolve um monte de viagens internacionais. Não tem problema. Quer dizer, eu tenho a Brenda, então... Ela instalou um aplicativo de localização no meu celular, depois daquela coisa toda que rolou no verão. Dá pra imaginar? Tipo, eu até poderia desabilitar. Mas, pelo menos, alguém liga pro meu paradeiro, certo?

Ela olha para fora. Resolvo não insistir.

A Alice pigarreia.

– Então, todas as Tops devem estar aqui. A Kennedy, a Park. Aposto que até o *Cole*. Nossa lista.

Solto o cinto de segurança.

– OK, vamos lá fazer algumas perguntas.

A Alice arregala os olhos.

– Ah, não, eu não vou entrar. Você por acaso se lembra do que foi que aconteceu da última vez que apareci numa festa sem ser convidada? Não, obrigada.

– Bom, a gente não pode só ficar aqui sentada dentro do carro a noite inteira, esperando eles saírem, Alice. Qual é o plano?

Ela pega o celular descartável dela.

— Vou fazer eles virem até mim. Além do mais, não quero que *fiquem sabendo* sobre o que estamos fazendo. Vamos começar com a Park. Ela é a parte mais fraca.

A Alice sorri para mim, com um brilho nos olhos, e começa a digitar no celular descartável. Espio por cima do ombro dela para conseguir ler.

Sei de tudo que você fez.

— Ai, meu Deus — resmungo. — *Sério?*

— Vi isso em um filme. Além do mais, o Poirot mente o tempo todo nos livros pra obrigar as pessoas a revelarem seus segredos.

O celular pisca.

Quem é, caramba

Sei o que você fez e sei o que aconteceu com Brooke

Sério, isso não tem graça

Saia daí agora mesmo, sozinha, senão vou chamar a polícia

Não

A Alice resmunga.

Vou contar pro seu pai.

— Ela morre de medo dele — murmura. — O cara é pulso firme com tudo.

Ficamos esperando. E, dentro de alguns minutos, a Park aparece, vindo dos fundos da casa, de vestido vermelho e casaco cinza, bolsa pendurada no ombro, olhando em volta, de celular na mão. Está com cara de surtada.

A Alice faz sinal para eu me abaixar o máximo que der. Ficamos encolhidas, só espiando por cima do painel. A Park parece estar em dúvida, lá no gramado. Tomara que não reconheça o carro da Alice, se o vir.

Ando de olho em você. Sei o que você fez.

A Park tapa a boca com a mão e fica olhando para o celular.

Isso tá te comendo por dentro?

– Ai, meu Deus – sussurro. – Essa foi... um pouco cruel.

– Elas foram cruéis comigo – responde a Alice, também sussurrando.

Eu não tive a intenção. Por favor. Você tem que acreditar em mim. Foi um acidente.

Do meu lado, a Alice arregala os olhos.

– Caralho – sussurra.

Espera aí, foi a Park que matou a Brooke? Isso não faz sentido. Além do mais, estaria muito na cara. A polícia interrogou essa garota. Neste exato momento, parada ali no meio da grama, ela parece uma menininha assustada, dando voltas, olhando para todos os lados, tentando adivinhar quem a está observando, falando com ela.

O que foi exatamente que a Park fez?

Ela *foi* a única das Tops que chorou naquele dia, lá no colégio, quando a polícia veio buscá-las na cantina, mas... teria confessado tudo na sala de interrogatório, se já está surtando com esse esqueminha à la *Pânico*.

– Alice, acho que não...

A Alice levanta a mão.

Que lindo seu vestido.
Brooke tinha um vestido parecido. Você sempre
teve inveja, né? Queria ser a Brooke?

A Park se vira de repente, dá alguns passos, olha para todos os lados. Está praticamente caindo no choro.

Eu só queria que ela desmaiasse, só isso, não era pra ele ter bebido, por favor

Solto um suspiro de assombro. A Alice olha para mim, com um sorriso de incredulidade.

Ela tinha tudo o tempo todo pfvr
seja lá quem for pfvr só me deixa em paz
eu não queria que ninguém morresse

A Park cai de joelhos na grama, olhando para baixo.

Eu amo o Steve

– Espera aí – falo, perplexa. – Por acaso a Park... pôs drogas no copo da Brooke?

– Mas o *Steve* deve ter bebido – sussurra a Alice. – Por *isso* estava tão esquisito. Ele *tinha bebido*, mas seja lá o que a Park tenha dado pra Brooke... deixou o Steve muito pior? Não é pra menos que ele não conseguia se lembrar de nada.

Pego o celular descartável e digito: "Você drogou Brooke Donovan, Helen Park".

Pfvr faço tudo que você quiser, foi só um remedinho pra dormir.

Você é uma menina muito má, Helen Park, vamos ficar de olho em você

A porta da frente da casa se abre, e a Kennedy sai por ela.

– Park? – grita. – Parkinha, qual é, caramba? Você tá vomitando?

A Park fica de pé com dificuldade, limpa os joelhos, passa a mão no rosto. Enfia o celular na bolsa e vai meio cambaleando até a Kennedy. As duas entram na casa e somem.

Com todo o cuidado, ainda meio abaixada no banco, a Alice liga o carro e vai saindo devagar. Assim que nos afastamos um tanto, nós duas sentamos direito, perplexas, nos entreolhando.

– Helen Park tentou drogar Brooke Donovan pra ficar com Steve Anderson. – A Alice fica sacudindo a cabeça.

– Só que aí a Brooke Donovan fugiu, sumiu e depois foi encontrada dentro d'água – respondo.

– E o Steve foi preso pelo assassinato dela, mas, pelo visto, estava enfurnado na terra dos sonhos. – A Alice dá uma risadinha. – Na minha cartela de bingo, não tem escrito "Park" drogando Brooke.

Na metade do caminho até o meu prédio, o celular descartável que a Alice usou para falar com a Park se acende.

Por favor não conta pro meu pai por favor por favor por favor

Levanto o celular para a Alice conseguir ler a mensagem.

– É o que você ganha, Parkinha – diz ela, com uma voz durona e satisfeita. – Por se meter comigo.

—

Mais tarde, no meu quarto, mando mensagem para a Ricky Randall. Mando do meu celular e não do descartável, porque o descartável está na minha mochila, e estou cansada demais para sair da cama e ir lá buscar.

Helen Park pôs drogas no copo de Steve Anderson na festa. Remédio para dormir.

Não sei por que você não está dormindo, Íris.
Seu dia foi longo.

Ela pôs no copo da Brooke, mas foi o Steve quem bebeu. Ele não estava bêbado. Estava chapado de remédio para dormir misturado com bebida alcóolica.

Hum. E como foi que você obteve essa informação?

A gente trolou a Helen e ela admitiu, por mensagem de texto.

Gosto dos seus métodos. Não sei se será admitido no processo, mas posso chamá-la para ter uma conversa. Espera...

Que foi

Por acaso, você falou Helen Park?

Sim

Ah, não. O pai dela não vai permitir de jeito nenhum que a filha vá ao meu escritório sem estar acompanhada por um advogado famoso e de terno.
Você sabia que ele bateu no Denny lá no Burger Hut com um Super Hambúrguer?
Disse que o hambúrguer estava malpassado e atirou a comida na cara do Denny. Fui advogada dele.
Vencemos o processo.
Mas o cara é esquentadinho.

Foi isso que a Alice falou. Disse que a Helen tem muito medo dele. Além do mais, seu escritório é o seu carro.

Tenho um escritório móvel para a conveniência dos meus clientes.

...

E por falar em pai.

Não começa.

...

Íris

...

Ele não aparece desde agosto

Desde o incidente.

Que bom.

Preciso dormir agora

Encaminha as mensagens da Helen Park pra mim. Vou ver o que posso fazer. E Íris?

Sim?

Toma cuidado. Com isso. E com aquela tal de Ogilvie.

Pelo jeito, ela é legal. Tudo certo.

Boa noite, Íris.

Boa noite, Ricky.

PAINEL DOS SUSPEITOS

Steve Anderson
Helen Park
Rebecca Kennedy
Alice Ogilvie
Cole Fielding
Treinador Donovan
Acidente
Desconhecido

HOME DO SITE
PESADO.COM
6 DE NOVEMBRO

BROOKE DONOVAN, HERDEIRA NORTE-AMERICANA: CINCO FATOS BÁSICOS QUE VOCÊ PRECISA SABER

A notícia do assassinato de Brooke Donovan foi divulgada na noite de 2 de novembro. Donovan, herdeira da fortuna da Levy Cosméticos, foi encontrada pelos colegas de escola, que avistaram seu corpo aos pés dos penhascos que acompanham a orla do município de Enseada do Castelo. Aqui vão cinco fatos básicos que você precisa saber sobre Donovan e a família Levy.

1. Brooke Donovan morava em Enseada do Castelo, na Califórnia, desde os 5 anos de idade, quando a mãe, a herdeira Victoria Levy, casou-se com o treinador de basquete da cidade, Matthew Donovan, para desgosto da mãe de Victoria, Lilian Levy, fundadora da empresa multinacional de maquiagem e cuidados com a pele Levy Cosméticos. Brooke foi oficialmente adotada por Matthew Donovan quando tinha 8 anos, e foi aí que adotou o sobrenome do padrasto. Lilian Levy cresceu em Enseada do Castelo, no Castelo Levy. Mas, quando tinha 15 anos, o pai, Charles W. Levy, empresário do ramo hoteleiro, foi para a prisão, por desvio de dinheiro, e perdeu a fortuna da família.

O Castelo Levy hoje é tombado pelo Patrimônio Histórico, aberto para visitação e eventos. Fomos informados de que Brooke estava lá, em uma festa, na noite em que morreu.

2. Depois que o pai foi parar na cadeia, Lilian Levy se mudou para Nova York com a mãe e foi morar com parentes. Logo depois, começou a ajudar um vizinho, um químico, a fazer cremes e perfumes para a lojinha dele. Logo ficou claro que ela tinha faro para os negócios e, quando tinha 21 anos, já vendia seus produtos em farmácias locais. Hoje, a Levy Cosméticos é uma empresa de capital aberto, com um faturamento anual de mais de 15 bilhões de dólares.
3. Victoria Donovan (Levy, de solteira) morreu há dois anos, de um infarto fulminante, enquanto estava em remissão do câncer de mama. Depois de sua morte, Brooke continuou morando com o pai em Enseada do Castelo, apesar de a família da mãe ter tentado persuadi-lo, a todo custo, a mandar a garota ir morar com Lilian, em Manhattan.
4. Imitando a vida amorosa da mãe, Brooke Donovan estava namorando um jogador de basquete da cidade, chamado Steve Anderson, quando morreu.
5. Esta não é a primeira vez que a família Levy esteve envolvida em tragédias e escândalos. A primeira foi quando o pai de Lilian foi preso e perdeu a fortuna da família. Depois veio o breve casamento de Victoria, a gravidez e o divórcio com o pai biológico de Brooke, o Príncipe Juan Sebastian, primo em terceiro grau

do rei da Espanha, que abandonou a esposa e a filha pouco depois de Brooke ter nascido para ir viajar pelo mundo. Poucos anos depois, a irmã mais nova de Victoria, Francine Levy, desapareceu enquanto fazia um cruzeiro pelo Mediterrâneo, e seu corpo nunca foi encontrado. A morte de Brooke Donovan é só a última de uma longa lista de tragédias que se abateram sobre a família Levy, incluindo a morte da estrela de cinema Mona Moody, sob circunstâncias misteriosas, no Castelo Levy, nos anos 1940. Há quem diga que a família é amaldiçoada.

CAPÍTULO DEZOITO

ÍRIS

7 DE NOVEMBRO

08:43

O COLÉGIO ESTÁ UMA verdadeira loucura.

Há vans de canais de tevê por todos os lados, policiais tentando manter os repórteres atrás de uma barricada. Professores desesperados tentando fazer os alunos entrarem logo, sem ficarem respondendo às perguntas dos jornalistas. Avisto a Tessa Hopkins, aquela repórter do canal KWB, que, sabe-se lá como, conseguiu burlar a barricada e ouve, com a maior atenção, o que a Kennedy – toda maquiada e arrumada – está falando. Desvio de alguns colegas. Definitivamente, não quero que essa tal de Tessa me veja.

A Alice está parada perto do escaninho dela, de porta aberta, escarafunchando nos papéis amassados e vidrinhos de esmalte.

– Preparada? – indago, bem séria. Ontem, ela estava relutante, mas é algo que precisamos fazer.

– *Merde*, Íris. Faz *você*, que está na mesma turma. Ela é a última pessoa com quem eu quero falar.

– Não, eu vou fazer aquela outra coisa. A gente combinou. Você se encarrega da Kennedy. Mandou muito bem com a Park, mas não pode enviar mensagem pelo celular descartável de novo. Tem que falar cara a cara com a Kennedy, e a gente precisa gravar, só por garantia.

A Alice dá um sorriso maldoso.

– Mandei mensagem de novo pra Park. Não consigo parar! É muito engraçado.

– Alice.

– OK, OK. Mas a Kennedy me odeia. Você não faz ideia de como é ter que falar com alguém que, literalmente, te odeia.

Reflito sobre isso. A Kennedy me parece o tipo de pessoa que se alimenta das fraquezas dos outros. Depois dessa conversa, ela vai ter algo com que se preocupar, um osso para roer. A Alice pode tirar vantagem disso.

– Chora.

A Alice espreme os olhos.

– Você quer que eu chore na frente daquela cuzona? Eu não *choro*, Íris.

– *Chora*, vai?! Pede desculpas pelas suas atitudes. Fala que se sente sozinha sem ela, que agora que a Brooke morreu e o Steve foi preso você tá... você tá... um caco.

– Você quer que eu dê uma de fraca – diz ela, curta e grossa.

– É o único jeito – insisto, falando baixinho. – Pensa que a Kennedy é um leão faminto, e você não passa de um pedaço de carne bem macia pra ela devorar. É por uma boa causa, certo? Pela Brooke? E dá uma olhada antes, pra ver se a Park não tá por perto quando for falar com a Kennedy. A Park pode ficar desconfiada, depois daquele lance com o celular descartável.

A Alice bufa para tirar um cabelo da frente do rosto, mas está com uma cara de dúvida. Tudo bem, eu também não ia querer falar com alguém que foi cruel comigo. Na verdade, ficaria até enjoada.

De repente, eu me lembro do que a Westmacott me falou na sala dela. Da Alice.

– Alice – falo, baixinho. – Eu acredito em você. Você consegue.

Ela pisca para mim.

Digo a única coisa que me vem à cabeça para convencê-la:

– "Ela passou a vida toda observando o mal, imaginando o mal, suspeitando do mal e lutando contra o mal." Essa é você, Alice. Vai lá lutar contra o mal.

Um sorriso se esboça lentamente no rosto dela.

– Íris, por acaso você andou lendo Miss Marple? Essa citação é de *O caso do Hotel Bertram*, né?

– Meu Deus, não. Você é que gosta dela. Eu só folheei um dos seus livros ontem.

– Interessante. OK. Vou falar com ela. Mas não vai ser legal.

Batalha vencida.

Encontro o pai do Spike, o chefe dos faxineiros da Escola de Ensino Médio de Enseada do Castelo, no almoxarifado. Ele sempre foi um cara superlegal. Fui, em algumas ocasiões, na casa do Spike, em uma das raras noites do fim de semana que tento tranquilizar minha mãe em relação à minha falta de vida social. E, enquanto todo mundo está no canto da sala jogando mais uma rodada de *Dungeons & Dragons*, eu normalmente fico com o sr. Flick perto da tevê, e ele me diverte contando das complexidades de se apostar em cavalos, enquanto a gente assiste às corridas.

– Ah. Oi, Íris – diz ele. – Você não deveria estar na aula? – O sr. Flick vê as horas no relógio de pulso, que tem uma pulseira *tie-dye*. O Spike me contou que o pai viajava pelo país em um ônibus escolar velho, vendendo camisetas e pôsteres caseiros, acompanhando a turnê de shows de uma banda. Na verdade, Spike foi batizado com o nome de um dos álbuns favoritos do pai.

– Não tem problema. O professor me deu um passe – respondo. É mentira, mas sei que o sr. Flick não sabe disso. Sou uma aluna nota dez, com um histórico exemplar. Por que iria mentir?

Ser uma pessoa que passa despercebida, tenho notado, pode ser muito vantajoso para a investigação de um crime.

– Posso te ajudar com alguma coisa?

– Na verdade, pode. É a respeito do treinador Donovan. Ele vai, sabe, ficar um tempo afastado...

O sr. Flick balança a cabeça, triste.

– Que coisa terrível. Estou em estado de choque de saber que foi o tal do Anderson, para ser sincero. Sempre achei que ele fosse um rapaz tão bom, sabe?

– Eu também. – Espero a quantidade apropriada de tempo para continuar. – Enfim, eu e mais alguns colegas queremos fazer uma vigília à luz de velas pela Brooke. Tipo, pegar uma foto e colocar em um lugar onde as pessoas podem levar flores e tudo mais, mas, como o treinador está em casa, ninguém quer incomodar, e a gente achou que, de repente, pudesse ter uma foto da Brooke, lá na sala dele.

– Vocês não podem simplesmente pegar do Instagram ou sei lá do que vocês, jovens, usam esses dias?

– Ah, hahaha. Bom, sabe, esse tipo de foto não é, tipo, bom, muito apropriado, e a gente queria fazer uma coisa legal.

O sr. Flick balança a cabeça.

– Saquei. – Ele deixa a prancheta na estante. – Vem comigo.

Acompanho o sr. Flick pelo corredor, subo com ele a escada da ala esquerda do prédio do colégio.

De repente, me ocorre que, tipo, o sr. Flick não vai simplesmente me largar lá sozinha na sala do treinador enquanto eu fico procurando só Deus sabe o quê. De repente, eu e a Alice podíamos ter conversado sobre umas coisas mais concretas para eu caçar por lá. Bancar a detetive é difícil.

Preciso tirar o Flick daqui por, pelo menos, alguns minutos.

Pego o celular.

"Spike", digito. "Manda mensagem pro seu pai. Agora."

Caramba, Íris. Estou no ensaio da banda agora.

Manda logo. Fala que precisa dele e tal e pede pra ele te encontrar em algum lugar. Preciso que seu pai fique longe da sala do treinador.

Não posso simplesmente sair do ensaio!

MANDA LOGO DEPOIS TE EXPLICO

Se você e a Ogilvie estão tramando alguma coisa pra descobrir quem matou a Brooke eu quero participar!

O sr. Flick abre a porta da sala do treinador.

– Prontinho. Ah, ali tem uma, bem legal, logo ali. – Então aponta para a parede. É uma foto da Brooke, linda como sempre, usando o que parece ser um vestido extremamente caro, de gala, parada em um salão todo decorado, com candelabros que parecem uma coisa saída de um sonho.

– Foi quando ela fez aquela coisa: como é que chama mesmo? – A voz do sr. Flick parece quase distante. – Em que as garotas que têm dinheiro vão? Um baile importante, sei lá.

A Brooke está com luvas brancas compridas, e o vestido maravilhoso é branco como a neve.

– Um baile de debutante – respondo, bem devagar. – Tipo uma festa pra apresentar a garota pra sociedade.

O dinheiro da Brooke exigia rituais e tradição, coisas tipo bailes para lindas garotas. O baile anual da regata, que será no Iate Clube. Todas essas coisas.

– Ah, droga, espera aí, recebi uma mensagem do Spike – diz o sr. Flick. – Você pode esperar aqui? Preciso trancar a porta depois que você sair. Já volto.

– Sem problemas.

E é claro que ele sai da sala. Porque eu sou Íris Adams. Não vou cometer nenhum *crime*.

Mas é exatamente isso que faço assim que ouço os passos do sr. Flick se afastarem pelo corredor.

Coloco a foto emoldurada na mochila, só por desencargo de consciência, e vou até a mesa do treinador. As gavetas não estão trancadas. Quer dizer, não sei nem o que estou procurando ao certo, só que... estou procurando alguma coisa. Tenho que admitir: estou com certo medo. Meu coração bate loucamente dentro do peito. Além do mais, esse lugar é fedido. Olho em volta. Tem uma caixa de tênis no canto. Estantes repletas de fotos da equipe, placas comemorativas, troféus.

E, nas gavetas, só encontro canetas, *post-its*, chiclete, um par de meias e pastas com o histórico dos alunos. Que... me interessam muito, mas não foi para isso que eu vim.

Sem querer, fecho uma gaveta com muita força, e o monitor da mesa se acende, a caixinha de diálogo fica esperando a senha.

Hum.

Até onde sei, o treinador não é dos mais burros, mas também pode não ser dos mais inteligentes. Se é para ter uma senha, deve ser algo fácil de lembrar.

Digito "CougarsEnseadaCastelo".

A caixinha de diálogo treme, "Não".

Não pode ser algo relacionado à Brooke. Seria fácil demais, não seria?

Meu telefone vibra.

MEU PAI JÁ FOI

TENTEI

É MELHOR VOCÊ ME CONTAR O QUE TÁ ROLANDO

Droga.

E é aí que eu vejo, sendo a tonta que eu sou, bem ali, grudado na base do monitor, meio escondido embaixo de uma lata aberta de Pepsi Diet.

Um *post-it* escrito "EEMECCesta333".

Escola de Ensino Médio de Enseada do Castelo e "cesta" de basquete.

Bingo. Digito a senha, e os e-mails do treinador aparecem de uma vez. Ele não deve ter fechado a janela do programa da última vez que esteve aqui.

Ouço assobios no corredor e o chacoalhar de um monte de chaves. Sr. Flick.

Dou uma olhada nas mensagens, mas não tenho ideia do que estou procurando. Tiro uma foto rápida da janela do programa e enfio o papel com a senha no bolso.

Já estou de volta ao outro lado da mesa quando o sr. Flick aparece na porta.

– Conseguiu? – pergunta ele.

– Sim – respondo. – Peguei a foto do baile de debutante. Trago de volta amanhã, tá bom?

– Amanhã mesmo, tá? – Ele sacode a mão na frente do rosto. – Credo, que fedor está aqui.

– Devem ser os tênis – comento. – Não sabia que uma pessoa só podia ter tantos.

O sr. Flick olha para os tênis que estão no canto da sala.

– Nããã. Esses tênis não são do treinador. São sobras da equipe. O Rich Colson, da loja Foot Locker, consegue uns pares pro time de basquete, e você sabe que o pé dos garotos cresce rápido. O treinador guarda os tênis que não servem mais pra doar para o bazar beneficente que fica lá na rua Bristol.

O sr. Flick continua falando:

– Vivo pedindo para ele tirar isso daqui, porque o lugar fica fedido, mas sabe como é o treinador. O cérebro dele só pensa em vencer os jogos e em mulher.

Aí dá uma risadinha.

Tênis. Tem um bocado de tênis dentro daquela caixa. Dou uma espiada. A maioria é da Nike. Vermelhos. O Steve estava usando tênis vermelhos, de acordo com a Dotty. Estou tentando processar essa informação quando algo que o sr. Flick disse me distrai.

– "Em vencer os jogos e em mulher"? – repito.

A cara dele fica vermelha.

– Ah, merda, eu não devia ter falado nada. Não é legal.

O pai do Spike faz sinal para eu sair da sala.

– Na verdade, sr. Flick, já que estamos só eu e o senhor, pode me contar. Do que exatamente o senhor estava falando? Quer dizer, sei que o treinador estava namorando a srta. Westmacott, mas...

– Ah, os dois terminaram faz tempo, quando as aulas começaram. Preciso reabastecer as caixas de lenço de papel da sala dela tipo quatro vezes por semana.

Dou um sorriso malicioso.

O sr. Flick ergue o canto da boca.

– Bom, já que é *você*, Íris, cá entre nós? O cara é meio cachorrão.

– "Cachorrão"? – repito, na maior inocência.

O devotado padrasto da Brooke Donovan, o amado treinador do time de basquete, é cachorrão? Será que sempre foi assim? Ou só depois que a mãe da Brooke morreu? Obviamente, o treinador Donovan é muito mais do que parece ser à primeira vista.

– Essa coisa de ser mulherengo é novidade para o treinador, sr. Flick? Ou ele já era assim antes, sabe, de a mãe da Brooke morrer?

Meu cérebro está rodopiando. Pena que não estou com o meu dossiê para anotar, porque estou pensando no que a Alice falou sobre o dinheiro da Brooke ser controlado pela família da mãe dela, que a garota brigou com o pai por causa de alguma coisa. E, agora que parei para pensar nisso, por que um cara que se casou com uma mulher extraordinariamente rica ainda trabalha como treinador de basquete em uma escola? Será que existe alguém com um coração tão bom *assim*? E se...

– Íris – diz o sr. Flick, em tom de confidência. – Eu poderia te contar *tantas* histórias sobre esse cara.

– Ah, sr. Flick, por favor, conte. Por favor, por favor, *conte*.

CAPÍTULO DEZENOVE

ALICE

7 DE NOVEMBRO

11:43

"Ah, vejo que a senhorita é atriz, Miss Marple, além de vingadora."
AGATHA CHRISTIE,
Nêmesis

ANTES DO ALMOÇO, VEJO a Kennedy enfiando livros no escaninho. Está sozinha, o que é bom, porque, definitivamente, não vou falar com ela na frente de gente tipo a Park ou a Henderson, mas também é ruim, porque significa que não tenho desculpa para *não* falar com ela. Não consigo acreditar que a Íris conseguiu me convencer a fazer isso. Usando uma citação da Miss Marple. Ela já sabe quais são meus pontos fracos. Que grosseria.

De todo modo, a situação está sob controle. O Hercule Poirot sempre arranca informações dos suspeitos mentindo entre dentes e fingindo que não sabe das coisas, para as pessoas confiarem nele. E acontece que, por acaso, tenho *muita* experiência com essas duas coisas.

Respiro fundo e me aproximo dela. O corredor está praticamente vazio, tirando duas garotas da minha turma, que estão encostadas na parede, do outro lado do corredor, conversando. Ficam em silêncio quando reparam que estou me aproximando da Kennedy. Vejo de relance uma cutucando a outra. Ignoro as duas. A Miss Marple não permitiria que a opinião dos outros a impedisse de seguir em frente, e eu tampouco vou permitir.

Quando chego perto dela, paro e pigarreio alto. Ela está com a cabeça enfiada no escaninho, olhando para o celular com atenção e um sorrisinho no rosto. Dá um pulo de susto quando me ouve.

– Caramba, Ogilvie! – Fica vermelha e vai logo bloqueando a tela do celular. – O que você *acha* que está fazendo?

– Oi – falo. O que, admito, que não é o mais criativo dos cumprimentos. – Hã... – Fico calada. "Mente, Alice."

Ela ergue as sobrancelhas e bate a porta do escaninho, já colocando a bolsa da Celine no ombro.

– Sim?

– Oi, Kennedy. Você tá bem? Ando preocupada com você. Por causa da Brooke e tudo mais, sabe? – Mordo o lábio e fico olhando para o chão, obrigando meus olhos a se encherem de lágrimas. Meu lábio inferior treme. – Que loucura. Isso que andam falando do Steve. Tudo o que rolou. Eu não... Tenho a sensação de que talvez seja tudo culpa *minha*. – Fico com um nó na garganta. Droga. Acho que nem vou precisar fingir. Pisco, várias vezes.

A expressão irritada da Kennedy muda quando ela ouve minha voz embargada.

– Ah, Alice. – Ela solta um suspiro profundo e dá uns tapinhas no meu braço, constrangida. – Nem tudo é por sua causa, sabe? O que aconteceu é terrível, mas, tipo, não foi *você* que empurrou a Brooke e a fez cair do penhasco. – Nessa hora, a Kennedy fica em silêncio e ergue a sobrancelha. – *Foi?* – Ela solta uma risada debochada. – Brincadeirinha. A gente sabe que foi o Steve. Graças a Deus, pegaram ele, e rápido. Você consegue imaginar se o cara ainda estivesse aqui, tipo, andando pelo colégio, depois de ter *assassinado* alguém? Isso é que é sinistro. – Ela estremece.

Franzo a testa.

– Você acha mesmo que foi o Steve?

A Kennedy faz careta.

– *Hello*, Alice. É óbvio que foi ele. A polícia tem todas aquelas provas e tal. Um caso simples de solucionar. Me encontrei com o treinador por acaso ontem, e ele me contou que está superfeliz por tudo ter terminado, que foi melhor assim, porque não vai virar mais uma atração de segunda do circo midiático. A Brooke não merece isso, sabia?

Penso nas *vans* dos canais de tevê estacionadas na frente do colégio.

– Hum, não sei se isso é verdade. – Acho estranho o treinador ficar *feliz* com o fato de o Steve ter sido preso por isso, mesmo que tenha sido ele. Porque sempre achei que o treinador gostava muito do Steve, por causa do basquete.

Ela sacode a mão, dando a entender que não tem nada a ver.

– É, bom, sei lá. Ele estava triste e tal. Não deve nem ter pensado no que estava dizendo. Mas, de todo modo, com certeza é melhor que o Steve esteja atrás das grades. Era pra gente ir pro baile da regata, todo mundo junto. Sinto muito, mas *não* tô a fim de ter um assassino estragando minhas fotos. Eu mandaria alguém, tipo, tirar ele das fotos e tal, o que estragaria toda a estética em que eu tinha pensado.

– Certo. – Meu bom Deus. Eu tinha esquecido como a Kennedy pode ser, às vezes. Preciso fazer essa garota voltar para os trilhos. – Então, posso te perguntar uma coisa? É algo que anda me incomodando.

Ela olha bem para mim.

– Hum... talvez.

Obrigo minha expressão a ficar congelada, resistindo ao reflexo de revirar os olhos.

– Aquela noite, do Halloween. Depois que a Brooke foi embora da festa? Você acha que ela pode ter se encontrado sem querer com outra pessoa? Outra pessoa que não o Steve?

A Kennedy fica com uma cara irritada.

– Por que você está me perguntando isso, Alice? Por que tudo tem que virar um *drama* pra você? Deixa quieto, OK? Todo mundo está tentando virar a página, já falei com a polícia, contei tudo, e o Steve tá preso... já deu. Graças a Deus.

Bufo.

– Não faço drama por tudo, OK? *Meu Deus.* – Credo, essa garota é tão irritante... Preciso descobrir qual é o álibi dela, se é que tem um, sem perguntar *explicitamente* qual é o álibi dela, porque a Kennedy sabe mentir. Apesar de o Hercule Poirot *dizer* que, às vezes, mentiras levam à verdade.

E, de repente, me vem à cabeça. Como foi que Íris me convenceu a falar com a Kennedy, para começo de conversa. Ela sabe quais são meus pontos fracos e se aproveitou disso para conseguir o que queria. E, cara, ah, eu sei qual é o ponto fraco da Kennedy.

– O Cole Fielding tava lá na festa? – pergunto. Óbvio que sei que estava, porque eu o vi lá.

A Kennedy para de andar ao ouvir o nome dele e esboça um sorrisinho malicioso.

– Sim. Óbvio, claro que tava. Por que a pergunta?

– Acabei de ficar sabendo que vocês dois estavam se pegando. – Nessa hora, cutuco a Kennedy. – Há *anos* que você esperava por isso. – Finjo que estou empolgada por ela, apesar de essa história toda ser sinistra.

– Né? – Ela se aproxima de mim, com ar de confidência. – Foi *incrível*.

Eca. E eu falo, com todas as letras:

– Legal. Aliás, como a Brooke encarou o fato de vocês dois ficarem? Ela sempre foi um pouco possessiva em relação ao Cole. Por acaso achou ruim?

– Não. Disse que não. – A Kennedy tira o celular do bolsinho lateral da bolsa e passa o dedo na tela algumas vezes. – Olha. – Enfia o celular na minha mão, com uma expressão de triunfo, e aí olha para os dois lados do corredor, disfarçadamente. – Só tira o volume.

Dou o *play* e quando vejo o que (*quem*) está na tela, meu queixo cai.

– Ai, meu Deus, *Kennedy*. Por acaso é... você e o Cole? Eca! Tira isso de perto de mim! – Atiro o celular para ela, e a Kennedy pega no ar, dando risada.

– Ele é uma delícia! Não me arrependo! Também mereço uma bundinha gostosa de vez em quando, sabia? Então, se quer saber, se acha que o Cole teve alguma coisa a ver com a morte da Brooke, ele não teve, tá? Reparou no horário do vídeo? – Ela enfia o celular na minha cara. – Tá escrito bem ali. Passamos aquela noite juntos. O Cole esqueceu a Brooke. Como você pode bem ver.

Eu poderia ter passado a vida inteira tranquilamente sem ver um vídeo desses. Faço careta.

– Agora vou ter que enfiar a cabeça em um balde de água sanitária, valeu.

– Ah, não seja tão *puritana*, Alice. – Ela fica com uma cara de devaneio. – Você sabe muito bem que, mesmo quando a Brooke estava ficando com o Cole, eu já gostava dele. A maioria das garotas tratam o Cole como se ele fosse só mais um gostoso, mas, na verdade, ele é muito…

– OK, valeu. Preciso ir nessa – falo, interrompendo o monólogo da Kennedy sobre o Cole. Sei, por experiência própria, que pode durar, literalmente, *horas*.

A Kennedy fecha a boca e fecha a cara.

– Tá bom, Alice. A gente se vê, sei lá.

Dou um tapinha no braço dela.

– Sabe, Kennedy – falo –, quando o Steve for a julgamento, podem perguntar pra geral onde as pessoas estavam naquela noite, depois da festa. Você vai poder mostrar esse vídeo com o Cole pra todo mundo.

Ela arregala os olhos e olha para a imagem congelada na tela do celular, depois para mim, horrorizada.

– Não é empolgante? – digo, com um sorriso terno. – A gente se vê. – E aí saio correndo, indo encontrar a Íris, o mais rápido que minhas pernas são capazes de correr.

PAINEL DOS SUSPEITOS

Steve Anderson
~~Helen Park~~
~~Rebecca Kennedy~~
Alice Ogilvie
~~Cole Fielding~~
Treinador Donovan
Acidente
Desconhecido

MENSAGENS DE TEXTO TROCADAS ENTRE A. OGILVIE E R. KENNEDY

7 DE NOVEMBRO

15:03

AO: E aí

RK: Pq vc tá me mandando mensagem, Ogilvie

AO: Relaxa

AO: Posso te fazer + 1 pergunta

RK: Plmdds vc não tem mais o q fazer

AO: Vou tomar isso como sim.

AO: Logo q a Brooke desapareceu, vc falou q tinha rolado uma briga dela com o treinador

AO: Vc disse q teve a ver com dinheiro

AO: Tipo o q?

RK: KCT como vc é enxerida.

RK: Acho que ela disse q o pai queria q ela desse um jeito de ele continuar recebendo todo mês até ela terminar a faculdade

RK: Queria q Brooke nomeasse ele como administrador e tal

AO: Administrador?

RK: SEI LÁ alice. Vc sabe q não falo de dinheiro

AO: Hum. desde quando?

RK: Não enche

RK: Era só isso?

AO: Era

RK: TCHAU

CAPÍTULO VINTE

ÍRIS

7 DE NOVEMBRO

16:40

Cadê você???

É TIPO A OITAVA mensagem que a Alice me manda.

Minha mãe fica me olhando, com os lábios tremendo.

— Tudo bem — diz ela. — Ele me mandou mensagem, eu bloqueei. Ponto-final. Ele sabe que não pode aparecer aqui por causa da medida restritiva.

Meu estômago está embrulhado. Tenho vontade de dizer que a gente deveria simplesmente ir embora, partir neste exato momento, usar o dinheiro que já economizei. Fugir. Mas, antes que eu consiga tirar essa súplica da minha boca, alguém bate na porta. Eu e minha mãe congelamos.

Ela levanta a mão para mim e vai até a porta.

— Sim? — grita.

Do outro lado da porta, sai uma voz conhecida e empolgada:

— Será que estou no lugar certo? Estou procurando a Íris.

Os ombros da minha mãe relaxam visivelmente. Solto o ar que eu estava segurando. É só a Alice. Mas, em seguida, sinto um aperto no coração.

A Alice está aqui. Eu não queria que ela viesse aqui. Olho para a sala. Faz alguns dias que eu e minha mãe não fazemos faxina: tem coisas espalhadas por todo lado, é bem diferente da mansão impecável da Alice.

Minha mãe abre a porta. A Alice entra.

– Até que enfim te encontrei! Procurei você por tudo quanto é canto. Oi, sra. Adams.

– Alice – diz minha mãe, simpática. – Acho que está na hora da aula particular? – Ela olha para mim. – Mando mensagem para saber como as coisas estão quando chegar no bar, tá?

Balanço a cabeça. A Alice fica olhando para mim e para ela, e uma leve ruga aparece entre suas sobrancelhas.

Fico imaginando o que a Alice deve ter achado do lixo transbordando da lixeira que fica no estacionamento. Da abóbora esturricada que ainda está junto da porta do 312. Se ficou irritada com a senhora do 316, que assiste a *Real Housewives* tão alto que dá para ouvir dentro do meu apartamento.

Minha mãe deixa a Alice entrar, sai e fecha a porta. A Alice me dá um sorriso empolgado.

– Você não respondeu às minhas mensagens! Tive que procurar seu endereço. Espero que você não ligue.

– Desculpa a bagunça – falo. – Acho que pra você é meio que baixar de nível.

A empolgação desaparece do rosto da Alice.

– Íris...

– Preciso fazer xixi – falo.

Vou para o banheiro, abro a torneira no máximo e jogo água na cara. Ele mandou mensagem para minha mãe. Não deveria. Está se aproximando pouco a pouco. Esfrego a toalha com força no meu rosto.

Quando saio, a Alice está olhando para o meu notebook, que está em cima da mesa da cozinha, lendo o site que eu tinha aberto. Olha para mim.

– O que é Pinheiros Uivantes? É lá no norte, certo? Você e a sua família estão pretendendo viajar?

Fecho o notebook. Havia um milhão de janelas abertas. Como mudar de identidade. Coisas do tipo. Não preciso que a Alice fique me bombardeando de perguntas nem que descubra meus planos de sumir do mapa.

– Minha família sou só eu e minha mãe. E não.

– Ah. O seu pai viaja muito? Que nem o meu...

– Não. Meu pai morreu. E você não precisa falar "meus sentimentos" nem nada. Foi antes de eu nascer.

É mentira, mas é uma mentira que eu consigo contar fazendo cara de paisagem e uma mentira que, tomara, vai calar a boca da Alice.

– Ah – diz a Alice, baixinho. – Isso deve ser bem difícil. Eu quase nunca vejo meus pais, mas não consigo imaginar como seria, sabe, não ter um deles.

– A gente não sente falta do que nunca teve – respondo. – Além do mais, minha mãe é sensacional, então tô bem. De boa.

A Alice se cala. Pego o notebook e o ponho em cima do balcão, só para fazer alguma coisa e não ter que olhar para a cara dela, porque a Alice está com uma cara... de quem quase se importa comigo, e não quero isso neste exato momento.

– Que legal seu apartamento – comenta, mudando de assunto, com um tom alegre e empolgado. – Gostei daquelas aquarelas. Foi você que fez? – Ela aponta para a parede da cozinha.

Olho para a Alice, desconfiada. Será que ela está debochando de mim? Isso é algo que uma das Tops faria.

– Sim, fui eu. Gosto de fazer isso. Pintar o mar, quer dizer.

Ela olha as aquarelas com mais atenção.

– Adorei. São tão... lindas e tranquilizantes. Eu queria ter algum tipo de talento. Esses quadros dão um aconchego e um calor à cozinha...

– Pode parar, Alice. Não precisa fingir. Sei que aqui está um nojo. Você não deveria ter vindo. Da próxima vez, só me fala onde eu te encontro.

A Alice franze o cenho.

– Na verdade, gostei mesmo. Daqui e das suas pinturas. Aqui dá uma sensação de casa de verdade. De que tem gente morando. – Ela fica em silêncio alguns instantes. – Eu não sou uma princesa metida, sabe? Talvez você é que seja a esnobe, Íris. Já parou pra pensar nisso?

Minha cara fica vermelha que nem tomate.

– Tá bom – respondo, depois de um tempo. – Vamos logo com isso, OK?

– Tá bom. – A Alice joga a bolsa em cima da mesa da cozinha. – A Kennedy... como posso dizer? Foi pega em flagrante delito com o Cole Fielding depois que a Brooke saiu correndo, e tem um vídeo bem picante, com a hora registrada, pra provar. Podemos riscá-los do painel dos suspeitos, acho eu.

– Ai, meu Deus. Eles filmaram? – Dou risada. Além do mais, eu meio que quero ver esse vídeo, mas não estou a fim de contar isso para a Alice, que abana o próprio rosto.

– Ficou gravado no meu cérebro a ferro e fogo pra sempre.

A gente se olha e dá risada ao mesmo tempo, sem conseguir parar de pensar no Cole e na Kennedy se pegando. Apesar de eu sentir, sim, uma pontada de inveja ao pensar no Cole ficando com a Kennedy.

OK, estou mais calma agora.

– OK – falo, respirando fundo. – Sala do treinador. Não consegui ver muita coisa, na verdade. Tive só um tempinho, porque o sr. Flick voltou logo e... ah, ele é pai do Spike. Você sabia disso? Aí eu tive que mandar uma mensagem pro Spike dar um jeito de fazer o pai dele sair da sala e me deixar sozinha lá, mas consegui isso.

Mostro a foto da caixa de entrada do e-mail do treinador que tirei no celular. Algumas mensagens parecem inofensivas, tipo "O Olive Garden quer que você volte para almoçar!". Mas tem outras mais interessantes.

A Alice pega o celular da minha mão e fica refletindo sobre a foto.

– Um monte de e-mails da Lincoln Seguros de Vida e de um lugar chamado Watson, Terwilliger e Morton. Advogados? Seriam os administradores do patrimônio, talvez? A Kennedy falou que a Brooke e o treinador andavam brigando porque ele queria que a filha o nomeasse administrador, porque aí o treinador ainda poderia receber uma grana depois que a Brooke fosse para a faculdade.

– A data desses e-mails é anterior à morte da Brooke? – pergunto.

– É. Então ele, definitivamente, estava tentando mudar as coisas. E... ai, uau.

Ela dá um zoom na foto.

– O treinador recebeu uma porção de e-mails de outras professoras. Isso é normal?

– Também tem isso. O Flick falou que o treinador é bem cachorrão com as mulheres que trabalham no colégio. Quantas será que ele estava enrolando?

A Alice me devolve o celular.

– Bom, pelo jeito, várias. Você acha que a Brooke sabia que o pai estava ciscando por aí? Além da Westmacott, quer dizer.

– Como poderia não saber? Certo, vamos voltar às evidências. Primeiro, o treinador não me parece ser um pai assim tão devotado. Segundo, está tentando fazer alguma coisa esquisita com o patrimônio. Não sei. E essas professoras todas? E se, digamos, foi o treinador, sabe-se lá por que motivo? E se alguém ajudou o cara? E a polícia prendeu a pessoa errada? E estou pensando que, talvez, a gente precise de ajuda pra dar conta de tudo isso. Dos Pés-Rapados. Tem um monte de coisa pra pesquisar e processar, e outros olhos podem dar uma acelerada no processo, não?

A Alice me olha com cautela.

– Você pode estar certa.

Dou um suspiro de alívio. É muita coisa para fazer, mas essa não é a questão de verdade para mim. A questão é outra. Pôr a mão no dinheiro da recompensa e sair daqui, e, quanto antes conseguirmos, quem sabe, solucionar esse crime, mais cedo isso vai acontecer.

A Alice pega a bolsa.

– Pega suas coisas. É por esse motivo que estou aqui, aliás, porque precisamos dar um gás na investigação do treinador. Vamos sair em missão.

E se dirige à porta antes que eu consiga pegar minha mochila. Corro atrás dela.

– Então, qual é o plano? – pergunto. Estamos sentadas dentro do carro da Alice, na rua da casa da Brooke, estacionadas um pouco mais para a frente. – A gente simplesmente bate na porta do treinador e pergunta "Cara, tem alguma possibilidade de você, sabe, ter se livrado da própria filha?". Acho que não vai colar.

A Alice me olha.

– Tá, não fica brava comigo. Pensei nisso, e só tem um jeito mesmo de revirar a casa dele sem que o treinador nos incomode e sem levantar suspeitas. Eu trouxe uma coisa. Olha na minha bolsa.

Pego a bolsa da Alice, que está no console, e remexo lá dentro. Tiro um pacote de camisinhas.

– Sério, Alice? Acho que isso é ir um pouco *longe demais*.

– Não é *isso*! Olha mais no fundo. E que nojo. O cara é praticamente um idoso. – Ela estremece.

Tiro um frasco de remédio da bolsa e leio a etiqueta. Ariadne Ogilvie. Uma tarja preta sob o nome da medicação. Três miligramas.

– Surpresa! – diz a Alice.

– Alice... não – digo.

– A Park fez isso com o Steve! – E, em "O apartamento do terceiro andar", o Hercule Poirot usou cloreto de etila para apagar um suspeito e ter tempo de vasculhar os bolsos dele. Não consigo arranjar essa substância de uma hora pra outra, mas o armarinho de remédios da minha mãe é um verdadeiro país das maravilhas farmacêutico, então é o que temos.

Sacudo o frasco.

– Isso é errado. Muito errado.

A Alice solta um suspiro.

– Você acha que ele vai dizer alguma coisa incriminadora pra mim? Do tipo, "Ah, sim, Alice, obrigado por perguntar. Sim, claro, fui eu mesmo que empurrei a Brooke penhasco abaixo". Não. E nós precisamos de um tempo sem interrupções pra vasculhar o escritório dele. Encontrar alguma coisa sobre esses tais administradores do patrimônio de que a Kennedy sempre fala.

– Nós?

– Eu entro, puxo conversa. Papo de enterro. Ofereço uma bebida. Jogo os comprimidos lá dentro. Eu pesquisei. O cara vai desmaiar rapidinho. Eu te mando uma mensagem, desligo o alarme, abro a porta dos fundos pra você, a gente vai lá em cima, blá-blá-blá.

Isso poderia dar errado de um milhão de jeitos, e tem mais um milhão de motivos para ser algo terrivelmente antiético. *Drogar* uma pessoa. Mas assassinar uma pessoa *também* é terrível, e se *foi* o treinador...

Solto um suspiro. Ser detetive tem uma porção de dilemas morais.

– O único jeito que tenho de justificar isso é dizer que os professores estão sempre pedindo pra gente aplicar histórias da ficção na nossa vida real. Então, de certo modo, estamos apenas fazendo uma pesquisa aplicada – digo.

– E cometendo alguns delitos – murmura a Alice.

Respiro profundamente e solto o ar bem, bem, bem devagar.

– Alice Ogilvie, o que você fez com a minha vida? – comento, baixinho.

—

A Alice diminui a velocidade lá pela metade da rua da Brooke.

Paramos na frente da casa enorme, de três andares, em estilo colonial espanhol, onde a gente já tinha ficado de tocaia.

– Talvez seja só fingimento. Por parte do treinador – falo.

– Acho que é isso que vamos descobrir.

– Não esquece. Liga o celular. Grava tudo o que o cara disser antes de, você sabe...

Ela aperta um botão, e a porta do meu lado se abre.

– Sucesso na espionagem – fala, toda empolgada.

"Caramba."

Estou agachada atrás de uns arbustos, no fim da entrada de carro da casa da Brooke, observando a Alice se dirigir às refinadas portas duplas e apertar a campainha. Alguns segundos depois, o treinador Donovan aparece e faz sinal para ela entrar.

As portas se fecham.

Começo a suar na testa. O arrependimento me invade.

O que estamos fazendo, caramba? Em que mundo seria possível acreditar que era uma boa ideia mandar a Alice entrar na casa de alguém que achamos que pode ser um assassino? Porque, sabe, e se o cara for mesmo? Vou me esgueirando pela lateral do pátio, fico bem perto da casa, até chegar aos fundos.

O quintal dos fundos é tipo um oásis tropical.

Tem uma piscina bem comprida e estreita, daquelas para treinar, com água cintilante, provavelmente aquecida, e uma Jacuzzi para completar. Um barzinho com balcão e tudo, e uma edícula. Espreguiçadeiras com cara de chique, mesas e palmeiras. E aí, bem no meio do gramado bem-cuidado e verdejante, uma enorme cama elástica.

Essa *gente*. No instante em que penso isso, sinto vergonha. Talvez a Alice tenha razão. Talvez *eu* seja a esnobe.

Meu coração bate feito um tambor nos ouvidos. Consigo sentir o suor se acumulando nas minhas axilas, apesar de o tempo estar fechado e frio. Olho para o celular. Quanto tempo já passou? E se o treinador estiver estrangulando a Alice? E se a encurralou no sofá e pôs uma almofada linda e cara para tapar a boca da garota?

A porta de correr de vidro se abre, e levo um susto. A Alice põe a cabeça para fora e faz sinal para eu entrar.

– E o alarme? – pergunto.

Ela aponta para uma caixa quadrada presa na parede.

– Desativado. Eu e a Brooke tínhamos o costume de sair de fininho à noite. Nunca trocaram a senha. Vamos nessa. – A Alice vai logo subindo uma escada.

– Espera aí – falo. – Eu meio que queria... quer dizer... ele desmaiou, né?

A Alice ergue a sobrancelha.

– Vá ver com seus próprios olhos. Vou lá pra cima.

Então sobe a escada com pressa, e me dirijo devagar para a sala principal. Lá está o treinador, atirado no sofá branco, de boca aberta, as mãos dependuradas na lateral do corpo. Será que eu devia cutucá-lo? Checar se está respirando? E se Alice deu remédio demais para ele?

O treinador dá uma leve roncada. Que bom. Pelo menos está vivo.

Vejo uma garrafa de cerveja na mesa. O cara está desmaiado. Mas precisamos, quem sabe, garantir que ele não suspeite de nada quando acordar?

Corro até a cozinha, pego mais algumas garrafas de cerveja na geladeira e começo a esvaziá-las na pia. Deixo duas no balcão e levo outras duas para a sala, acomodo uma do lado do treinador, no sofá, e coloco a outra em cima da mesa, na frente dele.

Depois subo correndo as escadas da parte de trás da casa e vou procurar a Alice.

E a encontro em um cômodo na metade do corredor.

O escritório do treinador em casa não é mais organizado do que pude ver na sala do cara lá no colégio, porque o lugar está uma bagunça. A Alice está sentada na cadeira perto da escrivaninha, lendo os e-mails dele.

Sacode a cabeça e me mostra um *post-it* no qual está escrito "JORDAN6!".

– Será que o povo nunca vai aprender a proteger uma senha? – pergunta. – Tipo, literalmente grudado no teclado.

Uma impressora que fica no canto acorda. A Alice está imprimindo umas coisas.

Papéis espalhados pela mesa, tênis por todos os lados, camisetas sujas, troféus nas estantes, umas caixas de delivery com os restos já ressecados. O restante da casa, ou melhor, o pouco que vi até agora, me parece tão impecável e intocável. Este cômodo, quem sabe, é o único lugar em que o treinador pode ser ele mesmo. Meio que fico com pena do cara.

E deixo de ficar, porque, saindo de uma caixa no canto, tem um peito. Uma fotografia de um peito. Um peito, isso eu descubro ao tirar a foto lentamente da caixa, que é da mulher da cantina, a sra. Yang.

"Sra. Yang." Solto a foto como se estivesse queimando meus dedos.

– Anda logo – sussurra a Alice. – Não sei quanto tempo ele vai ficar apagado. Amassei tipo três dessas.

– *Três?*

– Bom, eram *minúsculas*.

Fico do lado da Alice e folheio os papéis que estão em cima da mesa. Na maioria, é coisa do colégio: provas de História que ele está corrigindo (pelo jeito, a Park foi mal), resultados dos jogos, escalações do time de basquete, tabelas de horários. As coisas que estão na gaveta da escrivaninha são muito interessantes: chiclete de nicotina (o treinador fumava?), um pacote de camisinhas (caramba, mas acho que devo dizer parabéns por praticar sexo seguro, treinador Donovan; e, ai meu Deus, pelo jeito, *todo mundo* tem camisinha à mão: Enseada do Castelo mais parece a Camisinhalândia!), fio dental. Abro a última gaveta, que é um arquivo suspenso.

Ah.

Então o treinador *é capaz* de organizar certas coisas. Porque essas pastas estão todas etiquetadas, com letra caprichada: "Victoria", "Brooke", "Saúde da Família", "Seguro", "Manutenção da Casa", "Imposto de Renda", "Saúde dos *Pets*" (ai, meu bom Deus, se tiver um cachorro nesta casa e ele vier atrás de mim), e...

... "Testamento de Victoria Levy Donovan".

– Testamento! – grito.

– Pega! – responde a Alice, também gritando.

Pego uma cópia do testamento e enfio na mochila. Como "Imposto de Renda" me parece complicado, eu pulo. "Seguro" parece bom, e enfio essa pasta na mochila também. Tem umas faturas de cartão de crédito em cima da mesa, e passo a mão nelas.

A Alice segura meu braço.

– Você ouviu isso?

Eu congelo.

Lá de baixo, vem uma voz alta, irritada e frágil.

– Seu tolo imprestável. Olha só para você. Mas olha só para você!

– Ai meu Deus – diz a Alice. – É a Lilian. A avó da Brooke. Ai. Meu. Deus.

Ouvimos um barulho, parece alguém batendo em alguma coisa.

– O que ela está fazendo? – sussurro. – Vai acordar o treinador.

– Pega tudo – diz a Alice. Ela sai pela porta, enquanto pego todos os papéis da impressora e enfio na mochila. E aí fico parada.

O celular do treinador está bem ali.

Do corredor, a Alice sussurra:

– *Íris.*

Deve ter tanta coisa neste celular. Coisa demais para só dar uma olhada e fotografar a tela neste exato momento e...

Jogo o celular na mochila, com o coração a mil, e vou atrás da Alice, que já está na escada.

Ouço um barulho estranho, *pléc-pléc*, tipo uma bengala, vindo lá de baixo, e ele está ficando cada vez mais alto.

A Lilian está andando na cozinha, chegando perigosamente perto da escada dos fundos.

– Fica aqui – ordena a Alice, baixinho.

Fico parada no alto da escada, escondida, grudada na parede. A Alice desce a escada fazendo bastante barulho.

– Oi, Lilian.

– Ora, ora. – A voz da Lilian não está tão irritada agora. – Alice Ogilvie. Nossa, como você ficou linda.

A voz parece quase... triste.

Ah. Brooke. A Alice... claro, a faria lembrar da Brooke.

– Imagino que você tenha visto meu genro, bêbado no sofá. Não fiquei muito feliz com *isso*. Posso perguntar a que devo sua presença nesta casa?

– Ele estava bem quando cheguei aqui – responde Alice, tranquilamente. – E eu só queria dar meus pêsames. E aí o treinador meio que... apagou. Eu estava aqui em cima, dando uma olhada no banheiro. Fiquei com medo que ele tivesse, sabe, tomado alguma coisa?

– Ah, se eu tivesse essa sorte. É uma coisa terrível, o que aconteceu. Mas, pelo menos, agora vou me livrar desse homem de uma vez por todas. Faz uma década que ele é uma faca no meu coração.

Faca no coração dela? Minha pulsação fica acelerada. "Interessante."

– É mesmo? – comenta a Alice, com um tom inocente.

– Nem me fale. Agora, ajude-me a subir a escada. Minha irmã Caroline está na funerária. Preciso pegar uns documentos no escritório e um vestido. Você vai me ajudar. Conhece o gosto da Brooke. Ela deve ser enterrada com uma roupa de que gostava.

O tom de Lilian tornou a ficar suave.

– Sim, claro – responde a Alice. – Mas a senhora não quer se sentar um pouquinho? Conversar? Faz tanto tempo que a gente não se vê e eu...

simplesmente sinto muito, Lilian. Em especial por ter sido eu quem te mandou mensagem avisando da Brooke.

– Graças a Deus que você *mandou*, querida. Fico só imaginando quanto tempo Matthew teria esperado para pedir ajuda. Estou absolutamente mortificada com o comportamento dele, mas não posso dizer que me surpreende. Ele por certo... – A Lilian não termina a frase. – Deixe para lá.

Silêncio por alguns instantes, e aí Alice fala, com todo o cuidado:

– Ele o quê?

– Não dê bola para o que eu falo. São apenas as emoções confusas de uma velha falando por mim. Faz tempo que a minha família é uma bagunça. O infortúnio é um ar perverso que sou obrigada a respirar. Depois de um tempo, a gente se acostuma. Apenas me ajude a subir a escada para que eu possa resolver isso. Eu não quero me sentar. Tenho uma prótese no quadril. O médico que me operou tinha cutelos no lugar das mãos, e tenho a sensação de que ele trocou meus ossos lesionados por madeira.

Ai, meu Deus. Elas estão subindo a escada. Viro para trás, abro a primeira porta no alto da escada e fecho sem fazer barulho.

Pléc. Passo. *Pléc*. Passo.

– Você vai me ajudar a escolher uma roupa bem linda, não vai, Alice?

– Claro, Lilian. A Brooke tem um monte de vestidos lindos. *Ops*, cuidado aí. – A Alice está falando alto, de um jeito nada natural.

– Não precisa gritar, minha querida. Tenho problema no quadril, não nos ouvidos.

Elas precisam pegar um vestido.

Devagar, vou me virando, e meu coração vai ficando cada vez mais apertado. Meu corpo gela.

Fotos Polaroid presas em um barbante pela parede, um quadro de metas, luzinhas de Natal, uma cama de dossel que parece ser superaconchegante, pompons de líder de torcida delicadamente encaixados sobre o espelho da penteadeira, o vermelho e o dourado, as cores do colégio, brilhando nas réstias de luz do sol do entardecer, que passa pelas portas da sacada do quarto.

Estou no quarto de Brooke Donovan. Desesperada, olho ao meu redor. Tem mais uma porta. Mas deve ser do closet, então não posso me esconder *ali*, porque é *ali* que as duas vão procurar o vestido.

A sacada é a única opção. Não tem outro jeito de eu sair dessa. Não tem outro jeito mesmo.

Abro a porta dupla, vou para a sacada e olho para baixo.

Posso subir no parapeito da sacada, tentar pular e, provavelmente, acabar quebrando as pernas fazendo isso. Ou, talvez, eu possa criar asas, voar pelos ares até a piscina e me afogar, o que, a cada minuto que passa, me parece mais palatável.

Ou posso fazer o que estou fazendo sem sequer pensar, porque mal consigo sentir meu corpo, não sinto mais nada, porque a adrenalina, por si só, me transformou em uma coisa elétrica e tensa. Só hoje, já roubei documentos, vi os peitos da mulher da cantina e droguei um treinador da equipe de basquete do ensino médio.

Fiz todas essas coisas: consigo fazer *isso* também.

Subo no parapeito da sacada e meio que pulo, meio que caio, na cama elástica que tem lá embaixo.

CAPÍTULO VINTE E UM

ALICE

7 DE NOVEMBRO

17:02

"Não se arrisquem e fiquem alertas
ao perigo. Isso é tudo."
AGATHA CHRISTIE,
E não sobrou nenhum

MEU CORAÇÃO ESTÁ PRATICAMENTE explodindo e saindo pelo peito quando chegamos à porta do quarto da Brooke. Não faço ideia de onde a Íris se enfiou, mas só posso supor que entrou em um dos quartos mais perto do alto da escada.

A Lilian abre a porta e eu me preparo para o pior, esperando ver a Íris petrificada na nossa frente ou os pés dela saindo debaixo da cama da Brooke.

Só que não tem ninguém no quarto. Dou um suspiro de alívio, e aí reparo na porta da sacada: está aberta, e uma brisa entra e balança as longas cortinas de seda que a Brooke e a mãe dela escolheram quando a Brooke fez 13 anos. Ai, meu bom Deus: será que a Íris pulou pela janela?

– Que estranho. – A Lilian se desvia de mim e vai até a porta da sacada, fecha e gira a tranca. – Matthew está mesmo perdendo a cabeça. – Então faz uma cara de desgosto. – Não que eu esperasse outra coisa dele. – Ela se vira para mim. – Você vai aprender, minha querida Alice, à medida que for envelhecendo, que tenderá a se surpreender cada vez menos com as pessoas. Agora, por gentileza, pode me mostrar onde Brooke guarda... desculpe, *guardava* os vestidos dela?

Dez minutos depois, carregando vestidos, voltamos lá para baixo. O treinador ainda está desmaiado no sofá.

– Quanto é que esse homem bebeu? – A Lilian fica olhando para o treinador com um desgosto visível. – Nunca vou entender o que minha filha viu nele. – Nessa hora, a Lilian sacode a cabeça. – Victoria poderia ter qualquer homem que quisesse, mas depois que o pai de Brooke fez o que fez... – Ela sacode a cabeça. – Não importa. O passado é passado. É melhor deixar para trás. – A Lilian se aproxima do corpo imóvel do treinador e o cutuca com a bengala. Ele solta um grunhido e vira de barriga para cima, com baba escorrendo pelo queixo. Que nojo.

Pelo jeito, a Lilian pensa a mesma coisa, porque torce o nariz e o cutuca de novo, dessa vez, bem, bem mais forte.

– Ai. – O treinador acorda soltando um gemido, sacudindo os braços, tentando pegar a bengala. Os olhos estão vidrados e injetados, e o cabelo está todo bagunçado e espetado. Quando vê que eu e a Lilian estamos paradas ali, pisca algumas vezes. – Que... – Esfrega os olhos. – Que foi que aconteceu? Lilian? Alice? Eu não... – Ele tenta se sentar e derruba a garrafa de cerveja que está do lado. Olha para a Lilian, confuso. – Por acaso eu bebi... – O treinador olha para as garrafas espalhadas em cima da mesa e fica com a cara vermelha. – Por acaso eu... ai, Deus. – Quase sinto pena dele: parece tão passado e perdido. Mas aí eu me lembro de que esse cara pode ter matado minha melhor amiga, e essa compaixão sai pela janela.

– Lilian, não sabia que você ia passar aqui – diz ele, com a língua enrolada.

– Precisava pegar um vestido. Para Brooke. Não se preocupe, Alice me ajudou. Já que você estava... incapacitado.

— Não sei como foi que isso aconteceu... — tenta dizer o treinador.

A Lilian o interrompe:

— Tenho certeza de que não. Dito isso, Matthew, acho que precisamos ter uma conversa. Sobre quais serão nossos próximos passos. Acho que você sabe tão bem quanto eu que estamos entrando no último capítulo do nosso relacionamento.

Bom, *essa* me parece uma conversa que eu deveria ouvir. Vou me sentar no sofá e aí me dou conta de que a Lilian está me lançando um olhar sugestivo.

— Sim? — falo, toda fofa, oferecendo o meu melhor sorriso inocente. Mas eu deveria saber que é melhor não tentar bancar a dona da situação.

A Lilian ergue a sobrancelha.

— Obrigada pela ajuda, Alice. Agora você já pode ir embora.

— Eu... — Penso rápido, tentando inventar um motivo para ficar, mas a Lilian é rápida para uma idosa que acabou de operar o quadril. Antes que dê tempo de eu dizer mais uma palavra, ela me segura pelo cotovelo, me leva até a porta, me faz sair e a fecha.

Lá fora, me dou conta de que é melhor me apressar e descobrir onde foi que a Íris foi parar. Mando uma mensagem e volto para o carro correndo, mas paro de supetão ao ver um Honda enferrujado se aproximando da entrada em forma de U. O carro para do lado de um Bentley preto, que deve ser da Lilian. O motorista está sentado lá dentro, jogando no celular.

Aperto os olhos para enxergar, porque já está escurecendo, tentando ver quem é o recém-chegado, mas a porta do carro se abre antes que eu consiga reconhecer.

— Oi, Alice — diz a srta. Westmacott, com um leve tom de surpresa, ao sair do carro. Ela se abaixa de leve e tira uma caixa grande, de papelão, do banco do passageiro. — O que você está fazendo aqui?

Acho que a pergunta deveria ser o que *ela* está fazendo aqui, caramba. A Westmacott e o treinador voltaram a namorar? A Brooke teria ficado tão puta: ficou tão feliz quando o treinador finalmente deu um pé na bunda dessa mulher. A Brooke sempre comentou que a Westmacott era superintensa e irritante, mas acho que, no fundo, estava com ciúme, porque o pai passava tanto tempo com alguém que não era ela.

Ergo a mão para cumprimentá-la.

– Ah, oi – falo, e continuo me dirigindo ao carro. – Só vim ajudar o treinador. Coisas do enterro. Tenho que ir nessa.

A Westmacott, claro, começa a falar como se a gente estivesse tendo uma conversa na sala dela. Fico parada onde estou e me viro para ela devagar.

– Isso tudo é tão triste, né, Alice? – Ela equilibra a caixa em um braço só para conseguir apontar para a casa atrás de nós. Ao fazer isso, a caixa escorrega. A orientadora tenta segurar, mas a caixa cai no chão, espalhando tudo que tem lá dentro na entrada da casa.

– Droga. – A cara da Westmacott fica vermelha, e ela se abaixa e começa a jogar as coisas de volta dentro da caixa.

Solto um suspiro. Preciso achar a Íris, mas sinto que não pegaria bem se eu ignorasse que minha orientadora precisa de ajuda.

– Posso ajudar? – E me aproximo dela.

– Não. Não – responde a Westmacott, sem olhar para mim. Pego uma camiseta surrada do chão, mas ela a arranca da minha mão. – Eu disse *não*. – O tom da Westmacott me faz congelar, e ela atira a camiseta dentro da caixa, que cai lá dentro, tapando tudo.

A orientadora se vira para mim e dá um sorriso forçado.

– Desculpa. Tive um dia daqueles. São coisas do Matt, de quando a gente namorava... Bom, às vezes, por mais doloroso que seja, a gente precisa esquecer. Tenho certeza de que você é capaz de entender isso, Alice.

Meu Deus, por que ela veio trazer essas coisa aqui *agora*? Tipo, isso é que é chegar na hora errada, mulher. Deixa para lá. A última coisa que eu quero é me envolver no drama da professora esquisita. Dou meu mais lindo sorriso.

— É um belo gesto. Desculpa mesmo, mas tenho que ir.

E, depois dessa, dou as costas e vou direto para o carro.

Encontro a Íris na rua, a quase um quilômetro, descendo a lateral de um morro gramado, com a camisa toda suja de terra. Ligo o pisca, diminuo a velocidade, entro no acostamento estreito e paro. Saio do carro, abanando loucamente para ela.

— Aqui! — grito, quando a Íris me vê. E já ia falar mais, mas um caminhão passa voando por nós. Acho que é melhor a gente sair daqui.

Ela desce o resto do morro correndo, passa reto por mim, vai para o carro e abre a porta do carona.

— Vamos nessa! — diz, atirando a mochila no chão do automóvel.

Volto para casa dirigindo feito louca e paro na entrada, cantando pneu.

— Onde foi que você aprendeu a dirigir desse jeito? — pergunta a Íris. A cara dela está meio verde.

— No verão passado, passei um tempo na Toscana e andava de lambreta. Sinceramente, os morros de Enseada do Castelo não são nada comparados a... — Paro de falar, porque me dou conta de que a Íris está olhando para mim com ar de deboche. — Eu dirijo bem — resmungo. — Deixa pra lá. A gente pode, por favor, ir ao que interessa agora? Me dá essa mochila! — Pego a mochila, que está nos pés da Íris e ponho no colo. — A gente precisa dar uma olhada em tudo isso — falo, enfiando a mão lá dentro. — Peraí... é o celular dele? — Tiro o celular lá de dentro, e levanto como se fosse um troféu. — Você pegou o celular dele? Ai meu Deus, que *incrível*, Íris!

— Eu sei. Só Deus sabe o que ele anda aprontando... O celular pode nos dar algumas pistas. Mas espera. — A Íris ergue a mão. — Eu também quero ver o que tem nesse celular, mas precisamos de mais espaço. Precisamos espalhar todas essas coisas e olhar com cuidado. Além do mais, é melhor pedir ajuda pros meus amigos. O Spike, o Neil e a Zora? Você ainda quer que eles participem? Tem muita coisa pra ver aqui: precisamos fazer isso logo. – A Íris fica em silêncio, examinando minha expressão.

Os três nos ajudaram aquela noite, sim. Balanço a cabeça.

– OK, só deixa bem claro pro Neil quem é que manda aqui.

Entramos em casa e gritamos um "oi" rápido para a Brenda, que está na cozinha. Subimos a escada correndo e pego o meu notebook, que está no quarto. Depois, vamos direto para a nossa sala de investigação. Está na hora de levar isso a sério.

Assim que entramos na sala, a Íris começa a tirar coisas da mochila. Coloca em cima da mesinha, com todo cuidado, o celular, as faturas de cartão de crédito, os e-mails que imprimimos, as pastas e o testamento. Ficamos olhando para tudo isso, abismadas.

Pego o celular primeiro.

– Não acredito que estamos com o *celular* dele. Que tesouro. – Encosto na tela, e aparece uma foto da Brooke acompanhada da Victoria e do treinador, e uma leve descarga elétrica percorre meu corpo. Cerro os dentes, ignoro a foto e digito a senha mais óbvia, a data do aniversário da Brooke. O aparelho vibra. Errado. Tento 123456 em seguida, porque o treinador pode ser muitas coisas, mas gênio ele não é. O celular vibra de novo.

– Tenta 050773 – sugere a Íris. Agora, o notebook dela está sobre a mesa, na nossa frente, e ela está debruçada diante da tela, lendo alguma coisa.

– O que é isso?

– A data de nascimento dele. – A Íris me olha nos olhos e dá um sorriso. – Acabei de dar um Google.

– Espertinha. – Digito os números.

E o celular desbloqueia.

– Uau – sussurro.

– Ai, meu Deus. – A Íris endireita as costas e me olha nos olhos. – OK, OK, primeiro, olha as mensagens de texto! Ou, tipo, o e-mail? Não sei... como é que os velhos se comunicam?

– Mensagem, eu acho? – falo. E aí me dou conta de uma coisa. – Ah, droga. Só que a gente precisa fazer isso rápido. Acabei de me dar conta de que, assim que o treinador perceber que perdeu o celular, provavelmente, vai rastrear o aparelho pra descobrir onde está.

– Ah, você tem razão. Vamos logo com isso porque não quero ir pra cadeia.

– Não vamos pra cadeia. A gente consegue. – Digo isso com um tom tranquilizador, só que eu não estou tranquila. Mas que opção nós temos?

Abro as mensagens e vou passando pela lista de contatos. Paro quando vejo: "Brooke".

Jesus, as últimas mensagens trocadas pelos dois foram todas enviadas por ela...

Pai, você tá por aí? Preciso de carona.

Estou indo para o Belvedere. Me pega lá?

Oi?

A Brooke mandou mensagem para o treinador naquela noite? Por que ele diria que não teve notícias da filha na manhã seguinte, quando eu o vi no corredor do colégio? Isso me revira o estômago.

– Que estranho...

– O quê? – pergunta a Íris. Ergo o celular para ela conseguir ler o que está na tela. – As mensagens da Brooke?

– É... quer dizer, não, as mensagens em si não são estranhas, mas... – Conto que o treinador agiu como se não tivesse tido notícias da Brooke na manhã do dia primeiro de novembro. – Mas, olha, a Brooke mandou mensagem para ele, *sim*. Depois da festa, no intervalo entre ir embora e... – Deixo a frase no ar. Ainda não tenho coragem para pronunciar essas palavras.

A Íris lê as mensagens de novo, franzindo a testa.

– Isso é... é *muito* suspeito o treinador ter feito isso. Por que mentiria pra você? A menos...

– A menos que tivesse *motivos* pra mentir. A gente precisa muito tirar foto dessas mensagens e tal antes de se livrar do celular. Garantir uma cópia.

A Íris faz que sim.

– Boa. – E tira foto com o celular dela.

Clico em um contato armazenado apenas como "Kevin".

"Cadê você? É melhor dar as caras desta vez." Também foi recebida na noite de Halloween, às 23:56. O treinador não respondeu.

Cutuco a Íris.

– Olha só essa!

– Por que alguém perguntaria onde o treinador está à meia-noite de um dia da semana? – pergunta ela. Em seguida, arranca o celular da minha mão e olha as mensagens anteriores. – Só tem mais uma mensagem... Espera aí: foi enviada nesse mesmo dia. "Me encontra hoje à meia-noite." – A Íris torce o nariz. – Pessoas normais não marcam de se encontrar em plena madrugada.

– Não brinca – retruco, arrancando o celular da mão dela e olhando as mensagens. – Tem alguma coisa supersuspeita nisso aí.

– Acho que a gente precisa descobrir quem é esse tal de Kevin. – Íris anota "KEVIN" no caderno, com uma letra grande, de forma, e o número do celular.

– Vamos ver o que mais tem aqui. – Clico para ver mais algumas mensagens. Tem uma de um contato salvo como "RA", que diz: "Meu alarme está com problema".

– Você sabe o que isso quer dizer? – Mostro a mensagem para a Íris, que sacode a cabeça.

— Tenta dar um Google no número pra ver de quem é? — sugere ela. — Isso aí parece enigmático pra cacete.

— Boa. — Digito o número na barra de pesquisa e dou enter. — Nenhum resultado — conto para a Íris.

— Hum — diz ela, pensando. — Acho que o treinador *poderia* estar com problemas no sistema de alarme.

— É — concordo. Volto para a lista das mensagens. Tem um monte de nomes que conheço, de professores do colégio: *professoras*, incluindo a Westmacott.

— Eca, acabei de ver a Westmacott na casa do treinador — comento, com um arrepio. — *Não* preciso ver o que *esses dois* falam por mensagem, muito obrigada. Só que — leio rapidamente as últimas mensagens que os dois trocaram — não falam de sexo, mas são do tipo "Desculpa, estou terminando com você porque minha filha não gosta de você". Credo, treinador. Isso é que é usar a Brooke como desculpa.

— Espera aí, volta. A Westmacott estava na casa do treinador? — pergunta a Íris. — Por quê?

— Eu sei, meio aleatório, né? Falou que tinha ido devolver umas coisas dele.

A Íris faz careta.

— Que hora mais esquisita pra fazer isso. Quer dizer, a filha do cara acabou de morrer.

— Né? Foi isso que eu pensei também. — Dou de ombros. — Mas, até aí, ela é uma mulher estranha.

Volto a olhar para o celular, clico em mais algumas mensagens.

— Meu Deus. Que loucura. Tem um *monte* de mensagens assim, para as professoras com quem ele devia estar namorando. O treinador usa a Brooke como desculpa pra não poder mais sair com elas. Quer dizer, sei que a Brooke não gostava muito da Westmacott quando os dois estavam namorando, mas acho que ela nem *sabia* da maioria dessas mulheres.

Teria ficado totalmente enojada. – Começo a ler algumas das mensagens em voz alta para a Íris. – “Não posso mais sair com você. Brooke está frágil demais. Vou ficar com saudade da sua...” Eca, ai meu Deus, definitivamente não vou ler o resto em voz alta. OK, obrigada. Já vi que já deu. – Seguro o celular com dois dedos, bem longe de mim. Com essas mensagens, mais o vídeo da Kennedy, é bem possível que eu tenha ficado com traumas permanentes.

– Dá uma olhada nas fotos agora – diz a Íris, toda empolgada.

No celular, dou uma olhada nas horas. Já se passaram pelo menos uns trinta minutos desde que saímos da casa do treinador. E se ele rastrear o celular e vier atrás dele? E se rastrear o celular e descobrir que está na *minha casa*?

– OK, mas a gente precisa se livrar logo desse celular – respondo. – Fico surpresa de o treinador ainda não ter ativado o “Encontrar meu iPhone”. A Lilian deve estar dando um sermão e tanto nele. Onde a gente vai largar esse troço? Será que devemos atirar no gramado da frente da casa?

A Íris sacode a cabeça veementemente.

– *Não* podemos voltar à cena do crime, Ogilvie.

Justo.

– OK. Deixa eu pensar. – Abro o aplicativo de fotos e dou uma olhada na primeira imagem enquanto digo isso. É uma foto muito, muito, *muito* perturbadora da srta. Weaver, a professora de teatro, só de sutiã.

– Eca! Eca! Eca! – Atiro o celular na Íris, que olha para a tela, horrorizada. – OK. Pra mim já chega. Vi o suficiente. Vamos nos livrar dele, por favor.

Somos interrompidas por uma confusão na porta da sala. Uma voz masculina bem parecida com a do Neil fala:

– E aí, o que é que tá rolando? – Levanto a cabeça e vejo o Spike, o Neil e a Zora parados, segurando várias caixas de pizza, e a Brenda, toda confusa, logo atrás dos três.

— Você conhece essas pessoas, Alice? — pergunta. Droga, esqueci de falar que eles vinham. Não posso dizer que recebi muitas visitas nos últimos meses, então a Brenda deve estar se perguntando o que está acontecendo.

— A gente te falou: fomos *convidados* — diz a Zora.

— Sim, desculpa, Brenda. Esqueci de avisar. Eles vieram fazer um... trabalho da escola. — Cruzo os dedos, torcendo para que nenhum dos três me desminta.

— É — confirma o Spike. — Um *trabalho* da escola.

O Neil pisca para mim.

Fecho os olhos. Tomara que eu não me arrependa disso.

CAPÍTULO VINTE E DOIS

ÍRIS

7 DE NOVEMBRO

18:45

A ZORA E O Neil colocam as caixas de pizza na mesinha, e o Spike confere o trabalho que a Alice fez na sala de investigação, atendo-se ao painel.

– Do ponto de vista puramente prático, concordo em colocar o treinador no painel. Padrasto, herança, provavelmente dinheiro de seguro de vida, os contatos com esse tal de *Kevin*, seja lá quem for. É uma coisa bem filme de quinta do canal Lifetime, mas o Cole Fielding? – murmura, olhando para o quadro, depois para nós. – Sério?

– Ele não é mais um dos suspeitos: é por isso que a gente riscou o nome dele – explica a Alice. – Era, mas estava, hã, fazendo umas coisas bem lascivas com a Kennedy naquela noite. Gravadas em vídeo. Então. Ele tem um álibi.

O Spike fica corado.

– Tá bom, então.

A Zora dobra uma fatia de pizza ao meio e puxa o queijo que está escorrendo.

– Ele estava ficando com a Brooke na primavera passada, Spike. Como você não sabia disso?

A Zora fica examinando o painel.

– Vocês já fizeram uma cronologia dos fatos?

– Cronologia dos fatos? – pergunto. Ainda estou tentando tirar fotos das mensagens do treinador, mas já estou ficando entediada.

– É, sabe? Onde todo mundo estava na noite da festa, principalmente depois. Os álibis precisam coincidir com as linhas do tempo. Qual é a hora estimada da morte da Brooke? Não vi nenhuma informação no noticiário em relação ao laudo da autópsia. Então, tipo, se o treinador tem um álibi pro período em que a polícia acha que a Brooke morreu, talvez não tenha sido ele, sabe? Por acaso o treinador tem como provar onde estava?

Eu e a Alice nos entreolhamos.

– A gente tava *trabalhando* nisso – responde a Alice. – Deixa eu ver o que consigo fazer.

Ela pega o celular descartável. Aquele contato. Claro.

– Íris? – pergunta o Neil, vindo se sentar do meu lado. – O que exatamente você está aprontando?

O Neil pega o celular do treinador da minha mão. E dá um sorriso gigante.

– Íris Adams, *por que* você está com o celular do treinador?

A Alice arranca o aparelho da mão dele.

– Foi por acaso, óbvio. A gente tava lá, coletando informações, e *precisa* devolver antes que ele perceba.

– Espera aí – diz o Spike. – Vocês estavam onde coletando o quê? E como exatamente estar em posse desse celular foi por acaso?

A Alice solta um suspiro.

– Nós fomos até a casa do treinador, demos uma olhada no escritório dele, pegamos um monte de coisa – nessa hora, a Alice aponta para o testamento, os extratos do cartão de crédito e as pastas que estão na mesa, perto das caixas de pizza – e também pegamos o celular do cara. Estávamos tirando foto das mensagens.

A Zora dá um assovio.

– É tipo quinze tipos de roubo ao mesmo tempo, pessoal. Mas também, por favor, me expliquem como vocês conseguiram pegar tudo isso. Na casa do treinador. Sem ele saber.

O Neil pega o celular de volta da mão da Alice.

– Não tira fotos. Demora muito. A gente precisa clonar a memória, e aí eu dou um jeito de devolver. – O Neil pega, então, o meu celular, o notebook dele e o celular do treinador e vai sentar no canto. Começa a digitar bem rápido.

– Hã. Por acaso ele sabe o que está fazendo? – pergunto.

O Spike faz que sim.

– Sim. Não pergunte. Quanto menos você souber das habilidades do Neil, melhor. Além do mais, sinceramente, esse painel tá meio sem graça. A gente deveria colocar fotos da nossa vítima e dos nossos suspeitos. O fio vermelho é um toque legal, mas eu gosto de coisas com um visual impactante. Posso?

Ele mexe na impressora, que fica em cima de outra mesa, na frente da lareira, e abre o próprio notebook. Em poucos segundos, sai uma foto da Brooke. O Spike prende no painel com uma tachinha, em cima do cartão com o nome dela. E lá está a Brooke, linda e dando risada, na praia, os ombros levemente queimados de sol.

– Eu me lembro desse dia – comenta a Alice, baixinho. – Foi antes de eu ficar com o Steve, quando éramos só eu e a Brooke.

Ficamos todos em silêncio, olhando para a garota no painel.

O Spike baixa a cabeça e continua a imprimir fotos.

– Ei, vocês duas, o cara vai querer o celular dele de volta – alerta a Zora.

A Alice pigarreia.

– Incapacitamos o treinador, vocês não precisam saber como, só que, neste momento, ele está bem, bem confuso. Ainda temos tempo, acho eu, mas não muito.

Então olha o próprio celular e me cutuca.

– O meu contato ainda vai demorar. Você pode tentar com o seu?

Sou eu. Precisamos de você. Pode vir aqui? Temos algumas informações pra te passar. Você tem o laudo da autópsia?

Oi, ASF. Fala onde você está. E preciso de comida.

Mando o endereço para a Ricky e me dirijo a todos.

– Alguém que pode ajudar está vindo. Nesse meio-tempo, é isso que a gente sabe e o que a gente acha que sabe.

– Espera aí, quem está vindo? – pergunta o Spike, tirando os olhos das fotos que está imprimindo. – Quantas pessoas estão envolvidas nisso agora?

– Já falo disso – respondo. – Em primeiro lugar, fomos falar com o Steve na cadeia. Resumindo: ele falou que não se lembra de nada depois que os dois brigaram na festa. Disse que acordou na floresta, confuso...

A Alice me interrompe:

– Mas isso pode ser explicado porque, depois, descobrimos que a Helen Park pôs drogas na bebida da Brooke, para apagá-la e poder ficar com o Steve...

– Mas foi o Steve que tomou – completo. – É por isso que não consegue se lembrar de nada, só que acordou na floresta e depois foi no Donuts da Dotty.

A Zora inclina a cabeça.

– Agora a Helen Park está drogando gente?

– Ahã – confirma a Alice. – Todo mundo pensou que o Steve tava bêbado, mas não tava. Foi uma mistura de álcool e remédio para dormir.

– E eu achava que a Helen era uma garota tão legal – comenta o Spike. – Ela sempre me pede lápis emprestado na aula de Cálculo e *devolve*. Ninguém *nunca* devolve.

– O seu parâmetro de pessoa legal é tão baixo, Spike – debocha a Zora.

– Mas – digo, tentando trazê-los de volta ao assunto em questão –, a polícia falou que encontrou um dos tênis do Steve na floresta e pegadas perto do Belvedere, onde a Brooke caiu. Só que a Dotty falou que o Steve estava usando os *dois* sapatos quando entrou lá pra comprar café e deixou um pé no banheiro, quando foi se limpar. A Dotty entregou o tênis pra polícia devolver pra ele e de repente...

– Eles dizem que encontraram o tênis na floresta – completa Alice. – Além do mais, o vídeo da câmera de segurança da Dotty, que poderia provar que o Steve estava com os dois tênis nos pés quando chegou? A polícia também levou, e não há registro desse vídeo nos arquivos deles.

A Zora fica de pé e começa a andar de um lado para o outro, mastigando uma fatia de pizza.

– *Hum.* Isso tem cara de... incriminação? Será que a polícia plantou o tênis na floresta? Por que o Steve?

– É isso que estamos tentando descobrir – respondo. – Achamos que a polícia nem chegou a considerar mais ninguém suspeito.

O Neil fica de pé.

– Que loucura, se isso for verdade. A polícia de Enseada do Castelo incriminando um jogador de basquete de coração mole? Por essa eu não esperava.

Ele devolve o meu celular e guarda o do treinador no bolso. Pega uma das caixas de pizza em cima da mesa.

– Vou nessa. Posso dar um jeito no celular do treinador. Entrego pizza na casa dele, tipo, três vezes por semana. Se o cara tá zoado por causa do que vocês deram pra ele, não vai se lembrar de ter pedido. O treinador gosta de mim. Dou aula particular pra metade dos jogadores do time dele.

O Neil vira as costas para ir embora bem na hora que a Ricky aparece na porta.

– Quem é você e por que está levando embora a comida? – pergunta ela. – Estou morrendo de fome.

Os olhos da Ricky percorrem a sala, assimilando cada um de nós e todas as evidências que espalhamos.

– Vamos combinar algumas regras básicas. Em primeiro lugar, sou advogada do Steve. Em segundo lugar, não conheço nenhum de vocês. Tirando a Íris. E a Cheia da Grana. Nunca vi vocês, vocês nunca me viram. Combinado?

– Cheia da Grana? – protesta a Alice. – Um tanto ofensivo. Isso é mesmo necessário?

– Se a carapuça serviu, Cheia da Grana – diz a Ricky.

– Estou gostando desse segredo todo – comenta a Zora. – Muito misterioso.

– Ótimo – diz a Ricky, já se sentando. – Que informações vocês têm e o que precisam saber?

A Alice levanta e vai até o painel, que agora está cheio de fotos da Brooke, do treinador, do Cole, da Kennedy e da própria Alice. Tira a foto dela e vira, deixando só o verso branco.

– Pessoal, para agilizar: eu não matei minha ex-melhor amiga. Prosseguindo, para eliminar suspeitos, a gente precisa saber que horas a Brooke morreu. Aproximadamente.

– A hora que consta no laudo da autópsia – explica o Spike, abrindo uma garrafa de água com gás.

A Ricky mexe em uma pasta que está no colo dela.

– O detetive Thompson vai dar uma coletiva de imprensa amanhã, indiciando Steve Anderson oficialmente pelo assassinato de Brooke Donovan. Estou torcendo para que a acusação seja de homicídio culposo, ou seja: não intencional. Ele vai pegar de quatro a seis anos de reclusão, quem sabe. Homicídio simples significa possíveis quinze anos. Mas tudo vai depender do que o laudo do legista, a versão final, quer dizer, apontar. Agora, tudo será baseado no laudo preliminar. O que não queremos, principalmente se o caso for a julgamento, é a hipótese de homicídio qualificado, porque...

– A pena é de 25 anos a perpétua – explico para a Zora e o Spike. A Zora dá um assovio.

A Alice faz careta e, em seguida, muda de expressão para cara de paisagem. Acho que não quer que o resto do pessoal saiba quanto fica apavorada com essa pena de 25 anos a perpétua.

– Consegui os detalhes preliminares do laudo do legista. É meio cabeludo, vocês estão preparados, pessoal?

Todos fazemos que sim.

A Ricky lê o documento que está em seu colo:

– Brooke Donovan caiu na água aproximadamente entre as onze da noite e as duas da manhã. Como seu corpo só foi encontrado dois dias depois, estava com sinais significativos de decomposição por causa da água salgada, das fortes correntezas e da fauna marinha. O interessante aqui é a causa da morte.

A Ricky tira os olhos dos documentos.

– Isso aqui é vida real, gente. Não é um livro nem um filme. Estão entendendo?

– Fala logo – retruca a Zora. – A gente não é criança.

– Na verdade, vocês são, sim – responde a Ricky. – O crânio dela foi fraturado, muito provavelmente porque caiu nas rochas, antes de ser levada pela correnteza. Arranhões nas mãos, nos joelhos, nas pernas, possivelmente por ter batido na parede do penhasco ao cair. Decomposição devido ao tempo que passou dentro d'água. Hora da morte entre meia-noite e duas da manhã.

A Alice está com os dedos entrelaçados, bem apertado.

– Isso não é tão... tipo, terrível? Quer dizer, é, claro, porque ela morreu... mas, parece que a Brooke foi simplesmente empurrada, né?

A Ricky faz que sim.

– Ou caiu enquanto brigava com o namorado, e o suposto agressor nunca entrou em contato com as autoridades. É possível que o laudo final diga que, se alguém tivesse sido avisado, a Brooke poderia ter sobrevivido. Não sabemos quanto tempo ela demorou para morrer. E esteve viva, lá embaixo.

"A boa notícia, se é que podemos chamar de boa notícia, é que Steve é um bom cidadão. Dá aulas particulares, nunca se meteu em confusão. Bonito, arrumadinho. O júri vai *querer* pensar que ele não é um assassino. Poderia ser filho de *algum dos jurados*. Não é de beber, apesar de supostamente ter desmaiado na floresta. É completamente possível que tenha sido *ele*. Como o tênis foi parar lá depois que Steve foi no Donuts da Dotty é outra história. E eu queria muito, caramba, que esse garoto conseguisse se lembrar de *alguma coisa*.

– Mas colocaram drogas na bebida dele – intervém a Alice. – É claro que o Steve não se lembra de nada!

A Ricky lança um olhar de compaixão para a Alice.

– Sei disso, Alice. Mas a polícia não fez exame toxicológico no Steve. Essa evidência não será admitida no julgamento. Não há provas, mesmo que sua amiga confesse, por mais que eu adore a *vibe Riverdale* da atitude dela. Pode criar dúvidas no júri, mas também... pode levantar outras questões. Pessoas sob efeito de medicação para dormir? É bem conhecido o fato de que podem se tornar violentas e apresentar comportamentos estranhos. O que também me faz pensar nos vídeos da sua amiga, um cara grande, empurrando a namorada, bem menor do que ele. Como falei lá no bar, se o júri vir *isso*? Nada bom.

– Caramba – diz o Spike.

– Mas e se foi a polícia que plantou o tênis? – pergunta a Zora. – E essa hipótese?

A Ricky fecha a pasta que está em seu colo e pega um pedaço de pizza.

– Alguém aí tem cerveja? Estou morrendo de vontade de tomar uma cerveja.

– A gente é *menor de idade* – lembra a Alice.

– Certo – diz a Ricky, dando uma piscadela. – Vocês só bebem em festas lá na floresta. – Então olha para a Zora. – Se vocês querem investir na hipótese de que a polícia está fazendo Steve de bode expiatório, tudo bem, mas preciso de alguma prova disso, porque essa hipótese é uma... – Ela faz um gesto de explosão.

– Ricky – diz a Alice, com um tom exasperado – você falou de tudo o que pode condenar Steve. Qual é, exatamente, a sua estratégia de defesa? Quer dizer, essa é a sua *obrigação*.

A Ricky solta um suspiro lento.

– Minha estratégia de defesa é... meu cliente teve uma discussão com a namorada, *possivelmente* exacerbada pelo fato de estar drogado, depois desmaiou na floresta, logo não pode ter sido ele. Quer dizer, é isso. Se o acusarem de homicídio culposo, Steve vai passar um tempo na cadeia. A pena será reduzida pelo fato de ter sido uma morte acidental. Eu adoraria saber como um pé de tênis que pertencia ao meu cliente apareceu, de repente, lá na floresta, depois do ocorrido, e vou mencionar isso, mas a Dotty não é a mais confiável das testemunhas. Basicamente... – Ela fica em silêncio por alguns instantes. – Basicamente, assim como vocês fizeram, preciso mostrar para o júri que outra pessoa pode ter feito isso. Reforçar a dúvida.

Ela lança um olhar sugestivo para a Alice.

– Pode *parar* – a Alice vai logo dizendo.

– Só que ela tem razão – falo. – Não que tenha sido você, Alice, mas a Ricky precisa dar a entender que outra pessoa *que não* o Steve poderia ter feito isso, pra dividir o júri. Você meio que se encaixa naturalmente.

– Desculpa, Cheia da Grana – declara a Ricky. – Eu também posso sugerir outra pessoa. Não sei ainda. Tenho páginas e mais páginas de depoimentos para ler, preciso falar com o Anderson de novo. Pode ter mais alguém, que não está no painel de vocês. Vai saber...

– Espera aí – intervém a Zora. – Depoimentos? Porque... por acaso a polícia interrogou o treinador Donovan? Pergunto isso porque este...

Ela mostra alguns papéis.

— ... É o testamento da Victoria Levy Donovan, segundo o qual, quando a Brooke completar 18 anos, o dinheiro que era da Victoria será transferido pra ela, e o treinador deixa de ser um dos administradores do patrimônio, seja lá o que isso quer dizer. E ai, meu Deus.

A Alice arranca o testamento da mão da Zora.

— Ai, Senhor do Céu — sussurra.

— Que foi? — pergunto. Levanto de um salto e fico lendo por cima do ombro dela. A Alice aponta para um trecho específico e lê em voz alta, enquanto eu acompanho no papel.

> Se, a qualquer momento antes de completar 18 anos, a beneficiária, BROOKE LEVY DONOVAN, vier a óbito ou sofrer danos corporais irreparáveis que exijam cuidados de longo prazo, seu tutor, MATTHEW PAUL DONOVAN, receberá um montante de 5 milhões de dólares, pagável mediante renúncia a todos os ônus assistenciais e aos direitos de tutela legal, ações judiciais e reivindicações sobre todo e qualquer bem de BROOKE LEVY DONOVAN, de forma imediata e em caráter vitalício.

— Pessoal — diz o Spike, sacudindo as faturas do cartão de crédito. — Pelo jeito, o treinador tinha uma dívida de uns 300 mil dólares.

— Então foi o treinador! — exclama a Zora. — Agora tem um monte de coisa suspeita. Tem essas dívidas, ele foi encontrar um cara misterioso na noite em que a filha foi empurrada penhasco abaixo...

— Não respondeu à mensagem da filha pedindo para ir buscá-la naquela noite — completa a Alice.

– Espera aí. – A Ricky joga a fatia de pizza pela metade sobre a mesinha. – Brooke mandou mensagem para o treinador? No depoimento inicial, ele disse com todas as letras que não teve notícias da filha.

A Alice olha para mim, e eu olho para a Alice.

Ela entrega meu celular para a Ricky, que agora também é meio (e por quanto tempo?) o celular do treinador.

A Ricky dá uma olhada no celular e devolve para a Alice.

– Nem quero saber como foi que vocês conseguiram isso, quem clonou etc.

Ela abre a pasta de novo e lê suas anotações em voz alta.

– O álibi de Matt Donovan, Lucy Hollister, confirmou que ele esteve em sua casa das duas da manhã até mais ou menos três da manhã, mas Donovan não tem como provar onde esteve antes disso. Diz que estava corrigindo trabalhos dos alunos. Depois disso, diz que voltou para casa, foi dormir e pensou que Brooke estava na casa da amiga. Além do celular, o que mais vocês têm? Preciso de *tudo* em que vocês possam pensar.

E aí todo mundo começa a falar ao mesmo tempo, contando para a Ricky da mensagem de Kevin, das brigas entre a Brooke e o treinador e dos rolos que o cara tinha com as professoras.

Em meio a tudo isso, quando ninguém está olhando, mando uma mensagem para a Alice.

Aquela pessoa que você conhece, que sabe das coisas. Dá pra você pressioná-la pedindo informações sobre o tênis e a polícia? Porque que motivo a polícia teria para pôr o tênis lá e tentar incriminar o Steve? De repente, quem sabe, seu amigo possa descobrir alguma coisa. Policiais corruptos?

Só que, lá no fundo, não paro de pensar que, mesmo que a gente tenha *algumas* evidências que parecem incriminar o treinador, qualquer um naquele painel poderia ter feito isso. Principalmente o "Desconhecido".

PAINEL DOS SUSPEITOS

Steve Anderson

~~Helen Park~~

~~Rebecca Kennedy~~

~~Alice Ogilvie~~

~~Cole Fielding~~

Treinador Donovan

~~Acidente~~

Desconhecido

CRONOLOGIA DOS FATOS

31 DE OUTUBRO

ALICE
21:00 Alice chega na festa, discute com Brooke e Steve
21:30 Alice vai embora da festa

ÍRIS
21:35 Íris vê Alice dirigindo pela Rodovia 1, afastando-se do Castelo Levy
21:45 Íris encontra Brooke correndo pela Rodovia 1
Última vez, de que se tem notícia, que Brooke é vista com vida

TREINADOR
21:00 às 22:30 Corrigindo provas?
22:30 às 02:00 *PARADEIRO DESCONHECIDO*
22:30 Primeira mensagem enviada por Brooke (não respondida)
22:38 Segunda mensagem enviada por Brooke (não respondida)
22:40 Terceira mensagem enviada por Brooke (não respondida)
02:00 às 03:00 Na casa de Lucy Hollister
03:00 Em casa (é o que alega)
07:55 Alice o vê no colégio

KENNEDY
20:00 às 23:00 Festa no Castelo
23:30 às ?? Vídeo com Cole Fielding, com marca de data e hora
?? Kennedy vai para casa. Brooke não aparece (Kennedy só se dá conta na manhã seguinte)
07:52 Alice a vê no colégio

COLE
Idem Rebecca Kennedy

STEVE
20:00 Festa
21:15 Discussão com Brooke
22:30 Vai embora da festa
02:00 a aproximadamente 07:15 Alega ter pegado no sono na floresta, não há provas
07:25 Donuts da Dotty, confirmado
08:00 Visto no colégio, confirmado

BROOKE
20:00 Na festa
21:15 Discussão com Steve
21:45 Vai embora da festa, vista por Íris Adams na Rodovia 1
22:30 Primeira mensagem enviada para o treinador (não respondida)
22:38 Segunda mensagem enviada para o treinador (não respondida)
22:40 Terceira mensagem enviada para o treinador (não respondida)
Hora estimada da morte: entre meia-noite e duas da manhã.

CAPÍTULO VINTE E TRÊS

ALICE

8 DE NOVEMBRO

11:22

"Ao que tudo indica, essas pessoas caladas,
quando perdem a paciência,
a perdem com veemência."
AGATHA CHRISTIE,
Os crimes ABC

DEPOIS DA AULA DE História, vou me dirigindo à sala da aula seguinte, mexendo no celular, e bato em uma parede de tijolos.

– Ai! – Dou um pulo para trás, e meu celular cai no chão. Massageio o ombro que bateu nessa coisa dura e me abaixo para pegar o telefone.

– Oi, Alice – diz uma voz grave, vinda lá do alto. Uma voz conhecida. Olho para cima, ainda agachada, e me dou conta de que, na verdade, não bati em uma parede, mas em alguém. Alguém muito, muito alto, com uma expressão muito, muito brava.

O treinador. Parado na minha frente de braços cruzados, cara vermelha e olhos faiscando. Nunca o vi tão furioso, não pessoalmente, mas uma lembrança me vem à cabeça na mesma hora. Ano passado, o Steve apareceu na minha casa, depois de um dos jogos em outra cidade, abalado, falando sem parar que o treinador tinha perdido a paciência durante o segundo tempo e foi expulso da quadra. Não tinha parado para pensar nisso até agora – achei um exagero. Mas agora entendo. A cara dele é pura fúria.

Ah. Ah, *não*. Chega a me revoltar o estômago. Isso é péssimo. Levanto bem devagar, de celular na mão. Começo a mandar uma mensagem para a Íris – "SOS" ou algo assim, para informá-la de que tenho quase certeza de que estou prestes a ser assassinada –, mas, antes que dê tempo de mandar, o treinador arranca o celular da minha mão.

– Acho que você não vai precisar dele agora.

Engulo em seco e dou um sorriso forçado, para minha boca não ficar tremendo. Lembro que estamos em um lugar bem público. O corredor está um burburinho, cheio de colegas. A união faz a força.

– Oi, treinador. Fico *tão* feliz de ver que o senhor está melhor! – digo, não sei como consigo manter a voz firme, apesar de as chances de eu vomitar a qualquer momento serem grandes. Meu Deus, eu devia mesmo ser atriz.

– Não venha com essa para cima de mim. Precisamos conversar, Alice – diz o treinador, falando baixo. Ele olha em volta, parecendo se dar conta, pela primeira vez, de que há muitos, muitos olhos nos observando. – Vamos para a minha sala, por favor.

O treinador deve achar que sou muito mais burra do que na verdade sou, se acha que isso vai acontecer.

Faço que não.

– Desculpa, treinador, mas vou me atrasar pro próximo período se não sair daqui neste exato momento. – Tento desviar dele correndo, mas o cara já está na minha frente. Caramba, para um homem gigante, ele é bem rápido.

– Alice, não estou brincando. – Ele fala ainda mais baixo e se aproxima de mim. – Você esteve na minha casa ontem... e meu escritório estava uma *bagunça*. E aí um garoto apareceu com uma *pizza* que eu não pedi e perguntou se podia usar o banheiro. Depois que esse rapaz foi embora, achei meu celular enfiado no armarinho de remédios do banheiro, e tenho certeza de que não tinha deixado ele lá. – A expressão nos olhos do treinador me dá um arrepio na espinha. – Você precisa me falar *neste exato momento*: o que foi que aconteceu?

Inclino a cabeça e pisco, com ar inocente.

– Não sei do que o senhor está falando. Passei na sua casa, e a gente conversou. O senhor estava... bebendo – sussurro. – Sei que toda essa história da Brooke foi um baque. Quando a Lilian apareceu, tentei livrar o senhor, mas sabe como ela é mandona... – Deixo a frase no ar. – Enfim, preciso mesmo ir...

Ele me interrompe.

– Alice Ogilvie, sei que você fez alguma coisa comigo ontem. Sei que não fui eu que fiz aquela bagunça no meu escritório, nem lá em casa *nem* na minha sala aqui no colégio. A foto que eu tinha da Brooke no baile de debutante sumiu. Achei que não era nada até ontem, mas agora... – O treinador espreme os olhos. – *E* tenho certeza... *absoluta* certeza de que só tomei uma cerveja. Vou descobrir o que foi que você fez, pode acreditar. – Ele se aproximou tanto de mim que me incomoda. Dou um passo para trás, e o treinador dá um passo adiante. Uma expressão de loucura transformou seu rosto. Ele levanta a voz: – Eu sempre soube que você não presta. Aparecia na minha casa e convencia a Brooke a fazer todo tipo de coisa. E, depois do que você aprontou no verão – nesta hora, o treinador solta uma risada de desdém –, espero que saiba que ninguém vai acreditar em você, mesmo se...

– Está tudo bem por aqui? – Uma voz vinda de trás o interrompe. – Treinador Donovan, o que o senhor está fazendo no colégio?

Eu me viro e dou de cara com a srta. Westmacott, de braços cruzados, com uma expressão esquisita.

– Está tudo bem por aqui, Alice?

O treinador dá um passo para trás. Pelo jeito, está começando a se dar conta de que aparecer no colégio para confrontar uma garota de dezessete anos não foi a mais inteligente das jogadas. Um monte de gente se juntou, e várias pessoas estão de celular na mão, gravando tudo.

Ele pigarreia.

– Sim. Tudo bem. Eu só estava conversando com a Alice sobre... detalhes. Sabe, do enterro. – Então devolve meu celular.

A Westmacott olha de mim para ele, e fixa os olhos em mim de um jeito que me dá arrepios, e eu faço que sim. Só quero sair daqui, caramba, e contar para a Íris o que aconteceu. E se, para isso, tiver que concordar com a mentira imbecil do treinador, nem ligo.

– Pensei ter ouvido... – A Westmacott se cala e sacode a cabeça em seguida. – Deixa para lá. Matthew, acho que Alice precisa ir para a sala de aula. Eu te acompanho até a porta.

O treinador titubeia e concorda em seguida. Quando a Westmacott se vira para levá-lo embora, ele se abaixa, chega perto de mim uma última vez e rosna:

– Espero que você saiba que essa conversa ainda não terminou, Alice Ogilvie.

Dou meu maior sorriso, mostrando todos os dentes para ele, e mexo os dedos, dando "tchau". Mas, assim que o cara vira no corredor e as pessoas que estavam à nossa volta se afastam, me encosto em um escaninho e mando uma mensagem para a Íris, com as mãos trêmulas.

KWB, CANAL 10

8 DE NOVEMBRO

15:00

Tessa Hopkins: Estou ao vivo da delegacia de polícia de Enseada do Castelo. A qualquer momento, o detetive Thompson, encarregado da investigação da morte de Brooke Donovan, vai anunciar, oficialmente, por quais crimes Steve Anderson, de 18 anos, será indiciado. A expectativa é a de que Anderson seja acusado de homicídio culposo.

Detetive Thompson: Boa noite. Vou ler as observações que preparei e responder às perguntas depois. Como vocês sabem, Brooke Donovan desapareceu na noite de Halloween, depois de uma grande festa no Castelo Levy. A princípio, suspeitamos que ela tinha fugido, com base no fato de que outra adolescente de Enseada do Castelo havia desaparecido, de maneira semelhante, no verão passado. Essa adolescente em questão voltou por livre e espontânea vontade. Infelizmente, não foi isso o que aconteceu com a srta. Donovan.

Acreditamos que a srta. Donovan brigou com o namorado, o sr. Anderson, na noite de Halloween, e a última vez que foi vista com vida foi na Rodovia 1, pouco depois dessa discussão. Depois de tomar o depoimento dos amigos e da família, especificamente o do sr. Anderson, ficou evidente para nós que as ações do rapaz na noite em que ela desapareceu foram extremamente suspeitas. Durante os depoimentos, o sr. Anderson entrou em contradição diversas vezes, algo preocupante. Além disso, objetos que pertenciam ao suspeito foram encontrados nas proximidades do local onde a srta. Donovan foi vista com vida pela última vez. O corpo da srta. Donovan foi encontrado dois dias depois de seu desaparecimento. O laudo preliminar do legista revela que, provavelmente, ela morreu em decorrência dos ferimentos sofridos ao cair do penhasco. Se foi empurrada ou caiu depois de uma briga, ainda não sabemos. No presente momento, dedicamos nossos pensamentos e nossas orações à família da vítima e pedimos a vocês que respeitem a privacidade e o período de luto deles. Esta investigação foi conduzida de forma meticulosa e com inteligência, e agradecemos muito a todos que nos ajudaram, em especial a Mary Malone, que veio de outra cidade para nos assessorar nessa investigação. No momento, Steve Anderson será acusado de homicídio culposo. Quando recebermos o laudo final da autópsia, essa acusação pode mudar significantemente.

Tessa Hopkins: Detetive Thompson, o senhor pode falar mais a respeito das evidências que ligam Steve Anderson à morte de Brooke Donovan? O DNA dele foi encontrado no corpo de Brooke ou nas proximidades da cena do crime?

Detetive Thompson: Bem, ela ficou no mar por dois dias e, como você bem sabe, pode ter havido uma decomposição significativa, além de outros efeitos causados pelo sal marinho, por detritos e pela fauna marinha. Testes de DNA estão sendo realizados nas evidências encontradas na região do penhasco, no corpo da vítima e na área florestal.

Repórter: Que outras evidências a polícia tem, ligando o suspeito ao assassinato da vítima?

Repórter: Vocês sabem dizer se Brooke continuou viva por um tempo depois da queda?

Repórter: Ela sofreu agressão sexual?

Repórter: Vocês têm evidências de DNA ligando Anderson a Donovan?

Repórter: Onde está o celular de Brooke Donovan?

Detetive Thompson: Estamos em processo de coleta das evidências de DNA. Não acreditamos que ela tenha sofrido agressão sexual. Naquela noite, diversas pessoas presentes na festa gravaram um confronto que chegou às vias de fato entre a srta. Donovan e o sr. Anderson, o que nos leva a acreditar que, depois, o sr. Anderson deixou a festa para procurar a srta. Donovan, e que a encontrou na floresta, onde a briga ocorreu.

Repórter: Alguma outra pessoa foi investigada como provável suspeito do caso?

Repórter: O senhor pode nos falar qual a ligação entre o desaparecimento de Brooke e o desaparecimento da outra garota, que ocorreu no verão? Por acaso as duas não estavam envolvidas com Steve Anderson? Essa outra garota foi interrogada?

CNN: Detetive Thompson, o senhor pode explicar por que esperou dois dias para começar as buscas por Brooke Donovan? Ela era uma garota de dezessete anos que estava desaparecida e, apesar disso, a sua delegacia não acionou o Alerta Amber.

O senhor passou dois dias sem colher depoimento de testemunhas, e correm boatos de que o padrasto da menina só entrou em contato com a polícia várias horas depois de descobrir que ela havia desaparecido.

Detetive Thompson: Como eu disse, acreditamos que a vítima poderia estar imitando um desaparecimento anterior. Não me entenda mal, colega, fizemos tudo o que estava ao nosso alcance, com base nas informações que tínhamos naquele momento. Não acionamos o Alerta Amber porque não pensamos que era um caso de sequestro. O padrasto declarou que a filha estava tendo problemas...

Mary Malone, responsável pelo caso: Posso, por favor, interromper por um instante, obrigada. A Polícia de Enseada do Castelo deve ser elogiada por ter realizado uma investigação impecável no que tange a uma garota difícil e um tanto perturbada. O sr. Anderson é um atleta de destaque, que sofria uma enorme pressão. Sua condição é bem diferente daquela da srta. Donovan, e estamos trabalhando com a hipótese de que a pressão acadêmica e pessoal pode ter feito o rapaz perder a cabeça. Ele já apresentou comportamentos violentos no passado. Estava embriagado na noite do assa...

Tessa Hopkins: A senhora pode nos contar quais foram esses comportamentos violentos do passado? Se ele estava embriagado, foi feito um exame toxicológico no sr. Anderson?

Mary Malone: Não foi feito exame toxicológico na ocasião do depoimento inicial. Ainda se pensava que a srta. Donovan tinha...

CNN: Parece problemático o intervalo entre o desaparecimento da garota e o início das buscas. A senhora pode...

(Voz no meio da multidão): Eu entreguei o tênis de basquete do rapaz pra vocês! O que aconteceu com esse tênis? É esse o calçado que vocês estão falando que encontraram no Belvedere, porque...

Mary Malone: Obrigada pela atenção.

CAPÍTULO VINTE E QUATRO

ÍRIS

8 DE NOVEMBRO

16:00

– VOCÊ VIU SÓ aquilo? – comenta o Cole Fielding, sem acreditar no que viu. – A coletiva de imprensa, quer dizer.

Ele me entrega um par de patins por cima do balcão.

– Eu vi.

Sim, eu vi a coletiva de imprensa. O Spike me mandou o link por mensagem e, definitivamente, reconheci aquela voz rouca no meio da multidão que se aglomerava do lado de fora da delegacia: Dotty Schumacher. Depois que ela perguntou onde é que estava o tênis e encerraram a coletiva, senti um arrepio na espinha. *Definitivamente*, aí tem coisa. Aí tem coisa *muito* bizarra, e tomara que o contato da Alice mande logo algo de concreto para a gente. Porque, se vamos alegar que houve algum tipo de armação por parte da polícia, precisamos saber disso agora.

– Me deu vontade de matar *o cara*, pra dizer a verdade – comenta o Cole. – Que cuzão. A Brooke nunca fez nada pra ninguém, sabe? Quer dizer, o Steve estava descontrolado lá pelo fim da festa, com certeza, mas não acho que seria capaz *disso*. Acho que é possível, se o cara tava bêbado, vai saber... Mas todo mundo sabe que o Steve não é de beber a ponto de dar PT.

Fico calada, e aí resolvo desembuchar.

– A gente acha que, talvez, ele não estivesse bêbado, mas... tipo, que alguém colocou alguma coisa na bebida, sabe? Era uma festa enorme, com um monte de gente. Talvez alguém tenha batizado a cerveja de outra pessoa e o Steve acabou bebendo. – Não vou citar o nome da Park.

O Cole franze o cenho.

– Isso é extremamente sinistro, mas sim... talvez explique por que o cara tava tão fora do ar. Só que ainda não consigo acreditar. Quer dizer, a Brooke *morreu*. É a primeira pessoa que eu conheço que morre.

Ele tira o cabelo da frente dos olhos, que estão brilhando de tristeza.

É errado o fato de o Cole estar tão desconsolado por causa da Brooke e, apesar disso, eu ainda não conseguir parar de pensar nos lábios volumosos e na pele perfeita dele? Sim, provavelmente, é errado de mil maneiras diferentes.

Pego os patins, me afasto do Cole, me sento e os calço. O Spike, o Neil e a Zora abanam, já lá no rinque. Preciso de um tempo para refletir. Patinar vai me ajudar. Sempre ajuda.

– Íris. – É a Alice, toda ofegante. Está tentando tirar o carimbo que fazem depois que a gente paga o ingresso, esfregando a mão. – Que nojo – murmura, lambendo o dedo e esfregando furiosamente as costas da mão.

– Alice, por favor, diga que o seu contato mandou algo de útil.

– Ele está providenciando. Acho... – Ela fica em silêncio por alguns instantes. – Acho que precisamos continuar investigando o treinador. Já vasculhei, pensei e repensei, e não consegui achar um jeito de a gente conseguir atribuir isso a mais ninguém, nem à Kennedy, por mais que eu queira.

Olho para os meus patins, pensando.

– Bom, e qual é o próximo passo? A gente passou pra Ricky tudo que temos até agora contra o treinador. Você quer ficar de tocaia na casa dele de novo?

A Alice aperta os lábios.

– Estou pensando.

Termino de amarrar os cadarços.

– Vai pegar uns patins.

– Hã, *não*.

– Hã, *sim*. Patinar vai te ajudar a pensar.

A Alice faz biquinho, mas se levanta e vai pegar patins com o Cole.

– Não me lembro muito bem de como é que se faz isso – diz ela, quando volta, segurando os patins com uma certa afetação. – E quem mais que usou isso aqui? Não quero pegar *fungos*.

– Põe logo esses patins, Alice. – Estou contornando o banco, já patinando. O fato de o treinador ter ido ao colégio e encurralado a Alice me deixou nervosa e morrendo de vontade de me mudar dessa cidade. Será que ele pode descobrir que a gente clonou o celular? E que a cópia está no *meu* telefone? Eu já tenho o Coisa: não preciso de mais um homem violento vindo atrás de mim.

A Alice quase perde o equilíbrio quando levanta. Seguro o braço dela.

– Vou te ajudar. Apenas relaxa. Você se lembra de como faz pra parar, certo? – Mostro para ela como inclinar os patins para usar o freio que fica na parte da frente.

– Eu consegui fugir, sem problemas, da aula de Educação Física por três anos – responde ela, exasperada. – Não preciso *disso*.

Entramos no rinque. O Spike e a Zora se aproximam. O Neil está sozinho, lá do outro lado.

– A gente vai ter que ajudar a Alice – comunico. – E precisamos refletir.

O Spike me dá o braço, eu dou o braço para a Alice, e a Zora pega o braço esquerdo dela.

– Eu me sinto no meio de um sanduíche – resmunga a Alice.

— OK — falo. Eu me sinto instantaneamente melhor, pensando com mais clareza, agora que estamos no rinque e nos movimentando. — Isso é o que temos: o treinador tinha dívidas. Vai receber cinco milhões agora que a Brooke morreu...

— Estava pegando várias professoras e, pelo jeito, pelo que aparece na fatura do cartão de crédito, dava umas tranqueiras bem caras pra todas elas. Só que isso não faz do cara um assassino — completa a Zora.

— Ele terminou com a Westmacott porque, de acordo com a Kennedy e várias mensagens da Brooke no celular dele, a Brooke estava puta, achando que o pai poderia se casar com ela...

— Além do mais... — A Alice está bufando e com a cara corada, por causa do esforço físico. — O treinador estava pressionando a Brooke, querendo que a filha o nomeasse administrador do patrimônio e estendesse a mesada que ele recebe todo mês até ela terminar a faculdade. E quem é esse tal de Kevin, que estava tão desesperado pra falar pessoalmente com o treinador na noite de Halloween? Tenho a sensação de que esse Kevin...

— Essa história de Kevin também está me incomodando — concorda a Zora. — Se o treinador não respondeu às mensagens da Brooke, será que estava com esse tal de Kevin, e por quê? E, se achamos que ele matou *mesmo* a Brooke, será que esse tal de Kevin ajudou? Aí, depois de darem um fim na garota, o treinador vai pra casa da srta. Hollister, fazer um amor gostoso?

O Spike se separa do nosso grupinho, dá um giro, fica de frente para nós e começa a patinar de costas.

— O treinador tem uma dívida grande no cartão de crédito, a história que ele contou sobre aquela noite tem buracos. É óbvio que não foi investigado de fato. Tipo, nem foi. Quer dizer. *Eu* investigaria. O namorado, o pai. Qualquer pessoa com quem a Brooke estivesse tendo problemas.

— Também não podemos nos esquecer da mensagem que ele mandou, com aquele comentário enigmático — lembra a Alice. — Não consegui entender até agora. *Será* que estava falando do alarme mesmo?

– Por um lado, fico me perguntando se a Lilian pode estar envolvida nisso de alguma maneira – digo. – Quer dizer, tudo é possível. Talvez pra acabar com as notícias ruins na imprensa, dar logo um jeito, meter alguém na cadeia, virar a página. Talvez tenha pagado um policial pra plantar o tênis. Vai saber. Gente rica faz coisas esquisitas. Eu vi um programa em que uma avó deu dinheiro ao neto de quem menos gostava pra assumir a culpa por um assassinato no lugar do neto favorito.

– Que frieza – comenta o Spike, sacudindo a cabeça e olhando para a Alice. – Gente rica incriminando gente pobre por assassinato só porque é um aborrecimento.

– Nem todos nós somos assim – retruca a Alice. – Eu não fico dizendo que vocês são todos farinha do mesmo saco. Enfim, foi boa essa, Íris, mas duvido muito que a Lilian faria uma coisa dessas.

– A Park é rica e tentou drogar a Brooke! – grita a Zora. – A Kennedy está fazendo vídeos de sexo! Pode acreditar, isso vai parar naquele canal de fofocas, o TMZ.

– Vocês fumam maconha – aponta a Alice.

– Sim, mas a gente não põe maconha na bebida de ninguém, por assim dizer – diz o Spike. – E daqui não sai nenhum vídeo de sexo. Todo mundo é virgem, tirando a Zora.

Eu me separo do grupo, me viro de frente para as meninas e começo a patinar de costas, junto com o Spike. A Alice dá uma vacilada, mas a Zora a segura.

– OK – falo. – A segunda audiência do Steve é amanhã. O treinador me parece assustado. Confrontou a Alice no *colégio*. Praticamente a *ameaçou*. Ou seja: ele tem o rabo preso, na minha opinião. A gente precisa fazer alguma coisa, e logo. O enterro da Brooke vai ser na sexta-feira. Nós todos precisamos ir e ficar observando o treinador. Tendo a achar que foi ele. E, sim, talvez alguém tenha ajudado.

– Certo – concorda a Zora. – Precisamos encontrar esse tal de Kevin misterioso. Descobrir qual é a dele. Essa é uma hipótese fenomenal. Talvez uma tentativa de sequestro e resgate que deu errado. O treinador tem dívidas, precisa de dinheiro, está pressionando a filha pra conseguir mais, ela não quer, talvez ele tenha se juntado com esse tal de Kevin pra sequestrar a Brooke e pedir resgate, mas tudo deu muito errado.

– Ele não vai nos *contar* nada – falo, frustrada.

– Pode ser que conte – diz a Alice. – Se achar que quem está entrando em contato com ele é o treinador. Temos o número do Kevin. É só mandar mensagem pra ele de um dos celulares descartáveis, fingir que é o treinador, falar que o cara comprou um celular novo, pra explicar a mudança de número, dizer que é urgente. Que precisamos nos encontrar...

– Tá ficando bom – elogia o Spike. – Mas a gente não pode simplesmente aparecer, cinco adolescentes...

– O carro da Alice quebra – diz a Zora. – Spike, você pode ficar mexendo nele. Aquelas aulas de Mecânica por fim vão servir pra alguma coisa. A gente chega lá antes. Ele vai dar de cara com a gente e...

– Ah – falo, uma ideia começa a se formar. – E nós estávamos com medo, sozinhos, não conhecemos essa cidade, somos estrangeiros, estudantes de intercâmbio, em uma escola frequentada por assassinos, por favor nos ajude...

Cruzo o olhar com Alice. Ela sabe do que eu estou falando.

O Neil vem ao nosso encontro, ofegante.

– Espera aí, o que foi que eu perdi? O que tá rolando?

– Três anos estudando francês estão prestes a valer a pena, é isso que está rolando, Neil – responde a Alice, triunfante. – *Ah putain ça va être chaud!*

Se bem entendi o francês, ah, merda! A coisa vai mesmo esquentar...

PAINEL DOS SUSPEITOS

Steve Anderson

~~Helen Park~~

~~Rebecca Kennedy~~

~~Alice Ogilvie~~

~~Cole Fielding~~

Treinador Donovan

~~Acidente~~

Desconhecido

Kevin???

CAPÍTULO VINTE E CINCO

ALICE

8 DE NOVEMBRO

17:32

"Use os olhos. Use os ouvidos.
Use o cérebro – se o tiver.
E caso necessário: tome uma atitude."
AGATHA CHRISTIE,
Morte no Nilo

– ENTÃO, É O seguinte – falo para meus companheiros, quando fazemos a curva fechada para sair do centro e voltar para a Rodovia 1. – O Hercule Poirot...

– Quem? – resmunga a Zora, no banco de trás.

Fico tentada a virar para trás e olhar feio para ela, mas, como aprendi na minha estadia na Toscana, isso pode ser bem perigoso. Então disparo um "detetive de fama internacional" para a garota, ajeito os óculos escuros no nariz e viro o volante para fazer a curva. A coisa mais difícil deste trecho específico da estrada é que, no cair da tarde, o sol literalmente cega a gente nessa curva. E agora a tarde está caindo.

– Jesus, Alice – grita o Spike, no banco de trás. – Podemos, por favor, não morrer? Pelo menos não até termos uma chance de descobrir quem é o assassino?

– Desculpa – falo, da boca pra fora. Pelo menos, agora vão prestar atenção em mim. – Então, como eu estava dizendo, o Poirot. Que é esse grande detetive dos livros da Agatha Christie e...

– Ela sabe que esse cara é um personagem fictício, certo? – Ouço a Zora resmungar. Essa garota está mesmo me dando nos nervos.

– E – repito –, OK, então, tenham em mente que isso foi tipo há cem anos. Mas uma das técnicas investigativas preferidas do Poirot era usar o fato de que os britânicos acham que estrangeiros não são tão inteligentes e páreo para eles. Ele exagerava seu lado francês, apesar de, claro, ser belga, para enganá-los, fazê-los revelar mais informações do que revelariam de outro modo. Tipo, usar os preconceitos dos britânicos contra eles mesmos e tal. Acho que é isso que a gente deveria fazer pra descobrir quem é esse tal de Kevin e o que ele queria com o treinador.

O carro fica em silêncio por um instante, e aí o Spike declara:

– Alice, essa é uma ideia brilhante.

– É, acho que é um ótimo plano – concorda a Íris, sentada no banco do carona.

– Vamos nessa – completa o Neil.

Um segundo se passa, depois mais um, e aí, finalmente, a contragosto, outra voz se pronuncia no banco de trás.

– OK, pode ser – diz a Zora.

Entro no acostamento do lado da floresta da Rodovia 1, a cerca de um quilômetro do local onde "o treinador" combinou de se encontrar com o Kevin.

– Vocês estão preparados pra arrasar no francês, pessoal? – Viro de frente para os quatro, dando um sorrisão. Isso vai ser divertido.

Destravo o capô, e a gente sai do carro. O Spike vai até a dianteira, abre o capô e encaixa aquela hastezinha de metal para mantê-lo aberto. Então se debruça e começa a mexer no que tem lá dentro, seja lá o que for. O motor, suponho? O Neil se aproxima dele e começa a dar instruções.

– *Par-le-vous* francês? – A Íris olha para mim de sobrancelhas erguidas e um sorrisão. – Que tal?

– Perfeito. Desde que o cara não fale francês, acho que vai dar certo. – Mesmo que a Íris só tenha me perguntado se eu falo francês, e errado, ainda por cima.

– Consegui! – exclama o Spike, mostrando uma coisinha preta com uma expressão triunfante. – O carro está oficialmente quebrado. Pelo menos, por ora. Ele dá um sorriso e coloca a peça no bolso. O Spike e o Neil começam a pular e a dar soquinhos no ar, o que, para dizer a verdade, é muito fofo.

Olho para a Íris, mas a expressão dela é indecifrável. Estou começando a *shippar* esses dois com força, mas tenho a sensação de que a Íris não tá no mesmo barco.

– Quando ele chegar, Spike e Neil, voltem lá pra frente e finjam que estão consertando o carro, OK? A Zora e a Íris podem ficar em volta de vocês, com cara de preocupadas. Íris, quem sabe você passa um pouco de terra no rosto ou algo assim. Para dar bastante pena. E deixa que eu falo com ele, pode ser?

Todo mundo murmura, concordando.

– Vocês acham que é ele? – A Zora está olhando para um carro que se aproxima na estrada. E tem um daqueles motores bem barulhentos, que sacodem tudo no raio de um quilômetro.

O Neil olha para o relógio de pulso.

– Aposto que é. Bem na hora.

Tiro o celular descartável do bolso traseiro da calça para ver se ele mandou mensagem para "o treinador", avisando que estava chegando, mas não há nenhuma mensagem nova desde que escrevi fingindo ser o pai da Brooke e falei para a gente se encontrar aqui às 17:30. O Kevin respondeu "OK, é bom trazer dessa vez", mas foi só isso. Não faço ideia do que esperar deste encontro, mas preciso dizer que fico feliz com o fato de eu e a Íris termos reforços agora.

Quando o carro se aproxima, a gente se espalha. O Neil e o Spike tornam a se debruçar debaixo do capô, a Íris e a Zora ficam andando de um lado para o outro atrás dos dois, fazendo cara de desamparadas.

Vou correndo até o acostamento da estrada e começo a abanar loucamente, tentando chamar a atenção do motorista. Cruzo os dedos e fico torcendo para que seja mesmo o tal do Kevin. Porque, se não for, vai ser superconstrangedor. O carro diminui a velocidade e liga o pisca, indicando que vai parar.

Volto correndo para o meu carro e faço minha cara de "O que tá rolando aqui?" mais desesperada, com o coração batendo a mil nos meus ouvidos.

– O que vocês estão fazendo aqui, crianças? – O homem sentado no banco do motorista tem um bigode preto grosso e uma voz rouca. – O carro quebrou?

– *Oui* – respondo, afirmativamente. – E... *le automobile*. Ele, hã, ele não liga, e nós não conseguimos que funcionar. *Nom d'un nom d'un nom!* – Não sei se essa última frase quer dizer alguma coisa, mas lembro que o Poirot falou isso em *Morte no Nilo* para xingar alguém.

O homem olha para mim por um bom tempo.

– Você é francesa?

Ai, meu Deus, ele sabe que falei em francês? E se...

– Eu não falo francês – completa, e solta um suspiro. – Mas minha filha estudou francês no colégio de Enseada do Castelo.

– *Oui!* – repito. – Colégio de Enseada do Castelo. Nós... como é que fala? Nós estuda lá! Intercâmbio. – Aponto para todos nós, o Spike e a Íris balançam a cabeça, veementemente.

– Alunos de intercâmbio, hum? Os últimos dias foram tristes para os estudantes daqui. A filha do Donovan... morreu e tal. – O homem sacode a cabeça, resmungando com seus botões. – O Donovan tem tendência a se meter em confusão. Sou obrigado a dizer que, em parte, fiquei surpreso por não ter sido ele que acabou caindo daquele penhasco.

Finjo que não faço ideia do que o tal do Kevin está falando.

— *Oui.* Garota morreu. — Franzo o cenho e mando um "pobrezinha": — *Cette pauvre petite.*

— Vocês devem estar com medo — continua o cara, praticamente falando sozinho. — Vir lá da França para os maravilhosos Estados Unidos da América e dar de cara com essa confusão toda. — Ele solta um suspiro. — Quer saber, deixa eu ver se posso ajudar vocês. Tenho um compromisso daqui a alguns minutos, mas o Donovan pode esperar. Ele já bateu a cota de me fazer esperar.

— *Merci, mon ami, merci* — agradeço, chamando o cara de "amigo", e fico dando pulinhos, batendo palmas de leve, quando ele sai da picape. Que perfeito. O cara não apenas já está soltando informações, mas também só pode ser o tal de Kevin.

Ele se aproxima do Spike.

— Qual é o problema?

— Hã... quebrado? — responde Spike, apontando para dentro do capô. — Eu... *oui oui oui*! — Ele aponta para o carro e se afasta do homem, de cara vermelha, porque só conseguiu falar "sim" um monte de vezes.

— Desculpa, desculpa. — Vou correndo para perto deles. — Inglês dele? Muito ruim. — Lanço um olhar para o Spike, dando a entender que é melhor ele se segurar, *senão*... Aí viro para o cara. — Ajuda sua... hã... nós agradecemos.

Ele dá uma risadinha.

— Você está se esforçando muito, querida. — Fico irritada. Que otário. Pelo menos acredita mesmo que a gente quase não fala inglês.

— *Mais oui* — falo, com ar de inocência, batendo as pestanas para o cara. — Você diz? Compromisso? Tem?

Ele tira os olhos do motor.

— Ah, não se preocupe. Não tem problema pra mim. Só vou encontrar um cara que me deve uma grana.

— Gra-na? — Faço careta e encolho os ombros. — *Qu'est-ce qu'il y a?*

Mando um "que foi?", porque quero saber: O treinador devia uma grana para ele? Quem é esse cara?

O Kevin sacode a cabeça.

– Não faço ideia do que foi que você disse, mas achei lindo. Vou mexer aqui por um tempo. Mas, antes, preciso fazer uma ligação rápida. – Ele ergue o dedo. – Já volto.

O cara se afasta alguns metros, na direção das árvores, com o celular no ouvido.

– E aí, Ernie? – diz, para a pessoa do outro lado da linha, sem se dar ao trabalho de falar mais baixo. – É. Tô quase chegando. Tive que fazer uma paradinha, mas o Donovan me fez esperar tanto tempo por essa grana que não tem problema ele esperar, uma vez que seja. – O Kevin se cala e fica ouvindo. – É. É. Não, entendo. *Entendo*. – O tom mudou de simpático para bravo. – Sim, o cara sabe que precisa me entregar a grana, senão vai começar a perder braços e pernas... – E deixa a frase no ar. – É, sei que cem mil é uma porrada de... – Ele deixa a frase no ar de novo, fica ouvindo, e a cara dele vai ficando mais vermelha a cada segundo que passa. – Falei que não vamos aceitar mais nenhuma aposta dele até... Eu sei, Ernie, eu vou *pegar*. Confia em mim, OK? Está tudo sob controle.

– O Kevin desliga e dá um suspiro profundo, passando a mão no cabelo.

– Desculpa por isso. – Ele volta para o nosso carro. – Tive que dar um alô para o chefe. O Donovan com certeza ama os cavalinhos. Pena que não consegue pagar quando os cavalinhos perdem a corrida. – O Kevin põe a cabeça debaixo do capô e começa a mexer no motor de novo. – Sabe, vocês jovens têm sorte. Me lembro de quando tinha a idade de vocês. Nenhuma preocupação. Nenhum boleto pra pagar. Era mais fácil do que hoje. Agora, tenho que lidar com esses imbecis o tempo todo, gente que não sabe pagar as dívidas, gente que se acha no direito de tirar o corpo fora. Tô ficando cansado disso, pra ser sincero. – O cara se endireita e limpa a testa com o dorso do braço, suja de graxa. – Mas tive que dar um jeito de pagar a faculdade do meu filho. Esse mundo não é barato. – Nosso olhar se cruza e dou de ombros, como se não fizesse a menor ideia do que ele está falando.– É legal falar com vocês. Isso é novidade pra mim, não ser julgado.

– Ah, *vraiment*! – respondo com um "é mesmo", só para dizer alguma coisa.

O Kevin dá um sorrisinho.

– É isso aí. Bom, não tô vendo nada de errado. De repente, o motor só precisava de um tempinho. Por que não tenta ligar de novo? – Ele aponta para o carro e imita alguém mexendo no volante. Cruzo o olhar com o Spike e faço um gesto, dando a entender que ele precisa colocar a peça que tirou no lugar enquanto o cara está distraído.

O Kevin vai comigo até o lado do motorista, e entro no carro, mandando frases aleatórias em francês, para dar uma enrolada, começando pelo clássico "O rei morreu, viva o rei!": – *Le roi est mort, vive le roi! Quelle page? J'ai oublié mes devoirs!* – Mandei muito essa de perguntar qual é a página e dizer que esqueci a lição de casa no segundo ano, o que explica minha nota sete. Tenho facilidade com línguas estrangeiras, mas me oponho à quantidade de trabalhos que eu deveria fazer em casa. Mas isso é óbvio, levando em consideração que eu e a Íris transformamos nossas aulas particulares em uma experiência de aprendizado alternativa, que será vantajosa para nós duas, muito mais do que qualquer decoreba.

– Tenta ligar. – O Kevin faz um sinal para eu apertar o botão da ignição. Rezo para que tenha dado tempo de o Spike ter colocado aquela peça de volta no motor. Giro a chave, e o carro ronca.

O Kevin bate no teto do carro, todo empolgado e orgulhoso.

– É isso aí, caramba. Ainda mando bem.

– *Merci, merci* – agradeço, gritando, acompanhada pela Íris, que se aproxima de nós e fica falando *"merci"* sem parar. Essa artimanha teria sido bem mais simples se eu não fosse a única da turma que fala francês.

– Não foi nada. – O Kevin tira o celular do bolso da calça para ver que horas são. – Que bom, porque preciso ir nessa. Tenho que falar com um cara sobre um cavalo. – Ele dá uma risadinha, abana para a gente, já indo para o carro dele e volta para a estrada.

Ficamos observando ele se afastar em silêncio. Os faróis do carro desaparecem quando o Kevin faz a curva, e a Íris chega a dobrar o corpo e apoiar as mãos nos joelhos, de tanto dar risada.

– Ele caiu feito um patinho. Foi incrível!

O Spike dá uma risada debochada.

– Ainda bem que a gente não precisava do cara pra consertar o carro. Ele não fazia ideia do que estava fazendo.

– Claro que não – concorda a Zora, revirando os olhos.

– Pessoal – diz o Neil, com uma expressão séria, acabando com a nossa alegria. – Pessoal. Vocês sabem o que isso significa? Kevin deve ser corretor de apostas. E o treinador deve *uma grana* pro Kevin. Muita grana, pelo jeito. Uma grana que ele não estava pagando. Será que ele tinha uma semana de prazo pra pagar? A contar do Halloween? *Senão*... E, na noite de Halloween, a Brooke é assassinada, e o treinador herda um montão de dinheiro, dinheiro de que precisava desesperadamente. – O Neil fica em silêncio e lança um olhar fulminante para cada um de nós. – Acho *mesmo* que o treinador Donovan matou a filha dele.

Um arrepio percorre minha espinha. Em algum momento, eu meio que me esqueci de que isso tudo tinha a ver com o fato de a Brooke estar... morta. Fico com um nó na garganta e solto um leve suspiro de assombro. Fico piscando para conter as lágrimas que começaram a se acumular no canto dos meus olhos, e uma mão gelada segura a minha. Eu me viro e dou de cara com a Íris, que está parada do meu lado, com uma expressão triste.

—

Depois de deixar todos os Pés-Rapados em suas respectivas casas, eu e a Íris ficamos a sós no carro. Estamos caladas agora, superada a animação causada pela sorte que tivemos, de nossa artimanha ter dado certo. Na sequência, veio a lembrança de que estamos fazendo tudo isso porque minha ex-melhor amiga foi assassinada.

Viro no estacionamento do prédio da Íris e paro em uma vaga perto do prédio. Ela está em silêncio, do meu lado.

– Te mando mensagem depois? – pergunto, me virando para ela. A Íris não responde. Está olhando para alguma coisa do lado de fora. Não consigo ver o rosto dela direito. – O que você tá olhando? – Eu me debruço para conseguir enxergar e percebo que ela está soltando um leve suspiro de assombro, disfarçado. – Você tá bem?

– Eu... – A Íris pigarreia, o peito sobe e desce, bem rápido. Afasta o rosto da janela, e está pálida quando olha para mim. Com uma cara de apavorada.

– O que tá rolando? – Eu me debruço de novo, solto o cinto de segurança e, desta vez, consigo ver de relance um homem mais velho, encostado em um carro detonado, de braços cruzados em cima do peito. – Quem é esse cara?

– É... – A Íris lambe os lábios. – Provavelmente, alguém que veio visitar a senhora do 115. Ela recebe muita visita. – Sobre o colo, as mãos da Íris estão tremendo.

– Quer que eu te acompanhe e tal? Será que a gente devia ligar pra alguém? – Ponho a mão no console central e pego o celular. – Esse homem é mal-encarado, Íris.

– Não. Não. Por favor, não. Tá tudo bem. Vou sair do carro e correr até o meu apartamento. Sou rápida, você já viu. E vou trancar a porta e tudo mais, prometo. OK? Vou ficar bem. – Ela me dá um sorriso amarelo que, acho eu, deveria me tranquilizar. Sinto um nó no estômago. Tem alguma coisa errada aqui. Tem alguma coisa que a Íris não me contou. Mas, como não posso arrancar isso dela, balanço a cabeça, concordando.

– OK. Vou ficar esperando até você entrar.

– Não precisa... – ela começa a dizer, mas eu a interrompo.

– Vou esperar até você entrar, Íris – repito, com firmeza, e ela faz que sim.

A Íris abre a porta do carro e sai correndo. O homem se endireita, começa a andar na direção dela, e eu faço a única coisa que me vem à cabeça: tranco as portas do carro e começo a buzinar, sem parar. O barulho reverbera no meio da noite, e várias luzes se acendem nos apartamentos do térreo. O homem fica paralisado a uns seis metros de distância e se vira na minha direção, com um olhar terrível.

De celular na mão, vou para a frente, me aproximando do para-brisa, e tiro umas duas fotos do cara. Evidências, caso a gente precise. Ele deve ter visto que tirei as fotos, porque grita "Ei" e começa a vir na direção do carro. *Merde.*

Preciso sair daqui. Dou ré, com a mão trêmula, e saio da vaga.

Meu celular vibra. É uma mensagem da Íris. "Entrei."

Graças a Deus, ela está em segurança.

Reduzo quando passo pelo carro do cara e consigo tirar várias fotos do carro e da placa, pelo vidro. Vou logo encaminhando todas essas fotos para a minha fonte que, pelo jeito, sabe de tudo, e escrevo "Você pode tentar ver de quem é essa placa pra mim??".

Sinto uma batida na parte de trás do carro e, pelo retrovisor, vejo o cara. Que me alcançou. Ai, meu Deus.

Piso fundo no acelerador e saio do estacionamento cantando pneu, o mais rápido que meu carro permite.

MENSAGENS DE TEXTO TROCADAS POR A. OGILVIE E I. ADAMS

8 DE NOVEMBRO

19:44

AO: Passando só pra ver como vc tá

19:49

AO: Íris? Vc tá por aí?

19:52

AO: Estou meio preocupada

IA: Oi

AO: OI! Vc tá bem

IA: Sim, tô pq

AO: Ah, tá

IA: Só tava assistindo a *Investigações criminais*

AO: Se você tá bem

IA: Tô. A gente se vê amanhã.

AO: OK

CAPÍTULO VINTE E SEIS

ÍRIS

9 DE NOVEMBRO

10:45

ESTOU TENTANDO ME CONCENTRAR na srta. Hollister, de quem vi bem mais do que gostaria, de maneiras muito mais comprometedoras do que eu gostaria, porque não consigo parar de pensar no Coisa. No fato de ele simplesmente estar... lá. Esperando por mim no estacionamento. No fato de eu nem sequer me lembrar de ter subido as escadas do prédio correndo, até chegar ao meu apartamento, e ter aberto a porta. Eu só me lembro de uma névoa de medo tomando conta de mim. Empurrei o sofá para bloquear a porta. Liguei para minha mãe. Liguei para a polícia. Falei que o Coisa estava violando a medida restritiva. Mas, quando os policiais chegaram, ele tinha, claro, ido embora. O cara sabe muito bem desaparecer quando precisa. E, se eu não o odiasse tanto, pediria para ele me ensinar a fazer isso.

E agora estou cansada por ter ficado acordada até tarde. Tenho um monte de lição de casa acumulada, por causa dessa coisa toda de investigação, e não posso me dar ao luxo de não ir bem. Ele estraga tudo. Sempre estragou tudo. Por que voltou, para início de conversa? Se vai desaparecer, então simplesmente continue *desaparecido*.

Minha pele está arrepiada. Não posso pensar nisso aqui, nesse exato momento, no colégio, o local onde me sinto segura. Tenho que tirar esse cara da minha cabeça, me concentrar na única coisa que pode me ajudar a sumir. Pego o nosso dossiê e começo a anotar.

"O treinador devia muita grana. Cartões de crédito. Apostas. Ia perder um braço ou uma perna. Estava intimidando a filha para que ela mudasse as cláusulas do contrato de administração do patrimônio. Cadê o celular da Brooke? Por que a polícia não pediu para ver o celular do treinador, conferir as mensagens que ela mandou? Será que o treinador atiraria o celular da Brooke no mar? Eu com certeza atiraria no mar, certo? Tentaria me livrar desse troço na mesma hora. Peraí: não dá para rastrear o último lugar em que o celular de alguém esteve? Será que a polícia fez isso? Será que apareceriam as mensagens que a Brooke mandou para o pai? De repente, a Alice pode perguntar para o contato dela se a polícia chegou a tentar localizar o celular. E por quê, por que não tentamos pressionar mais o corretor de apostas, para confirmar a outra hipótese? Como podemos saber que ele não ajudou o treinador? Simplesmente deixamos o tal do Kevin ir embora, porque parecia ser um cara legal, mas..."

Um barulho bem conhecido dispara dentro da minha mochila enquanto estou anotando essas coisas sobre o treinador no dossiê.

Ai. Não. Eu me atrapalho toda para abrir a mochila e conseguir desligar o celular.

A srta. Hollister dá as costas para o quadro branco, de repente.

— Quantas vezes preciso avisar que os celulares precisam ficar *desligados* durante a aula?!

Sentada do meu lado, a Ashley Henderson sussurra, bem na hora em que eu desligo o celular:

— "Te pegaram, sua *nerd*".

— Srta. Adams — diz a srta. Hollister. — Por acaso a sua vida pessoal é mais importante do que os polinômios?

— Não, senhora. Desculpa — respondo, olhando reto para a frente.

– Comece a prestar atenção, srta. Adams. Desligue o celular. Deixe desligado. Ou vai acabar indo para a sala da diretora Brown.

Finjo que estou guardando o celular descartável na mochila, mas escondo o aparelho embaixo da barra da minha camisa de flanela.

A srta. Hollister está de *mau* humor. O que acho compreensível, já que, pelo jeito, ela é o único álibi de um *assassino*.

Assim que ela se vira para o quadro de novo, olho para baixo, disfarçadamente.

Oi

A Sangue Frio

Temos um probleminha

Acontece que agora o meu cliente quer se declarar culpado de homicídio culposo para não ir a julgamento. Não consigo convencê-lo a aguentar firme.

Você e a Cheia da Grana precisam me ligar urgente

Meu coração começa a bater mais devagar dentro do peito. Que merda é essa? O Steve agora vai... se declarar culpado?

– Ô, *nerd* – diz a Henderson, bem alto. – Por acaso você tá no celular, de novo?

A srta. Hollister se vira, puta.

– Pode sair – diz ela. – Já.

Pego a mochila e chego ao corredor em menos de trinta segundos. Não vou falar com a diretora. Ando meio abaixada pelo corredor das aulas de ciências, para que o bedel não me veja.

Isso tudo é... terrível. Quem muda de ideia e se declara culpado?

Mando mensagem para a Alice. "O Steve agora diz que é culpado. Pra não ir a julgamento. Me encontra no Podrão. Preciso ligar pra Ricky."

"Caralho", responde a Alice.

E aí me mando para o Podrão.

A Alice entra correndo no Podrão, cinco minutos depois.

Encosta no meu braço.

– Quer conversar sobre o que aconteceu ontem à noite?

Diz isso com um tom carinhoso, mas isso me atinge mesmo assim. Não posso falar do Coisa para ela. Simplesmente não posso. Ele é uma ferida que mora dentro de mim e deixá-lo sair... Não posso. Só não posso. Nem para a Alice, cuja mão no meu braço é muito calorosa, bondosa demais. Sou ajudante dela, não amiga. A gente não faz amizade com ninguém quando pretende sumir.

– Não foi nada – digo de uma vez. – Era o que eu pensei. Aquele cara tinha ido visitar a senhora do 115.

A Alice tira a mão do meu braço.

– Se você diz.

Dá para ver que ela não acredita em mim, mas temos coisas mais importantes em que pensar neste exato momento. Eu já abri o contato da Ricky no meu celular normal. Aperto *ligar* e coloco no viva-voz. Ela atende na mesma hora.

– É, então. – Parece que a Ricky está comendo alguma coisa crocante.

– Caramba, Ricky – diz a Alice. – O que tá rolando?

– Steve vai se declarar culpado, meninas. Estou de queixo caído. Ele tinha muito mais chance de pegar menos anos de cadeia se fosse a julgamento. Eu teria feito de tudo, caramba, pra convencer o júri de que não há provas suficientes. Não consigo fazer esse garoto entender isso. Steve só falou que mudou de ideia e que é isso. Se vocês tiverem qualquer prova de que a polícia incriminou o rapaz ou algo extremamente prejudicial em relação a Matt Donovan, agora é a hora.

— Foi o treinador — declara a Alice, desesperada. — Temos provas.

— Temos *coisas* — falo, no celular, e minhas palavras ecoam no banheiro. — Ontem à noite, encontramos aquele cara, o que o treinador deveria ter encontrado na noite de Halloween, mas não apareceu. É um corretor de apostas. O treinador deve cem mil pra ele. Ou seja: se ia receber cinco milhões caso a Brooke morresse...

— Vocês foram se encontrar com um corretor de apostas? — A Ricky parece impressionada. — Olha, não achei que vocês eram dessas. Tudo está ficando muito complicado nesse momento. Não posso simplesmente entrar na sala do promotor e dizer "E aí, Parker, acho que você mandou prender o cara errado". O Parker vai dar risada e me mandar sair da sala dele.

A Ricky fica quieta. Quieta demais. A Alice me olha, franzindo o cenho.

— O fato de Anderson querer se declarar culpado está me deixando louca de pedra — fala, enfim. — Sou obrigada a fazer o que o rapaz diz, porque sou advogada dele, mas acho que está na hora de apelar para o jogo sujo.

— Sujo como? — pergunto.

— Primeiro passo: vão até a delegacia e contem o que descobriram. Os policiais vão fazer cara de quem acha que vocês são duas adolescentes burras, mas já estão acostumadas com isso. Vai ficar *registrado* que foram até lá, levantaram dúvidas a respeito do caso e apresentaram evidências que apontam *contra* Steve Anderson ser o culpado e que apontam *para* o treinador. Eles vão ignorar vocês. Mas terão que registrar que estiveram lá, o que foi discutido, e protocolar isso nos arquivos da investigação.

— Entendido — diz a Alice.

— Eu só queria saber o que foi que fez esse garoto mudar de ideia — comenta a Ricky. — Receio que tenha sido alguma espécie de... manipulação.

Eu e a Alice nos entreolhamos.

— O que, exatamente, você quer dizer com isso? — pergunta a Alice. — Por acaso está dizendo que alguém subornou o Steve pra ele se declarar culpado?

– Gente rica gosta de pôr uma pedra em cima de certos assuntos – responde a Ricky.

– Eu te falei! – esbravejo. – Eu te falei, Alice!

A Alice fecha a cara.

– *Não* foi a Lilian.

– Meninas! – grita a Ricky. – Concentrem-se. Eu só estou aventando uma possibilidade. Não consigo pegar todos os arquivos da polícia neste exato momento. Eles estão impedindo o meu acesso. Preciso *provar* que ninguém além de Steve chegou a ser considerado mais seriamente como suspeito. Preciso semear a dúvida. Então, preciso que vocês duas vão até lá e façam um estardalhaço.

Olho para a Alice. Ela dá de ombros.

– Tipo, é pra gente fazer isso agora mesmo? – pergunto. – Quer dizer, tecnicamente eu ainda deveria estar na aula de Cálculo.

Silêncio do outro lado da linha. E aí a Ricky solta um suspiro.

– Meninas – diz ela. – Por favor, acreditem em mim quando digo que vocês nunca, jamais, nunquinha na vida toda vão usar Cálculo depois do ensino médio. Nem uma única vez. Mas, se não forem até a delegacia agorinha mesmo, com toda a certeza, vão ter que usar crachá de visitante pra ver o amigo de vocês na prisão, por causa de um crime que ele, provavelmente, não cometeu.

CAPÍTULO VINTE E SETE

ALICE

9 DE NOVEMBRO

12:03

"É a coragem, a insistência,
a força impiedosa da juventude."
AGATHA CHRISTIE,
Os cinco porquinhos

A GENTE SE MANDA para a delegacia o mais depressa que é humanamente possível, e nos apresentamos na recepção, mas levamos um chá de cadeira. Na verdade, estamos esperando há *uma hora* que alguém venha falar com a gente, e já estou de saco cheio.

– Por favor! – falo para a policial sentada atrás do balcão da recepção. – Hã, por favor? – Levanto e me aproximo dela. – Estamos esperando aqui há uma *eternidade* para conversar com alguém. A senhora chegou a avisar o detetive Thompson de que estamos aqui?

Ela solta um suspiro irritado.

– Como já falei, o detetive Thompson está ocupado, tratando de assuntos policiais importantes. Temos vá...

– Olha ele ali! – grito, ao avistá-lo atrás da policial, bem no fim do corredor. Não espero a mulher me dar permissão, vou logo contornando a mesa dela e gritando: – Detetive! Detetive! Espera aí!

– Mocinha! – grita a mulher atrás de mim, mas eu a ignoro.

O Thompson olha para o corredor, percebe que estou me aproximando e baixa a cabeça, tipo achando que, se ele não conseguir me enxergar, eu não vou conseguir enxergá-lo ou algo assim.

– Com *licença*. – Aperto o passo e consigo alcançar o Thompson pouco antes de ele tentar se esquivar, entrando em alguma sala. – Detetive *Thompson*, preciso falar com o senhor! – grito.

Ele se vira para mim, segurando uma caneca de café fumegante. É óbvio que acabou de ser pego em *flagrante*.

– Precisamos conversar sobre o caso de Brooke Donovan. Tenho informações que podem lhe interessar – digo.

A mulher que estava na recepção me alcança.

– Mil perdões, senhor – diz ela, ofegante. – Essa menina passou correndo por mim e...

– Tudo bem, Bertie. Sei que a Alice Ogilvie sabe ser espertinha.

Eca. Isso é que é grosseria.

Ignoro o comentário. Não vou permitir que ele me atinja.

– Eu *disse* que preciso conversar com o senhor – repito.

O Thompson faz sinal para a Bertie se afastar e toma um golinho de café antes de responder:

– Ah, é? É mesmo?

– Sim. – Ponho a mão na cintura. – Tenho informações. Informações que são uma bomba e vão mudar o rumo do caso – explico. E, de repente, me sinto menos Agatha Christie e mais *CSI*.

– Bem, Alice. Você chegou tarde demais. O caso foi encerrado. Prendemos nosso criminoso. Você sabe disso, certo? Steve Anderson vai se declarar culpado. Foi um caso bem fácil de solucionar, se quer saber a minha opinião. – O policial vira as costas e começa a se afastar, mas seguro o cara pela manga do terno antes que dê tempo de pensar no que estou fazendo. O Thompson para, olha para a manga, depois para mim, com um ar de censura.

– Desculpa. – Tiro a mão do braço dele. – Mas é *importante*. Quer dizer, o senhor é *investigador*. Não deveria tentar investigar coisas? Tipo, o fato de que o Steve não estava bêbado naquela noite? Que ele foi *drogado*?

O Thompson me olha de cima abaixo.

– Drogado?

– Sim! Alguém pôs drogas na bebida dele!

– E como, exatamente, a senhorita descobriu isso?

Penso por alguns segundos antes de responder:

– Tenho minhas fontes.

Ele massageia a ponte do nariz.

– Ah, tenho certeza de que tem, Alice.

Sei o que esse policial pensa de mim e do que fiz no verão, mas isso é verdade. O Steve *não* é o culpado: e tem um assassino andando por aí.

– O senhor sabe que eu só vou embora depois que você me ouvir. Sendo assim, é melhor não desperdiçar mais o nosso tempo.

Ele solta um suspiro.

– Alice, estou muito cansado. Passei metade da noite acordado, porque meu recém-nascido não parava de chorar. Você tem dois minutos. Anda logo.

– OK. Então, em primeiro lugar, os tênis de basquete – começo. – Como o senhor falou com a Dotty, do Donuts da Dotty, sabe que o Steve esteve lá naquela manhã. A Dotty o viu às 07:25, com os *dois* tênis nos pés, e diz que o Steve deixou um dos tênis no banheiro, que ela entregou pra polícia naquele mesmo dia, bem como as imagens gravadas pela câmera de segurança do café. Então, como aquele tênis encontrado na floresta poderia ser do Steve? A menos que alguém da sua equipe tenha plantado o tênis lá. – Lanço um olhar sugestivo para o Thompson, que o ignora. – Não entendo como o senhor pode deixar esse detalhe passar batido. Isso pra não falar de onde foi parar o registro da sua conversa com a Dotty. Cadê o vídeo das câmeras de segurança do café? A Dotty diz que o pessoal da *sua* equipe pegou, mas agora simplesmente... sumiu feito fumaça? Isso é absurdamente estranho, o senhor não acha, *investigador*?

– Alice... – O Thompson começa a falar, mas eu continuo falando por cima dele.

– Além do mais, como já falei, tenho informações, de uma fonte *muito* confiável, de que o Steve, na verdade, *não* bebeu tanto assim na noite de Halloween: ele foi drogado. Mas o senhor não tem evidências que provem que o Steve não estava bêbado *nem* drogado porque, por acaso, o senhor chegou a fazer exame toxicológico nele depois que o prendeu? Não! E ainda tem o pai da Brooke: o treinador Donovan. Vocês chegaram a investigá-lo? Ou investigaram *qualquer outra pessoa* além do Steve? O senhor sabia que o treinador tem uma dívida de centenas de milhares de dólares? E que ele se beneficia financeiramente com a morte da Brooke? Tipo, se beneficia *muito*. E o treinador e a Brooke andavam se desentendendo, pouco antes da morte dela. Os dois andavam brigando... por causa de *dinheiro*, até onde eu sei. E que, na manhã seguinte ao desaparecimento da filha, o treinador teve atitudes muito suspeitas lá no colégio. Tipo, não ia nem ligar pra vocês até que... – Deixo a frase no ar. Não preciso contar para o Thompson quem foi que avisou a Lilian. – Resumindo, se eu fosse o senhor, daria uma checada na minha própria delegacia. Porque vocês estão, obviamente, tratando esse caso *de um jeito errado pra caramba*, se quer saber a minha opinião.

Dito isso, fico encarando o Thompson. Que fica calado por alguns instantes, aí espreme os olhos e dá um sorrisinho de desdém. Sua expressão se transforma, de cansaço para maldade.

– Em primeiro lugar, Alice – diz ele, entre dentes, quase rosnando. – Não que eu deva explicações para *você*, uma adolescente, de como conduzimos nossa investigação. Mas, sim, conversamos com Dotty Schumacher a respeito do tênis. Dito isso, Dotty Schumacher não é uma testemunha ocular confiável. Nem te falo quantas vezes ela liga para cá contando histórias estapafúrdias. O tênis foi encontrado na floresta por dois homens da minha equipe, registrado no sistema e examinado. Tinha impressões digitais do Anderson. Não há registro de a Dotty ter entregado o tênis para os policiais porque isso jamais aconteceu. Infelizmente, a memória de Dotty ficou bastante prejudicada ao longo do último ano. Como demonstra a qualidade dos pães doces de amêndoas que ela faz – resmunga o Thompson. – Em segundo lugar, Matthew Donovan é um cidadão respeitado e admirado pela comunidade de Enseada do Castelo, que levou nosso time de basquete a conquistar o título de campeão por três anos seguidos. Quando conversei com o treinador, logo depois que a filha desapareceu, o homem *chorou*. Por que faria isso, se tivesse sido ele quem a matou?

– Ele... – começo a dizer, mas o Thompson ergue o dedo.

– E, em terceiro lugar, o mais importante de tudo: Steve agora confessou o crime.

– Mas agora ele está...

– É o seguinte. – O tom do Thompson fica mais ríspido. – Isso não é um desses seus melodramas do colégio. É a vida real. É um caso de *assassinato*, um caso em que prendemos o criminoso, em que o criminoso admitiu o que fez. Sendo assim, recomendo que você pegue suas teorias e vá escrever uma *fan fiction* de *Veronica Mars*. E, por favor, deixe que a *polícia* trate dos assuntos de polícia.

Continuo firme. Eu sabia que essa seria a reação do Thompson antes de virmos. A Ricky falou que a gente tinha que fazer isso, mas esses policiais... não querem nem ouvir.

– Agora, é melhor ir embora, srta. Ogilvie. – Ele aponta para alguém atrás de mim, e a Bertie reaparece, na minha cola. – Agradeço sua preocupação, mas estamos resolvendo essa questão. Sugiro, *veementemente*, que você não se intrometa, para o seu próprio bem.

A Bertie faz sinal para eu acompanhá-la até a saída, mas fico bem parada onde estou.

— É melhor ir embora, Alice — repete o Thompson, me encarando.

Semicerro os olhos, encarando-o. Esse… esse *imbecil* se acha o todo-poderoso só porque é policial? Bom, obviamente, essa é uma função muito inútil, tendo em vista quanto estão negligenciando esse caso.

— Sabe, policial Thompson — digo, com meu tom mais fofinho e mortífero. — O senhor pode até achar que sou só uma adolescente burra, mas vai levar um balde de água fria quando jogarmos a bomba que vai reabrir esse caso, provando que tem algo muito suspeito rolando nessa cidade. E, pode acreditar, tudo vai cair no seu colo quando isso acontecer. Pode dar adeus à sua aposentadoria como policial.

— OK. Agora já chega. Mil perdões por isso, agente Thompson — diz a Bertie. Ela me pega pelo braço e me arrasta pelo corredor. É muito, muito mais forte do que eu poderia imaginar, porque, por mais que eu tente me desvencilhar dessa mulher, não consigo.

Quando chegamos ao balcão da recepção, a Bertie passa reto pela Íris, comigo a reboque, e me empurra porta afora, me jogando no ar gelado de Enseada do Castelo.

— Pode parar com isso, está me entendendo, srta. Ogilvie? Senão… — diz ela, apertando bem os lábios. E entra, pisando firme, na delegacia, bem na hora que a Íris sai de lá.

— Uau, Alice, você acabou de ser expulsa de uma delegacia de polícia. Isso é que é ser durona — comenta.

Massageio o braço.

— *Ai.* Esses policiais são malucos. Não queriam nem me ouvir. E essa aí, a Bertie, juro por Deus que acabou de me ameaçar, um segundo atrás. — Eu me sento na calçada e ponho a cabeça entre as mãos. — E agora, o que é que a gente faz? Deixa uma pessoa inocente pagar por este…

— Relaxa. — A voz da Íris tem um tom tranquilo, mas firme. — Respira, Alice. E se acalma. Eu tenho um plano.

CAPÍTULO VINTE E OITO

ÍRIS

9 DE NOVEMBRO

21:30

EU SABIA QUE A Alice ia adorar o meu plano, porque Alice Ogilvie adora fofoca, manipulação e mentiras. Não estou recriminando a garota por isso. Essas coisas simplesmente fazem parte da essência dela, estão em seu sangue. E, para esse propósito, o sangue traiçoeiro que corre nas veias da Alice vai ser bem útil.

Enquanto a sorrateira Alice estava dando tudo de si para convencer o detetive Thompson a lhe dar ouvidos sem, sabe, revelar os *nossos* crimes, fiquei trocando mensagens com a Ricky Randall, que estava me explicando qual seria o terceiro passo, que é fazer o júri popular mudar de ideia.

"Vocês precisam causar", escreveu ela. "A essa altura, é a única saída. Espalhem por aí que a polícia anda escondendo alguma coisa. Que a investigação está sendo mal conduzida."

Eu tive uma ideia.

Ao ouvir o que eu tinha a dizer no estacionamento da delegacia de Enseada do Castelo, a Alice foi dando um sorriso natural e lindo, como o mar em um dia de sol.

– A gente tem que entregar o que mais vai atiçar as pessoas – explico. – Onde as pessoas gostam de dar opinião sobre assuntos dos quais não entendem nada? Onde gostam de se meter em histórias rocambolescas, instigadas por teorias da conspiração?

A Alice dá risada.

– Na internet, óbvio!

Balanço a cabeça, concordando.

– Exatamente. Temos que alcançar os adultos e nossos estimados colegas onde eles se concentram. Adultos = Facebook; as pessoas da nossa idade estão dançando e choramingando no TikTok e no Instagram.

Levamos só dez minutos para chegar ao Donuts da Dotty. A Alice entra no estacionamento e para em uma vaga bem na frente do café, de onde dá para ver a Dotty Schumacher, indo para lá e para cá atrás do balcão, passando pano na fórmica, completando uma bandeja de *donuts* pela metade do preço que fica perto do caixa.

– A Operação Enseada do Castelo Corrupta tem início agora – declaro, já abrindo a porta do carro.

Se não conseguimos convencer a polícia a investigar o treinador, vamos ter que fazer pressão. A polícia não gosta que falem mal dela na mídia.

O sininho que fica na porta toca quando a gente entra no café.

A Dotty levanta a cabeça e faz careta.

– Ah. Vocês duas de novo.

– Sim! Estamos de volta! A gente simplesmente não consegue passar sem seus docinhos deliciosos! – declara a Alice. – Dois cafés pequenos, por favor. E aquele *donut* de geleia, obrigada. – Ela dá um sorriso simpático e aí se vira para mim.

– Eu simplesmente não consigo acreditar. Tipo, estou *arrasada*. – A Alice diz isso com uma voz embargada bem convincente.

– É revoltante – respondo, com toda a calma. – Tipo assim, mas polícia é polícia, né?

A Dotty presta atenção no que estamos falando enquanto entrega o *donut* que a Alice pediu, dentro de um saquinho de papel.

– Tipo, eles *sabem* quem foi e, mesmo assim, vão deixar aquele pobre coitado ir pra cadeia. Simplesmente não passa pela minha cabeça. Eles têm *evidências* que apontam pra outra pessoa – revela a Alice, soltando um suspiro profundo.

– Bom, você sabe como é essa cidade. São sempre os pobres que se ferram, nunca os ricos. Acho que o treinador Donovan deve ter grandes amigos lá na delegacia – comento, como quem não quer nada.

A Dotty ergue os olhos de novo e fica olhando para mim e para a Alice.

– Vocês duas estão falando daquele jogador de basquete? Sabem alguma coisa do treinador?

– Bom… – respondo, bem devagar.

A Alice põe leite no café.

– Tem *muita* coisa contra o treinador, pra ser sincera. Tipo assim, quem *é* esse cara? Não nasceu aqui, que nem eu e você, sabe? E, não vou guardar segredo, eu era *amiga* da filha dele. Brooke. A *vítima*. Ai, as coisas que eu poderia te contar sobre o que acontecia naquela casa…

A Dotty está boquiaberta.

– Tipo o quê? Não posso dizer que confio nele. Parece ser um cara legal. Mas, como você bem disse, esse homem não é daqui.

A Alice toma um gole de café.

– Cá entre nós, o treinador? Tipo, depois que a mãe da Brooke morreu, ele não parava de pressionar ela, pedindo dinheiro, porque a família da mãe dela garantiu que o Donovan só receberia um dinheirinho todo mês, pra pagar pelas despesas com a Brooke. Até, sabe, ela fazer 18 anos. E, aí, o dinheiro todo seria da filha. O treinador não ficaria com nada. Mas…

Interrompo a Alice. A gente não pode falar *demais*, senão vamos entrar em um território bem feio.

– Basta dizer, Dotty, que o cara deve muita grana pra muita gente, e qual a única saída? Acho eu? Era, talvez...

A Dotty arregala os olhos.

– Ai, Senhor. Sim. Isso sempre acontece nos programas de tevê. Dinheiro do seguro de vida? E, provavelmente, aquela casona que eles têm lá no morro. Minha amiga era faxineira lá, mas o treinador a demitiu. Depois que a mulher morreu. Disse que o cara era meio esquentadinho também.

A Dotty faz careta.

– O treinador estava pegando metade das professoras do colégio! – revela a Alice. – Dá pra imaginar?

A dona do café sacode a cabeça.

– Me dá dor no coração só de pensar, pra ser sincera... alguém fazer isso com a própria filha? Mas sou uma mulher vivida. Já assisti a muitos programas e li muita coisa nas redes, sei que o dinheiro...

– Faz as pessoas fazerem muita, muita maldade – completo a frase por ela. – Enfim, pelo jeito, a polícia... *quem sabe*? Foi... corrompida? E o Anderson? Quer saber minha opinião? Está só... deixando pra lá. Vai saber... Talvez ele também tenha sido subornado, que nem os policiais que plantaram aquele tênis que você encontrou.

A Dotty reabastece a cafeteira. Dá a impressão de estar pensando, refletindo muito.

– Eu tentei falar isso pra eles na coletiva de imprensa. Do tênis. Eu gritei! Mas aí me expulsaram de lá e falaram pra eu ficar de bico calado.

– Eu vi e sinto muito. Você só estava tentando ser *ouvida* – murmura a Alice, sacudindo a cabeça.

A Dotty olha em volta, como se alguém pudesse escutar, apesar de não ter mais ninguém no café.

– E aí, do nada, as multas do meu irmão, *puf*, sumiram.

– *Sério?* – falo, sem ar.

Ela faz que sim e acrescenta, mais baixo:

– E falaram pro meu irmão, tipo, não faz perguntas, não fala nada, só agradece. E falaram, escuta só essa, "dá uma segurada na sua irmã".

A Alice levanta a sobrancelha para mim.

– *Isso* deve ser assustador – digo para a Dotty.

– Né? Fiquei apavorada.

– Sabe o que *eu* fiquei sabendo? – diz a Alice, em tom de confidência, se aproximando da dona do café. – Fiquei sabendo que *a família* não quer saber de escândalo. Só Deus sabe que *essa* família já teve sua cota de escândalos na vida, mas dá pra imaginar?

– Essa história existe desde que o mundo é mundo – concorda a Dotty. – Ricos saindo impunes. É a gente que paga o pato.

A Dotty fica sacudindo a cabeça, furiosa, registrando nosso pedido no caixa. A Alice entrega vinte dólares para ela.

– Eu só queria que a gente tivesse um jeito de ajudar aquele garoto – comenta a Alice. – Mas sabe como é a polícia. E o que dá pra fazer agora, que o Steve se declarou culpado? O cara só tem uma defensora pública. E defensores públicos nunca são bons no que fazem.

Resolvo ignorar o comentário.

– Ai, eu *sei*, querida. Eu também queria poder fazer alguma coisa – declara a Dotty.

A Alice dá de ombros, lindamente.

– Eu também. Você não, Íris?

– Sim, com certeza. – Pego meu celular, como quem não quer nada.

A Dotty está franzindo o cenho.

Está pensando. Só precisa de um empurrãozinho. Continuo mexendo no celular, olhando de relance para ela.

A Dotty entrega o troco para a Alice.

– Ah, não, não, pode ficar. Por favor – insiste a Alice. – Eu só acho uma pena ninguém te dar ouvidos em relação à história do tênis. Você é tipo a única pessoa que sabe da verdade e... ninguém dá bola. Se, pelo menos, prestassem atenção nisso, você poderia ser a pessoa que conseguiria fazer justiça pela Brooke.

A Dotty franze o cenho, pensativa.

Na mosca.

– Ah, sabe da última? – faço questão de dizer isso para a Alice, e não diretamente para a Dotty. – Olha, tinha esquecido, estava estudando tanto, mas essas pessoas, esse grupo – espremo os olhos para o celular – formaram um grupo pra protestar. Pra defender o Steve. Olha. A *hashtag* é #EnseadaDoCasteloCorrupta.

Viro o celular para a Alice, que dá uma olhada.

– Uau, tem um monte de visualizações. Você já viu isso, Dotty? – Ela inclina o celular para a dona do café conseguir enxergar. Dotty chega mais perto do aparelho, lê todos os *posts* com a *hashtag* #EnseadaDoCastelo-Corrupta no Facebook.

– Ah, entendi – diz ela. – Ah, que bom. Acho que vou ler estes *posts* depois. Talvez eu possa ajudar com alguma informação, né?

– Sim, com certeza – responde a Alice. – Você tem que se pronunciar, Dotty. Como a gente já falou.

A Dotty continua lendo, mas guardo meu telefone, discretamente.

– Boa noite pra você – falo. – A gente precisa ir estudar pra prova de inglês. Desculpa se te atrapalhamos.

Cutuco a Alice, para ela se afastar do balcão, e saímos de fininho do café.

Assim que entramos no carro de novo, a gente se acomoda, fingindo beber o café, que agora está quase frio, e fica observando a Dotty, disfarçadamente.

Ela passa o pano no balcão. Joga fora uns *donuts* velhos, vai trancar a porta e vira o aviso, deixando do lado em que está escrito “fechado”. Volta para trás do balcão, desliga a luz da vitrine dos *donuts*. E aí fica ali, bem parada, só pensando.

E tira o celular do bolso.

– Vamos nessa – falo, para a Alice. – Para numa ruazinha qualquer.

– Acho que vai dar supercerto – comenta a Alice, ofegante, já saindo do estacionamento.

Quando ela para o carro a poucas quadras de distância, já estou conferindo o perfil de Dotty Schumacher no Facebook, porque é lá que os velhos ficam falando e reclamando.

O perfil dela é modesto. Cheio de *donuts*, netos, uma viagem para a Disneylândia, a Dotty com orelhinhas pretas do Mickey e comendo uma salsicha no palito tão comprida que chega a ser indecente.

A Alice está tentando ler por cima do meu ombro. Cai na risada, e só posso achar que ela chegou no *post*.

22:00

Estou me sentindo péssima. Pensando que nossa cidade simplesmente massacra todo mundo que, como a gente, só tenta pagar as contas. Pensando naquele garoto que joga basquete no colégio. Ouvi dizer que a polícia nem chegou a investigar mais ninguém, só foi pra cima dele. Só que é o seguinte: o rapaz estava usando os dois tênis quando entrou no meu café! Deixou um pé no banheiro, que eu entreguei pra polícia, só que eles dizem que encontraram o tal tênis na floresta??? Fala sério!! Levaram até os vídeos das minhas câmeras de segurança, e neles o garoto aparece com os dois sapatos! Tem alguma coisa de podre lá na delegacia!!! Tipo, e o pai da menina, né??? Riquinho imbecil. Que até parecia legal à primeira vista, mas o cara não é daqui, sabiam? O treinador não é natural de Enseada do Castelo. E, provavelmente, vai herdar uma boa grana agora. Estou de saco cheio, para dizer a verdade. Gostaria de poder ajudar aquele pobre rapaz. Que simplesmente deve ter se dado por vencido e resolveu fazer um acordo com a promotoria.

Randy Boolen: Eles nem investigaram o pai?

Sarah Carter: Será que têm alguma evidência contra o garoto?? O moleque não falou que tava todo zoado lá na floresta e tal? Talvez a polícia tenha pressionado ele. Os policiais mentem o tempo todo para fazer as pessoas dizerem o que eles querem.

Denise Donrik: Que história é essa de tênis, caramba????

Lila Canarsie: Cara, essa polícia de Enseada do Castelo... É claro que vão pôr a culpa naquele pobre coitado. É assim que essa cidade ridícula funciona. Deixa eu contar o que aconteceu com o meu irmão...

— OK, Alice. Manda ver.

A Alice abre o perfil falso que criei enquanto fiquei esperando na delegacia. Encontrei umas fotos de uma mulher de meia-idade bonita na internet e a batizamos de Annie Devlin. A Dotty aceitou o pedido de amizade da Annie mais ou menos dez minutos antes de entrarmos no café. Porque é claro que aceitou. Todo mundo quer ter amigos, um monte de amigos, e que proprietária de lojinha de *donuts* não ia querer ser amiga da Annie Devlin, "Apaixonada por *donuts*"?

A Alice, incorporando Annie Devlin, começa a responder ao *post* da Dotty.

Se quer saber minha opinião, isso tudo é muito suspeito. Eu me considero uma espécie de detetive amadora, haha, sem querer puxar a brasa pra minha sardinha, mas nesse tipo de coisa, em que tem dinheiro envolvido, quase SEMPRE É A FAMÍLIA. OU A POLÍCIA. Tá todo mundo comentando. Dá uma conferida na #EnseadaDoCasteloCorrupta

– Por acaso o seu coração tá superacelerado? – pergunto pra Alice.

– *Dã* – responde ela. – Mas tô adorando.

Meu celular toca. Spike.

"FEITO", é a mensagem dele.

00:30

Depois de receber a mensagem do Spike, quando chego em casa fico nas redes sociais, incapaz de parar. Ele e a Zora mandaram ver.

É tipo uma máquina sem fim. #EnseadaDoCasteloCorrupta. Por toda parte. Instagram. Twitter. Facebook. TikTok. O Spike, a Zora e o Neil devem ter criado uma dezena de perfis, *hackearam* centenas de fotos, montaram perfis impecáveis, mas curtos, e criaram um monstro. O povo tá comentando e repostando loucamente.

FogoNoBong420: Achei que todo mundo tinha direito à justiça, mas, pelo jeito, não em Enseada do Castelo

Instagraham: Por acaso o garoto chegou a contar com a presença do advogado assim que foi levado para a delegacia? Nenhum advogado teria permitido que ele mudasse de ideia e se declarasse culpado. A gente tem que lutar!

MillieHenson: Será que CHEGARAM a investigar mesmo?

Jeffbauduco: Tá rolando muita loucura pelo que ouvi falar do tal de treinador

SarahMart: Será que a garota tinha ALGUM OUTRO NAMORADO que eles poderiam ter investigado

FodonasDaCostura22: É muito suspeito o cara ter resolvido se declarar culpado desse jeito.

A.Noni.Mo: A família rica deve ter subornado a polícia/o cara para evitar um escândalo

FrancesFarley: Ouvi dizer que o treinador fazia um bico de traficante de opioide

DilemaDeGerber: POR ACASO ELE IA HERDAR ALGUMA COISA SE A FILHA MORRESSE

LouFletcher: Teve uma vez que o treinador perdeu a cabeça na aula e virou uma carteira, kkk, eu tava lá, achei que ia meter o louco na gente

LucyLoucaLivros: Esses policiais chegaram a dizer que provas têm contra o garoto?

AntonioBolano: Sim, um tênis encontrado na floresta, mas a dona da lojinha de donuts diz que o cara esqueceu um pé lá, que ela entregou para a polícia e, pah, de repente a polícia "encontrou" o tênis na floresta

FrankPalazzolo: Se encontraram fibras das roupas ou cabelo dele na floresta, é claro que parece que o cara estava lá, ele dormiu lá. Será que coletaram material das unhas dele, para ver se tinha DNA da garota?

AlanIver: Não vamos nos esquecer da Remy Jackson, eles tb total varreram esse caso pra debaixo do tapete e nunca descobriram quem foi o cara

SistemaSoler: Vi 3 casos no norte do estado, adolescentes desaparecidas, talvez seja um *serial killer*

AshleySmashley: Vocês não sabem nem da metade do que rola naquele colégio, eu poderia contar um monte de coisa

PeteX9: O cara tava pegando metade das professoras, todo mundo sabia

GratidaoSteve: ele já salvou minha vida no fundamental, é um cara decente

PobreTony: Burro que só, mas não é assassino. Por que se declarou culpado

KBMarino: Precisa mto de um advogado melhor. Mas quem não tem dinheiro não ganha amor

JusticaParaSteve: A polícia sempre joga a culpa em quem é pobre

HankKilgore: Alguém tem q ir pra cadeia, mas não o Steve

E por aí vai, todos esses *posts* têm a *hashtag* #EnseadaDoCasteloCorrupta. Fico meio enjoada.

Enjoada porque... era isso que a gente queria, sim, e temos certas coisas bem convincentes que precisam ser investigadas, tipo o testamento, aquelas mensagens no celular do treinador, exigindo pagamento, as mensagens da Brook que ele ignorou. O fato de ter ido para cima da Alice no corredor.

Mas será que tudo isso significa assassinato? Em parte, acho que sim. Em parte, estou em cima do muro.

Mas, no geral, acho que o Steve Anderson não matou a Brooke Donovan.

Levo um susto ao ouvir minha mãe pondo a chave na fechadura, me ajeito no sofá e esfrego os olhos.

– Ah, você ainda está acordada – diz minha mãe. Que está com uma cara de cansada. – Achei que já estaria dormindo. Não tem prova amanhã?

Ela tira o avental do uniforme e coloca em cima da mesinha, bem na minha frente. As moedas tilintam dentro do bolso do avental. Minha mãe se senta do meu lado no sofá e se recosta.

– Eu estava estudando – respondo. Tiro as notas de dinheiro do avental, aliso e vou separando, fazendo montinhos de notas de um, de cinco, de dez. Eu adorava fazer isso quando era pequena. Os montinhos. E não demorou para eu aprender que todos poderiam sumir rapidamente. Ir parar no bolso do Coisa.

– A Dotty apareceu no bar bem tarde hoje – murmura minha mãe. – Não parava de falar do tal do Steve Anderson e de policiais corruptos. Pelo jeito, acha que aí tem coisa.

Disfarçadamente, comento:

– Ah, é?

– Ai, meu Deus, é. A Dotty ficou falando do pai daquela menina. Padrasto? Você não teve aula com ele?

– História, no primeiro ano – respondo. – Muitas metáforas esportivas.

Mas minha mãe não está nem ouvindo, porque pegou no sono, com a cabeça caída na parte de trás do sofá, de boca aberta. Cubro ela com um cobertor. Levo o dinheiro e o avental para a cozinha, ponho as notas no pote das economias e separo, metodicamente, as moedas, em seus devidos vidros.

A gente conta as moedas para ter o que tem.

Confiro o celular de novo.

GataBurberry: O tal treinador não chegou a oferecer uma recompensa, rsrs engraçado se for ele mesmo, kkk

AmanteDasNuvens: Pagando pra ele msm ir pra cadeia, daora

AnatomiaDeShay: Foi a avó que deu o dinheiro da recompensa

Olho para minha mãe, dormindo no sofá.

Aconteça o que acontecer, o treinador vai contratar um advogado, porque, aí, não precisa mais falar com a polícia. Provavelmente, algum advogado famoso vai se oferecer para defender o cara, por causa da atenção que a mídia vai dar ao caso, manchetes, já que ele é viúvo de uma herdeira. A coisa toda. Já vi isso acontecer no programa *Investigação forense*. Cara bonitão cheio da grana acusado de assassinato, outro cara bonitão de terno caro, carro novinho em folha, que fala exatamente o que a mídia quer ouvir, chega para salvar a pele dele.

O treinador vai se safar. Mas eu e o Steve? Ninguém está realmente pensando na gente, né?

Eu quero a grana da recompensa.
O celular descartável toca.
Ricky Randall.

Mandaram bem. Passo 4 logo mais.

Gazeta de Enseada do Castelo

10 DE NOVEMBRO

CASO STEVE ANDERSON CAUSA COMOÇÃO

A menos que você viva em outro mundo, deve saber que Brooke Donovan, herdeira da Levy Cosméticos, foi assassinada na noite de Halloween, e que o corpo dela foi encontrado no litoral de Enseada do Castelo. Vários dias depois, o namorado da garota, Steve Anderson, estudante do ensino médio e estrela do basquete, foi preso pelo assassinato dela e iria se declarar culpado de homicídio culposo. A elite de Enseada do Castelo soltou um suspiro de alívio. Um caso de fácil solução... certo?

Contudo, da noite para o dia, teve início um movimento on-line com a *hashtag* #EnseadaDoCasteloCorrupta, alegando que a polícia de Enseada do Castelo comprometeu seriamente a investigação. Em um *post* no Facebook, Dotty Schumacher, proprietária do café Donuts da Dotty, acusou a polícia de omitir informações e até de plantar provas.

Certos *posts* mais exaltados que vimos espalhados pela rede vão além, sugerindo que o motivo por trás de Anderson ter mudado de ideia sobre se declarar culpado possa ser ainda mais sinistro: ele foi pago para ser o bode expiatório.

Também começaram a se espalhar boatos sobre Matt Donovan, professor da cidade, pai adotivo de Brooke, questionando quanto ele poderia receber de herança com a morte da garota.

No momento, ainda estamos tentando descobrir onde foi que essa *hashtag* se originou. Mas, desde quarta-feira à noite, viralizou em todas as redes sociais e ultrapassou os limites de nossa bela cidadezinha. Ontem, a *hashtag* estava entre os *trending topics* do Twitter.

CAPÍTULO VINTE E NOVE

ALICE

10 DE NOVEMBRO

12:34

"– Quando o sol brilha, não conseguimos
ver a lua – disse ele.
– Mas, quando o sol se põe...
ah, quando o sol se põe."
AGATHA CHRISTIE,
Morte no Nilo

A BRENDA TINHA UNS compromissos hoje, lá em Los Angeles, e, como ela não está em casa, resolvi que, em vez de ir para a aula, é melhor passar a manhã me dedicando à nossa investigação, tentando encontrar um jeito de provar que o treinador é o culpado. Prioridades e tudo o mais. A opinião pública vai muito bem, obrigada. Mas, se a polícia estiver envolvida nessa história de alguma maneira, vamos precisar de mais do que isso para pôr a pessoa certa atrás das grades. Cheguei a pensar em mandar mensagem para a Lilian – a carteira dela é bem recheada e, com certeza, ela conhece gente que já passou por esse tipo de situação –, mas o que a Íris falou fica me cutucando. Não acho que a Lilian esteja envolvida nisso, não acho mesmo – seja lá o que *isso* for –, mas... e se eu estiver enganada? Não posso correr esse risco.

Estou dando uma olhada em todos os novos comentários no Facebook sobre o treinador e o Steve, ficando mais frustrada a cada segundo que passa, e aí meu celular vibra, porque chegou uma mensagem. Daquele número – aquele, que não para de me mandar coisas a respeito do caso. Eu me ajeito e leio.

Só fala isso: "Vai na Lanchonete do Joe. 13:15".

Vamos enfim nos conhecer pessoalmente?

Não. Vou deixar documentos pra você. Sofazinho 3b, nos fundos. Estará preso com fita adesiva do lado debaixo do sofazinho virado de frente pra porta. E, alice, não chegue antes disso. Se eu te vir por lá, vou levar as informações embora

Droga. Como essa pessoa adivinhou o que eu estava pensando?

Tá bom. Só não sei pq vc não fala logo quem é

Alguns segundos de silêncio e começo a ficar com receio de ter assustado a pessoa e que ela não vai mais entrar em contato. Já estou digitando outra mensagem quando o celular faz o barulhinho de que chegou a resposta.

Tudo ao seu tempo, Ogilvie

Quarenta minutos depois, já parei o carro no estacionamento vazio atrás da Lanchonete do Joe, e estou encolhida no banco do motorista. Só cheguei um minuto antes, mas não quero correr o risco de surpreender a pessoa.

Essa lanchonete existe desde sempre – desde, tipo, os anos 1980 – e, até onde sei, não mudaram muito a decoração desde então. No telhado, tem uma placa de néon enorme, na qual está escrito "Lanchonete do Joe" em letra cursiva. Juro por Deus, quem mora aqui no centro reclama que não consegue dormir à noite por causa dessa placa. Dá para ver esse troço tranquilamente lá da rodovia. A parte de dentro do restaurante é toda em tons chamativos de rosa, amarelo e azul. E o pessoal que trabalha usa, sem brincadeira, *uniforme de helanca*. Tipo, desculpa, mas não tem como ser mais cafona. De acordo com a Kennedy, o pai dela trabalhou aqui quando era mais novo, antes de ir embora fazer faculdade e voltar com diploma de administração e seu primeiro milhão de dólares. Ela me mostrou fotos do pai de macacão de helanca laranja néon, apesar de eu, definitivamente, *não* ter pedido para ver.

Às 13:15 em ponto, saio do carro e me dirijo à lanchonete pela porta dos fundos.

Está um silêncio aqui dentro. Só tem mais um freguês, sentado em um sofazinho perto da porta – um idoso tomando sopa de um jeito barulhento. Não pode ser minha fonte anônima... ou será que pode? Fico olhando para o velhinho por um bom tempo, até que ele ergue a cabeça e me lança um olhar perplexo. Tento ignorar. Mantenha o foco, Ogilvie.

Fico de cabeça baixa, vou logo para o fundo do salão e sento no sofazinho que, tenho quase certeza, é o que o anônimo descreveu, e faço de tudo para não fazer barulho, para não chamar atenção.

– Oi – sussurro, caso alguém esteja ouvindo. O ronco do aquecedor ligando no teto é a única resposta que recebo.

Eu me abaixo, tateando o fundo de madeira do sofazinho, até que meus dedos encostam em alguma coisa de papel. "Achei." Tento arrancar, mas não consigo alcançar direito.

Droga. Acho que vou ter que... Vou escorregando do sofazinho discretamente, com o corpo entre o tampo da mesa e o assento, até ficar agachada no chão. Achei: um envelope grande, preso com *silver tape* debaixo do banco. Não é para menos que não consegui arrancar esse negócio sentada, deve ter pelo menos meio rolo de fita ali. Começo a arrancá-la.

Já estava quase soltando o envelope quando ouço uma voz anasalada, vinda de cima.

– Hã, posso ajudar?

Dou uma espiada no vão logo acima da minha cabeça e vejo que é o garçom.

– O que você está... – Ele deixa a frase no ar, provavelmente porque me reconheceu, deve ter me visto pela cidade. Nos últimos tempos, conquistei uma certa notoriedade, infelizmente. – Alice Ogilvie? – Ahã, é isso mesmo.

Encosto o dedo nos lábios, termino de arrancar o envelope da parte de baixo do assento, saio de baixo da mesa e torno a me sentar no sofazinho.

Fico piscando para o garçom, de um jeito sedutor.

– Ah, oi.

– O que você estava... – Ele está com cara de quem não consegue se decidir se vai ou não terminar a pergunta.

Saio do sofazinho, de envelope na mão.

– Finja que nunca me viu, tá? – Já estou saindo porta afora, quando me dou conta de que o cara pode ter alguma informação importante. – Na verdade... você talvez possa me ajudar.

– Eu? – O garçom aponta para si mesmo, com um olhar confuso.

– Sim, você. Por acaso ficou a tarde inteira aqui? Viu alguém entrar e se sentar ali? – Aponto para o sofazinho em questão.

O garçom faz que não.

– Não. Acho que cheguei aqui há uns cinco minutos. Acabou de mudar o turno.

– Por acaso a outra pessoa ainda está aqui? – Olho para os fundos do restaurante, como se pudesse ver a pessoa saindo.

– Não. A June já foi. Acho que ia para Santa Bárbara, passar o fim de semana com a família. – Ele fica em silêncio por alguns instantes. – Quer alguma coisa, um café? Alguma coisa...

Sacudo a cabeça.

– Não – falo, meio ríspida. – Obrigada. Preciso ir nessa. – Passo por ele, andando pelo corredor, e saio pela porta dos fundos também, agarrada no envelope.

Depois de entrar no carro, rasgo a parte de cima e viro tudo que tem dentro no meu colo. São duas pastas sem nada escrito do lado de fora.

Dentro da primeira, tem uma foto: a que eu mandei no dia que vi aquele carro velho no prédio da Íris. Aquele, que deixou ela com medo só de ver. Aquele, sobre o qual ela nunca quis falar nada. Sob as fotos, há umas poucas páginas – boletins de ocorrência contra um cara cujo sobrenome é, curiosamente, Adams. O mesmo da Íris. O cara é mais velho, com idade para ser pai dela... só que a Íris me falou que o pai morreu. Dou uma olhada rápida nos papéis. O cara foi preso um monte de vezes. Violência doméstica, na maioria, ao que tudo indica. E, pelo jeito, tem uma medida restritiva contra ele. Registrada por ninguém mais, ninguém menos, do que a mãe da Íris. Que *merda* é essa?

O que esse cara estava fazendo na casa da Íris? Será que ela *mentiu* para mim quando falou que o pai morreu? A Íris não faria isso... faria? Será que isso tem alguma coisa a ver com o fato de ela estar pesquisando na internet sobre aquele lugar, Pinheiros Uivantes? Chego a pensar em mandar mensagem perguntando para a Íris, mas então me lembro da cara que ela fez na manhã seguinte, quando a questionei. Ela fechou a cara. Não foram muitas as vezes na minha vida que tentei não pisar no calo de alguém, mas tenho a sensação de que essa precisa ser uma delas.

Então, em vez de mandar mensagem, guardo essa pasta para consultar em algum outro momento, e abro a outra.

Que é uma *mina de ouro.*

– Uau – falo, ofegante, ao ver o único papel que tem lá dentro. Registro de visitas na cadeia. O registro de quem visitou o *Steve* na cadeia.

Uma lista de nomes. Curta. Pelo jeito, o Steve não recebeu muitas visitas.

"Marcus Anderson."

"Maryann Anderson."

Pais do Steve. Pelo jeito, foram visitar o filho várias vezes, porque esses dois nomes aparecem bastante na lista.

"Ricky Randall."

"Alice Ogilvie."

"Íris Adams."

"Dusty Anderson."

Fico surpresa ao ver o nome da irmã dele. Os dois não se falavam muito, mas acho que é um momento tenso.

E aí, aparece um nome de alguém que não sei quem é.

"Ruthann Bollinger."

Ruthann Bollinger?

Digito esse nome na barra do Google. A pesquisa retorna um monte de resultados. Vou clicando aleatoriamente.

> Ruthann Bollinger, da empresa Bradford Mídia, falou com repórteres ontem sobre a futura fusão internacional entre a LMC e...

Tá, que sono. É desse tipo de coisa que meu pai vive falando – fusões internacionais, aquisições e tal – e, sempre que ele faz isso, meu cérebro apaga completamente. Paro de ler e vou para o final da matéria, onde tem uma foto de um grupo de homens e mulheres de meia-idade, todos com um sorriso forçado e vestindo terno. Meu Deus, os adultos devem ficar tão entediados com a própria vida.

Debaixo da foto, aparece a seguinte legenda: "Nas fotos: Ruthann Bollinger, da Bradford Mídia; Greta Bradford e Sandy Ackerman, com Leslie Leifer, Daniel Ahuja e Deepash Patel, do Grupo Índia de Mídia".

Franzo a testa. Não estou conseguindo entender qual é a conexão com o Steve. Só que o sobrenome Bradford não me é estranho, por algum motivo. Dou um Google e entendo porque: Greta Bradford é a mulher mais rica dos Estados Unidos. *Dã*, já ouvi meus pais falando dela, porque, todo ano, a mulher aparece na lista de bilionários da revista *Forbes*.

Não consigo entender. Sei que a Íris comentou que o Steve pode ter sido subornado na prisão e resolveu se declarar culpado por causa disso, mas qual é a conexão? Por que uma pessoa qualquer que trabalha na empresa de mídia de uma bilionária ia dar a mínima para o Steve, a Brooke e Enseada do Castelo? Será que ela conhecia a Brooke? Ou a família Levy?

Não sei o que isso significa – ainda não –, mas tenho fortes suspeitas de que, se conseguirmos descobrir o que é, vamos conseguir descobrir exatamente por que não é o treinador Donovan que está atrás das grades.

KWB, CANAL 10

10 DE NOVEMBRO, 11:32

• BOLETIM URGENTE •

Ben Perez: Pedimos desculpas por interromper a programação matinal, mas houve uma virada surpreendente no caso do assassinato de Brooke Donovan: surgiram novos detalhes a respeito da forma da morte. A repórter Tessa Hopkins está na delegacia de Enseada do Castelo, onde, dentro de poucos instantes, terá início uma coletiva de imprensa.

Tessa Hopkins: Obrigada, Ben. Estou falando ao vivo da delegacia onde, a qualquer momento, o detetive Thompson deve anunciar o resultado da autópsia realizada pelo médico legista e de quais outros crimes o suposto assassino de Brooke Donovan, o namorado dela, Steve Anderson, deve ser indiciado. Esperava-se que Anderson se declarasse culpado de homicídio culposo, recebendo... ah, esperem, já vai começar.

Detetive Thompson: Muito obrigado, senhoras e senhores, pela paciência que têm demonstrado com nossa investigação. Nesse momento, Steve Anderson será indiciado por homicídio qualificado, pela morte de Brooke Donovan. Agora, vou passar a palavra para o dr. Tavi Henry. O dr. Henry vai anunciar as conclusões da autópsia.

Dr. Henry: Obrigado. Exames preliminares indicavam que a srta. Donovan morreu em decorrência dos ferimentos sofridos na queda. Exames complementares revelaram que seu crânio foi fraturado antes da queda, provavelmente por um objeto contundente. Além disso, abrasões sofridas nas pernas e na palma das mãos indicam que é provável que a srta. Donovan tenha escorregado ou sido empurrada da beirada do penhasco, mas se segurou por um certo tempo. As marcas encontradas nas costas das mãos dela coincidem com o solado de um calçado, ou melhor: de um tênis. O que nos leva a acreditar que a srta. Donovan foi forçada a se soltar do penhasco...

Repórter: "Forçada a se soltar"? O que o senhor quis dizer com isso?

Dr. Henry: O exame forense indica que o suposto assassino pisou nas mãos da srta. Donovan para provocar a queda. Depois de cair, ela sofreu outros ferimentos no crânio. Contudo, acreditamos que...

Tessa Hopkins: O senhor está querendo dizer que Steve Anderson bateu em Brooke antes de ela cair do penhasco? Aproximadamente, quantas vezes e com o que ele bateu na vítima?

Repórter: Ela teria sobrevivido caso não tivesse caído do penhasco?

Dr. Henry: É possível que a srta. Donovan tivesse sobrevivido caso não tivesse caído do penhasco. É possível que a fratura no crânio não tenha sido a causa principal da...

Repórter: As marcas encontradas nas mãos da srta. Donovan coincidem com os tênis de Anderson? E o exame de DNA?

Repórter: Qual foi o objeto contundente? Ele foi encontrado?

Detetive Thompson: Desculpe, Dr. Henry. Não localizamos o objeto empregado para causar ferimentos ao crânio da srta. Donovan. No momento, acreditamos que as marcas encontradas nas mãos dela vão coincidir com os tênis que pertencem a Steve Anderson. Foram encontrados fragmentos metálicos no crânio da srta. Donovan, e pensamos que esses fragmentos podem ser de algum tipo de troféu. O sr. Anderson tinha recebido o prêmio de Mentor do Basquete Juvenil da ACM naquele mesmo dia. Acreditamos que ele pegou o objeto, que estava em seu carro, e o utilizou para agredir a srta. Donovan quando os dois brigaram, na floresta ou nas proximidades do penhasco.

Tessa Hopkins: O senhor tem algum comentário a fazer a respeito das desconfianças do público em relação à maneira como este caso foi conduzido, detetive Thompson? Muitos cidadãos de Enseada do Castelo acham que a polícia é responsável por ter plantado o tênis do sr. Anderson...

Detetive Thompson: Esses boatos são completamente infundados e mancham a reputação dos grandes homens e das grandes mulheres que fazem parte desta força policial. O sr. Anderson se declarou culpado de homicídio culposo por livre e espontânea vontade, senhora. Quem é inocente não faz isso. Neste momento, as acusações contra o sr. Anderson foram alteradas para refletir as novas evidências. Ele será acusado de homicídio qualificado, cuja pena máxima é de prisão perpétua sem direito à liberdade condicional. Obrigado.

Repórter: O celular de Brooke Donovan foi localizado?

Tessa Hopkins: Quem foram os policiais que vocês alegam ter encontrado o tênis na floresta?

Repórter: Onde a polícia está procurando pelo suposto objeto contundente?

Vozes na multidão: Enseada do Castelo Corrupta, Enseada do Castelo Corrupta

CAPÍTULO TRINTA

ÍRIS

10 DE NOVEMBRO

16:50

Isso é péssimo. Respira fundo. Até já.

FECHO OS OLHOS. NÃO quero nem olhar para a mensagem da Ricky. Assim que a coletiva de imprensa terminou, o colégio ficou em polvorosa. Ninguém conseguia prestar atenção na aula. Todo mundo enlouqueceu.

Steve. Prisão perpétua. Objeto contundente.

O Spike olha para mim. Estava grudado no celular.

– Um troféu, Íris? Bater na cabeça da pessoa com um troféu e chutar a pessoa até ela cair de um penhasco? Isso... é muito ódio. Isso é *pessoal.* Estou com o estômago embrulhado.

Eu também. Mandei mensagem para a Alice de cinco em cinco minutos desde que fiquei sabendo, e ela ainda não me respondeu. Estou começando a ficar preocupada.

E minha mãe não para de me dar umas olhadas, lá de trás do balcão, desde que a gente chegou. Aquelas olhadas que querem dizer "Ah, que fofo, minha filha está *com* alguém". Estou só ignorando. O Spike é o Spike, e não vou detonar meus planos por causa de um garoto. E, além do mais, *hello*? O Steve Anderson vai pegar prisão perpétua.

Fico batendo o punho cerrado na mesa do sofazinho. Isso é muito, mas muito péssimo.

– Dá para acreditar? Esses *posts*, eles estão se alastrando mais do que incêndio – comenta o Spike. – A *hashtag* Enseada do Castelo Corrupta ainda está a mil, apesar de... dessas novidades.

– É – respondo, distraída. – Você viu a Alice por aí hoje? Era pra ela nos encontrar aqui, só que está atrasada.

– Talvez tenha dado o bolo pra ir no cabeleireiro e tal.

– A Alice não é tão superficial quanto você pensa, Spike. Acho que ela não iria ao salão sendo que o ex-namorado, muito provavelmente, vai pegar prisão perpétua.

– O júri é quem vai decidir isso. Então, qual é o nosso próximo passo?

– A Ricky está vindo pra cá com novidades.

Fico tamborilando os dedos na mesa grudenta enquanto penso. A Alice não é de apenas, bom, sumir. Quer dizer, pelo menos, não é mais.

– Ô, Íris. – O Spike larga o celular. – Eu estava aqui pensando, quem sabe, quando tudo isso terminar? Que, de repente, você podia querer ir ao cinema e tal...

– É, seria ótimo – respondo, espichando o pescoço para ver se a Ricky já chegou. – Vamos todo mundo. A gente também devia convidar a Alice... Aposto que ela vai gostar de ir.

– Não, eu tava falando, tipo, só você... e eu.

O Spike, tão legal, tão bonitinho, com aquele cabelo emaranhado na altura do ombro, ajeita os óculos no nariz, todo nervoso. Meu coração começa a bater acelerado, mas tão rápido quanto acelerou... murcha. Tem um mundo inteiro nos olhos do Spike nesse exato momento, dá para ver tudo acontecendo: cinema, ficar de mãos dadas, dividir a pipoca e tudo mais.

Mas essa não sou eu. Não neste exato momento. Porque só estou aqui pela metade. A outra metade vai sumir. Eu deveria ter perguntado para a Alice. Como se faz para dispensar alguém sem que a pessoa fique chateada. Será que ela sabe? Deve saber. A Alice tem cara de quem sabe esse tipo de coisa. Caramba. Será que sou *amiga* dela?

– Spike – falo, baixinho. – Escuta só.

Mas, antes que eu consiga dizer mais alguma coisa, a Ricky surge perto da nossa mesa, e eu nunca a vi com uma roupa tão profissional: um bom terninho preto, camisa branca, colar dourado e, ai meu Deus, parece que fez *escova* no cabelo.

Minha mãe já serviu o drinque que ela gosta lá no balcão. A Ricky vai buscar e volta para a nossa mesa. E se senta do meu lado.

– Por onde anda a Cheia da Grana? – murmura, tomando um gole.

– Não sei por onde anda a Cheia da Grana no momento. Acho que todos nós vamos morrer, pra ser sincera. O que tá rolando, *caramba*?

– A primeira regra no trabalho de detetive é: jamais perca seu parceiro de vista, Íris – diz Ricky. – É a mesma coisa com o suspeito: você precisa saber onde seu parceiro está e o que está fazendo, o tempo todo.

– Tipo, porque esse parceiro poderia estar dando uma de espião duplo? – pergunta o Spike, enfiando um monte de batata frita na boca.

Fico observando o Spike comer. Mesmo que um dia eu, tipo, namore alguém, gostaria que a pessoa não enfiasse 36 batatas fritas na boca de uma vez só. Quatro no máximo.

– Agente duplo – corrige a Ricky, dando um sorriso. – Ou corrompido. Um dia, faremos um pequeno tutorial do trabalho investigativo, mas não vai ser hoje.

A Ricky abre a pasta e tira uns papéis dela.

– Bom. Que dia, hein? Tenho que voltar para a delegacia daqui a pouco. Resumindo: como a polícia não encontrou nenhum objeto contundente, não tem a arma do crime para comparar com as digitais do

Steve. Ainda estão com o tênis, mas as entrelinhas do laudo da autópsia também revelam que as marcas encontradas nas costas das mãos de Brooke são mínimas e podem ter sido contaminadas, porque ela ficou submersa. Sim, provavelmente, Brooke foi chutada, é verdade. Mas será que conseguem provar que foi o tênis de Steve que causou essas marcas já fracas? Só Deus sabe. Mas daria um ótimo programa de tevê.

– Você falou com o Steve? – pergunto. – Quer dizer, o que ele está pensando... *agora*?

– Obrigada por perguntar, Íris. Neste exato momento, meu cliente está sedado. Pra lá de Bagdá. Quando dei a notícia, ele ficou imediatamente histérico, só de pensar que passaria o resto da vida atrás das grades, e teve um pequeno colapso nervoso, acho eu. Não parava de falar que não era para nada disso ter acontecido. Mais tarde vou dar uma passada lá, ver como ele está. Acho que, quando se recuperar, vai ter muito o que dizer. Ninguém quer pegar prisão perpétua, isso eu posso te dizer. O que é bom. Queremos um julgamento. Para nós, essa é a melhor opção.

– Mas e aqueles outros lances? – indaga o Spike. – Sabe, tipo aquilo que você achou, que alguém pode ter subornado o Steve?

A Ricky toma um grande gole de gim com gengibre.

– É isso que estou torcendo para Steve me contar quando ele acordar. Preciso que ele me conte, colabore um pouco comigo, porque não tenho provas disso. Vocês têm? Ou melhor, você tem, Íris?

Eu e Spike fazemos que não.

– Está na hora do passo quatro, Íris – comunica a Ricky.

Pego meu dossiê do caso e fico tateando na mochila, procurando por uma caneta.

– Pode falar.

A Ricky Randall dá um tapinha no meu dossiê.

– Já consegui bastante coisa contra o Donovan, isso com certeza. Pelo menos, o suficiente para abrirem uma investigação. Tenho justo o que preciso? Um objeto contundente que, com quase certeza, é um troféu? Não tenho. Tenho alguma outra coisa, mais concreta? Não tenho.

– Então... e agora? – pergunto.

– Preciso continuar desviando a atenção de todo mundo de cima do Steve, jogando mais na polícia e no Matt Donovan. Não posso usar as provas que vocês têm contra o Donovan para convencer a promotoria, porque vocês obtiveram essas provas ilegalmente. Então, preciso que entreguem o que têm para a *única* pessoa que eu conheço que só quer saber da matéria e não liga para as frescuras da lei, para pequenos detalhes do tipo vazamento de informações obtidas ilegalmente para a imprensa. Alguém que vai fazer essa história tomar grandes proporções, e bem rápido. Abrir um buraco enorme e deixar a polícia se enfiar nele sozinha.

A Ricky vira o copo de gim de um gole só, levanta, pega a pasta e coloca um cartão em cima da mesa, entre mim e o Spike.

"Tessa Hopkins."

Quando tiramos os olhos do cartão, a Ricky Randall já sumiu.

– Merda – diz o Spike. – Aquela mulher louca da tevê.

– Pode crer. – Mando mais uma mensagem para a Alice. Espero. Nada. Fico ouvindo o barulho meio de eco do canudinho do Spike no fundo do copo, chupando o vazio. É irritante, e eu quero que pare.

– Passa isso pra cá – resmungo. O Spike empurra o copo para mim, eu pego, vou até o balcão, me espremo no meio de uma velha que estava desenhando com caneta preta em um guardanapo, e de um cara jogando *Angry Birds* no celular. Minha mãe está mais adiante, conversando baixinho com uma mulher aos prantos. Solto um suspiro.

– Você me parece meio jovem demais para estar em um lugar desses.

Olho para a esquerda.

Meu coração praticamente sai pela boca, cai no chão e vai rolando até chegar no meio do chão grudento do bar.

Lilian Levy está sentada no balcão, na banqueta bem do meu lado. A ponta das unhas finamente pintadas giram o canudinho vermelho dentro do copo. O canudinho vermelho combina com a armação vermelha do óculos dela.

Sinto um calor no rosto. Ai, como eu queria que a Alice estivesse aqui. Ela saberia exatamente como se comportar nessa situação.

– Eu... minha mãe trabalha aqui. Está logo ali. Menores de idade podem ficar até às sete; depois, não.

– Humm – murmura Lilian. – Meu pai me trazia aqui quando eu era pequena. Pedia coquetel de groselha sem álcool para mim, mas é claro que agora estou tomando uma coisinha bem mais forte. Não posso dizer que esse lugar mudou muito. Só que meu pai gostava de vir aqui. Dizia que passava uma sensação de vida real. Acho que eu só queria me lembrar disso agora. O que é a vida real.

Ela se cala e fica com um olhar distante. Eu gostaria de poder acreditar que Lilian é uma velha rica e malvada, mas não consigo. Neste exato momento, Lilian não passa de uma avó que perdeu a neta.

– Eu... eu a conhecia – digo, por fim. – A sua neta. Brooke. A gente estudava na mesma escola. Meus sentimentos.

Lilian olha para mim por breves instantes.

– É muita gentileza sua. Agora, já perdi todo mundo. Minhas filhas. Minha neta. Também já tive marido e o perdi, mas dessa vez é diferente. Um vazio.

O anel de safira enorme que Lilian tem no dedo reflete a iluminação do teto do bar. Ela ri discretamente quando percebe que estou olhando para ele.

– Isso não significa nada. É lindo, mas não cura a mágoa. Dizem que dinheiro traz felicidade. Não traz. Só faz a gente sentir a dor do luto de lugares mais confortáveis.

Minha mãe se aproxima, e ela e Lilian se entreolham. Lilian balança a cabeça bem de leve, e minha mãe serve outra dose para ela.

– Você tem uma filha encantadora – diz. – Muito esperta. E ágil.

– Ah, obrigada – responde minha mãe. E me olha de um jeito estranho, porque é claro que olha. Estou falando com uma velha rica, que está sentada em um balcão de bar. Mas, espera aí...

– Desculpa, o que foi que a senhora disse? – Meu sangue gela. Esperta? *Ágil?* Essa mulher nem me conhece.

Lilian Levy dá uma risadinha.

– Íris Adams, a última, bom, penúltima, a ver minha querida Brooke com vida. Não faça essa cara de surpresa. Por acaso acha que eu não li e reli os depoimentos que as pessoas prestaram à polícia? Sei quem é cada um dos atores dessa tragédia.

Lilian gira na banqueta e fica de frente para mim. O rosto dela é lisinho, empoado, e o rímel preto tinge elegantemente os cílios.

– Você ficou com medo quando pulou da sacada do quarto da minha neta? Não pense que não sei que você estava lá. Ouvi você e Alice correndo no andar de cima feito ratinhos assustados quando entrei naquela casa. Mas entrei na cena da Alice. Só para ver até onde ela iria. Fiquei... impressionada quando fui fechar a porta da sacada do quarto de Brooke. Impressionada em ver uma coisinha minúscula, que parecia uma fada, correndo morro acima exatamente com a mesma camisa de lenhador que você está usando neste exato momento.

– Eu... – Estou sem reação. Lilian me *viu*? O que mais será que ela sabe? Além do mais, minha camisa é de flanela. Os lenhadores usam camisa xadrez de *lã*.

– Fale logo, Íris Adams. Você e Alice, Deus abençoe o gênio dessa fujona, têm alguma coisa na manga. Não acham que foi aquele garoto que fez isso.

Os olhos dela fuzilam os meus. Não consigo desviar o olhar. Tem alguma coisa nos olhos de Lilian. Tristeza, luto, mas também... uma faísca de interesse.

E, se eu não disser alguma coisa logo, vou perder a oportunidade. E não posso perder essa oportunidade.

– Sim, não achamos – falo, por fim. – Na verdade, a gente acha que alguém pagou pro Steve falar o que falou. E então... foi *a senhora*? É melhor me contar. Eu não teria como provar, de todo jeito. Só quero saber.

Ela cai na gargalhada, ri tanto que fica com lágrimas nos olhos e pega o guardanapo do drinque para enxugar as lágrimas.

– Ai, ai – diz Lilian, que amassa o guardanapo e o larga em cima do balcão, ao lado dos outros guardanapos, todos rabiscados por ela. Estrelas, corações, sóis. Coisas que uma menininha desenharia.

– Essa foi boa. Ah, minha querida, se eu achasse que aquele garoto matou minha neta, eu já teria cuidado disso.

Um arrepio percorre minha espinha. "Cuidado disso."

Os olhos de Lilian não estão mais alegres.

– Não paguei aquele palerma. Se quis se declarar culpado, problema dele. Se pegar prisão perpétua, depois de toda essa bagunça que falaram agora, e for inocente, problema dele. Você não entende? Não faz diferença para mim quem foi. Mesmo assim, eu terei perdido tudo. Eu *jamais* terei paz. Só quero enterrar minha neta e voltar para casa. Que não é mais em Enseada do Castelo.

– Mas alguém... – digo. Se não foi Lilian, quem foi? – Alguém pagou, certo? É isso que a gente acha, pelo menos, e também que...

Será que ouso dizer "treinador Donovan"? A Alice vive dizendo que Lilian odeia o treinador. Talvez também ache que foi o cara. Mas, como bem disse, isso não faz mais diferença para ela.

Lilian está com a caneta na mão de novo. De ombros encolhidos, parece que tiraram todo o ar dela.

Estrela, coração, sol no guardanapo.

– Deve ser difícil para você, a sua mãe trabalhar aqui. Mas imagino que vocês duas se virem. Eu me lembro disso, de não ter nada, de ter que trabalhar até reconquistar um lugar no mundo. Mas eu trabalhei. Saí de um castelo com dezoito quartos e zoológico privativo com lhamas e fui parar no sexto andar de um prédio sem elevador no East Village, na época em que era um bairro barra-pesada. Depois me mudei para um apartamento naqueles prédios finíssimos de arenito lá perto do Central Park e tenho uma casa do século VXII na Escócia. Meu nome está impresso no batom que metade das mulheres do mundo usam. Todos os dias, sessenta por cento das mulheres tapam a bunda com a calça *jeans* que eu criei. *Eu* conquistei isso. Fiz por merecer meu lugar no mundo.

Lilian tira uma carteira de couro fininha da bolsa, pega duas notas de vinte e as envolve com o guardanapo desenhado.

– Suspeito que o seu interesse pela morte da minha neta tenha muito a ver com a recompensa. Acertei, Íris Adams?

Fico calada, de vergonha.

– Não precisa ter vergonha, minha querida. Mas você vai ter que trabalhar para conseguir o que quer. É assim que o mundo funciona quando a gente não tem nada. O mundo nos faz dar duro pelas coisas. Eu dei. Você também consegue. Mas não tem mal nenhum em ganhar um empurrãozinho, não é mesmo? – O telefone dela vibra, e Lilian se levanta devagar.

Então põe a mão enrugada, com aquele anelão, no meu ombro, e fala no meu ouvido:

– Eu adoro um bom mistério, como qualquer um. Mal posso esperar para ver o desenrolar desse.

Lilian Levy me dá uma piscadela.

– Meu carro chegou. Boa sorte, Íris Adams.

Fico observando ela sair do bar, apoiando-se na bengala.

Minha mãe se aproxima, pega o copo vazio e os guardanapos amassados.

– O que foi *isso*? – pergunta.

Sacudo a cabeça.

— Sei lá.

Do outro lado do salão, o Spike está com as mãos para cima, fazendo aquele gesto que quer dizer "O que é que tá rolando?".

— Ah, mãe — falo, quando ela dá as costas. — Toma a sua gorjeta.

Pego o guardanapo dobrado, onde as estrelas, os corações e os sóis borraram, porque o papel absorveu a tinta. Desdobro o guardanapo e entrego as duas notas de vinte para a minha mãe.

Dentro do embrulho, no meio dos corações e das estrelas, está escrito "Penny Jefferson" com uma letra rebuscada. Volto para a mesa onde está o Spike. Penny Jefferson? No que essa velha maluca estava pensando? Talvez tenha bebido demais, se lembrando da vida que tinha em Enseada do Castelo.

Sento no sofazinho, de frente para o Spike, e coloco o guardanapo aberto em cima da mesa.

— Aquela mulher era Lilian Levy — explico, feliz por poder me concentrar em outra coisa que não o evidente interesse que o Spike tem por mim.

Ele arregala os olhos.

— Como assim, *o quê*?

— Haha, não se preocupa. Perguntei se foi ela quem pagou pro Steve se declarar culpado, e a mulher deu a entender que, se achasse que foi ele, não ia subornar o cara, mas matar. Tipo, *assustador*. Depois disse que tenho que fazer por merecer, e sei lá o que quis dizer com isso.

O Spike fica olhando para o guardanapo.

— E aí você guardou esse guardanapo das viagens dela como suvenir?

Dou de ombros. Fazer por merecer. Valeu, mulher rica. Foi muito útil, até parece que eu já não sabia disso.

— Íris.

Tipo assim, passei toda a minha vida ridícula dando duro, tentando fazer por merecer. E quem essa mulher acha que é, caramba, para achar graça em me ver subir um morro correndo? *Impressionada* com o quê?

— *Íris.* — O Spike dá um soco na mesa.

– *Que foi?* – berro.

– Penny Jefferson – fala ele, com as bochechas vermelhas, fazendo voar um pouco de cuspe. Então me mostra o telefone.

Espremo os olhos para conseguir enxergar. É uma foto de uma mulher jovem e sorridente, de cabelo castanho, com o braço de um cara jovem e bonito envolvendo-a pelos ombros. Alguma coisa nos olhos do cara não me é estranha, o jeito de encarar a câmera. Cabelo loiro bagunçado, é só mais um cara bonito qualquer.

Penny Jefferson, esposa do bilionário Paul Bradford, é dada como desaparecida.

– Valeu, Spike. Mais um caso de garota desaparecida. Até parece que é isso que está me faltando – resmungo.

– Olha direito, espertona. Olha direito para este tal de Paul Bradford. – Ele enfia o celular na minha cara.

A matéria tem mais de vinte anos. Dou *scroll* na tela, tem mais fotos coloridas. E aí consigo notar. Uma faísca naqueles olhos azuis cinzentos que me olham. Reconheço essa faísca, é o mesmo olhar que recebi quando errei uma pergunta sobre Napoleão na aula de História, no primeiro ano.

– Que merda – falo. – Por acaso esse é...

– Acho que é!

Olhos azuis cinzentos, conquistando o coração de tantas professoras da Escola de Ensino Médio de Enseada do Castelo. O nariz está um pouco diferente; o maxilar, menos proeminente, um pouco mais delicado, de alguma maneira.

– Esse cara é o treinador. Matt Donovan é Paul Bradford...

– E *aquela* garota também desapareceu – completa o Spike.

Largo o celular dele na mesa e pego o meu.

"Alice", digito. "Alice, ALICE."

Mando o *link* da matéria sobre Penny Jefferson para ela.

O TREINADOR DONOVAN É PAUL BRADFORD

PENNY JEFFERSON, Alice

Dá um Google em Penny Jefferson + Paul Bradford

Chego na sua casa em 15 minutos

Folha de Santa Cruz

23 DE ABRIL DE 1997

Desaparecimento de moradora desafia a polícia de Santa Cruz

Na tarde do último domingo, enquanto acampava com o marido, Paul Bradford, nas montanhas de Santa Cruz, Penny Jefferson, 23, desapareceu. Bradford disse que Jefferson falou que iria fazer uma trilha sozinha até uma cachoeira próxima enquanto o marido montava o acampamento. Depois de quase uma hora sem ter notícias dela, Bradford começou a ficar preocupado e foi atrás da esposa. Como não encontrou sinal dela na trilha em questão nem na cachoeira em si, Bradford alertou as autoridades. Relatou que a esposa vinha enfrentando, nos últimos meses, problemas com drogas, bem como uma grave depressão. A polícia de Santa Cruz se dirigiu ao local e, pouco depois, as buscas se iniciaram.

Três dias depois, ainda não há sinais de Penny, apesar dos esforços das autoridades locais. Bradford é filho do magnata da mídia Peter Ford Bradford III.

Depois da matéria, aparecem mais manchetes e fotos. Vou dando *scroll*.

17 DE MAIO DE 1997

Ainda não há pistas do desaparecimento de Jefferson
Marido, Paul Bradford, fica na mira da polícia

5 DE AGOSTO DE 1997

Restos mortais encontrados nas montanhas de Santa Cruz podem ser da residente desaparecida

8 DE AGOSTO DE 1997

Comunidade de Santa Cruz se reúne para apoiar a família Jefferson
Restos mortais encontrados não são de Penny Jefferson

23 DE AGOSTO DE 1997

Herdeiro de império da mídia comenta as fofocas sobre seu suposto envolvimento no desaparecimento da esposa

23 DE OUTUBRO DE 1997

Seis meses depois de Penny Jefferson ter desaparecido, isso é tudo o que sabemos

20 DE ABRIL DE 1998

Família de Penny Jefferson entra com pedido de declaração de morte presumida, um ano após seu desaparecimento

Marido, Paul Bradford, muda de cidade, sob o escrutínio da opinião pública

– Isso é uma bomba – comenta o Spike.

Fico sem ar, com um nó na garganta. Meu cérebro está desesperado tentando estabelecer conexões. Matthew Donovan já foi Paul Bradford um dia. Matt Donovan era mega, megarrico quando era Paul Bradford. A esposa de Paul Bradford desapareceu e jamais foi encontrada.

Gente rica pode fazer de tudo. Pode apagar vidas. Pode criar novas vidas.

Era exatamente isso que a Ricky Randall queria.

Quando a gente deu um Google em Matt Donovan, a pesquisa só retornou coisas sobre basquete, eventos beneficentes, a Escola de Ensino Médio de Enseada do Castelo, Victoria Levy e outros caras chamados Matt Donovan que existem por aí, vivendo sua vidinha de caras chamados Matt Donovan.

Porque... Matt Donovan não é Matt Donovan, longe disso.

CAPÍTULO TRINTA E UM

ALICE

10 DE NOVEMBRO

18:10

"Poucos entre nós são
o que parecem ser."
AGATHA CHRISTIE,
"O homem no nevoeiro"

ESTOU ANDANDO DE UM lado para o outro no jardim de inverno, tomando chá e pensando na última reviravolta do caso. O Steve pode ser acusado de homicídio qualificado e encarar uma pena de prisão perpétua? O treinador Donovan pode ser Paul Bradford. Paul Bradford pode ser o treinador Donovan. O treinador Donovan pode ser um *bilionário*? O mesmo cara que passou uma semana indo para o colégio com a mesma calça de moletom surrada, até que a Brooke finalmente interviesse?

Isso para não falar que, por mera *coincidência*, alguém da Bradford Mídia foi visitar o Steve na cadeia...

Através das janelas da sala, consigo ouvir o arrebentar distante das ondas no pé dos penhascos. Está ventando hoje, e a ventania forte do outono faz os galhos das sequoias baterem no telhado. E cria um clima assustador que combina com a ocasião.

A porta do jardim de inverno se escancara, a Íris e o Spike aparecem.

– Íris, sua *gênia*. Estou surtando. É *muita loucura* – falo, à guisa de cumprimento, e paro de andar de um lado para o outro por um instante.

– Essa história fica mais parecida com um romance da Agatha Christie a cada minuto que passa! Tipo, tem tantos livros dela em que alguém usa uma identidade secreta pra cometer assassinato e sair impune. – Começo a contar nos dedos. – Vamos ver, tem *Convite para um homicídio*, *Assassinato no Expresso Oriente*, *Morte na Mesopotâmia*...

– Não consigo acreditar que o treinador Donovan pode ser, tipo, uma pessoa *completamente diferente* – comenta o Spike, que se senta no sofá, em cima de uma de suas pernas compridas.

A Íris se acomoda no braço da poltrona azul, como quem não quer nada, como se não tivesse acabado de jogar uma bomba capaz de *reabrir* o caso.

– Como foi que você conseguiu essa informação? – pergunto. – Que coisa *incrível*.

A Íris fica corada.

– Obrigada. Na verdade... bom, encontrei Lilian Levy por acaso. No bar.

– No Pouso na Lua? – pergunto, incrédula.

– Sim – responde a Íris. – E ela me deu o maior sermão, falou que a gente tem que trabalhar pra conseguir o que quer, o que achei muito irritante no começo porque, *hello*, você é bilionária, senhora, mas aí ela deixou esse guardanapo no balcão...

– Em que está escrito "Penny Jefferson"! – exclama o Spike, que está com cara de quem vai explodir.

– Não consigo acreditar que você e a Lilian Levy ficaram de papo. – Sacudo a cabeça e dou um sorriso, pensando na cena. – OK, também preciso contar uma coisa que eu descobri. Recebi outra mensagem daquela fonte anônima, que me falou pra ir na Lanchonete do Joe. Onde encontrei, olha isso, o registro das visitas que o Steve recebeu na *cadeia*.

– Peraí – diz o Spike. – Quem é esse *contato*?

– Não sabemos ao certo nesse momento – falo, de um jeito afetado. – Enfim, isso não vem ao caso. O que vem ao caso é o fato de, nesse registro, ter um nome que eu não sabia quem era, aí dei um Google. E acontece que essa pessoa trabalha na *Bradford Mídia*.

A Íris arregala bem os olhos.

– Você tá falando...

– Sim! – exclamo. – E eu achei que era algo importante, mas é claro que só fui entender quando você me mandou aquela mensagem. Paul Bradford é *filho* da...

– ... bilionária Greta Bradford – completa a Íris, levantando de supetão. – E essa mulher de quem você viu o nome...

– Ruthann Bollinger – interrompo.

– Peraí, por acaso você disse "Ruthann"? – A Íris vai correndo pegar o nosso dossiê e começa a folhear as anotações. – É isso mesmo que eu pensei. Olha só, bem aqui! "RA – Ruthann". Vocês acham que foi pra ela que o treinador mandou mensagem na manhã seguinte ao desaparecimento da Brooke?

Fico de queixo caído.

– Meu Deus...

A Íris está concentrada em seus pensamentos.

– Aquela mensagem esquisita. Do treinador falando que o alarme estava com problema e tal. Devia ser algum tipo de...

– Código – interrompo. – Para pedir ajuda. Aposto que a família do treinador pediu pra ele se comunicar em código, caso precisasse de alguma coisa.

– O cara devia saber que seria investigado por tudo isso e estava... sabia que pegaria *mal* pra ele – diz Íris. – Tudo isso... teria sido revelado.

Balanço a cabeça, concordando, com o coração a mil.

– *Sim.* E a família deve ter atendido ao pedido na mesma hora. Ao pedido de ajuda. Encontrei um monte de fotos da Ruthann e da Greta juntas. Matérias falando que as duas trabalham juntas, lado a lado. Com certeza, a Ruthann não é só uma pessoa qualquer que trabalha lá. É, tipo, o braço direito da Greta.

A Íris solta um suspiro.

— Estou tonta. A primeira mulher do treinador desapareceu. Foi *assassinada*, talvez? Será que foi o treinador que fez isso? Será que ele foi morar em outra cidade e mudou de nome? E tipo fez *cirurgia plástica*? Será que estamos vivendo no enredo de uma daquelas novelas a que minha vó gostava de assistir?

— Tipo, a primeira mulher do cara caiu de um penhasco — comenta o Spike. — Sob circunstâncias suspeitas. Não é má ideia mudar de cidade e assumir uma nova identidade. Aposto que os pais do treinador não pensaram duas vezes e deram logo um jeito na situação.

A Íris sacode a cabeça.

— O que não consigo entender é por que Lilian permitiu que a filha se casasse com esse homem? Vocês acham que ela sempre soube que o treinador era Paul Bradford? E, acima de tudo, será que a *mãe da Brooke* sabia?

Paro de ir para lá e para cá e fico pensando no que a Íris acabou de dizer. *Será* que a Victoria sabia? Ficou dez anos casada com o treinador. O cara adotou oficialmente a única filha dela.

— Meu Deus. Eu nem tinha parado para pensar nesse detalhe. A Victoria e o treinador tiveram um romance-relâmpago: a Brooke me contou que a avó só ficou sabendo depois que os dois já tinham se casado. Então, talvez a Lilian tenha se dado conta disso depois do casamento, mas aí já era tarde demais. — Estou tremendo. — Tudo isso é tão sinistro, pensar que o treinador passou todos esses anos vivendo aqui e que, talvez, ninguém saiba quem ele é de verdade.

O Spike se recosta no sofá e fica passando a mão no rosto.

— Só que o treinador tem toda aquela dívida. De cartão de crédito, jogo, tudo isso. Por que simplesmente não pediu o dinheiro pra família? Já que são tão ricos e tal?

Fico sacudindo a cabeça.

— Meu palpite é que disseram pra ele só entrar em contato em caso de emergência. Tipo, uma emergência mesmo. Como essa.

— Humm — faz o Spike. — Faz sentido. Não deviam querer que a polícia ligasse os pontos e descobrisse que estão envolvidos nisso, não se pudessem evitar. Então, por acaso achamos... por acaso achamos que, assim que a mãe do treinador, *do Paul*, ficou sabendo dessa confusão, mandou alguém subornar o Steve? Pra que ele confessasse o assassinato cometido pelo treinador-barra-Paul?

Sacudo a cabeça de novo.

— Não tenho certeza disso. Mas, se não foi isso, o fato de essa tal de Ruthann ter visitado o Steve na cadeia é uma coincidência *muito* estranha, vocês não acham? E aquela chamada perdida do celular do treinador para RA na manhã em que a Brooke desapareceu... seria uma enorme coincidência, se querem saber a minha opinião.

— Concordo. — A Íris remexe no bolso da frente da mochila e mostra um cartão de visitas, que fica segurando entre os dedos. — A Ricky me deu este cartão — o Spike faz *hã-hã*, e ela revira os olhos —, *nos* deu esse cartão hoje à tarde. Dá só uma olhada.

Eu me aproximo dela e pego o cartão. Que tem um nome escrito:

TESSA HOPKINS

ÂNCORA/REPÓRTER

KWB

— A Ricky quer que a gente vaze as informações que temos — prossegue a Íris. — Pra essa repórter. A que estava lá no penhasco na noite em que encontramos o cadá... — Ela se corrige: — ... em que a Brooke foi encontrada. Você gritou com ela, lembra? Enfim, a Ricky falou que essa mulher vai nos ajudar.

— É. Conheço a Tessa — confirmo, me dirigindo à Íris. — A Tessa não foi vaca só naquela noite, lá no penhasco. *Também* ficou me assediando depois que me meti naquela bagunça no verão. Não me deixava em paz. Não sei...

– Então ela seria perfeita – declara a Íris. – Você tem que admitir que a mulher é determinada. Quem melhor do que ela pra nos ajudar a desmascarar o treinador?

Solto um suspiro. Envolver a Tessa nisso me parece arriscado. Mas, até aí, que opção nós temos? Essa é a nossa única chance de *realmente* mudar a opinião pública e provar que a polícia conduziu esse caso de maneira completamente equivocada. E a Íris tem razão, se tem uma coisa que a Tessa é, é persistente, o que foi irritante demais quando a mulher estava atrás de mim. Mas pode ser justo disso que precisamos para conseguir reabrir o caso.

Eu me aproximo do mural dos suspeitos e mostro as novidades.

– Tirei um *print* do registro das visitas na prisão que obtive por meio da minha fonte e de um monte de matérias que acompanham o caso de Penny Jefferson, desde o momento em que ela desapareceu até quando foi declarada morta. – Aponto para o canto superior direito do mural. – E fotos do Paul Bradford e da pessoa que hoje conhecemos como treinador Matthew Donovan.

O Spike levanta, vai até o mural e examina as duas fotos.

– Cara, ver esse Paul e o treinador lado a lado... está me dando arrepios.

– Total. – A Íris se aproxima e fica ao lado do Spike. Os dois não param de olhar para as fotos. – Tipo, os olhos azuis são exatamente iguais. O queixo é um pouco mais delicado, e o nariz está diferente... Só que essas duas coisas são fáceis de mudar... né, Alice? – A Íris olha para mim.

– Espera só um pouquinho, como *eu* saberia disso? – pergunto. Eu nasci com esse nariz, muito obrigada.

A Íris volta para o sofá e pega uma pasta que está na mesinha. Etiquetada como "Treinador", a pasta contém todas as matérias que imprimimos e juntamos sobre ele, assim como o testamento e outros documentos que encontramos no escritório do cara.

Em seguida, ela se senta no sofá.

– OK. É isso o que a gente tem que fazer antes de ligar pra Tessa. A Ricky falou para reunirmos tudo que temos em um só lugar, pra poder entregar pra Tessa: *prints* das mensagens do treinador, testamento, tudo. Uma pasta com todas as evidências, incluindo essas informações novas. *Principalmente* essas informações novas, na verdade. – Nessa hora, a Íris aponta para o mural. – Aposto que ela vai dar um jeito de investigar a família Bradford e descobrir muito mais a respeito do Paul.

– Não encontrei muito mais coisa quando dei um Google, mas vai saber. – Fico em silêncio e penso por um segundo. – Acho que a Greta deve ter condições de garantir que certas matérias sobre o querido filho Paul não sejam publicadas.

A Íris pega a pasta.

– Toma, Spike. – Ela fala de um jeito tão mandão. Dou um sorriso. – Faz cópia de tudo o que tem aqui dentro.

O Spike bate continência para a Íris, pega a pasta da mão dela e vai até a impressora que eu trouxe do escritório do meu pai.

– Nesse meio-tempo... – A Íris tira o dossiê do caso da mochila e abre em uma página em branco. – A gente tem que fazer um apanhado e mandar pra Tessa. – Então começa a escrever. Eu me aproximo, sento do lado dela e fico lendo.

Suspeito: Matthew Donovan

Nome verdadeiro: Paul Bradford, da família Bradford. Uma das famílias mais ricas do mundo. É suspeito de ter matado a primeira esposa. Depois disso, ele desapareceu e ressurgiu mais de dez anos depois, de cara nova, em Enseada do Castelo, na Califórnia. Alguns anos mais tarde, casou-se com Victoria Levy, da família proprietária da Levy Cosméticos.

31 de outubro

1. *Não tem álibi para o período entre 22:30 e 02:00*
2. *Mensagens do celular revelam que recebeu mensagem de Kevin (corretor de apostas), pedindo para encontrá-lo à meia-noite do dia 31/10; o encontro não chegou a acontecer*
3. *Deve MUITA grana para esse corretor de apostas (100 mil)*
4. *Faturas do cartão de crédito revelam uma dívida de 300 mil em nome dele*
5. *Tem direito, pelo fundo fiduciário, a uma quantia mensal limitada para o sustento de BD*
6. *Fundo fiduciário determina o fim do recebimento dessa quantia quando BD completar 18 anos*
7. *Testamento determina recebimento de 5 milhões caso BD morra antes de completar 18 anos*
8. *Mensagens revelam que o relacionamento com BD estava estremecido, por causa de dinheiro*
9. *Agrediu verbalmente AO no corredor da Escola de Ensino Médio de Enseada do Castelo, o que foi testemunhado pela orientadora*
10. *Ignorou as mensagens de texto enviadas por Brooke na noite em que ela desapareceu, depois mentiu para Alice, dizendo que não as recebeu*

A Íris termina de escrever, e nós duas ficamos em silêncio, relendo a lista.

– Uau – falo. – Isso não pega nada bem para o treinador.

A Íris esboça um sorriso.

– Não mesmo.

Ela se vira para mim.

– Tipo, tem *tanta* coisa que as pessoas podem esconder.

Sei que está falando de mim e do meu sumiço, mas não posso deixar de pensar naquele homem espreitando o prédio dela. O cara que pode ser pai dela, a pessoa que, segundo a Íris, já morreu. Abro a boca para responder, mas o Spike vem se arrastando, equilibrando um monte de papéis.

– Já tá na hora? Posso ligar? Por favor? – declara, todo empolgado, e coloca os papéis na mesinha que está na nossa frente.

Em uníssono, eu e a Íris respondemos:

– *Não.*

Olho para a Íris. A Íris olha para mim. Ela ergue o cartão, para eu conseguir ler o número.

Digito o telefone no celular descartável, ponho no viva-voz e fico segurando, para todo mundo conseguir ouvir.

Chama. Continua chamando.

– O que vamos dizer quando ela atender? Como é que se *faz* esse tipo de coisa? – pergunta a Íris, pulando no sofá, do meu lado.

– Falei para vocês me deixarem ligar! – reclama o Spike. E muda a voz, para um tom mais grave: – Tenho informações que podem ser do seu interess...

Levanto a mão.

"Você ligou para Tessa Hopkins, do Canal KWB. Para deixar uma mensagem sobre nossa programação, digite 1. Para informações confidenciais, digite 2."

A Íris e o Spike ficam me encarando.

Digito 2, com a mão trêmula.

Estamos prestes a fazer algo que pode acabar com a vida de uma pessoa. Me lembro do treinador fazendo *waffle* para a gente de manhã, dando risada com a Victoria, rodopiando com ela pela cozinha. Lembro que, no fundamental, ele comparecia a todos os nossos ensaios de dança. Mas aí me lembro do que a Agatha Christie falou: "Quem sabe ser muito bom também sabe ser muito mau". E, Senhor, que tipo de pessoa muda de nome? Que tipo de pessoa faz *cirurgia plástica* no rosto para mudar de identidade?

Só quem fez coisas muito ruins.

– Tessa Hopkins, você não me conhece, mas vou te procurar amanhã, no enterro de Brooke Donovan. Não me ignore. Sei o que foi que aconteceu com Brooke e tenho provas. – Desligo o telefone e olho para os meus colegas.

– Legaaal. – O Spike balança a cabeça, em sinal de aprovação, e levanta a mão para fazer um "Toca aqui".

A contragosto, respondo com a mão espalmada.

CAPÍTULO TRINTA E DOIS

ALICE

11 DE NOVEMBRO

11:22

"Por que se atormentar, olhando
para o pior lado da situação?...
Porque, às vezes, é necessário."
AGATHA CHRISTIE,
Cipreste triste

NA MANHÃ SEGUINTE, A Íris já está esperando por mim no estacionamento do cemitério.

– Tá preparada? – Está usando um óculos de sol preto, meio retrô, com pedrinhas nos cantos, que, por incrível que pareça, ficou muito bom nela. Não sei dizer se está falando do enterro, da Tessa ou de outra coisa completamente diferente, mas faço que sim. Estou preparada para tudo isso.

À nossa volta, as pessoas que vieram para o enterro, vestidas de preto, vão saindo de seus carros e se dirigem ao túmulo, em grupinhos. Conheço algumas dessas pessoas do colégio – um monte de professores, incluindo a srta. Westmacott, pálida, que andam logo à nossa frente –, mas tem um monte de gente da nossa idade que eu não sei quem é.

Enfio as mãos nos bolsos do casaco.

– Quem *é* essa gente toda? – pergunto para a Íris. – Não sou tão ruim assim em reconhecer nossos colegas, sou?

Ela faz careta.

— Sem querer ofender, Alice, mas talvez você seja. A gente foi colega por dez anos, e você nem sequer sabia o meu nome. Mas, sendo justa, acho que esse pessoal não é lá do colégio. — A Íris faz sinal com a cabeça, apontando para um grupinho à nossa direita, todos de camiseta preta com os dizeres #EnseadaDoCasteloCorrupta em letras brancas.

Um dos caras desse grupinho cruza o olhar comigo.

— Policiais corruptos! — grita, dando um soquinho no ar.

Fico de queixo caído.

— Ai, meu Deus — resmunga a Íris, entre dentes.

Meu coração está batendo tipo um milhão de vezes por minuto. Eu sabia que a *hashtag* tinha viralizado. Ontem à noite, o Alec Downey, aquele TikToker que está sempre falando de questões de justiça social, *postou* sobre a *hashtag* no perfil dele. O *post* já tem mais de 500 mil visualizações e 150 mil compartilhamentos.

Estava cheio de comentários de pessoas concordando, falando da nefasta divisão entre pobres e ricos que existe em Enseada do Castelo, e até dando outros exemplos de coisas suspeitas que a polícia daqui fez no passado. Também havia algumas pessoas comentando sobre a possibilidade de fazer uma manifestação, mas não achei que iam mesmo aparecer, muito menos no enterro.

"Tá dando certo."

Mais para os fundos do estacionamento, tem vans da imprensa preparadas para fazer a transmissão, e repórteres estão circulando por aí, tentando encontrar pessoas para entrevistar. Uma loucura.

A Íris me cutuca.

— Olha lá a Tessa. — Faz sinal com a cabeça, apontando para a van da KWB, onde a Tessa está parada, gritando com o mesmo câmera de cara cansada que estava com ela naquela noite, lá no Belvedere. — Precisamos ficar de olho nela: não podemos deixar essa mulher ir embora antes que a gente tenha oportunidade de conversar.

Solto uma risada debochada.

– Duvido que isso será um problema. Se bem conheço a Tessa, ela deve estar morrendo de vontade de saber quem foi que deixou aquela mensagem na caixa postal ontem à noite. Aposto que vai ficar aqui esperando para ver se a pessoa vai procurá-la.

Estamos quase chegando ao gramado quando ouço alguém me chamando. Eu me viro e dou de cara com o Rafael Ramirez, que vem correndo na nossa direção, abanando. Meu coração se sobressalta. A última vez que vi o Raf foi... há um tempo... durante aquela que foi uma das melhores e das piores experiências da minha vida.

– Quem é esse? – sussurra a Íris, me cutucando. – Você conhece?

– Hã... sim. É o Raf. Ramirez? Ele era do colégio e se formou há alguns anos? Jogava basquete com o Steve?

A Íris faz que não.

– Acho que não sou a única pessoa que não conhece todos os nossos colegas – debocho. A Íris revira os olhos.

– E aí, Alice? – pergunta o Raf, todo ofegante, quando consegue nos alcançar. – Como você tá? Com tudo isso... – Ele para de falar ao perceber a presença da Íris. – Ai, desculpa. Raf. – Ele estende a mão, como se fosse adulto. Bem a cara do Raf. A Íris aperta a mão dele.

– Íris – responde ela.

– Oi, Íris. – O Raf levanta a mão para proteger os olhos do sol forte do meio-dia, e espreme os olhos, para conseguir enxergar as pessoas. – Como é que você tá com tudo isso, Alice?

– Bem – falo, alegremente. – Tô bem, obrigada.

O Raf me lança um olhar desconfiado.

– Bem?

– Bem! – respondo. – Pode parar de me perguntar isso agora.

– Alice, quero ajudar, que nem quando...

Pisco para ele. A última coisa que quero é que o Raf complete essa frase.

– Só de você estar aqui já é muita gentileza.

– Eu só... – O Raf começa a falar, mas o interrompo de novo.

– Foi muito bom te ver, mas a gente tem que ir nessa. – Dou o braço para a Íris e começo a arrastá-la para longe dele.

– O que foi isso? – sussurra ela.

– Nada. Como eu já falei, ele era do colégio. Amigo do Steve. Meio que conhecia a Brooke, mas não tão bem assim. Legal ele ter vindo hoje. Agora, voltando ao que realmente interessa: tipo, ficar de olho no treinador. – Aponto lá para frente.

Diante de nós, estão várias fileiras de cadeiras de armar brancas, onde a família está sentada, esperando a cerimônia começar. A Lilian, toda elegante, está de mãos dadas com a irmã, Caroline, que está se acabando de tanto chorar. O treinador Donovan está na primeira cadeira, a mais próxima do túmulo. Com os lábios bem apertados, de óculos de sol e terno preto amarrotado. Ninguém da família está falando com ele.

Dilato as narinas. O cara não merece estar sentado naquele lugar.

Já estamos chegando perto do túmulo. Tem um buraco e um monte de terra do lado. Como minhas mãos imbecis começam a tremer, as enfio nos bolsos de novo antes de a gente se aproximar. Respiro fundo. Eu consigo fazer isso. Estamos aqui em missão, e não vou, como diria Agatha Christie, confundir razão e sentimento.

Eu e a Íris avistamos o Spike, a Zora e o Neil parados mais para trás e vamos até eles. Pelo jeito, quase todos os funcionários do colégio estão aqui. Vejo a Park, a Kennedy e mais uns da Turma dos Tops do outro lado, os garotos se empurrando e dando risada, acho que pensam que estão em algum tipo de festa.

Enquanto esperamos o início da cerimônia, começo a ouvir os cochichos das pessoas à nossa volta.

"Ouvi dizer que o cara empurrou a filha do penhasco porque, quando ela fizesse 18 anos, a fonte de dinheiro ia secar."

"Ele tem mesmo cara de assassino."

"Tarado. Pobre da Brooke, morando sozinha naquela casa com ele por todos esses anos."

Engulo em seco. Sei que era isso que a gente queria, mas ouvir pessoas estranhas especulando sobre o treinador, a Brooke e o assassinato... dói de um jeito que eu não esperava.

Lá atrás, a multidão abre caminho e os convidados fazem silêncio, porque o reverendo aparece. Ele se aproxima e para ao lado da lápide e, ao ver isso, algo dentro de mim se parte.

– Eu não consigo fazer isso – sussurro, e começo a recuar, tentando sair do meio das pessoas que se apinharam à minha volta.

– Me deixem passar, por favor – falo, já me acotovelando no meio delas, falando baixo porque a última coisa que quero é fazer escândalo, mas, se essa gente não me deixar sair daqui, vou, literalmente, surtar.

Só solto o ar quando saio do meio das pessoas. Vou até a palmeira mais próxima, encosto e vou descendo, até ficar agachada debaixo da árvore, e o aperto que sinto no peito vai passando, bem devagar.

– Alice? – pergunta a Íris, levemente ofegante, por ter vindo atrás de mim. – Você tá bem?

Esfrego os olhos e me dou conta de que estão úmidos.

Estou chorando.

– Tô – respondo, apesar de ser óbvio que estou mentindo. Dou uma fungada alta e feia. Não fico bonita chorando. Minha mãe sempre me dizia isso quando eu era pequena: "Alice, você fica muito mais bonita quando sorri", e foi mais ou menos nessa época que eu parei de me permitir chorar. – Tô bem.

– Sabe... – A Íris tira os óculos e espreme os olhos por causa do sol forte da Califórnia. – Não tem problema. Se você não estiver, sabe... se você não estiver bem. A Brooke era sua amiga.

O nó na minha garganta dói, mas talvez um pouco menos. A Íris se senta do meu lado, pega minha mão, entrelaça os dedos nos meus e, juntas, ficamos ali, sentadas, assistindo ao enterro de longe.

Uma hora depois, quase todo mundo já foi embora. Os repórteres começaram a guardar os equipamentos. No nosso refúgio debaixo da árvore, a Íris me cutuca.

– Ela ainda tá aqui.

Então faz sinal com a cabeça, apontando para a Tessa Hopkins, que está concentrada, mexendo no celular, enquanto o câmera guarda as coisas na van.

Balanço a cabeça, concordando.

– Vamos lá.

Íris tira a pasta com as informações da mochila e nos aproximamos do carro. Faço hã-hã.

– Licença?

A Tessa me ignora.

Coloco a mão na cintura e faço hã-hã de novo, mais alto, desta vez.

– Hã, *licença*?

A mulher por fim tira os olhos do celular. Ergue uma das sobrancelhas perfeitamente desenhadas à pinça e fala:

– Alice Ogilvie? Posso *ajudar* em alguma coisa? Se você finalmente veio atrás dos seus cinco minutos de fama, odeio ter que te dizer isso, mas a sua história é coisa do verão passado. – Ela mostra os arredores com as mãos. – É nisso que as pessoas estão interessadas agora. Jogou um balde de água fria, saída direto do mar, no seu sumiço.

Olho feio para a Tessa e abro a boca para retrucar, mas a Íris me cutuca e faz que não. "Foca na missão", fala, sem emitir ruído. Em seguida, se dirige à Tessa:

– Temos certas informações que achamos que podem ser do seu

interesse. Informações a respeito *disso*. – Ela aponta para o túmulo, mostrando a pasta para a Tessa, que olha para a pasta sem demonstrar o menor interesse.

– Uma pasta?

A Íris sacode a pasta.

– Não, você não entendeu. Fomos *nós*.

A Tessa espreme os olhos.

– Quem é "nós"?

Meu Deus, como essa mulher é irritante. Aponto para a Íris, depois para mim mesma.

– Somos nós. Nós somos nós.

A Tessa fica olhando para mim por alguns instantes e aí massageia a ponte do nariz.

– Ai, vocês, jovens de hoje em dia, ficam falando em enigmas, juro por Deus. – Ela estala os dedos para o câmera. – Não tenho tempo para isso. Preciso entrar no ar daqui a uma hora. – Então põe a bolsa no ombro e dá as costas.

– Não, não, espera – grita a Íris. – A Alice está tentando dizer que foi a gente que te ligou. Ontem à noite. Na linha direta. Ricky Randall nos mandou falar com você.

A Tessa para de repente e se vira para nós.

– Ah, é mesmo? Interessante. Vocês duas? – Ela ergue a sobrancelha. – Deixa eu dar uma dica para vocês, meninas. A primeira regra de quem quer ser fonte? Deixa o nome e o número do celular, para eu poder retornar a ligação. Aqui, no mundo das notícias, é tudo confidencial.

– Escuta aqui – diz a Íris, frustrada. – *Pega* logo a pasta e para de dar sermão. – A Íris mostra a pasta de novo. Desta vez, a Tessa a pega com as mãos de manicura impecável e abre. Quando começa a ler as informações que reunimos, a expressão vai mudando: de condescendente para curiosidade para... chocada.

Ela ergue a cabeça e olha para nós, pálida e de olhos arregalados.

– Vocês dizem aqui que acham que Matt Donovan pode ser... Paul Bradford? O rapaz da família Bradford que ninguém mais viu durante boa parte das duas últimas *décadas*? Jesus Cristo. Vocês têm ideia... vocês duas têm ideia do que podem ter descoberto? Se isso for verdade? Pode ser o encobrimento do século. Como foi que vocês conseguiram essa proeza?

– Não podemos revelar nossas fontes – respondo. – Mas temos quase certeza de que é verdade.

Um sorriso maligno se esboça nos lábios da Tessa.

– Você falou que foi a Ricky Randall que mandou vocês virem conversar comigo, né? E como foi que vocês duas se meteram com uma figura dessas?

– A Ricky cuidava de mim – responde a Íris.

A Tessa Hopkins dá uma gargalhada e fecha a pasta.

– Entrem na van. Vamos dar uma voltinha.

CAPÍTULO TRINTA E TRÊS

ÍRIS

12 DE NOVEMBRO

17:04

A ALICE ESTÁ DANDO pulinhos, sentada na poltrona azul do jardim de inverno. A gente fica olhando fixo para a tevê gigante que fica em cima da lareira, esperando impacientemente.

– Falta muito? – A Alice não para de falar. – *Falta muito?*

– Psiu – faço. – Por acaso seus pais nunca te ensinaram a ter paciência?

A Alice me olha com uma expressão vazia.

– Não. Isso existe?

Na tela, o âncora promete um boletim urgente sobre o caso de Steve Anderson. A Tessa falou para a gente, lá na van, enquanto folheava os documentos da nossa pasta, que ia demorar, porque ela teria que checar todas as informações.

– Não sou burra – dissera a Tessa. – Não quero ser demitida nem tomar um processo, só para deixar claro, mas também não sou contra, sabe, dar uma apressadinha nas coisas. E preciso contar o que sei para os detetives encarregados do caso, dar um tempo para eles se pronunciarem. Ou não.

– Se pronunciarem sobre *o quê*? – Espremida no meio do equipamento de filmagem, dos *coolers*, fios e cabos, lá no fundo da van, a Alice estava indignada.

– Se metade disso for verdade – explicou a Tessa –, significa que a polícia não investigou Matt Donovan como deveria, para início de conversa. Em segundo lugar, se a ligação entre o telefonema que o Donovan fez para a Bradford Mídia e essa tal de Bollinger que entrou em contato com o Steve servir de prova de que houve dinheiro envolvido em troca da admissão de culpa do rapaz... isso, tipo, bom, vai ser um salto na minha carreira, e não quero meter os pés pelas mãos. Em terceiro lugar... se a gente descobrir que os policiais estavam sendo subornados, ai, uau, isso... – A Tessa sacudiu a cabeça, deslumbrada com tudo.

– Encobrimento em Enseada do Castelo – arriscou o câmera, no banco da frente, cantarolando.

– Cala a boca – censurou a Tessa. – Você tem duas funções: me deixar bonita na tela e dirigir.

– Ei – retrucou o câmera. – Você sabe que o sangue que corre nas veias da polícia desta cidade é verde, não azul. – O que, na verdade, foi um bom trocadilho: o verde dos dólares e o azul dos uniformes da polícia.

– E agora, fazemos o quê? – perguntei. – Esperamos? Por quanto tempo?

A Tessa deu mais uma olhada nos documentos que estavam na nossa pasta.

– Algumas horas? Até amanhã? Só fiquem de olho na tevê.

– Você não vai... – Fiquei ressabiada. – Promete que não vai revelar nosso nome? – É a última coisa de que eu preciso. Virar destaque no noticiário bem quando estou tentando ser o mais invisível possível.

– Não, fontes anônimas são protegidas por lei. Não posso ser obrigada a revelar a identidade de vocês nem em juízo. Porra, se os jornalistas tivessem que revelar suas fontes, não teríamos o que noticiar.

O câmera soltou uma risada debochada.

A Tessa ficou olhando para mim e para Alice, um sorriso foi se esboçando no rosto dela. Os lábios pintados foram revelando dentes brancos, reluzentes e caros.

– Vou dar um palpite e falar que boa parte disso foi obtida, hã, por debaixo dos panos. Acertei?

– Desculpa, não podemos revelar essa informação no presente momento – respondeu a Alice, toda faceira.

– Evasiva. Gostei – comentou a Tessa. – Vocês duas têm talento para detetive, né? Estou impressionada.

Volto a prestar atenção na tevê, porque termina o comercial e Ben Perez, o âncora, que até então estava falando da lojinha de conchas que uma mulher da cidade tem em um site especializado em artesanato, faz uma expressão bem séria.

– E agora, boletim urgente sobre o caso da morte de Brooke Donovan. Vamos ao vivo para a delegacia de polícia de Enseada do Castelo, com uma reportagem especial de Tessa Hopkins.

– Ai, meu Deus do Céu – sussurra a Alice.

Estou com o maior frio na barriga. O Spike me manda mensagem. "TÁ ROLANDO."

– Obrigada, Ben. – A Tessa Hopkins joga o cabelo para o lado e olha diretamente para a câmera.

– É o ponto alto da carreira dela – diz Alice, empolgada. – Você viu só? Ela tá *emocionada*.

Estou vendo. A Tessa está meio elétrica, o que me deixa um pouco incomodada. Também estou ouvindo muito barulho em volta dela. Por acaso as pessoas... estão gritando palavras de ordem?

– Enseada do Castelo Corrupta! Enseada do Castelo Corrupta!

– Estamos aqui na delegacia de polícia de Enseada do Castelo, onde, há poucos dias, Steve Anderson se preparava para se declarar culpado pelo assassinato da herdeira Brooke Donovan. Mas, o que inicialmente era uma acusação de homicídio culposo, agravou-se para homicídio qualificado, depois que foi determinado, pelo laudo do legista, que Brooke Donovan sofreu um golpe na cabeça antes de cair no penhasco.

A Tessa Hopkins gira de leve o corpo, dá alguns passos e fica na frente das pessoas que estão gritando palavras de ordem.

– Em uma reviravolta chocante, Anderson agora volta atrás em sua confissão de culpa. E, apesar de a polícia, até agora, ter insistido que tem evidências para provar que Anderson esteve na cena do crime naquela noite, a KWB recentemente obteve novos detalhes explosivos, que colocam toda a investigação do assassinato de Brooke Donovan em xeque.

A Tessa respira fundo. Seu momento de glória chegou.

– Fontes anônimas revelaram que Matthew Donovan, padrasto de Brooke Donovan, *também* foi suspeito de ter relação no desaparecimento da primeira mulher, Penny Jefferson, em 1997, quando se apresentava como Paul Bradford. Se esse nome não lhe é estranho, é porque você já deve ter ouvido falar dele. A família Bradford dirige a maior empresa de mídia do mundo. Sendo bem franca, é, literalmente, a família mais rica dos Estados Unidos. O corpo de Penny Jefferson nunca foi encontrado. A família dela entrou com um pedido para que fosse declarada a morte presumida de Penny, um ano depois. Pouco tempo após isso, Paul Bradford desapareceu misteriosamente das páginas dos jornais.

Na tela, aparecem duas fotos. Uma de Paul Bradford, bonitão e feliz, com seu maxilar cinzelado e olhos azuis e fulminantes. A outra é de Matt Donovan, bonitão, mais velho, cabelo castanho meio grisalho, com um nariz um pouco mais anguloso e o maxilar menos pronunciado.

Mas os olhos azuis fulminantes são os mesmos.

– Ai, uau – sussurro. – Que incrível ver essas fotos desse tamanho. Juntas.

– Caramba – sussurra a Alice.

O rosto da Tessa torna a aparecer na tela.

– Com base no que conseguimos checar, Paul Bradford deixou de existir depois do desaparecimento de Penny Jefferson. Matt Donovan surge em Enseada do Castelo alguns anos depois, aceita o cargo de professor de História e assume o papel de treinador do time de basquete da Escola de Ensino Médio de Enseada do Castelo. A essa altura, vocês devem estar tontos. Por que Steve Anderson confessaria ter cometido um assassinato e desmentiria sua confissão de modo tão repentino? Onde estava Matt Donovan na noite do crime? Fontes revelam que, apesar de Donovan ter um álibi para parte da noite, não há como saber seu paradeiro entre a meia-noite e as duas da manhã, período que, de acordo com o legista, Brooke Donovan deve ter sido assassinada. O treinador também estava atolado em dívidas, e documentos obtidos pela KWB mostram que, na eventualidade da morte de Brooke, a pessoa que a cidade de Enseada do Castelo conhece como Matt Donovan herdaria 5 milhões de dólares.

A Tessa fica em silêncio por alguns segundos.

– A pergunta que queremos fazer agora é a seguinte: O que a polícia de Enseada do Castelo sabia a respeito de Matt Donovan quando Brooke desapareceu? Será que a família de Paul Bradford está... envolvida no fato de Steve Anderson ter, inicialmente, se declarado culpado? Muitas outras perguntas serão feitas nas próximas semanas e, como vocês podem ver, muita gente quer respostas.

A câmera vai para a esquerda.

– Ai, meu Deus – diz a Alice.

Tem um monte de gente, todo mundo de camiseta preta com as palavras #EnseadaDoCasteloCorrupta, igualzinho ao enterro da Brooke, repetindo o slogan sem parar. Também estão com cartazes. "Polícia Corrupta de Enseada do Castelo". "Enseada do Castelo Corrupta". "Verdade já". "Prendam Donovan".

"Que bom", um lado meu pensa. Bem feito para aquele insuportável do detetive Thompson.

A Tessa Hopkins agora vai um pouco para a direita e, de repente, a Ricky Randall aparece, de cara séria, usando o mesmo terninho preto de quando a gente falou com ela lá no bar. Parece tão jovem ali, ao ar livre, no sol. Normalmente, a Ricky fica tão apagada na atmosfera escura do balcão do Pouso na Lua.

– Estou com a advogada de Steve Anderson, Ricky Randall. Srta. Randall, o que pode me dizer a respeito das novas informações explosivas sobre esse caso?

A Ricky respira fundo antes de falar. Será que está nervosa? Com certeza, esse não é um casinho qualquer. É um caso dos grandes.

– Acredito que vários potenciais suspeitos não foram completamente investigados quando este caso teve início, incluindo o sr. Donovan. Apesar de eu não poder divulgar informações específicas no que diz respeito às evidências contra o sr. Donovan, posso declarar que acredito piamente que meu cliente, Steve Anderson, é inocente. Acredito que o fato de meu cliente ter se declarado culpado, em um primeiro momento, foi resultado de manipulação financeira, perpetrada em conluio. Acredito que o Departamento de Polícia de Enseada do Castelo tem muito a explicar, e pretendo fazer justiça por Brooke Donovan e Steve Anderson.

A Tessa Hopkins olha de novo para a câmera.

– Ben, como você pode ver, isso é só o começo. Quando perguntei para o detetive Thompson, investigador encarregado do caso, se Matt Donovan ou qualquer outro suspeito havia sido investigado antes de Steve Anderson prestar o depoimento que, agora, acreditamos poder ter sido uma confissão sob coação, ele respondeu "Sem comentários". Quando fomos falar com o sr. Donovan, hoje, na casa dele, o treinador não nos atendeu. O porta-voz da família Bradford também se recusou a comentar o assunto. Não sabemos, no presente momento, se Donovan já contratou um advogado. Vamos continuar trazendo novidades sobre essa reportagem à medida que os fatos forem se desenrolando.

A Alice tira o som da tevê e solta um gritinho.

– Que maravilindo! – grita, feliz, fazendo uma dancinha na minha frente, sobre o tapete caro.

Meu celular vibra. Dou uma olhada. Não sei de quem é esse número.

Saudade de você e da sua mãe

Meu coração fica petrificado.

– Íris? – A voz da Alice entra nos meus ouvidos, feito faca, de tão aguda. – Íris, que foi?

Só que meu celular toca de novo. Seguro para olhar, com as mãos tremendo. "Por favor, não seja ele; por favor, não seja ele de novo."

Não é. É o Spike. Solto o ar.

CARAMBA, VC TÁ VENDO?? CANAL 10, AGORA

Olho para a tevê. A Alice está grudada na tela, porque a KWB mostra imagens ao vivo de uma SUV preta, andando a mil pela rodovia, sendo seguida por várias viaturas.

"Suposto suspeito em caso de assassinato sendo perseguido, em alta velocidade, pela polícia", é o que diz a legenda na tela. "Treinador do ensino médio procurado para prestar depoimento sobre a morte da filha... notícia do desaparecimento da primeira mulher... provavelmente mudou de identidade..."

– Ai, meu Deus! – exclama a Alice. – Ai. Meu. Deus. Aquele ali é...?

– O treinador – completo, tentando falar com um tom calmo. Enfio o celular na mochila e sento em cima das mãos, para a Alice não ver que elas estão tremendo.

"O CARA TÁ FUGINDO!!!", é a mensagem do Spike.

– Bom – diz Alice, sem a menor emoção –, a coisa com certeza está ganhando proporção, né?

– Sim – respondo, sem muita convicção. – Com certeza.

Bloqueio o número do Coisa.

TRANSCRIÇÃO, MATTHEW DONOVAN
CASO Nº 2987A

Depoimento gravado, 12 de novembro
Local: Delegacia de Polícia de Enseada do Castelo
Conduzido pelos policiais M. Thompson e J. Metz
21:47

Thompson: Bem.
Thompson: Cá estamos nós. Não posso dizer que isso passou pela minha cabeça.
Thompson: Por que você não começa me falando se devo chamar você de Matt Donovan ou de Paul Bradford?
[silêncio]
Thompson: Preciso que você me responda.
Matthew Donovan: O nome que consta nos meus documentos é Matthew Donovan.
Metz: E o senhor adotou esse nome depois que sua primeira esposa, Penny Jefferson, desapareceu?
Donovan: Sim.
Thompson: Seu advogado, Aaron Mathison, está presente neste depoimento, correto?
Aaron Mathison: Correto.
Thompson: Por que você fugiu, Matt?
[sussurros inaudíveis]
Thompson: Por favor, fale mais alto, para o microfone captar.
Donovan: Você não fugiria?
Metz: Responda à pergunta, por favor.

Donovan: Vocês acham que fui eu. Vocês acham que eu matei minha filha, mas não matei. Também não matei minha primeira esposa. Mas depois disso… por que eu não fugiria? Tive que mudar de *vida* por causa disso. Vocês não têm nenhuma prova contra mim.

Mathison: Matt, por favor.

Thompson: Onde você estava entre as dez e meia da noite do dia 31 de outubro e as duas da manhã do dia 1º de novembro?

Donovan: Estava corrigindo trabalhos dos alunos. Já te disse isso. Depois, fui para a casa da minha amiga. Namorada, por assim dizer.

Metz: Sua filha mandou três mensagens, Matt. Você não respondeu a nenhuma das três. Por quê?

Donovan: Eu estava corrigindo trabalhos. Estava ocupado. A gente tinha brigado. Eu precisava de um tempo.

Thompson: Brigaram por causa de dinheiro?

Mathison: Aconselho meu cliente a não responder.

Thompson: Registrado. Matt, preciso te falar. Você se enfiou em um buraco e tanto. Vou ser franco. Cara rico, suspeito do desaparecimento da primeira esposa. O corpo dela jamais é encontrado. Um ano depois, o cara some da face da Terra. Aí reaparece do nada, com outro nome, outra vida, outra mulher, volta a ter dinheiro. Mas não… muito dinheiro. Acertei? A Victoria te levava na rédea curta?

Donovan: Eu amava a Victoria. Não ligava para o dinheiro dela. Tudo o que a mãe da Victoria queria fazer, financeiramente falando, eu concordava.

Thompson: Você falou que andava brigando com Brooke. Sentia raiva a ponto de matá-la? Precisava do dinheiro da herança?

Mathison: Aconselho meu cliente a não responder.

Donovan: Vocês são um pé no saco, sabiam?

Mathison: Aconselho meu cliente a permanecer em silêncio.

Donovan: Você não tem nada contra mim. Isso é uma…

Thompson: Matt, você é um grande treinador, não é mesmo? Eu adoro assistir aos jogos! Não perco um.

Donovan: Gosto do meu trabalho.

Thompson: Muitos prêmios, placas comemorativas, brindes dos comerciantes locais. Tênis de graça da Foot Locker! Manda ver, Cougars!

Metz: Manda ver, Cougars!

Thompson: Matt, no último verão, você recebeu o prêmio de Treinador de Basquete Juvenil, da ACM, correto? Lá pelo dia 30 de agosto?

Donovan: Correto.

Thompson: Deve ter sido uma noite e tanto. O que você fez?

Donovan: Não me lembro. Cerimônia. Jantei com a minha namorada, voltamos para a casa dela…

Metz: Qual namorada?

Donovan: Carol Westmacott.

Thompson: É difícil saber qual é qual, acho eu.

[silêncio]

Thompson: Matt, você pode me dizer como, quando revistamos sua casa hoje, encontramos um troféu do prêmio de Treinador de Basquete Juvenil da ACM sujo de sangue seco? Também encontramos um tênis na sua casa que, ao que tudo indica, bate com as marcas de pegadas encontradas na floresta e no Belvedere.

Donovan: O quê? Não. Não. Não, isso…

Mathison: Aconselho meu cliente a não responder a mais nenhuma pergunta.

Donovan: Isso *não pode* estar acontecendo! Você *não* vai fazer isso comigo. Não vou passar por isso de novo. Você não sabe com quem está lidando…

Mathison: Sr. Donovan, por favor.

Metz: A sua família faria qualquer coisa pelo senhor, não faria, sr. Donovan? Amor de mãe é uma coisa poderosa.

Donovan: Vocês são absolutamente desprezíveis. Sabiam? Vocês acham que eu não sei o que estão tentando fazer? Se eu cair, todos vocês, com certeza, vão cair com…

Thompson: Até segunda ordem, sr. Donovan, o senhor está preso pelo assassinato de Brooke Levy Donovan.

CAPÍTULO TRINTA E QUATRO

ALICE

18 DE NOVEMBRO

12:15

"A verdade raramente é romântica."

AGATHA CHRISTIE,

É fácil matar

O STEVE FICOU FAMOSO. Saiu da cadeia, e todo mundo está falando do cara na internet como se ele fosse a porcaria do Jean Valjean de Enseada do Castelo. No melhor estilo *Os miseráveis*, disposto a pagar por um crime que não cometeu só para sustentar a família. Garantir o futuro da irmã. Ele, literalmente, conquistou 100 mil seguidores no TikTok na última semana, o que é ainda mais incrível, considerando que o Steve nunca postou nada no perfil dele. A última notícia que eu tive é que ele estava indo para Chicago de jatinho particular, para ser entrevistado pelo Jefferson King, da CNN. Uma hora ou outra, com certeza o Steve vai se dar mal. Porque, afinal de contas, pode ter aceitado suborno. Mas, neste exato momento, pelo jeito, ninguém está prestando atenção nisso. Só falam que o Steve é um herói.

Meu celular toca, e é outra notificação de notícia sobre o caso. Desta vez, falando da sindicância que a corregedoria do estado está conduzindo no departamento de Polícia de Enseada do Castelo. Já declararam o afastamento temporário de várias pessoas – incluindo a Bertie, aquela policial que me expulsou da delegacia havia poucas semanas, com tanta grosseria – e a mídia, pelo jeito, acha que outras mais vão sofrer o mesmo fim. Eu achei que o Thompson seria o primeiro da lista. Mas, de acordo com a Ricky, o cara foi inocentado – pelo visto, não é um policial corrupto. Só é imbecil. E a Greta Bradford agora está sendo investigada por manipulação de testemunha e suborno, o que fez tudo isso ir parar não apenas no noticiário nacional: também foi divulgado pela mídia internacional. A Ricky deu entrevista para a BBC ontem.

No começo, eu adorava receber todas essas notificações, mas está começando a me irritar. Ficam só falando da Ricky, da Tessa e da droga do *Thompson*, mas ninguém toca no nosso nome. Só porque a Íris exigiu que a gente bancasse a fonte anônima. Concordei, no início, porque não queria que a família Bradford – ou o Thompson – viesse para cima de mim, mas agora é tipo… *hello*? A gente solucionou essa droga de caso e, literalmente, livrou um homem inocente da *cadeia*, e ninguém nem sabe disso.

Bato a porta do escaninho e ando pelo corredor, sentindo uma certa azia. Quando o Hercule Poirot solucionava algum caso, ele era *parabenizado*. Todo mundo falava que o Poirot era o melhor detetive do mundo! As pessoas ficavam *abismadas* com ele. Não que eu precise de tudo isso – não mesmo –, mas, ainda assim, seria legal receber algum tipo de reconhecimento. Fico feliz que a justiça esteja prestes a ser feita, agora que o treinador foi preso, indiciado e está aguardando julgamento. Mas também – eu fiz uma coisa. Uma coisa *importante*. Pela primeira vez na vida, fiz uma coisa *boa* mesmo. E ninguém sabe disso.

Estou a caminho da biblioteca, lugar onde nunca pus os pés, indo encontrar a Íris. Sinceramente, só me dei conta de que o colégio *tem* uma biblioteca quando a Íris comentou, há pouco, e me pediu para me encontrar com ela lá.

Entro pela porta dupla enorme e encontro a Íris sentada em uma das mesas compridas, no meio do lugar, com o notebook aberto na frente dela. Só tem a Íris aqui, a não ser pela bibliotecária, que está de pé atrás do balcão, mexendo em uma pilha de livros, e gosto muito do silêncio. É gostoso. Tranquilo. Tenho que me lembrar de vir aqui mais vezes. Talvez eu possa… estudar.

A Íris abana quando me vê.

– E aí?

– E aí? – respondo, já sentando na cadeira ao lado dela. – Ficou sabendo da última do Steve? Apareceu na CNN? Tipo, cacete. E as pessoas que realmente *solucionaram* o caso? Adoro ver a Tessa se dando bem às nossas custas, como se tivesse feito tudo sozinha. Tipo, a única coisa que ela fez foi abrir uma pasta com um monte de coisa que *nós* colocamos lá dentro. A Tessa nem... – Não chego a completar a frase, porque percebo que a Íris está me encarando. – Que foi? – disparo.

– Alice. – A Íris parece irritada. Solta um suspiro, olhando para o teclado do computador. – Nada. Deixa pra lá.

– Deixa pra lá *o quê*? – Sei que estou de mau humor, mas achei que ela me entenderia.

– Eu só... A gente não fez isso pela fama, fez, Alice? Fizemos isso pela Brooke. – Ela inclina a cabeça e fica me olhando.

Cerro os dentes.

– É. Mas... essa foi a única coisa que eu já fiz na vida que deu *certo*. Tipo, depois de tudo o que aconteceu no verão, poderia ter mudado a opinião que as pessoas dessa cidadezinha ridícula têm de mim. Talvez, assim, meus pais poderiam ficar com orgulho de mim de verdade. Poderiam permanecer no mesmo recinto que eu por mais de cinco segundos. Só quero receber um pouco de reconhecimento... por acaso é pedir demais?

Dou um soco na mesa, com força, e a Íris fica petrificada, com os olhos fixos na minha mão.

– Desculpa – resmungo. – Eu só... deixa pra lá. Tá tudo bem. – Engulo em seco. Meu Deus, estou mesmo perdendo a cabeça. Desde quando faço *discursos emocionados*? Jogo o cabelo para longe da cara e me endireito na cadeira. – Deixa pra lá. Passou, não me atinge mais. Virando a página. – Sacudo a mão.

A Íris examina minha expressão e faz que sim em seguida.

– OK. Se você diz. Tipo assim, Alice, você sabe que estou aqui... se quiser conversar e tal. Sobre o que aconteceu no verão. Ou sobre seus pais. Ou... sobre qualquer coisa. Tá? É pra isso que servem os amigos.

Engulo em seco. Não era para isso, com certeza, que serviam as minhas amigas da Turma das Tops – pelo menos, não desde que eu e a Brooke começamos a nos afastar, ano passado. As únicas coisas que eu ganhava com essas amizades eram comentários sarcásticos e esculacho disfarçado de elogio. Só que, talvez, eu possa confiar na Íris e contar mesmo umas coisas para ela. Seria legal ter uma amiga, alguém com quem conversar, como eu conversava com a Brooke, séculos atrás.

– Preciso ir ao banheiro – diz Íris, já levantando da cadeira. – Já volto, tá? – Ela fica parada, olhando para mim. – Você vai ficar bem aqui, né? Na minha ausência?

Dou um sorriso.

– Claro. – Quando ela vira as costas, faço sinal de pouco caso.

Meu celular toca de novo. Não sei como, semana passada, acabei entrando nesse grupo de mensagens com a Park e a Kennedy, que consiste, praticamente, nas duas falando de garotos – a Kennedy não para de falar da noite que passou com o Cole no Halloween, o que é, tipo, *nojento* em vários sentidos. Mas, por causa disso, me dei conta de que eu e a Íris – bom, mais *eu* – nos equivocamos um pouco na nossa investigação. Não faz diferença agora, óbvio. Mas, ao que tudo indica, o Cole largou a Kennedy lá pela meia-noite e meia. Não passou a noite inteira com ela, como eu achava. Basicamente, sei detalhes *demais* da noite que os dois passaram juntos.

Neste exato momento, a Kennedy e a Park estão comentando, superempolgadas, que um produtor do canal Lifetime entrou em contato com o pai da Kennedy para falar da possibilidade de transformar toda essa história em filme. A Kennedy, claro, está convencida de que alguém *incrível* vai fazer o papel dela.

Fico lendo as mensagens que as duas trocam, sem empolgação, por um tempo, até que me dou conta de que a Íris está demorando horrores para voltar do banheiro e de que estou *entediada*. O notebook dela está aberto aqui do meu lado, e, já que estou sentada aqui, por que não aproveitar para fazer umas comprinhas *on-line*. Já ia abrindo o Google quando me dou conta do site que está aberto na tela.

Pousada Pinheiros Uivantes

Por que a Íris está olhando de novo essa tal lugar chamado Pinheiros Uivantes? Leio o que está escrito no site, mas dá a impressão de ser só um hotelzinho meio caído, lá no norte do estado. Não entendo por que a Íris está obcecada por esse lugar.

E, aí, uma notificação de e-mail aparece no canto superior direito da tela. Um e-mail da Pousada Pinheiros Uivantes.

Sem nem pensar, clico nele.

Cara Íris,

Agradecemos seu contato. Sim, oferecemos desconto para estadias mensais. Você sinalizou que gostaria de se hospedar conosco a partir do fim do mês, por um período maior? Sim, costumamos ficar lotados na época das festas de fim de ano. Sendo assim, sugiro que faça sua reserva assim que tiver certeza do período da viagem.

Atenciosamente,
Rosalind White, gerente e proprietária

Releio a mensagem rapidamente, releio de novo, e meu coração acelera um pouco mais a cada nova leitura. Por que a Íris está reservando um quarto para pagar por mês nesse lugar lá no norte do estado? Será que vai mudar de cidade? Entendo que o pai da Íris pode não ser um cara muito legal. Mas como ela pode fazer isso depois de tudo o que acabou de acontecer? Depois de tudo o que fizemos juntas? Depois daquele *sermãozinho* que ela acabou de me dar?

Eu estava começando a achar que poderia confiar na Íris, que eu tinha uma amiga de verdade, com quem poderia contar, pela primeira vez, depois da Brooke. Mas, obviamente, a Íris tem escondido coisas importantíssimas de mim. Minhas mãos começam a tremer. Preciso sair daqui.

Nem me dou ao trabalho de fechar o e-mail. Pego a bolsa, que estava no chão, já pronta para vazar e fugir dessa mentirosa, quando ouço uma voz, vinda de trás de mim.

– Aonde você vai, Alice?

Eu me viro, com um olhar de fúria, e dou de cara com a Íris, parada atrás de mim, com uma expressão confusa.

Ela olha para o notebook, para o e-mail que ainda está aberto na tela, depois para mim.

– Você estava mexendo no meu computador? Você não tem direito de mexer no meu computador, Alice.

– O que tem lá em Pinheiros Uivantes? – pergunto. Talvez haja uma explicação lógica para isso. Talvez haja um motivo para, todas as vezes que perguntei para essa garota alguma coisa sobre ela, o pai e esse *lugar*, ela ter desconversado.

A Íris está calada, me encarando, segurando com uma mão as costas da cadeira onde, há poucos segundos, eu estava sentada.

– O que tem em Pinheiros Uivantes? – repito.

Por um breve instante, os lábios dela tremem, e acho que ela vai me contar. A Íris olha para o chão, pisca sem parar, mas, quando cruza o olhar com o meu, seus olhos estão pegando fogo.

– Quem você pensa que é para mexer nas minhas coisas? Você não é a dona do mundo, Alice Ogilvie.

– Você está planejando... o quê, Íris? Ir morar em um hotelzinho qualquer no meio do nada? Por acaso ia me *contar* isso antes de ir embora? Achei que a gente era amiga. – Minha voz fica embargada.

A Íris espreme os olhos.

– Você acha que somos *amigas*? – Ela dá uma risadinha maldosa. – Que engraçado. Você não sabe nada a meu respeito. Sei que está acostumada a ter amizades superficiais, mas, se liga, *Alice*: relacionamentos de verdade não são assim. – A Íris aperta bem os lábios. – O que está na tela do meu computador não é da sua conta. Quer saber de uma coisa: esse é o seu problema! Você acha que tudo gira ao seu redor. Você acha que a *Brooke foi assassinada* pra você se redimir. *Você* não tem nada a ver com isso.

Fico de queixo caído. Toda a frustração e a tristeza que eu estava acumulando desaparecem em um segundo, substituídas por uma calma dura, gélida e mortal. A Íris acha que me conhece? Acha que já viu a verdadeira Alice Ogilvie? Ela não me conhece nem um pouco.

– Quem é você? – pergunto, e tudo de repente fica claro como água.

– Como assim? – A Íris franze o cenho. – Do que você está falando?

– Quem *é* você, aliás? – repito, erguendo a voz. – Uma pobre coitada que foi designada para me dar aula particular? Por acaso acha que *você* tem alguma coisa a ver com o que aconteceu? Você só queria saber do dinheiro. O pagamento pelas aulas particulares e a recompensa por ter descoberto o assassino da Brooke.

Ao ouvir a palavra "dinheiro", ela murcha, e sei que acertei na mosca.

– Pra que você *precisa* do dinheiro, aliás? Tipo, além do óbvio. – Sacudo a mão. – Que engraçado, a gente fala de mim o tempo todo. Qual é a *sua*, Íris? A única vez que fui até sua casa, você surtou. O que tá rolando com aquele cara que estava lá no estacionamento naquela noite, *hein*? Sei que era seu pai... – A Íris respira fundo, retorce os lábios, e não consigo completar a frase, porque algo me diz que posso ter ido longe demais.

Um silêncio opressor recai sobre a biblioteca, pressionando minha cabeça, meus pulmões. Um lado meu tem vontade de voltar atrás – pedir desculpas, falar para a Íris esquecer tudo o que eu disse –, mas as palavras dela ficam ecoando dentro da minha cabeça. "Você acha que tudo gira ao seu redor. Você não tem nada a ver com isso." Ela acha que só fiz isso pensando em *mim mesma*? Certo, fiquei meio brava por não receber o agradecimento que a gente merece, mas fiz isso pela *Brooke*. Porque, não importa o que todo mundo pensa, eu gostava dela. E tenho saudades dela. Fico com um nó na garganta.

A Íris abre a boca, como se fosse dizer alguma coisa. Mas, antes que dê tempo de ela falar, somos interrompidas por uma voz. A bibliotecária, que estava lá no canto, agora está do nosso lado.

– Desculpe, meninas – diz, olhando de uma para a outra. – Não sei se vocês sabem, mas aqui é um lugar de silêncio. Lamento que estejam de briguinha, mas vou ter que pedir para vocês fazerem isso em outro lugar.

Molho os lábios e mando meu melhor sorriso para a bibliotecária.

– Mil perdões. Está tudo certo. Eu já estava indo embora mesmo. – A bibliotecária balança a cabeça e volta para a mesa dela.

Dou as costas para ir embora. Mas, antes disso, chego bem perto da cara da Íris e sussurro:

– Vou te dar um alerta de *spoiler*, Íris: se tem alguém que vai receber o dinheiro da recompensa, esse alguém sou eu. Eu que liguei pra ela para denunciar o treinador. A Brooke era *minha* melhor amiga. Sou praticamente da família. Você não é ninguém. Não vai ver um centavo dessa grana. E quer saber do que mais? Tá demitida. Do cargo de minha professora particular. Nossa relação profissional já era. Acabou. Mas, pode ficar feliz, porque o seu pagamento está te esperando na sala da Westmacott. Já que era só com isso que você se importava, desde o começo, aliás. A gente se vê, *pobre coitada*. – E aí, coloco a bolsa no ombro e vou embora.

CAPÍTULO TRINTA E CINCO

ÍRIS

18 DE NOVEMBRO

12:45

NÃO ACREDITO QUE PUDE ser tão burra.

A Alice me chamou de "pobre coitada".

Ando apressada pelos corredores, em direção à sala da Westmacott, esbarrando em praticamente todo mundo por quem passo. Neste exato momento, odeio a Alice Ogilvie com um fervor vulcânico. Com cada parte do meu ser. Como ela sabia do meu pai? Será que estava agindo pelas minhas costas? Se queria saber, simplesmente deveria ter *perguntado*, e não fingido que sou só mais um mistério para ela solucionar, que nem a Brooke. Não que eu fosse contar tudo para ela – eu poderia ter contado *alguma coisa*, pelo menos –, mas a Alice podia pelo menos ter perguntado, já que queria tanto saber.

Mas, sendo sincera, o que eu teria contado, aliás? Com quais palavras contar para a meio amiga que meu pai bate em mim e na minha mãe? Nem a polícia deu bola para isso.

Otária. Jesus, estou chorando no corredor do colégio, uma daquelas coisas que a gente nunca supera. Aquelas imbecis das Tops, a Kennedy e a Park, passam por mim e cochicham. Foda-se a Kennedy. Amanhã, na aula de Biologia, vou pedir para trocar de dupla de laboratório. A Kennedy que arranje outra pessoa para montar nas costas. Essa gente, com todos os seus privilégios. Eu passo mal. Ficam aí flutuando pela vida, sentadas em uma nuvem de dinheiro.

Como posso ter sido tão burra? A Alice tem razão. Eu nunca ia conseguir pôr as mãos naquela grana. Lilian estava só me manipulando, não é mesmo? Para eu fazer o trabalho sujo por ela, quando me falou da Penny Jefferson. Ou talvez estivesse me sondando, tipo, achando graça de ver até onde a menina pobre é capaz de ir por dinheiro, o que a menina pobre está disposta a fazer. E eu ainda me considero uma *detetive*? Eu sabia que jamais deveria ter me envolvido com a Alice Ogilvie. Minhas notas pioraram. Cabulei aula. Pulei de uma *janela*.

Lilian Levy estava enganada quando conversou comigo, lá no Pouso na Lua. Não sou *esperta*. Não sou *ágil*. Estava bem claro, esse tempo todo, bem na frente do meu nariz, e eu não percebi. Que eu jamais receberia o dinheiro se o treinador fosse o assassino.

Assim como não fui capaz de enxergar quem a Alice de fato é. Apenas uma pessoa manipuladora e horrorosa. Achando que ia ficar *famosa* por causa disso? Que as pessoas iam voltar a *gostar* dela?

Eu me deixei levar, achando que a Alice era diferente. Eu me abro um pouquinho com alguém e olha só o que acontece, porque é nisso que dá quando a gente se abre. A gente se magoa. As pessoas mostram as garras.

“Esquisitona”, alguém murmura. “Vai chorar no banheiro, *nerd*.”

Paro na frente da porta da sala da Westmacott e passo a mão no rosto, furiosa.

E eu me odeio. Por ter sido burra e não ter pensado direito nessa coisa do dinheiro. E por ser... igualzinha à Alice.

A Alice queria reconhecimento. Eu queria dinheiro.

Nós duas saímos perdendo. Nós duas somos mentirosas.

Odeio Enseada do Castelo.

Eu já ia bater na porta, mas, de repente, do lado de dentro, a Westmacott ergue a voz.

– Não, eu só queria deixar um recado para ele. Não é proibido, é? Por que é tão difícil entender? Por acaso ele não tem direito a fazer telefonemas?

Tiro a mão da porta.

– Sim, sei que ele poderia ligar para mim se quisesse, mas preciso mandar um recado. Você não pode simplesmente anotar?

A Westmacott fala com uma voz estridente e, para ser sincera, meio assustadora. Ouço o barulho do telefone fixo sendo desligado com força e, em seguida, a voz da Westmacott, desconsolada.

– Só estou tentando *ajudá-lo.*

Eu já ia embora porque, obviamente, a Westmacott está tendo uma espécie de *crise*, quando o Cole Fielding aparece, de cabelo na cara, como sempre, radiante e perfeito.

Ele sorri para mim. Fico com vergonha de mim mesma por ter retribuído o sorriso, mas ele é tão lindo, caramba, não consigo me controlar. É meu *crush*. Não sou *imbecil*. E sei que tem o Spike, mas...

Ai, se o Cole Fielding não fosse tão empenhado em ser uma espécie de rebelde motociclista genérico do ensino médio que vive de jaqueta de couro, poderia até ser um cara mais ou menos decente. Só que hoje, não está de jaqueta de couro, está com uma jaqueta esportiva de brechó, daquelas bem clássicas, com retalho nos cotovelos e tudo.

Infelizmente, fica ainda mais bonito com essa jaqueta.

– Não precisa ficar com vergonha, Adams. Todo mundo precisa sentar no pufe uma hora ou outra.

O Cole estica o braço, bate na porta da sala da Westmacott e dá risada.

– Já vou! – grita ela, lá dentro. – Só um minutinho.

– Valeu mesmo, Fielding.

– Hehe. Adoro zoar com você. Você fica com uma cara fofinha e radiante.

Apesar de meu coração estar se partindo ao meio e de eu ter vontade de tacar fogo nesse lugar, fico corada.

– É, viu só? Prontinho. Haha. Tenho que ir nessa. Vou trabalhar no Penhasco hoje. Quem sabe a gente se vê lá. – O Cole me dá um sorriso.

– Quem sabe – respondo.

– Legal. Até mais, Adams. – E aí o Cole se afasta pelo corredor.

A porta se abre.

– Íris, sim, desculpa. Ando... tão estressada. Entre, por favor.

A Westmacott está com uma cara perturbada. Vai até a janela e fica olhando lá para fora.

– Desculpa – falo. – Quer que volte depois?

– Não, não. Não tem problema. Eu ando tão desorientada nos últimos tempos... Esqueci que a gente tinha marcado hora...

– Não, eu só... – E me odeio por balbuciar. Recomponha-se, Íris. – A Alice Ogilvie acabou de me demitir.

A srta. Westmacott franze o cenho.

– Ela o quê?

– Ela me demitiu – repito. – Não quero entrar em detalhes. Não tem problema. Mas a Alice falou que o meu pagamento estaria esperando por mim aqui. Está? Posso receber?

A Westmacott fica remexendo na mesa.

– Sim, está. Como a mãe da Alice viaja muito, deixou o cheque com antecedência. A média da Alice neste semestre é sete e meio. Sendo assim, é óbvio que você cumpriu com seu dever, mas, no momento, estou muito preocupada. Vocês duas brigaram? Achei que estavam ficando amigas...

A orientadora segura o envelope fora do meu alcance. As unhas dela não estão tão caprichadas como de costume. O esmalte está descascado.

– A senhora achou errado – respondo.

A srta. Westmacott faz que vai me entregar o envelope, mas muda de ideia e aproxima as mãos do corpo.

Três mil dólares. Já é alguma coisa, contando com o que já economizei. Um total de 5422 dólares. Talvez, com isso, eu consiga convencer minha mãe. Talvez baste. Para ir para algum lugar.

– Você está bem, Íris? Sei que está tudo *muito* confuso neste exato momento. Com certeza foi uma virada e tanto, não foi?

– Só quero o meu dinheiro. É meu. Eu *fiz por merecer.* – Toma essa, Lilian Levy.

A srta. Westmacott balança a cabeça, concordando.

– Tudo bem, Íris. – Ela estende o envelope, e praticamente arranco o pagamento das mãos da mulher. – Se é só isso, na nossa próxima sessão, gostaria de começar conversando sobre opções de universidades e bolsas de estudo.

– OK.

Minha maior vontade é dizer para a Westmacott que a gente não vai conversar sobre opções de universidades e bolsas de estudo coisa nenhuma, porque vou levar esse dinheiro para casa, juntar com o que já economizei e, faça chuva ou faça sol, vou enfiar minha mãe dentro de um carro e vamos embora daqui, agora mesmo, de vez, porque não tem mais nada para mim nesse lugar. Nem uma coisinha sequer.

Mas não digo nada. Só enfio o envelope no bolso do casaco e dou as costas para ela.

– Beleza, srta. Westmacott. A gente se fala.

CAPÍTULO TRINTA E SEIS

ÍRIS

21 DE NOVEMBRO

17:45

EU, O SPIKE, A Zora e o Neil estamos jogados na sala da casa do Spike. Estou sentada na poltrona reclinável, de pés para cima, com o estômago todo embrulhado. Não queria ter vindo. Só queria me esconder no meu quarto, sinceramente, mas o Spike me obrigou a vir.

— Você não pode perder! Essa história só fica melhor, sabe, e pensa só: você, e nós, a gente tem um dedo nisso. Não deixa de ser legal, de certo modo.

A Zora tira os olhos do celular e pergunta:

— A sua amiga vem?

Faço careta e respondo:

— Não.

— Vocês duas pareciam gêmeas siamesas. O que é que tá pegando?

— A gente brigou.

O Spike ergue as sobrancelhas.

— Vocês duas brigaram? Achei que estavam no maior amorzinho. Isso não é legal. Você tá bem?

O Neil murmura:

– Mulheres no ringue, mulheres no ringue.

– Cala a boca, cara. – A Zora se aproxima de mim. – O que foi que aconteceu? – Não sei como contar para a Zora da briga que eu tive com a Alice. Como vou explicar que a gente brigou porque a Alice achou que ia receber elogios quando essa história toda acabasse? Que a gente brigou porque ela descobriu um detalhe da minha vida que eu tento manter bem, bem guardado?

Quer dizer, eu entendo. A Alice também não gostava de falar da própria vida, e eu nunca consegui arrancar a história toda dela, mas essa garota... deve ter uma vida bem mais solitária do que a minha. Cadê os *pais* dela? As amigas da menina são umas metidas superficiais que, bom, põem drogas na bebida uma das outras para roubar o namorado, para começo de conversa. A melhor amiga da Alice foi *assassinada.* A amiga que ela odiava (com todo o direito), por que tinha roubado o namorado dela, e aí essa amiga... morreu. Só de pensar já me dá calafrio. A última coisa que a Alice sentiu pela amiga antes da morte dela foi ódio. Isso... deve ser difícil.

E eu nunca insisti muito para que a Alice falasse disso. De repente, deveria ter insistido.

E isso me deixa triste. Porque, por mais que eu estivesse brava com ela, sei que, lá no fundo, tudo o que a Alice queria mesmo... era ser amada, caramba! Os pais são incomunicáveis, a garota está sendo criada em uma casa gigante, cheia de ecos, que, admito, é incrível para cacete, por uma mulher legal, mas... quem ama a Alice? Cadê esse povo? Sim, ela tratava o Steve como se fosse um objeto, muito provavelmente. E o cara terminou com ela e se apaixonou por outra pessoa. E aí, a Alice, sendo a Alice, surta e resolve sumir, para que alguém fique com *saudade* dela.

Quer dizer, tem coisa mais triste que isso?

E aí Alice acha que pode dar um jeito nisso tudo, voltar para a vida que tinha antes, como se nada tivesse acontecido.

Do mesmo jeito que fingiu que o sumiço dela nunca ocorreu. Tem alguma coisa sinistra com essa garota, para ter simplesmente... levantado do sofá e ido embora daquele jeito.

É algo que sou capaz de entender.

E como posso explicar para a Zora que, em parte, briguei com a Alice porque fiquei louca da vida quando me dei conta de que não ia receber o dinheiro da recompensa? Isso, com certeza, não pega nada bem.

– Hã, cara, pelo jeito, você está pensando várias coisas interessantes sentada aí – diz a Zora. – Não quer compartilhar conosco?

Estou lacrimejando. Será que a Zora reparou? Olho rapidamente para o celular, porque gostaria de ver uma mensagem da Alice, mas não tem nenhuma.

Cacete. Estou com saudade da Alice Ogilvie.

É verdade. Eu odiei encontrá-la no colégio semana passada. Achei que, talvez, fosse voltar para a Turma dos Tops, mas não voltou. Só ficou sentada sozinha na cantina, mexendo no celular.

O Neil dá risada.

– Agora você falou igualzinho à Westmacott, Zora. "Vamos compartilhar. Sente-se, sinta o pufe. Seja o pufe" – imita.

A Zora dá uma bufada.

– Vocês viram que vão fazer uma devassa na delegacia, para investigar conduta ilegal por parte da polícia de Enseada do Castelo?

O Neil dá uma risadinha.

– "Devassa".

– Ai, meu Deus, cala a boca. Você tem 17 anos, não 7 – berra a Zora.

– Psiu – faz o Spike. – Já vai começar.

Todos olhamos para a tevê. A Tessa Hopkins está sentada em um estúdio de iluminação impecável, de frente para quatro mulheres que parecem constrangidas.

A Westmacott; Sharon Yang, da cantina, que nunca vai deixar de ser apenas a Mulher da Cantina para a gente; a srta. Hollister, professora de Cálculo; e Patty Hansen, professora de História.

– Buuu! – vaia o Neil, meio gritando. – Buuu para você, Patty, por ter me dado aquele seis no trabalho sobre o Henrique VIII.

– Estou aqui com quatro das mulheres que têm um papel central na acusação de assassinato contra Matthew Donovan. Semana passada, foi revelado que Donovan era conhecido como Paul Bradford, herdeiro da fortuna da família Bradford. Enquanto vivia como Paul Bradford, foi um dos suspeitos do desaparecimento da primeira esposa, Penny Jefferson, há mais de vinte anos. Bradford mudou de nome e fez cirurgia plástica para se esquivar da notoriedade associada a esse caso e há anos mora em Enseada do Castelo, vivendo uma vida de mentiras. A mãe dele, Greta Bradford, atualmente está sendo investigada pelo crime de manipulação de testemunhas, no caso de Brooke Donovan. A data do julgamento já foi marcada, e Donovan está, no presente momento, na prisão. Esta noite, essas quatro mulheres corajosas farão revelações sobre o Matt Donovan que elas conheciam.

O ângulo da câmera se abre para mostrar todas as cinco no estúdio. A Westmacott está mais à esquerda; Yang, a Mulher da Cantina, no meio. Depois vem a srta. Hollister e, por último, a srta. Hansen.

– Tomara que a Tessa pergunte para a Mulher da Cantina por que cancelaram as Terças de Taco – comenta o Spike. – Esse, sim, seria um furo de reportagem que eu, sem dúvida, aplaudiria.

A Tessa Hopkins dá aquela jogadinha no cabelo que é a marca registrada dela.

– O que vocês podem nos contar a respeito do homem que conheciam como Matt Donovan?

Faz-se um silêncio constrangedor até que, por fim, a srta. Hansen se pronuncia:

– Ele sabia ser muito charmoso, sabe? Tinha... tem... uns olhos. Que dão a impressão de que realmente enxergam a gente. Tipo, ele é um cara que te entende.

– Ou, talvez – diz o Spike, com um tom grave –, só está tentando descobrir qual é a melhor maneira de te empurrar penhasco abaixo. Pelo jeito, é o *modus operandi* do cara.

– É mesmo – concorda a Mulher da Cantina. – Tratava a gente muito bem.

– Quer dizer, os presentes – completa a srta. Hansen, passando os dedos no pescoço nu. Nas fotos do Facebook, ela está usando um colar de pérolas caro que, de acordo com a Ricky Randall, foi apreendido como prova.

– É, as joias – incita a Tessa Hopkins. – As viagens de fim de semana para Santa Bárbara. Mas vocês não desconfiaram de como Donovan tinha dinheiro para tudo isso? Com um salário de professor e treinador?

A Mulher da Cantina e a Hansen se entreolham.

– Bom, sabe, ele *tinha* dinheiro. Eu só pensei que devia ter, né? Sei lá. Quer dizer, agora que tive tempo para parar e refletir, acho que ele devia, provavelmente... sabe, como o que andam dizendo. Pegar o dinheiro da mesada para manter a Brooke. – A srta. Hansen está com os olhos marejados.

– Ele mentia muito – declara a Westmacott, do nada. – Agora a gente sabe disso. Mas acreditava nele, porque não é fácil encontrar um cara legal. A gente tem que ficar com tantos caras péssimos antes de conseguir um decente. Eu simplesmente fiquei agradecida.

Ela olha para baixo, para o próprio colo, com os lábios trêmulos.

– Ai, Westmacott – fala o Spike. – Essa meio que partiu meu coração, moça.

A srta. Hollister concorda, balançando a cabeça.

– A gente simplesmente não enxerga certas coisas, porque está apaixonada.

A Westmacott dirige o olhar para a Hollister. Seus lábios não tremem mais, e o olhar é de... muita mágoa.

– Que horrível – murmura a Zora. – As quatro foram obrigadas a se reunir e ficar se ouvindo falando do cara pelo qual *todas* estavam apaixonadas, provavelmente, tipo, ao mesmo tempo. Isso não é proibido, aliás, antes que o treinador vá a julgamento?

– Paul – corrige o Neil. – O nome do cara é Paul Bradford.

– Ele continua sendo nosso treinador – retruca a Zora.

– Não sei se a Tessa Hopkins se preocupa com questões éticas assim – respondo, me dirigindo à Zora. – Mas tenho certeza de que não podem comentar sobre evidências específicas e tal.

– Pelo jeito, ninguém mais se preocupa com a ética a essa altura do campeonato – declara o Neil. E deita em seguida, de costas no chão. – Tipo, o Anderson vai no programa da *Oprah*. Achei que era proibido por lei lucrar com um crime.

– Ele não cometeu o crime – falo. – Sendo assim, o Steve pode chorar as pitangas pra quem quiser e ganhar dinheiro com isso.

– O que me faz lembrar – intervém a Zora. – Íris, aquela sua amiga advogada esquisita por acaso chegou a comentar se o Steve vai ser, tipo, indiciado por alguma coisa? Quer dizer, primeiro ele falou que era culpado, depois voltou atrás. Isso não conta como perjúrio e tal? Tipo, ele aceitou suborno e *mentiu*.

Meus dedos estão pairando sobre o celular.

– Quê? Não, não sei. Quer dizer, ela não comentou nada comigo.

Manda logo mensagem para ela, diz meu cérebro. Manda mensagem para a Alice. Ela deveria estar aqui. A gente pode ser amigo dela. Bom, *eu* não, não por muito tempo, mas o Spike, a Zora e o Neil vão adotá-la. Vão cuidar dela.

– O cara é *rodado* – diz o Neil. – Como essas mulheres não sabiam uma da outra?

— Vamos falar... das outras coisas — desconversa a Tessa, com delicadeza. — No início, ele era um cavalheiro, cheio das rosas, velas e banhos de espuma, mas o que aconteceu depois?

— Eu queria me casar — declara a srta. Hansen, com um tom firme. — E ele caiu fora. Disse que isso jamais iria acontecer, que ainda não tinha superado a perda da esposa. Não queria magoar... a Brooke.

As mãos da Westmacott estão praticamente brancas, de tanto que as aperta sobre o colo.

— Da segunda esposa — explica a Mulher da Cantina. — A gente não sabia da primeira, naquela época. Eu, pelo menos, não sabia.

— Eu também não — declara a srta. Hansen.

A Westmacott fala, baixinho:

— Com certeza, isso foi uma surpresa para mim.

Ela fica vermelha.

— Acho — sugere a Mulher da Cantina — que ele só se interessava por mulheres ricas, na verdade. Tipo, não ia se casar com nenhuma de nós, a menos que a gente tivesse dinheiro. E foi bem falso em relação a tudo isso. Vivia reclamando...

A srta. Hollister balança a cabeça.

— ... que a parcela que ele recebia todo mês da herança da Brooke não dava para pagar as contas, que quando ela completasse 18 anos...

— ... ele não teria mais acesso ao dinheiro. A filha receberia a herança. Que ele ficaria a ver navios.

A srta. Hansen dá uma risada debochada.

— Isso mesmo. Bom, agora a gente já sabe dos 5 milhões.

— E foi estranho, ele ter aparecido lá em casa *àquela* hora da noite, né? Da noite em que tudo aconteceu, quer dizer. — A srta. Hollister enrola uma mecha do cabelo com o dedo. — Quer dizer, ele costumava aparecer lá em casa mais cedo, depois ia embora. Mas eu já estava dormindo quando o treinador chegou, e o Matt parecia estar... nervoso.

– O cara também mandava bem por horas e horas, se é que você me entende – comenta a srta. Hansen, dando risada.

– Hã, que virada nojenta – diz a Zora. – Preciso deixar meu cérebro de molho na água sanitária.

– Elas me parecem meio... indiferentes – murmura o Spike. – Uma menina morreu, e todas estavam saindo com o assassino.

– Menos a Westmacott – comento. – Olha só para ela. Mal consegue segurar a onda.

A Westmacott está com a respiração ofegante, pescoço vermelho, cara de indignada. Fico com pena dela. Tipo, os dois tinham acabado de terminar, tudo isso acontece, e agora ela tem que ouvir essas mulheres falando do treinador... na cama. Não tem como não doer. E a única pessoa com quem tenho vontade de falar sobre tudo isso é a Alice Ogilvie, que faria comentários mordazes sobre a Westmacott e as outras mulheres e, provavelmente, mandaria um zilhão de citações da Agatha Christie que só ela entende e ficaria apenas sendo... a Alice. Complicada, encantadora, misteriosa e irritante.

Vou ficar com saudade disso.

CAPÍTULO TRINTA E SETE

ALICE

24 DE NOVEMBRO

14:10

"O sensacionalismo logo morre,
o medo tem vida longa."
AGATHA CHRISTIE,
Morte nas nuvens

MINHA MÃE VEIO PASSAR o dia de Ação de Graças em casa. Meu pai não pôde vir – falou que estava prestes a fechar um negócio lá na China. "O dia de Ação de Graças só é feriado nos Estados Unidos, Alice", disse, havia alguns dias, quando a gente se falou, pela primeira vez em semanas. "No resto do mundo, a vida segue normalmente."

De início, pensei que minha mãe, por fim, tinha se dado conta de que, de repente, sabe, eu preciso de companhia e tal, com tudo isso que está acontecendo. Mas, assim que entrou em casa, ontem, comunicou que tinha hora marcada para fazer o cabelo lá em Los Angeles, na segunda-feira de manhã cedo, um compromisso que ela *não podia* perder, porque é impossível conseguir horário com esse cabelereiro. "É o Alfredo Dominguez, Alice. Ele faz o cabelo da Reese Witherspoon. Você é capaz de entender."

Fiz que sim, como se eu entendesse, pensando "Bom, pelo menos um dos dois vai estar aqui para passar o dia de Ação de Graças comigo". Só que, um segundo depois, minha mãe falou que ia ter que sair no início da tarde do feriado, para chegar lá em Los Angeles com antecedência e dar entrada no hotel. Ai dela se fizer o *Alfredo* esperar.

Sendo assim, não tem mais ninguém em casa, de novo. Fico andando, de um cômodo para o outro, como se esperasse encontrar outro ser humano em algum lugar, mas sei que não vou. A Brenda combinou de ir ver a filha e a família, lá em San Diego, quando ficamos sabendo que minha mãe voltaria para casa. Ela saiu ontem à noite, depois de se certificar de que eu ficaria bem e de deixar comida pronta para os próximos dias. A Brenda disse que poderia ficar comigo, se eu quisesse. Que poderia cancelar a viagem. Mas falei para ela ir. Que eu ficaria bem.

E eu *estou* bem. Já fiquei sozinha antes, tantas vezes que perdi a conta. Só que, no passado, sempre podia convencer alguém a vir me fazer companhia. O Steve, a Brooke, a Kennedy, a Park... Alguém cuja presença amenizaria o vazio desta casa.

Enfim, quando minha mãe saiu, poucas horas atrás, fui pegar o celular, mas me dei conta de que não tenho mais ninguém para quem ligar.

Lá fora, as nuvens começaram a se acumular no céu. Quando entro na nossa sala de jantar, as sombras daquele brasão esquisito que meu pai comprou há alguns anos, na Itália, dançam pela parede dos fundos do cômodo, e fico arrepiada. Não posso ficar aqui.

Vou correndo até o saguão. Pego o casaco, a bolsa e saio porta afora, o mais rápido que meus pés são capazes de andar.

Dez minutos depois, estou sentada no carro, na frente de um prédio. Não sei direito o que vim fazer aqui. Eu e a Íris não nos falamos desde o incidente da biblioteca. Apesar de eu ter pensado umas cem vezes em mandar mensagem para ela, não sei o que dizer.

Eu nunca mantive uma amizade intacta depois de uma briga tão doída assim.

Levando uma torta embaixo do braço, vou subindo a escada bem devagar, até o apartamento da Íris. E, a cada passo que dou, minhas mãos vão ficando mais suadas. Passei o trajeto inteiro até aqui pensando no que poderia dizer: "Desculpa. Você não precisa me contar nada de Pinheiros Uivantes nem do seu pai se não quiser. A gente pode, por favor, fazer as pazes?".

Mas, à medida que me aproximo do andar dela, tudo isso me parece ridículo. Meu Deus, como as pessoas *fazem* essas coisas? Pedir desculpas é uma merda.

Quando vou chegando ao terceiro andar, ouço alguém gritando alto em um dos apartamentos próximos. As festas de fim de ano realmente despertam o que as pessoas têm de melhor.

Já na frente do 317, seco as mãos na camiseta, respiro fundo e bato na porta. Quando faço isso, ouço mais um grito. "Peraí." Por acaso... parece que o grito está vindo do apartamento da Íris.

Bato na porta de novo, com mais força.

Lá de dentro vem um barulho de briga e, em seguida, a correntinha da tranca chacoalha, e a porta se entreabre alguns centímetros. A cara da Íris aparece na fresta, e a expressão dela é reticente.

– Eu trouxe uma torta – falo, mostrando-a para a Íris, como se fosse uma bandeira branca. – Mil...

– Alice, você não pode entrar aqui. – Há um barulho detrás dela, e a Íris se encolhe toda. – Você precisa ir embora.

– Espera... – Mas, antes que dê tempo de eu falar mais alguma coisa, ela bate a porta na minha cara.

CAPÍTULO TRINTA E OITO

ÍRIS

24 DE NOVEMBRO

14:25

É CLARO QUE A gente deveria ter se mandado. Assim que eu trouxe aquele dinheiro das aulas particulares para casa, a gente deveria ter se mandado. Naquele exato momento. Só que a vida real se intromete. Sempre faz isso. Nada nunca sai conforme planejado. Eu já deveria ter aprendido isso a essa altura.

Na vida real, a gente passa dois dias chorando, tentando convencer a mãe de que podemos nos mandar, que a gente tem esse dinheiro e "Por favor, mãe, por favor, vamos só aproveitar esta oportunidade". Mas Enseada do Castelo é o lar dela, é tudo que ela conhece. O mar, o Pouso na Lua, o cemitério onde os pais dela estão enterrados.

Deixar para trás o que a gente conhece é assustador. Recomeçar do zero é assustador.

Mas, uma hora, eu consegui. Consegui convencê-la. Mostrei o dinheiro. Mostrei a reserva do quartinho naquele hotel barato, em Pinheiros Uivantes. Podemos ficar lá até conseguir outro lugar. Em qualquer lugar as pessoas precisam de alguém para servir bebidas. É uma profissão de alta rotatividade. A chefe da minha mãe, lá do Pouso na Lua, falou que tem um conhecido que tem um conhecido que precisa de alguém para trabalhar em um bar por lá. Fizemos as malas, só com o necessário. Enchemos um isopor de comida. Eu já sentia. Sentia o gostinho na boca. De liberdade. Do vento gelado entrando pela janela abaixada do carro quando a gente pegasse a estrada, à noite. Como seria, tipo, ficar longe dele. Ficar longe de todas as preocupações que ele causa.

Mas não fomos embora em tempo. Fui burra. Achei que ele poderia estar com a outra família no dia de Ação de Graças, porque é lá que normalmente fica.

Achei que poderia ser o Spike, ou até a Alice, por mais estranho que isso possa parecer, quando bateram na porta.

Mas, quando abri, lá estava ele. O Coisa.

– E aí, menina? – diz. Põe o dedo embaixo do meu queixo, como sempre faz. Está mais magro do que da última vez que o vi.

Meu corpo inteiro fica gelado.

Atrás de mim, minha mãe fala, com a voz fraca:

– Jeff.

E meu pai fala:

– Patsy, por acaso você estava de saída? Está de casaco.

O Coisa passa por mim, se esgueirando. Estica o braço atrás de mim e fecha a porta. Quase derruba a luminária de chão que fica ao lado da porta, mas ele a coloca no lugar com a maior delicadeza.

– Está gelado lá fora. Não quero que esse frio entre aqui.

É difícil explicar como o corpo da gente se sente quando está com medo, muito medo, ou sendo ferido. Todas as lembranças dos ferimentos anteriores voltam, te atropelam, meio que te desligam. Dói menos quando o corpo fica entorpecido.

O pulso quebrado no verão foi só a primeira vez que ficou visível para os outros.

Meu pai está olhando para a sala de estar pequena, para minha mãe, de casaco, olhando para o chão, para nossas duas malas feitas às pressas, o isopor, e para as três sacolas de supermercado, cheias de coisas de que a gente achou que ia precisar.

– O que está acontecendo aqui? – pergunta.

Meu pai tem uma voz que mais parece uma faca. Brutal e penetrante.

Minha mãe engole em seco.

– Patsy?

Consigo enxergar o pouco de coragem que minha mãe tinha se esvaindo, o corpo dela murchando a cada segundo que passa.

– Íris? Fale já o que está acontecendo aqui.

– Você não deveria estar aqui – diz minha mãe, constrangida. – Temos a medida restritiva.

– A gente vai se mandar – respondo. – Vamos nos mandar. Pra longe daqui. De *você*.

Não sei de onde isso saiu. Não posso explicar. As palavras simplesmente saem. Tenho uma mão dentro do bolso do casaco, segurando o envelope cheio de dinheiro.

E aí meu pai começa a se aproximar da minha mãe, as palavras saem da boca do Coisa, bem altas.

É nessa hora que outra pessoa bate à porta.

Abro, só uma frestinha. É a Alice. Com uma torta na mão, dentro de uma marmita de alumínio.

– Eu trouxe uma torta – diz ela, meio tímida. – Mil...

– Alice, você não pode entrar aqui – interrompo. Falando calmamente. Calculadamente. – Você precisa ir embora.

A Alice faz uma cara confusa.

– Espera...

Bato a porta na cara dela.

Minha mão livre vai se aproximando da haste da luminária de chão.

Fico assistindo a tudo de fora, porque as coisas começam a se movimentar bem devagar, como se fosse um sonho.

CAPÍTULO TRINTA E NOVE

ALICE

24 DE NOVEMBRO

14:35

DEIXO A TORTA NO chão, na frente da porta do apartamento. Se a Brenda encontrar essa torta intocada quando voltar, amanhã, como vou explicar para ela o que aconteceu? Tem alguma coisa errada, eu sei, mas...

Esse pensamento é interrompido de repente, por outro grito vindo do apartamento da Íris. Fico petrificada.

Será que devo bater de novo? A Íris deixou bem claro que queria que eu fosse embora, mas acho que isso não é normal. Preciso fazer alguma coisa. Tiro o celular do bolso de trás da calça e vejo que tem uma mensagem não lida, da minha fonte.

Atualização: o laboratório encontrou DNA não identificado na roupa da Brooke

Digito a resposta com as mãos tremendo.

preciso de ajuda

Você tá bem?

não

Onde você tá?

Na casa da minha amiga

tô com medo

ouvi barulhos. acho que tem alguma coisa errada.

acho que ela pode estar em perigo

Onde

Edifício Litorâneo

Chama a polícia. Chego em 10

Com o coração a mil, ligo para a polícia e conto o que está acontecendo. Já estou desligando quando ouço um grito ainda mais alto vindo lá de dentro e, um segundo depois, a porta se abre. Dou um pulo de susto e vou correndo para a escada, o mais rápido que posso. Atrás de mim, ouço passos apressados.

Quando chego à escada, viro a cabeça e vejo um homem bem magro, mal-encarado, correndo na minha direção. O mesmo homem da ficha corrida que minha fonte incluiu na pasta que deixou para mim na Lanchonete do Joe.

O pai da Íris.

Sinto um frio na barriga de medo e fico tentada a sair correndo, antes que ele me alcance. É isso que eu teria feito um mês atrás. Fugir correndo desse problema que não é meu, voltar para minha casa grande e vazia e trancar a porta logo depois, fingindo que nunca estive aqui. É isso que eu sempre fazia com a Brooke e com aquelas outras garotas. E, quem sabe, se eu não tivesse feito isso – quem sabe, se todas nós tivéssemos cuidado um pouco mais das outras –, a Brooke ainda estaria aqui conosco e não estaria... morta.

O medo se fortalece e aí toma conta de mim, tornando-se outra coisa. Raiva. Eu sou a Alice Ogilvie, *porra*, e não acabei de solucionar um caso de assassinato para fugir correndo de um imbecil qualquer que, visivelmente, tem feito da vida da minha amiga um inferno.

O cara está no alto da escada agora, a poucos metros de mim, descendo os degraus de dois em dois. Um bafo de cerveja me acerta em cheio, e reparo que tem sangue escorrendo de um lado do rosto dele.

Mandou bem, Íris.

Quando ele passa, estico a perna e faço o cara tropeçar.

O homem resmunga, sacode os braços, tentando se equilibrar, e aí cai para a esquerda, bate no chão de cimento da escada e desce rolando, rolando, até bater na parede, lá embaixo, com força.

– Ai! – Ele se encolhe todo de dor, fica em posição fetal, abraçando as próprias pernas, e aí vira a cabeça, devagar, bem devagar (juro por Deus, parece que o tempo desacelerou), e me lança um olhar fulminante. Meu corpo inteiro treme. Preciso sair daqui antes que esse cara levante de novo.

Desço correndo. Quando passo pelo homem, ele estica a mão, tentando me segurar pelo tornozelo, mas consigo me esquivar. Desço o próximo lance de escadas aos pulos, o outro também, até chegar lá embaixo.

Não sei o que fazer. Se – *quando* – o cara levantar, vai vir atrás de mim, e ele é muito, muito maior do que eu. Preciso de evidências. De um registro da existência desse homem.

Já no estacionamento, fico procurando, desesperada, o carro dele no meio dos outros. Vejo que está lá do outro lado e vou correndo até o veículo para dar uma espiada lá dentro. Tem um pé de cabra meio que escondido embaixo do banco do carona. Meu Deus: o cara tem uma arma? Não sei o que estou fazendo, mas sei que não vou deixar esse homem se safar nem fazer isso com a Íris ou com a mãe dela, nunca mais.

Começo a tirar fotos. Da placa. Do pé de cabra. De tudo que acho que pode ser utilizado para identificá-lo. De tudo que pode ser usado para fazer esse cara ser preso.

Atrás de mim, ouço uma movimentação. Com o coração na boca, me viro e não vejo nada, mas aí um gemido alto ecoa no ar. Um segundo depois, outro gemido. Será que aquele homem está se levantando? E se ele voltar para o apartamento da Íris? Não vou permitir que faça isso.

Abro o meu porta-malas e pego a primeira coisa que vejo – uma corda, que deve ter a ver com aquela égua ridícula que meus pais me deram. Não faço ideia do que vou fazer com isso, mas segurá-la, pelo menos, me faz sentir minimamente mais segura, e então volto correndo para a escada. De onde estou, dá para ver o lugar onde o homem caiu.

Não tem ninguém.

Sinto um pavor na minha barriga. Aonde será que ele foi?

E nessa hora eu ouço – o barulho de alguém se arrastando. Vindo na minha direção. Uma vozinha dentro da minha cabeça grita "Entra no carro, Alice! Sai daqui!". Mas não posso ir embora. Não posso deixar a Íris aqui, sozinha com esse homem. Seguro a corda com os punhos cerrados, apertando-a com força, e fico parada no lugar.

Um segundo depois, ele aparece no meu campo de visão, no pé da escada. Está quase do meu lado. O que estou fazendo? Esse homem tem, pelo menos, cinquenta quilos a mais do que eu. Não vou conseguir derrubá-lo. Esse deve ser um dos piores planos que já fiz na vida.

E aí duas coisas acontecem ao mesmo tempo: o pai da Íris aparece no fim da escada e vem cambaleando na minha direção, com a expressão mais maligna que eu já vi na vida, e ouço uma sirene ao longe, vindo para cá. Por um instante, o ruído distrai o pai da Íris, que está a apenas três metros de mim agora, e aperto ainda mais a corda, achando que, talvez, essa pode ser minha oportunidade de fazer alguma coisa. De dar um jeito de contê-lo. Mas aí ele se vira para mim, nosso olhar se cruza, e um arrepio do mais absoluto pavor percorre minha espinha.

"Merde."

Um sorriso perverso surge no rosto do homem, e me dou conta, exatamente, do porquê a Íris estava tão desesperada para ir embora da cidade.

– *Fica longe de mim* – grito, mas ele só dá risada. Isso me revira o estômago. O cara começa a se aproximar de mim de novo, esticando os braços, tentando me pegar, e aí outro carro entra no estacionamento, um carro que não é da polícia, mas cujo motorista eu seria capaz de reconhecer em qualquer lugar.

O Rafael Ramirez.

Claro. Ele está fazendo estágio na delegacia, cursando o primeiro ano da Universidade Comunitária de Enseada do Castelo. O Rafael comentou sobre isso comigo no verão, depois que fugi de casa, quando ele me encontrou, com o carro batido e a cabeça doendo, no acostamento da estrada, e passou cinco dias comigo, me ajudando. Eu tinha esquecido. Faz sentido o Rafael ter feito isso.

Ele é primo da Remy Jackson.

CAPÍTULO QUARENTA

ÍRIS

24 DE NOVEMBRO

14:52

MINHA MÃE ME ABRAÇA. Estou meio zonza, porque ele bateu na minha cabeça. Estamos sentadas no chão. O casaco da minha mãe está rasgado, os botões espalhados no carpete. Ficamos caladas, porque o que a gente poderia dizer? Já passamos por isso um milhão de vezes.

– Íris?

É a Alice, que me chama com a voz embargada.

– Íris, chamei a polícia. Eles estão aqui e...

Não quero que ela me veja assim. Não quero que ela veja *isso*. Só quero sumir.

– Por favor, só vai embora – falo.

– Íris, aquele cara... eu...

– Eu falei pra você *ir embora.*

– Íris – diz minha mãe, baixinho. – Ela é sua amiga.

– Pode voltar – falo, mais ríspida. – Pode voltar pra sua mansão, pra todo o seu dinheiro e todos os seus amigos ricos. Não quero você aqui, ainda não *entendeu*? Certas pessoas não têm salvação.

Fico só olhando para ela, que está com uma expressão arrasada. A Alice titubeia por alguns segundos, depois dá as costas e vai correndo até a porta, esbarrando em um cara que está entrando. O garoto segura o braço da Alice, mas ela se desvencilha, vai lá para fora e some.

– Vejamos – diz o rapaz, agachando-se para falar comigo. – Tenho que ver se vocês precisam de atendimento médico. Imagino que aquele cara algemado, lá no estacionamento... foi ele que fez isso?

Por algum motivo, ele não me é estranho, mas não consigo me lembrar de onde eu o conheço. Mal estou conseguindo pensar. Por que esse cara é tão novo? Policiais não podem ser tão novos assim. E ele não está de uniforme azul.

Ele está apalpando meu rosto, com toda a delicadeza.

– Vai ficar com um olho roxo – murmura. – O cara também não está lá essas coisas. Qual de vocês duas bateu nele?

– Fui eu – respondo.

– A polícia já vai subir. O que foi que aconteceu? – pergunta ele, olhando para minha mãe. – Sugiro que a senhora peça uma medida restritiva.

– Já pedi. Faz tempo. Em agosto – responde a minha mãe. – A gente ia embora. *Embora*-embora, sabe? E ele apareceu. Foi culpa minha. Espera, quem *é* você? Você não é policial.

– Eu... eu sou estagiário. De justiça penal. É complicado. Pode confiar em mim. Conta tudo.

– Mãe...

– O Jeff estava batendo em mim, e minha filha só tentou me proteger. – Minha mãe não me deixa falar. – A Íris bateu nele, com aquela luminária. E aí, o Jeff foi para cima dela, e o dinheiro...

– Dinheiro? – O cara está olhando em volta, para a bagunça que ficou no nosso apartamento: as malas, as sacolas de supermercado rasgadas, com tudo que tinha dentro espalhado pelo chão, meu dossiê. Eu quis levar o dossiê comigo.

Estou com a pulga atrás da orelha, olhando para o rosto jovem do rapaz. Queria conseguir raciocinar.

– Minha filha estava dando aula particular para uma amiga do colégio. Era o pagamento dela, que caiu do bolso e...

– Foi assim que convencemos ele a ir embora. Falei pra pegar o dinheiro, pegar tudo e ir embora – explico.

O cara espicha o braço e pega o meu dossiê. Abre.

Olha para mim com uma expressão confusa.

Várias coisas fazem *clique* no meu cérebro. O cara segurou o braço da Alice quando ela passou pela porta. É jovem. É... bonito, de um jeito natural. Não está de óculos escuros, como estava no enterro.

Rafael Ramirez.

E aí...

– Você – digo. – É você. Você é o contato da Alice, né?

– Sou, sim – responde o cara. – E você é a sócia dela no crime.

CAPÍTULO QUARENTA E UM

ALICE

24 DE NOVEMBRO

15:33

"O amor pode ser uma coisa muito assustadora."
"É por isso que a maioria das grandes
histórias de amor são tragédias."
AGATHA CHRISTIE,
Morte no Nilo

ESTOU EM CASA, DE novo. De novo nessa casa enorme, ridícula e sem ninguém, completamente sozinha. Fico sentada dentro do carro, parada na frente de casa, porque não tenho coragem de entrar. A adrenalina e o medo circulam pelo meu corpo, a imagem do olhar furioso do pai da Íris fica passando pela minha cabeça. Se o Raf não tivesse aparecido naquela hora... Sacudo a cabeça. Não posso pensar nisso.

Eu me recosto no banco, fecho os olhos para não enxergar nada disso, nada do que aconteceu nesse mês – sinto o peso do que aconteceu batendo em mim, feito uma daquelas ondas imbecis que batem lá embaixo, nos penhascos. O Raf era minha fonte anônima. A Brooke está morta. Foi o pai dela quem a *matou*. É coisa demais, peso demais no silêncio do meu carro, e giro a ignição para, pelo menos, ouvir música. Estou com saudade da Brenda.

"Oi", escrevo para ela.

Que me responde imediatamente.

Saudade de você.

Meus lábios tremem.

Também tô com saudade.

Você tá bem?

Tô. É só que... tá um silêncio aqui.

A Brenda fica alguns segundos sem responder e aí as mensagens começam a aparecer. "Desculpa. Vou voltar logo."

"Eu sei", respondo. A última coisa que eu quero é que a Brenda se sinta culpada por ter ido visitar a filha. "Tô bem."

Sei que todo mundo deve ter compromisso hoje... Então aqui vai uma sugestão. Por que não vai visitar sua égua? A Floquinho de Neve? Já faz uns meses que você não vai lá, sabe?

Reviro os olhos. A imbecil da minha égua? Mas aí, uma imagem me vem à cabeça, indesejada, dessa égua imbecil, no seu estábulo imbecil, completamente sozinha. Que nem eu.

Quem sabe.

Te amo.

Te amo.

Largo o celular no porta-copos no meio do console. Acho que vou visitar a imbecil da minha égua.

—

O Haras Green Gables fica no alto dos morros que rodeiam Enseada do Castelo. Só fui lá algumas vezes desde que ganhei a Floquinho de Neve e, como no alto do morro não tem sinal, erro o caminho algumas vezes até, por fim, conseguir encontrar o lugar.

Entro no estacionamento em meio a uma nuvem de poeira. Está praticamente vazio: só tem mais um carro parado, lá do outro lado, mas acho que isso não deveria me surpreender. Quem é que vem aqui no dia de Ação de Graças?

Uma resposta inconveniente me vem à mente: "pobres coitados". São eles que vêm, Alice. Os pobres coitados. Fico com um nó na garganta. Cala a boca, cérebro. Bato a porta do carro e vou andando pelo chão de terra batida, em direção às baias vazias. Lá pela metade da fileira, vejo: minha égua, a Floquinho de Neve, parada na baia, mastigando feno. Fico ali parada por um minuto, observando a égua comer. O que se faz com uma égua? Tipo, carinho? Nem sei.

Eu me aproximo da baia, e a Floquinho de Neve relincha. Nosso olhar se cruza por alguns instantes e, juro por Deus, tenho a impressão – sei lá, alguma coisa me atravessa. Uma calma. A Brenda vive falando que andar a cavalo é tipo uma terapia, mas nunca acreditei. Quem sabe eu *deva* tentar.

Pego a sela que está no chão e tento descobrir como prendê-la no corpo da égua, depois coloco o arreio.

Eu já ia puxá-la para fora da baia, quando ouço alguém entrando e o *pocotó, pocotó* de outro cavalo. Minha postura fica tensa. Não estou nem um pouco a fim de encontrar uma pessoa entusiasta de cavalos nesse exato momento e ter uma longa e cansativa conversa sobre o assunto. Preciso sair daqui.

Sussurro "desculpa" para Floquinho de Neve e vou abrindo a fivela do cabresto, fazendo o mínimo de barulho possível, e aí ouço uma voz.

– Você, pelo menos, nunca vai me deixar na mão, Oliver.

Oliver? Quem é que dá um nome desses para um cavalo? Um nome ridículo, mas que, não sei como, não me é estranho...

Está na ponta da língua. Por que reconheço esse nome? Faço um último carinho na Floquinho de Neve, saio de fininho da baia, entro no corredor que divide o estábulo e vou andando sem fazer barulho na direção dessa voz. Quero solucionar esse mistério.

Quando estou me aproximando, a pessoa fala de novo, meio cantarolando:

– Você sabe que nunca tive a intenção de que nada disso acontecesse. Foi um erro. Matthew jamais deveria ter ido parar na cadeia. Mas, às vezes, as coisas dão certo por linhas tortas, acho eu.

Gravo essas palavras e fico espiando a baia, escondida em um canto. Do que essa pessoa está falando? Do treinador Donovan, de cadeia e... sinto um arrepio porque, de repente, me lembro da mensagem que o Raf me mandou há pouco. Aquela, falando de outro DNA.

Meu coração começa a bater a mil. Preciso sair daqui. Preciso ligar para o Raf. Pego o celular no bolso de trás da calça, viro rápido para ir embora, mas tropeço no chão acidentado e caio para a frente. Meu celular bate no chão, fazendo barulho, a poucos metros de mim.

– Alice? – diz a voz. – O que você está fazendo aqui?

E lá está ela. Parada de pé perto de mim, usando aquela túnica feia, com aplicações de quadrados e estrelas ao longo da gola. Só que tem uma estrela faltando.

Ai, meu Deus. Uma estrela de *jeans*. Ponho a mão no bolso do casaco e encosto os dedos nela. Na estrela que peguei lá na floresta, na noite que fomos procurar pela Brooke.

É ela.

A srta. Westmacott.

CAPÍTULO QUARENTA E DOIS

ÍRIS

24 DE NOVEMBRO

15:35

MINHA MÃE ESTÁ PRESTANDO depoimento na sala enquanto estou no quarto, falando com outra policial. E tem mais uma pessoa tirando fotos do meu olho roxo.

– O seu pai estava ameaçando a sua mãe, chegando às vias de fato, e foi aí que você o acertou com a luminária? – A mulher tem um olhar bondoso. Está falando baixinho.

– Sim – respondo. Rafael Ramirez está sentado na cadeira de vime que fica no canto do quarto, folheando meu dossiê.

– E você declara que, depois desse confronto, deu dinheiro para ele ir embora?

– Não – intervém o Raf, erguendo os olhos. – O cara arrancou o dinheiro dela. Não foi? Acho que foi isso que você me contou. Seu pai roubou o dinheiro.

– Eu... – Não, não... não foi isso o que aconteceu. Foi? Fecho os olhos, tentando me lembrar.

– Sei que é difícil, querida. Mas tente recordar e abra os olhos de novo, por favor, para a gente tirar as fotos.

– Ela me falou que o cara roubou – insiste o Raf. – É mais um crime. Além de agressão e lesão corporal. Se é que me lembro direito da minha lição de casa.

O Raf e a policial se entreolham, como se trocassem confidências.

Ah.

A policial que está tomando meu depoimento fala baixinho:

– Às vezes, é difícil provar casos de violência doméstica. Então, qualquer coisa que você consiga lembrar ajuda.

Clique. Flésh.

Os dois estão querendo dizer que posso mandar meu pai para a cadeia, pelo menos por um tempo. Talvez.

Engulo em seco.

– Está tudo muito confuso. Ele estava me batendo. E o meu casaco... – Passo a mão no meu bolso rasgado. – Ele pegou e falou que ia ficar com o dinheiro, pra gente nunca mais conseguir se mandar daqui.

Seguro a respiração.

A policial anota tudo.

Minha mãe faz chá.

– É isso que eu faço, acho eu – comenta, com um tom triste. – Faço coisas para as pessoas beberem em momentos de estresse. Não consigo entender nada disso, muito menos *aquilo*.

Ela aponta para o meu dossiê. O Raf está com ele aberto em cima da mesa da cozinha. Os policiais já foram embora. Teremos que ir até a delegacia dentro de algumas horas, prestar um depoimento mais completo.

– Você devia ter me contado – censura minha mãe. – Tudo isso é tão... perigoso. Mas, estranhamente, também estou orgulhosa de você. Por tentar fazer alguma coisa. Pela Brooke.

Ela coloca as canecas de chá sobre a mesa, diante de nós. Olha para a bagunça que ficou na sala.

– Acho que vou dar uma arrumadinha.

O Raf fica olhando minha mãe recolher papéis e a comida que caiu de dentro do isopor.

– A Alice comentou com você o que eu contei pra ela? – pergunta ele, falando baixinho.

– Caso você não tenha percebido, eu e a Alice não estamos nos falando neste exato momento – respondo. Minha cabeça está latejando. – Quer saber do que mais? Tenho algumas perguntas pra *te* fazer. Tipo, como foi que você e a Alice se conheceram? Você teve alguma coisa a ver com o fato de ela ter sumido no verão? Sei que a Alice não estava sozinha. Simplesmente *sei*. E vocês dois estão, tipo, ficando? Ela tem *17* anos, cara, e acho que isso é uma bos...

– Íris. – O Raf fala com um tom firme. – Eu tenho 19 anos. Estudamos no mesmo colégio. Conheço o Steve. Eu até me lembro de você. Você participou da Olimpíada de Matemática no primeiro ano, certo?

Faço que sim.

O Raf solta um suspiro.

– Eu gostaria de te contar, mas não posso. Porque é a Alice que tem que contar a história dela, não eu. E não é nada do que você tá pensando. Longe disso. Só posso dizer que a Alice Ogilvie que você acha que conhece não é a verdadeira Alice Ogilvie.

Engulo o chá tão rápido que queimo a boca. Estou furiosa, com a cabeça e os olhos doendo, e tenho a sensação de que a dor solta descargas elétricas dentro de mim. Lágrimas pinicam meus olhos. O que tenho vontade de dizer é "Sei disso melhor do que você pensa, Raf", mas não falo.

– Você e a Alice mandaram muito bem em toda essa investigação, Íris. Sei que não ajudei muito. Estou admirado com o que vocês duas fizeram, mas preciso te falar: tenho minhas dúvidas. É isso que estou tentando te dizer e foi isso que tentei dizer pra Alice, ontem à noite, quando mandei mensagem pra ela, mas ela não quis escutar.

– Alice gosta mesmo de não es...

– *Íris*. Foram encontrados traços mínimos de DNA na jaqueta de couro que a Brooke estava usando quando o corpo dela foi encontrado. Poucos, por causa da água do mar. Dois perfis. Sem nenhuma correspondência no nosso sistema.

Ponho minha caneca em cima da mesa. Fico tonta.

– Espera aí. Como é que é?

– Dois perfis. Isso é, no mínimo, algo que precisa ser investigado, ainda mais agora, mas certos detetives lá da...

– Para. – Ergo a mão. Tem alguma coisa tomando forma no meu cérebro, mas não consigo entender direito o que é. – Espera aí. Quando o corpo da Brooke foi encontrado, ela estava de jaqueta de couro? – Eu só dei uma espiada na beira do penhasco aquela noite, quando encontramos o cadáver dela. Bem rápido, a ponto de enxergar as pernas e a saia. O cabelo preso nas reentrâncias das rochas molhadas. Tudo era meio que um borrão, porque a Brooke estava bem ali, *morta*. Não me lembro de ter visto a tal jaqueta de couro.

– Sim. Mandei mensagem pra Alice, contando isso, ontem à noite, mas ela nem respondeu.

O Raf pega meu notebook e abre um site.

– Quero que você dê uma olhada nessas fotos. Sinto muito mesmo por isso. Vai ser difícil, eu sei. São fotos da Brooke. Depois que o corpo foi retirado da água.

Engulo em seco.

O rosto inchado dela. As algas nos cabelos. A tez pálida pela morte.

Sinto uma descarga elétrica no meu cérebro. Tem alguma coisa errada com a roupa da Brooke.

– Íris, quando o Thompson tomou seu depoimento, perguntou que roupa a Brooke estava usando, e você não disse que ela estava de jaqueta de couro quando passou correndo por você.

– E não estava. A Brooke estava só com a fantasia de Halloween. Aquele lance de líder de torcida. Ou seja...

Pego o celular, com as mãos trêmulas, e vou passando rapidamente pelo perfil da Brooke no Instagram, fotos e mais fotos e mais fotos. Nada da Brooke de jaqueta de couro, nem uma só foto. E nem é uma roupa que a Brooke usaria. É velha e gasta, a Brooke teria uma peça mais cara. Garotas como ela não têm jaquetas de couro assim.

O Raf solta o ar, olhando para o perfil dela no Instagram.

– Você já viu o treinador de jaqueta de couro, Íris? Tenta lembrar.

– Não – respondo, sacudindo a cabeça. – Nunca. Não faz o estilo dele. Nem do Steve.

É um gesto de bondade e de cuidado fazer isso por uma garota que está na floresta, chorando, com frio. Dar a sua blusa para ela, para que não passe frio.

Meu sangue paralisa de olhar para o corpo sem vida da Brooke usando aquela jaqueta de couro.

É preciso amar alguém para cuidar da pessoa desse jeito. Ou amar a ideia que você tem da pessoa.

"Desconhecido." A inscrição do nosso painel dos suspeitos se acende no meu cérebro.

– *Não foi o treinador* – grito. – Não foi o treinador!

CAPÍTULO QUARENTA E TRÊS

ALICE

24 DE NOVEMBRO

16:20

"Afinal de contas, o rosto humano
nada mais é do que uma máscara."
AGATHA CHRISTIE,
Cipreste triste

– AH, OI – digo para a srta. Westmacott, ainda caída no chão, estampando um daqueles sorrisos falsos que são minha marca registrada, apesar de estar com o tornozelo latejando. A orientadora está com cara de quem não consegue se decidir como agir neste exato momento, com cara de quem não sabe direito o que foi que eu ouvi, se é que eu ouvi alguma coisa.

Que bom. Gostaria que continuasse assim.

Continuo falando:

– Que engraçado encontrar você aqui! – Eu me obrigo a dar uma risada descontraída, apesar de estar me levantando com dificuldade. Preciso pegar o celular.

Quando eu fico de pé, as palavras começam a sair pela minha boca.

– Lembra que, um tempo atrás, eu falei que tenho uma égua aqui? E a senhora me contou que também tem um cavalo aqui! Que coincidência, né? Quem poderia adivinhar que nós duas acabaríamos nos encontrando aqui, e justo hoje: no dia de Ação de Graças. Que engraçado. – Estou me aproximando, centímetro por centímetro, do monte de feno onde meu celular sumiu. Mas, toda vez que apoio o peso no tornozelo, o menor peso que seja, fico sem ar de tanta dor. – Enfim, minha mãe acabou de mandar mensagem, dizendo que o jantar está servido. Estão me esperando, sabe? Então, preciso ir logo mais, mas a gente se vê no colégio semana que vem, certo? Certo. OK, legal!

– Espere um segundinho, Alice. – Ela fala com um tom calmo, tão calmo, mas tem alguma coisa fervilhando por baixo dessa calma que me dá um arrepio na espinha.

– Ah – digo. Consigo chegar perto do monte de feno e enfio a mão lá dentro, ignorando as espetadas no meu braço. Encontro uma coisa dura e agarro com a mão. – Bem que eu gostaria, mas preciso mesmo ir embora, tenho certeza de que a senhora me en...

Do nada, ela vem na minha direção, e rápido.

– Eu falei para você *esperar* um segundinho, Alice, por favor. – Dessa vez, as palavras que saem pela boca da Westmacott não são tão simpáticas. Dessa vez, saem meio que como um rosnado baixo, e sei que a mulher sabe. Ela sabe que eu ouvi o que ela disse.

Preciso sair daqui. Enfio o celular no bolso de trás da calça e dou as costas para ela, mas uma mão segura meu braço com força e me puxa para trás. Tento me desvencilhar, mas a Westmacott aperta bem os dedos ao redor do meu braço, enfiando as unhas na minha pele.

– Ai, me *larga*! – Puxo o braço, mas ela não me solta. Caio de bunda no chão, todo o ar é expulso do meu peito e meu tornozelo explode de dor. A Westmacott cai para a frente, de joelhos, e solta meu braço por um segundo, quando tenta se reequilibrar.

Consigo levantar, agarrando a primeira coisa que consigo pegar, que, por acaso, é um esfregão. Ótimo.

– Fica longe de mim! – Seguro o cabo do esfregão na minha frente como se fosse uma espada.

— Alice. — Ela dá uma risadinha. — Não seja boba. — Em seguida, dá um passo na minha direção.

— Não sou boba, não! — Rasgo o ar que nos separa com a ponta do esfregão, e a Westmacott dá um pulo para trás. — Fica aí. — Não tenho a menor ideia do que estou fazendo. Quero me virar e sair correndo, mas tenho receio de que ela me alcance com a mesma facilidade que fez da primeira vez. Não posso dizer que sou uma atleta olímpica, e tenho medo de ter torcido o tornozelo. — Eu te ouvi, agora há pouco. Eu te *ouvi*, falando com esse seu cavalo ridículo. Falando da Brooke! Falando do treinador. Por que você fez isso? *Hein*? A Brooke nunca te fez nada!

Eu me dou conta de que lágrimas estão escorrendo pelo meu rosto.

— *Por quê?* — repito. E as palavras se partem ao meio em contato com o ar.

A Westmacott espreme os olhos.

— Eu *sabia* que você tinha ouvido, Alice Ogilvie. Você está sempre enfiando esse seu nariz onde não é chamada. Você e a pobre da Íris... Ai, meu Deus, como me arrependo de ter juntado vocês duas, você não passa de uma péssima influência na vida dela, desde o início: andando pela cidade, se achando a Nancy Drew, solucionando crimes. Brooke nunca me fez nada? Ela fez comigo a mesma coisa que fez com *você*. Brooke me impediu de ficar com o homem que eu amo. Naquela noite, quando a vi andando no acostamento da estrada, só queria conversar. Queria entender. Mas Brooke estava tão chateada, tão bêbada...

A Westmacott dá um passo para a frente, e eu ataco o ar que nos separa de novo, com a ponta do esfregão.

— Fica aí!

— Tá bom, tá bom. — A orientadora ergue as mãos e para no lugar. — O que você não entende, Alice, o que *ninguém* entende, é que Matthew ia se casar comigo. A gente se *amava*. E aí ele terminou comigo, por causa de Brooke. Pelo jeito, a garota achava que eu não estava à altura do pai. — Os lábios dela se retorcem e formam uma careta profunda e furiosa. — Eu estava lá naquela noite, com aquela caixa, cheia de coisas do Matthew que eu ia atirar no penhasco, porque *não queria mais* saber dele. Mas aí ouvi Brooke do outro lado da estrada, sentada, completamente sozinha, chorando na floresta, e tive certeza de que precisava ajudá-la. E aí, quem sabe, ela poderia falar para o pai se casar comigo. Talvez aí, Brooke acharia que eu estava à altura dele. – A Westmacott sacode a cabeça. – Eu calcei um par de tênis velho do Matthew, porque tinha tanta lama, e eu estava de salto... e aí atravessei a estrada para ver se ele estava bem. Eu deveria ter adivinhado que não iria dar certo. Pobre menina rica. Não era o anjo que todo mundo achava que ela era, se quer saber da minha opinião. Brooke foi horrível comigo: falou que o pai *jamais* iria se casar comigo. Que Matthew nunca me amou. Agia como se tudo fosse culpa *minha*, como se eu não estivesse fazendo a gentileza de tentar ajudá-la, já que era óbvio que nenhuma das amigas se importava com ela a ponto de ir conferir se estava bem ou não. Como Brooke começou a gritar, tentei segurá-la, para parar de gritar, e acho que dei um tapa nela. Não sei. Só sei que, no instante seguinte, Brooke já estava atravessando a rua correndo, indo em direção aos penhascos.

A Westmacott fica com um olhar distante e dá de ombros.

– Consegui alcançá-la. Fui fundista na faculdade, sabia disso? Só que Brooke tropeçou ou algo assim. Caiu no chão. Como eu precisava fazê-la parar e me escutar, fiz o que *qualquer* pessoa teria feito. Peguei um dos troféus de basquete do Matthew de dentro da caixa e bati nela. Eu precisava que Brooke me *ouvisse*. Só isso. E aí ela levantou e... escorregou. Não sei como foi que isso aconteceu. Tentei segurá-la esticando o braço, mas Brooke estava muito longe. Quando cheguei perto, estava pendurada, coitadinha, se segurando na beirada do precipício, com a cabeça sangrando, os dedos já ficando brancos. "Carol", Brooke me disse, "Carol, por favor, me ajuda".

A Westmacott inclina a cabeça, recordando a cena, e o pavor brota no meu peito.

— Eu pensei muito nisso. Sabe? Pensei mesmo, pensei muito nisso. Mas, aí, no fim, me dei conta de que, bom, sem Brooke, Matthew ficaria livre. A gente poderia ficar juntos, sabe? — A mulher me dá um sorriso, como se nós duas fôssemos iguais. — Você deveria entender isso melhor do que ninguém, Alice. Que o amor, às vezes, nos obriga a fazer coisas ruins. Só que Brooke era um empecilho. E agora ela morreu. É melhor assim para nós duas, na verdade. — A Westmacott se aproxima e estende a mão para mim. — Agora, passe esse esfregão para cá, por favor.

— A Brooke era minha *amiga*, sua vaca. — Bato na mão dela com a ponta do esfregão, e a mulher se encolhe para trás, esfregando a mão com uma expressão magoada. — Não somos iguais. Eu tentei *ajudar* o Steve quando ele foi preso. Não assassinei a porra da namorada dele.

Eu nunca tinha falado palavrão na frente de um professor, mas tenho a sensação de que eu e a Westmacott não ficaremos no mesmo colégio por muito tempo. Uma de nós duas não vai conseguir voltar para a escola, e essa pessoa não vou ser eu. Desta vez, não titubeio: atiro o esfregão nela com todas as minhas forças, dou as costas e saio correndo o mais rápido que consigo.

O que, pelo jeito, não foi rápido o suficiente.

Nem cheguei à metade do trajeto até a saída quando ouço passos e, um segundo depois, sou derrubada pelas costas. Caio soltando um *unf* e dou de cara no chão do estábulo. Fico com a boca e a garganta cheias de terra. Vou me arrastando para a frente, tentando me afastar, mas a Westmacott segura meu tornozelo machucado, com toda força, e o puxa. Sinto um rompimento, mas ignoro. Preciso sair daqui. Fico chutando com a outra perna loucamente, consigo me soltar e levantar, mas minha perna cede quando apoio o peso nela. Caio de novo no chão, toda esparramada.

A Westmacott vem se arrastando na minha direção, com a cara e o rosto sujos de terra, uma fúria presente em cada um dos seus traços.

– Por que você não podia deixar isso para lá, Alice? – fala, praticamente cuspindo em mim. – Eu nunca quis que ninguém mais saísse ferido. Eu só queria ser *amada*. – Vejo de relance ela pegar alguma coisa, mas, antes que consiga identificar o que é, essa coisa está vindo na minha direção, rápido e com força, e tudo fica escuro.

CAPÍTULO QUARENTA E QUATRO

ÍRIS

24 DE NOVEMBRO

16:20

– ÍRIS – DIZ o Raf, que está dirigindo a uma velocidade mais alta do que deveria, mas e daí, acho eu? O cara é polícia. Ou polícia em treinamento, pelo menos? O que será que um estagiário da justiça penal faz, aliás? – Tem certeza?

– Só escuta – respondo. – Olha.

Mostro o celular. Os vídeos do Cole Fielding no TikTok. O Instagram dele. Andando por aí, de boa, de jaqueta de couro, todo lindo daquele jeito largado, meio sujo dele, de cabelo no olho. Como pude não perceber? Como pude ficar tão cega por ele?

– O Cole Fielding, Raf. Ele namorou a Brooke. Quer dizer, não namorou-*namorou*, mas os dois ficavam, sabe? E aí ele entrou noutra, acho eu, e a Brooke ficou com o Steve. Não sei direito, não fico acompanhando tanto o que rola no colégio...

– Vai direto ao ponto, Íris.

– Enfim, essa jaqueta de couro é dele. É a jaqueta que a Brooke estava vestindo. E, quando encontrei o Cole outro dia, na porta da sala da

Westmacott, ele não estava com essa jaqueta. E o cara usa essa jaqueta desde o primeiro ano, Raf. É a *marca registrada* dele. E sei que a Kennedy...

O Raf sacode a cabeça.

– Você não está falando nada com nada.

– A Kennedy. Uma das Tops. Isso não vem ao caso. Mas a Kennedy falou que os dois ficaram depois da festa de *Halloween*, mas foi mais cedo, ou seja: dava tempo de o Cole ir atrás da Brooke depois e...

Não termino a frase.

– Fazer alguma coisa. Talvez eles tenham brigado. Não sei. Será que o Cole tinha inveja ou ciúme do Steve? E quero me matar agora, porque o cara estava no nosso painel, Raf. E a gente riscou o Cole da lista por causa do vídeo da Kennedy, mas...

– Mas e o troféu? – pergunta o Raf. – O que foi encontrado na casa do treinador?

– Sei lá! Talvez o Cole tenha roubado quando ficava com a Brooke? O cara é meio esquisito. Mas, como é tão lindo, a gente se esquece disso! Talvez tenha roubado pra vender depois? Sei lá. Mas essa jaqueta é *dele*.

– OK – concorda o Raf, por fim. – É isso que vai acontecer: vamos lá no rinque, vamos ser supersimpáticos, e deixa que eu falo, tá? Só queremos fazer um teste de DNA e algumas perguntas. Deixa comigo.

Estou praticamente socando o celular.

Alice. Foi o Cole Fielding.

Alice

Cadê vc, caramba

O Raf para no estacionamento do Penhasco Patinação.

– Tem gente pra caramba aqui pra um feria...

– As pessoa têm uma vida de merda, Raf – interrompo, praticamente gritando. – Nem todo mundo quer ir comer peru na casa de gente de quem não gosta. As pessoas querem ver filmes, andar de patins ou estar em qualquer lugar, menos em casa.

O Raf balança a cabeça, concordando.

– Ótimo argumento. Ei, espera...

Mas já saí do carro e estou correndo até a porta do lugar. Ele me alcança quando já estou lá dentro, tateando os bolsos, para pagar o ingresso.

– Não posso deixar vocês entrarem sem pagar – declara a Lizzy Mancini, a garota que fica na bilheteria. Ela também estuda lá no colégio. – Para os dois, dá vinte dólares.

Lanço um olhar fulminante para o Raf.

– Meio que roubaram todo o meu dinheiro agora há pouco, Raf.

Ele entrega uma nota de vinte para a Lizzy, que carimba nossa mão.

Lá dentro está quente, e o rinque tem cheiro de suor e *disco music* tocando a todo volume. Luzes multicoloridas vão girando pela pista, pintando os patinadores de rosa, roxo, vermelho e azul. O Cole Fielding está atrás do balcão onde as pessoas alugam os patins.

Apesar de o Raf ter dito para deixar ele falar, não consigo. Cansei. Quero que isso *acabe logo*.

– Ah, oi, ÍÍÍrissss. Que bom ver você por aqui.

Sou obrigada a meio que sacudir a cabeça para organizar meus pensamentos porque, Senhor Jesus, como ele é *bonitinho*; muito provavelmente, porém, também é um assassino, e isso me deixa decepcionada pra caramba.

Levanto o celular, mostro para ele a foto da Brooke, gelada e morta no chão.

– Por acaso essa é a porra da sua jaqueta, Cole? Onde você estava na noite em que a Brooke morreu, depois de ter pegado a Kennedy?

Parado do meu lado, o Raf solta um gemido.

– Cole, a gente só quer...

O rosto do Cole fica sem cor. Os lábios dele tremem.

– Ai, meu Deus, vira isso aí, Íris. Caramba! Que *nojo*. Eu jamais ter... eu amava a Brooke. Amava *mesmo*. Mas, sabe, aquele lance de eu não ter berço? Ela preferiu ficar com o Stevezão.

O rosto dele está enrugado de um jeito que me faz sentir tanto compaixão *quanto* raiva.

– *Olha* isso, Cole. E me fala a verdade. Você foi lá. Você estava bravo. Alguma coisa aconteceu. Essa aqui é a *sua* jaqueta.

– Isso... ai, meu Deus, não fui *eu*, Íris. Faço o exame que você quiser. Pode tirar meu sangue, cacete, mas eu não estava lá. Tipo, sim, é a minha jaqueta, mas não sei como foi parar na mão da Brooke. Eu não...

O Neil e o Spike se aproximam da gente, de patins. A Zora está logo atrás deles, meio que cambaleando.

– Ah, oi, Íris, quer andar de patins? – pergunta o Spike, todo esperançoso.

Eu ignoro e me concentro no Cole. Os três, a Zora, o Neil e o Spike, ficam em volta de mim e do Raf.

– Cadê essa sua jaqueta, Cole? Você não estava com ela quando te encontrei na porta da sala da Westmacott. Você não tem usado essa jaqueta ultimamente. *Cadê* ela?

Não sei qual é o meu problema. Estou gritando. Nem consigo ouvir o que o Raf está tentando dizer, bem do meu lado.

– Com a Westmacott? Sei lá. Tipo, não me lembro muito bem. Ela me deu carona até em casa, depois da minha detenção no colégio, na noite de *Halloween*, e essa foi a última vez que eu vi a minha jaqueta. Eu estava meio chapado, pra dizer a verdade, e a Westmacott me fez levar umas caixas de tênis, uns troféus e mais umas coisas até o carro dela, em troca da carona. Fiquei com calor, tirei a jaqueta...

"Troféus?"

Minha cabeça. Gira de novo. Dá um rodopio. Não consigo respirar.

"O troféu sujo de sangue que foi encontrado na casa dele. A caixa com as coisas do treinador no canto da sala da Westmacott."

Em uníssono, eu, o Spike, a Zora e o Neil falamos:
– Ah, não, que merda.

Alice, responde

Alice, cadê vc

ALICE FOI A WESTMACOTT

CAPÍTULO QUARENTA E CINCO

ALICE

24 DE NOVEMBRO

16:50

"Nunca conhecemos alguém como um todo,
apesar de às vezes, por breves instantes,
conhecermos alguém de verdade."
AGATHA CHRISTIE,
Uma autobiografia

ACORDO NO CHÃO DURO, com alguma coisa pontuda machucando minhas costas. Uso a mão para pegar o que está me incomodando. Palha. Que porc...

E aí, tudo volta de uma vez só à minha cabeça, que está latejando. Por que estou aqui. O que acabou de acontecer. *Merda*. Por quanto tempo fiquei desmaiada?

Pego impulso para me levantar do chão, está tudo girando. Ponho a mão na testa, e, quando tiro, ela volta suja e vermelha. Sangue. Tenho que ir atrás dela. Da Westmacott. Essa mulher assassinou minha amiga.

Já de pé, com o tornozelo e a cabeça latejando, eu me obrigo a andar. A ir embora, sair daquele estábulo, encarar a noite que cai – lá está a Westmacott, correndo para o carro dela. Não devo ter ficado inconsciente por muito tempo. Consigo alcançá-la.

Vou para o meu carro, arrastando a perna, mas quando chego, entendo por que a Westmacott ainda está aqui. Por que demorou tanto para ir embora. Todos os pneus do meu carro estão murchos. Aquela vaca rasgou os meus *pneus*.

Atrás de mim, uma porta bate, e me viro. A Westmacott está dentro do carro, com o motor ligado, vindo em linha reta na minha direção. Ai, não...

Nem penso. O instinto toma conta de mim, e meu corpo voa para a direita e cai com tudo no gramado irregular, no chão duro de terra, perto do lado do motorista do meu carro. A Westmacott bate com tudo na traseira do meu carro com o dela e perde o controle do veículo, que rodopia algumas vezes, e depois para no meio do estacionamento, com fumaça saindo do motor.

Meu corpo inteiro dói. Solto um gemido de dor e apoio a mão no chão para conseguir me sentar. Espremo os olhos, porque a noite cai e está difícil de enxergar, e mal consigo ver a silhueta da Westmacott, ainda sentada no banco do motorista. Será que ela se feriu durante a colisão?

Preciso sair daqui. Preciso ir pedir ajuda. O celular. Pego o aparelho no bolso de trás da calça. A tela está quebrada, mas ele ainda funciona. Graças a Deus.

Só que não tem sinal. Sinto um aperto no coração. Por que não pensei nisso? Estamos lá no alto das montanhas, e todo mundo sabe que o sinal não é muito bom por aqui.

Olho para o estacionamento, mas não tem nada além do meu carro inútil. Como posso sair daqui? *Preciso* sair daqui.

E é aí que me ocorre.

A minha égua.

Preciso montar nela. Preciso montar nela e ir bem rápido buscar ajuda.

Volto mancando para o estábulo, o mais rápido que meu tornozelo permite. Ainda bem que selei a égua antes de ser interrompida, de forma tão grosseira. Tento me lembrar das aulas que fiz quando era pequena. Tento me lembrar dos detalhes de como se anda a cavalo.

Pego as rédeas assim que chego à baia da Floquinho de Neve, e a égua sai comigo do estábulo, o que é muito legal da parte dela, porque não sei o que eu iria fazer caso a Floquinho de Neve não tivesse feito isso. Com certeza, não faço a menor ideia do que estou fazendo.

De volta ao estacionamento, percebo que cheguei tarde demais. A Westmacott acordou. Consigo vê-la pela janela do carro, massageando a cabeça, olhando para todos os lados, meio zonza. E, quando ela repara em mim e na Floquinho de Neve, faz careta.

Um segundo depois, o motor do carro dela ronca.

Nosso olhar se cruza, e um arrepio percorre a minha espinha. Preciso montar antes que dê tempo de a Westmacott me atropelar de novo. É óbvio que ela não tem a menor consideração pela vida humana, mas tenho quase certeza de que jamais faria mal a um cavalo.

A Floquinho de Neve relincha do meu lado, como se fosse capaz de sentir minha ansiedade.

– Tá tudo bem, querida – falo. Faço carinho na lateral do corpo dela, ponho um pé no estribo e aí subo nas costas da égua, ignorando meu tornozelo, ignorando o tremor das minhas mãos, ignorando a imagem da menina estropiada que vi no acampamento de equitação, que ameaça vir à tona, das profundezas da minha mente.

O carro da Westmacott está indo a toda para a saída do estacionamento, e aí ela entra na estradinha de terra, a uma velocidade alta demais.

Eu tenho que a alcançar. Essa mulher não vai se safar. De ter assassinado minha amiga. Minha *melhor amiga.*

Cutuco a Floquinho de Neve com o pé, e partimos a galope. Fico sem ar, segurando as rédeas com força. Passado o estacionamento, viramos para a direita, na direção em que foi o carro da Westmacott. Está começando a chover.

Será que os cavalos conseguem correr tão rápido como os carros? Não faço ideia. Mas tenho que tentar.

As ruazinhas aqui, no topo dos morros, são estreitas e cheias de curvas, com mato dos dois lados, sem postes de iluminação e, como o céu está escurecendo e a chuva está borrando minha visão, fica cada vez mais difícil enxergar.

Em um cruzamento, a Floquinho de Neve vai mais devagar, aguardando minhas instruções, e eu presto atenção aos ruídos, tentando ouvir um ronco de motor e, finalmente consigo, vindo da esquerda.

Dou mais uma cutucada na égua, e prosseguimos. A Floquinho de Neve está galopando com tudo, ofegante, e então a avisto – a Westmacott –, bem ali, logo na nossa frente. Estamos quase alcançando. Faço a Floquinho de Neve ir para o meio da estrada, com o coração batendo a mil, rezando para o universo, pedindo para nenhum carro aparecer na nossa frente, porque, se aparecer, estou *fodida*.

Estamos chegando perto. Tão perto. Se eu inclinar o corpo para a frente, provavelmente consigo encostar na traseira do carro.

– VAI! – berro para a Floquinho de Neve, que, pelo jeito, entendeu, porque galopa mais rápido, e agora estamos do lado do carro. Puxo as rédeas, a Floquinho de Neve vai para a direita, assim como a Westmacott. Eu *sabia* que essa mulher jamais faria mal a um cavalo.

Mais uma vez, uma viradinha para a direita, e o carro da Westmacott acompanha, só que ela deve ter virado a direção com muita força, porque o carro começa a rodopiar. Puxo as rédeas da Floquinho de Neve e vamos mais devagar. Fico só olhando o carro na nossa frente sair da estrada, cantando pneu.

Um *pá* ecoa pelas montanhas, porque o carro bateu em uma sequoia enorme, o que deixou todo o capô amassado. A Floquinho de Neve empina ao ouvir o barulho. Eu me seguro com todas as minhas forças e, quando dou por mim, estou fazendo cafuné nela, sussurrando:

– Tá tudo bem, querida.

Ela se acalma. Um silêncio arrepiante toma conta da estrada na montanha. Os únicos ruídos são o chiado do motor quebrado e o barulhinho constante da chuva caindo na estrada. Começa a sair fumaça do capô do carro um segundo depois, e me dou conta de que, provavelmente, preciso tirar a Westmacott de lá, porque ele pode explodir e tal.

Desmonto e solto as rédeas do arreio.

– Muito bem – sussurro. – Fica.

O carro solta um chiado alto. Droga. Preciso ir depressa.

Vou correndo até a porta do motorista e dou de cara com a Westmacott, jogada por cima do volante, com a cabeça sangrando. Não sei dizer se está viva ou morta. Abro a porta e pego o braço dela. A mulher dá um pulo de susto.

– Me largue – resmunga. – Apenas me deixe aqui. Minha vida já está arruinada, você não vê? – Acho que ela está chorando.

– Você deveria ter pensado nisso antes de assassinar minha amiga – respondo. Coloco o braço por baixo dos dela e puxo o corpo da Westmacott com todas as minhas forças. Ela sai do banco e caímos no chão, a Westmacott por cima de mim.

Um segundo depois, ela já está de quatro, se arrastando.

Estico a mão e seguro a mulher pelo tornozelo, com todas as minhas forças, mesmo quando ela começa a me chutar, e então a puxo para trás, com força.

– Ai – grita ela, ao mesmo tempo que alguma coisa estala na perna. "Ui." Nós duas caímos de costas no chão, respirando com dificuldade. Preciso dar um jeito de impedir que a Westmacott fuja de novo. Apoiada nos cotovelos, vou me arrastando até ela e me estiro por cima do tronco da mulher.

A Westmacott começa a berrar.

– Sai de cima de mim! Alice Ogilvie, fique sabendo que esse incidente vai constar do seu histórico escolar! Agredir uma professora... ora, eu nunca...

– Por favor, cala a boca – digo. Aí ponho a mão nos meus cabelos, tiro o *scrunchie* e o enfio com toda a força dentro da boca da Westmacott. Cansei de ouvir a voz dela.

Passo as rédeas em volta dos braços da mulher, prendendo-os ao corpo, e aí amarro tudo com um daqueles nós de marinheiro que aprendi a fazer no acampamento de equitação. Quem diria que um dia isso seria útil?

A Floquinho de Neve está parada na estrada pavimentada do meu lado, observando tudo. Quando termino, ela dá uma bufada de aprovação, e eu me lembro do que a Agatha Christie falou sobre os cavalos. "Que coisa maravilhosa, os cavalos. A gente nunca sabe o que eles vão fazer ou deixar de fazer."

Com certeza, ela tinha razão nesse ponto.

CAPÍTULO QUARENTA E SEIS

ÍRIS

24 DE NOVEMBRO

16:55

– CARA, VOCÊ NÃO deveria disparar um alerta pras tropas e tal? Avisando da orientadora?

Vinda do banco de trás, a voz do Spike parece um pouco amedrontada. Estamos no carro do Raf, ainda parados no estacionamento do Penhasco Patinação.

O Raf cerra os dentes.

– Não sou polícia e não queria todos vocês dentro deste carro, e, sim, estou disparando o alerta pra polícia agora. – Ele sai do carro e pega o celular.

– Por que tem uma torta aqui dentro? – pergunta a Zora.

– Foi a Alice que levou. Pro meu apartamento. É uma torta de pedido de desculpas. Minha mãe deu pro Raf.

– É caseira? – pergunta o Spike. Eu ignoro. Estou pensando em duas coisas ao mesmo tempo.

Na Alice e no troféu.

Se a Westmacott ia até a casa do treinador aquele dia para devolver as coisas dele, é por isso que o troféu estava na caixa. Se a Westmacott acabou encontrando a Brooke por acaso, naquela noite, na estrada, claro que a Brooke falaria com ela. A mulher é a orientadora, é ex-namorada do pai, é...

– A Brooke teria confiado nela. – A Zora completa a frase para mim, porque eu estava pensando em voz alta. – Precisava de carona. A caixa estava dentro do carro da Westmacott. A jaqueta do Cole também. A Brooke estava com frio. A Westmacott deu a jaqueta para a Brooke, pra conquistar a confiança dela.

O Spike concorda, balançando a cabeça.

– Mas – falo, olhando para os dois pelo retrovisor. – Como odiava essa garota e queria que ela sumisse...

– Se essa garota estivesse impedindo a Westmacott de ficar com o homem que ela ama, sim – completa o Spike.

– Ai, que merda – declara o Neil, falando devagar. – A gente pôs o cara errado na cadeia.

Estou ficando muito preocupada com a Alice. Não deveria tê-la tratado daquele jeito quando apareceu lá em casa. Por que ela não está, sei lá, respondendo às minhas mensagens, me mandando ir para o inferno? Queria que a Alice fizesse isso agora mesmo, porque estou com um frio esquisito na barriga, com a sensação de que tem alguma coisa... errada.

– Íris? – chama o Spike.

– Que foi? – Viro para trás. – Desculpa, fui meio grossa. Estou um pouco distraída.

– Eu entendo – responde ele, baixinho. – Mas o que foi que aconteceu com seu olho?

Confiro o celular de novo.

– Nada. Caí, só isso.

Espera aí. A Alice me contou que a Brenda instalou um aplicativo de localização no celular dela. Mando mensagem para a Brenda.

Teve notícias da Alice? Desculpa, não estou conseguindo falar com ela.

— Não caiu, não — declara a Zora, curta e grossa. Os três, o Neil, a Zora e o Spike, estão espremidos no banco de trás, ainda de patins. Saímos com tanta pressa que eles não se deram ao trabalho de tirá-los.

Eu fico petrificada.

— Todo mundo sabe — explica o Spike, baixinho. — O que o cara faz. Ele voltou, não voltou?

— Cala a boca — sussurro.

— A gente não é burro — insiste a Zora. — O pulso que você quebrou no verão? E, no nono ano, lembra? Na formatura. Eu vi ele te empurrando. Tipo daquele jeito esquisito, com a mão na sua nuca.

— Para, por favor. — Sou capaz de sentir, tudo de novo, os dedos dele naquele dia, cravados na minha pele.

— Íris — prossegue o Spike. — O cara é um cuzão. E, se você quiser conversar, tipo, a gente tá aqui. Ele não deveria te bater.

— Neste exato momento, só quero saber onde é que tá a Alice, OK? — respondo. Odeio o fato de minha voz sair tão fraca. Odeio o fato de que, apesar de eu ter tentado esconder tudo, *todo mundo sabia*. — E a Westmacott.

Meu celular vibra. É a Brenda.

Oi, Íris. Sugeri para Alice ir ao haras, mas pelo jeito ela não está lá agora. Está na estrada do Rochedo, cruzando com o perímetro 6. Por acaso ela conhece alguém que mora por lá? Aqui está a localização. Tá tudo bem?

O que a Alice está fazendo lá, caramba? O que tem na estrada do Rochedo? Eu me debruço sobre o banco do motorista e bato na janela, fazendo um sinal para o Raf.

"Jamais perca seu parceiro de vista", disse a Ricky. "Se não souber onde ele está, é porque a pessoa está em perigo."

O Raf volta para o carro.

– OK, tem uma viatura indo pro prédio da Westmacott. Quem vou deixar em casa primeiro?

– Ninguém – respondo. – Antes, a gente precisa encontrar a Alice. Estou preocupada com ela.

– Bom – diz o Raf –, seria ótimo, se a gente soubesse onde a Alice *está*.

– Eu sei, mais ou menos. – Mostro o mapa no meu celular. – Em algum lugar por aqui.

Ele liga o carro, soltando um suspiro.

– OK, vamos lá. Parece que estou no colégio de novo, andando por aí de carro com um monte de adolescentes. Tomara Deus que ninguém esteja chapado e me faça parar pra comprar comida.

No retrovisor, vejo o Neil levantando a mão, meio envergonhado.

– Tipo, eu tô. Chapado. E meio com fome, dá pra gente parar e comprar...

– *Come a torta!* – berra o Raf.

O Spike cruza o olhar comigo pelo retrovisor. Como a bondade expressa no olhar dele me dá vontade de chorar, viro a cara e olho pela janela.

– Vai mais rápido – falo.

– Estou indo o mais rápido que posso. Mas, se você reparar, está chovendo agora, e prefiro não matar todo mundo – retruca o Raf.

– Então, a Westmacott, hum? – debocha a Zora. – Acho que por essa eu não esperava. Por que a gente nem chegou a pensar nas, hã, amantes do treinador?

– Eu não... eu não sei mesmo – respondo. – Talvez, a gente simplesmente não seja muito bom nisso.

– Eu diria que a gente mandou muito bem – discorda o Neil, com a boca cheia de torta.

– Só um pouquinho – falo. Está difícil enxergar. A chuva embaça o para-brisa na mesma velocidade que os limpadores do carro do Raf conseguem limpar. – O que é aquilo? Um acidente de carro?

Mais adiante, tem um carro na beira da estrada, com o capô amassado, encostado em uma árvore, a porta do motorista escancarada. Tem pessoas na estrada e...

– Aquilo ali é um cavalo? – pergunta o Neil. – Ou será que eu tô *tão* chapado assim?

– Liga pra polícia – orienta o Raf, diminuindo a velocidade. – Fala que teve um acidente no cruzamento da estrada do Rochedo com o perímetro 6. Fiquem dentro do carro.

Então para o carro no acostamento da estrada e vai logo saindo.

O Neil liga para a polícia, mas ninguém dá ouvidos ao Raf, e nós quatro saímos também. O Neil, a Zora e o Spike escorregam ao pisar no chão com os patins. Está trovejando, e a gente fica empapado no mesmo instante em que sai do carro.

Uma pessoa está deitada no chão; a outra, sentada, encolhida, molhada, o cabelo loiro-claro grudado no casaco. O cavalo, que está parado no mato, relincha.

"Alice."

Caio de joelhos no chão. A Alice está balançando o corpo para a frente e para trás. Do lado dela, a Westmacott se debate. Está amarrada, com um *scrunchie* enfiado na boca.

– Foi ela – diz a Alice, com uma voz fraquinha. – Foi ela. Eu gravei. Gravei tudo. No meu celular. Pega.

A Alice oferece o celular para o Raf, com a mão trêmula. Ele pega o aparelho.

– A Westmacott me contou tudo. Lá no estábulo e aí... achei que ia me matar. Ela, literalmente, tentou me matar.

Tem sangue escorrendo pelo cabelo lindo da Alice, tornando-se rosado por conta da chuva, manchando o capuz do casaco dela.

— Mas, eu consegui, Íris. Não desisti. Eu queria fazer o certo, pela primeira vez na vida, sabe?

— E fez. — Faço cafuné nela, delicadamente. — E fez.

— Eu menti. Sou uma mentirosa, Íris.

— Não.

— Sou, sim. Sabe, no verão? Eu queria ir embora. Não apenas fugi. Eu quebrei aquele vaso ridículo. Deixei meu celular em casa de propósito, junto com todas as minhas coisas. Você debocha de mim por causa da Agatha Christie, mas os livros dela foram o que me ajudou a enfrentar aquele verão. A enfrentar tudo. Você sabia que ela planejou o próprio desaparecimento? Pra se vingar do marido. O cara tinha outra, então ela se mandou, bateu o próprio carro e foi pra um hotel, usando o nome de solteira. Fiz a mesma coisa. E, quer saber? Gostei.

A Alice fala mais alto:

— Você precisa saber disso. Quer dizer, você adivinhou, logo de cara, que eu fiz de propósito. Por recalque. Mas precisa saber que *gostei* de deixar todo mundo preocupado.

Então fica de pé, com dificuldade. Seguro o braço dela, para ajudar. A água da chuva pinga do cabelo da Alice.

— Tipo, *finalmente*, sentiram a minha falta. E eu achei que tudo ia mudar. Minha mãe ficaria mais em casa. Meu pai ligaria mais vezes pra mim. O Steve talvez voltasse a namorar comigo. Mas nada mudou. Ninguém quis saber muito sobre onde eu estava, no fim das contas. Nem por quê. Tirando ele.

A Alice dá um sorriso para o Raf.

— Podem parar com isso, que nojo — fala, para a Zora e o Neil, que estão se entreolhando. — Não tem nada a ver. Eu tinha batido o carro. Estava sem celular...

— Eu estava indo pro chalé dos meus pais — intervém o Raf. — A Alice estava no acostamento. O que eu deveria ter feito, ignorado?

— Convenci o Raf a só largar o carro lá. Ele me levou pro chalé. A gente passou cinco dias jogando *Detetive*, comendo Cheetos e assistindo a fitas de *Assassinato por escrito*, aquela série de tevê dos anos 1980. O Raf me falou pra esquecer o Steve. Esquecer os meus pais. Esquecer tudo isso. Virar a página. Falou que alguma coisa, algum dia, ia acontecer comigo, uma coisa que me faria ter um propósito na vida. Foi o melhor momento da minha vida. Até agora. Até tudo isso.

A Alice olha para mim.

— Eu consegui — diz, baixinho. — *Nós* conseguimos. — Então dá um soquinho de leve no meu braço.

— Sirenes — avisa o Spike. — A ajuda tá chegando.

Ao longe, na estrada escorregadia, aparecem uma ambulância e viaturas da polícia.

A Alice solta um suspiro.

— Estou tão cansada.

Ela olha para o Neil, a Zora e o Spike, piscando.

— Por acaso vocês estão... — fala, quase sem forças — ... por acaso vocês estão de *patins*?

EPÍLOGO

ÍRIS

O DETETIVE THOMPSON ESTÁ com uma cara de constrangido, mas dá para ver que está tentando não demonstrar. Há zilhões de microfones na frente dele e câmeras tirando fotos.

– Estou aqui para anunciar que prendemos a pessoa responsável pelo assassinato de Brooke Donovan. Esta investigação foi complicada desde o início. Na tarde de hoje, Carol Westmacott, orientadora da Escola de Ensino Médio de Enseada do Castelo, foi levada sob custódia. A srta. Westmacott confessou o crime. Não posso revelar todos os detalhes agora, mas eles serão divulgados. Matthew Donovan está em liberdade e não é mais considerado suspeito deste caso. Peço a paciência de vocês enquanto nos esforçamos para solucionar as circunstâncias remanescentes desta investigação, mas já posso dizer que estamos muito confiantes com as informações que apuramos contra a srta. Westmacott. Ela foi indiciada pelo assassinato de Brooke Donovan, por homicídio, com a agravante de emboscada. A srta. Westmacott também será acusada por outros crimes, e o indiciamento já está em fase de conclusão, no que diz respeito a outros aspectos deste caso, que incluem tentativa de homicídio, agressão e lesão corporal, perseguição...

A câmera corta do Thompson para a Tessa Hopkins, no estúdio da KWB.

— Vocês acabaram de ouvir o pronunciamento do detetive Thompson sobre as últimas informações relativas ao caso de Brooke Donovan. Preciso dizer que esse caso teve, desde o início, várias reviravoltas, desde o indiciamento de Steve Anderson, que após um tempo resolveu se declarar culpado, sendo que, agora, se acredita que a atitude de Anderson foi resultada de um suposto suborno, pago pela família Bradford. Vamos informar nossos telespectadores sobre esse caso à medida que ele for se desenrolando, mas gostaria de aproveitar a oportunidade para dizer que as pistas que levaram à acusação contra Carol Westmacott não foram resultadas apenas da ação da polícia de Enseada do Castelo. Algumas dessas pistas me foram reveladas por meio de nossa linha direta, por cidadãos dedicados da comunidade de Enseada do Castelo. Apesar de eu não poder revelar minhas fontes no presente momento, gostaria muito de agradecer a essas pessoas.

A Alice desliga a tevê.

O Spike pega alguns cobertores e um *cooler*, o Neil pega as pizzas, e vamos com eles até a praia, onde o Raf está fazendo uma fogueira. Está frio, e o calor da fogueira é gostoso. Ao longe, barcos balançam na água. O baile da regata no Iate Clube é amanhã. Os funcionários estão pendurando luzinhas, que parecem luas em miniatura no céu.

A Alice pega um cobertor com o Spike e se senta na praia, remexendo-se de felicidade.

— Fiquei tão feliz por alguém ter lembrado da gente, mesmo que tenha sido de um jeito meio anônimo.

— Eu também — concordo, sentando sobre o meu próprio cobertor. — Olha só, você finalmente foi reconhecida por todo seu esforço.

A Ricky Randall resmunga, senta na areia e abre o *cooler*. Em seguida, abre uma cerveja.

— Podem comer essa pizza, pessoal. Não comprei pra ir pro lixo.

Ela ergue a garrafa, na minha direção.

— Íris, Íris. Olha só pra você, menina. E a Cheia da Grana. Solucionando crimes.

— Por favor — diz a Zora, cobrindo as orelhas com a touca de lã. — Essas duas precisaram de muita ajuda. Tinha uma tonelada de coisas que a gente poderia ter feito pra solucionar esse mistério mais rápido. Tipo, fala sério. Elas mandaram um cara que não cometeu o crime pra prisão. E o que estavam pensando sobre o Cole Fielding? Ele é só um corpinho gostoso, não um assassino.

— Pessoas inocentes vão pra prisão — dispara a Ricky. — Mais do que você pensa.

— Continuo sem entender — comenta o Neil, do outro lado da fogueira, enrolado em um cobertor de lã. — Ainda estou muito confuso sobre como foi que a Westmacott fez isso e, tipo, por quê?

A Alice solta um suspiro.

— Vamos ver se você consegue acompanhar o raciocínio, Neil. A Brooke brigou com o Steve e saiu correndo da festa. A Íris foi atrás dela, mas não a encontrou, porque a Brooke estava no meio da floresta. A Íris foi pra casa. Mas...

A Zora interrompe.

— ... A Westmacott passou de carro pouco depois, viu a Brooke e parou. Como estava frio, ela pegou a jaqueta de couro do Cole Fielding...

O Raf intervém em seguida. Ele se deita na areia, apoiado nos cotovelos, e as chamas iluminam seu rosto.

— ... Que o Cole tinha esquecido no carro, quando pegou carona com a Westmacott, saindo do colégio, depois do fim da detenção. E também ajudou a orientadora a levar uma caixa com tênis, DVDS, troféus e outras coisas do treinador que estavam na sala dela. A Westmacott ia devolver essas coisas para o treinador, mas aí resolveu jogar tudo no mar, lá do Belvedere. E foi aí que viu a Brooke, do outro lado da estrada. Como estava com um sapato chique, ela pôs um par de tênis do treinador, um Nike Zoom vermelho, igualzinho ao do Steve. E aí fez a Brooke vestir a jaqueta, pra não passar frio...

– ... Tentando ser legal, acho eu – completa a Alice. – Mas aí ela e a Brooke brigaram, porque a Brooke estava bêbada e odiava a Westmacott. E disse que a Westmacott nunca, jamais, seria a mãe dela e que o treinador nunca se casaria com ela...

Nessa hora, eu interrompo:

– ... E aí a Brooke atravessou correndo a Rodovia 1 para o lado do penhasco, onde o carro da Westmacott estava, e a mulher foi atrás dela. As duas brigaram de novo. A Westmacott pegou um troféu da caixa que estava no chão e bateu na Brooke. Que escorregou e ficou se segurando na beirada do penhasco.

– Minha vez – diz a Ricky. – Em vez de ajudar a menina, a Westmacott ficou pisando nas mãos da Brooke, até ela cair.

– Porque essa mulher é louca – opina o Spike. – Acho que ela não tinha um plano-*plano*, mas foi fazendo tudo isso na hora.

O Raf pega uma fatia de *pizza* da caixa.

– Os tênis que a Westmacott usou pra pisar nas mãos da Brooke foram encontrados na sala do treinador. A própria orientadora deve ter plantado os tênis ali, assim como resolveu levar a caixa pra casa dele depois do assassinato, pra garantir que o troféu fosse encontrado *lá*.

– E o Steve? – pergunta o Neil.

– O Steve chegou a ir procurar a Brooke na floresta – explico. – Mas aí desmaiou. O tênis que a Dotty encontrou no café? A polícia levou e deixou lá na floresta porque...

– *Supostamente* – intervém a Ricky –, quando a família Bradford, a família do treinador, ficou sabendo do que havia acontecido, eles começaram a mexer seus poderosos pauzinhos, pra que tudo apontasse em outra direção que *não* fosse a do treinador, porque ele teve aquele probleminha com a primeira mulher. Mas tudo isso ainda é uma *suposição*, no presente momento, porque ainda estão fazendo aquela devassa na delegacia.

– Devassa – murmura Neil. A Zora solta um grunhido.

– No fim, deu tudo certo – comento. Mas me sinto meio balançada em relação ao treinador. Só que, tipo, quais são as chances de *duas* mulheres da família dele terem um destino tão estranho? Por acaso isso é culpa *minha*? Definitivamente, tem alguma coisa errada com esse cara.

O Raf dá risada.

– Nem sei o que dizer. Tô meio passado, pra dizer a verdade. Tipo, a Alice Ogilvie andando a cavalo pra prender uma assassina e depois amarrando a mulher no meio da estrada. É meio inacreditável.

A Alice inclina a cabeça e fala, meio cantarolando:

– Eu *sou* incrível.

O Spike levanta e vem sentar no cobertor, do meu lado.

– Só que você não pôs a mão no dinheiro – murmura. – Da recompensa. O que teria feito com toda aquela grana, aliás?

– Tecnicamente, foi a Íris que solucionou o caso – comenta a Zora. – Mas vocês acham mesmo que aquela dona Levy vai dar a grana pra Íris? Tipo, o genro quase foi parar na prisão.

Consigo sentir que a Alice está olhando para mim. Sei que ela está arrependida do que disse quando a gente brigou, que Lilian não me daria o dinheiro da recompensa. Falou isso para me magoar. E a Zora não sabe o que eu e a Alice sabemos: a opinião de Lilian em relação ao treinador Donovan.

Mas eu tenho um segredo, que está dentro do envelope de um lindo, fino e caro cartão, no bolso do meu casaco.

Querida Íris,

Você deve ter se divertido para valer! Eu sabia que você tinha esse talento. Fiquei sabendo de muitas coisas a seu respeito nos últimos dias. Das suas condições. Da sua vida. Tem uma chama dentro de você, uma vontade. Consigo sentir. A Alice também tem, mas não conte para ela que eu disso isso. Essa menina já é bem convencida. Você fez seu trabalho de forma admirável. Como falei na noite em que conversamos, não é possível fazer justiça quando uma vida foi ceifada. O alento é ilusório. Tenho, contudo, certeza absoluta de que, agora, a pessoa certa está atrás das grades. Estou em dívida com você, e minha gratidão é infinita. Por favor, aceite meu eterno agradecimento. Espero ansiosamente que nossos caminhos voltem a se cruzar. Tenho a sensação de que nossa história ainda não chegou ao fim.

Atenciosamente,
Lilian Levy

Vou contar para eles. Juro que vou. É justo. Afinal de contas, não fui a única a me esforçar para solucionar esse caso. Somos em cinco, e todo mundo deve receber a parte que lhe cabe.

Mas, por hora, só vou me permitir o prazer de ter a sensação de segurar um cheque de 50 mil dólares entre os dedos. Porque, sabe-se lá quando, algo assim, tão incrível, vai acontecer comigo de novo.

– Os seus pontos já estão quase cicatrizados, Alice – comenta o Raf. – Acho que nem vai ficar cicatriz.

A Alice encosta na própria testa, com cuidado.

– Minha mãe, provavelmente, vai me obrigar a consultar um cirurgião plástico.

– Não mexe nessa cicatriz – diz a Zora. – Deixa seu rosto com mais personalidade.

– Com certeza. – A Ricky Randall solta um arroto. – Você vai precisar ter uma cara de durona quando vocês duas investigarem o próximo caso.

– *Que* caso? – pergunto. – Não, muito obrigada. Nunca mais. E tenho muita coisa pra fazer. O simulado, a documentação pra me candidatar a uma vaga na universidade.

– Minha agenda tá lotada – declara a Alice, com um tom firme. – Tipo, fazer as unhas, o baile de inverno, já que não vou poder ir ao baile da regata, *estudar*, que é uma coisa nova pra mim. E prefiro nunca mais ter alguém tentando me assassinar.

– Mas eu gostei de pular na cama elástica – falo, baixinho. – Tipo... pensando bem, foi legal.

A Alice me dá um sorriso.

– Tem o caso da Remy Jackson – sugere a Zora. – Nunca foi solucionado. E o da Mona Moody, a estrela de cinema que morreu no Castelo Levy, se é *glamour* que a gente quer.

– A gente? – questiona a Alice.

– Tenho a sensação de que nossos talentos não foram bem aproveitados desta vez, Alice. Estou disposta a trabalhar com você de novo, de verdade – completa a Zora.

– Vamos só comer essa pizza, tá, pessoal? – O Raf pega mais uma fatia.

– Hum – faz a Alice. – Remy Jackson. E uma estrela do cinema que encontrou a morte caindo de uma sacada.

Ela pega o celular e dá um Google, o brilho da tela fica refletido no seu rosto.

– Alice – diz o Raf.

– Raf – diz a Alice.

Não consigo me segurar. Chego mais perto e fico olhando para o celular da Alice.

– Garota de 14 anos encontrada morta em cidade litorânea. A polícia não tem nenhuma pista... A misteriosa e mágica Mona Moody...

E aí paro. Volto a olhar para o mar. "Inspira, expira."

– Ah, Íris, o que você me diz? – pergunta a Alice.

A Ricky me dá um sorriso. Como bem falou lá no bar, nunca perca seu parceiro de vista.

Meu celular toca. Olho para ele.

Eu te perdoo por ter achado que eu era um assassino se você vier patinar comigo, Adams.

Ai, meu Deus. Sinto um frio na barriga. O Cole Fielding. O que está rolando com a minha vida? Por que tudo não pode ser simplesmente *normal*?

Talvez, aquilo que o detetive Thompson falou de mim seja verdade. Talvez, eu atraia mesmo confusão. A Alice Ogilvie, com certeza, atrai.

E, quem sabe, a gente possa aproveitar isso e criar mais confusão juntas.

AGRADECIMENTOS

LIZ: Ah, oi, Kathleen. Como você está?

KATHLEEN: Oi, Liz. Não acredito que este livro existe mesmo! Acho que temos que agradecer a um monte de gente, por fazerem *Agathas* se tornar realidade.

LIZ: Com certeza! Antes de mais nada, agradecemos à nossa ilustre editora, Krista Marino. Quando conversamos com Krista sobre essa ideia, o entusiasmo dela tornou tudo ainda mais empolgante. Krista, seu olho para furos na trama e motivações dos personagens elevaram este livro a um patamar que não teria alcançado sem você. Amamos o fato de você amar a Íris e a Alice tanto quanto nós!

KATHLEEN: A Krista é uma preciosidade e nos salvou várias vezes. Toda a equipe da Delacorte foi incrível e trabalhou sem cessar para fazer esta história de duas adolescentes detetives improváveis ganhar vida. Gostaríamos de agradecer, do fundo do coração, a Lydia Gregovic, Beverly Horowitz, Barbara Marcus, Alison Impey, Tamar Schwartz, Colleen Fellingham, Kathy Dunn, Kelly McGauley e Jenn Inzetta. E não podemos nos esquecer das nossas agentes, Andrea Morrison e Julie Stevenson! Fizemos um esboço das linhas gerais, uma planilha e começamos a escrever em segredo (ops!), só contamos para elas o que estávamos fazendo quando achamos que já tínhamos algo empolgante e legal na manga, e o apoio das duas (e a surpresa! E o incentivo!) foi inestimável. Eu ainda me lembro de não querer contar para a Julie antes de a gente, hã, realmente ter terminado toda a primeira versão e você ficou falando "Kathleen, relaxa". Você sempre está me falando para relaxar! Tipo como a Alice faz com a Íris...

LIZ: Hã... Kathleen, tenho uma confissão a fazer. Eu contei para Andrea sobre este livro antes mesmo de a gente começar a escrever. PORQUE EU TAMBÉM NÃO SEI RELAXAR. Mas, sim, nossas agentes são incríveis e nos apoiaram tanto ao longo de todo esse processo... Obrigada também para nossas agentes cinematográficas, Hilary Zaitz Michael e Olivia Burgher, da WME, pelo entusiasmo por esse projeto: é tão maravilhoso trabalhar com vocês duas!

KATHLEEN: O fato de você não saber relaxar e acreditar piamente que é possível fazer o impossível é o motivo para você ser a Alice e eu ser a Íris. Então, eu agradeço a VOCÊ por me mandar mensagem todos os dias, durante o verão da pandemia, em que eu estava isolada e deprimida demais para falar de escrever, o que acabou se tornando uma conversa sobre o amor que nós duas temos por histórias de mistério e crimes reais, o que, sabe-se lá como, se transformou em "Hahaha, se eu escrevesse uma história de mistério, faria ISSO", e eu respondia "Bom, eu faria ISSO", o que se transformou em "Bom, então a gente não faria ISSO, e a trama não teria que vir para CÁ", e aí... de repente, a gente tinha uma planilha e um esboço das linhas gerais, e duas garotas, uma do lado pobre e outra do lado rico de Enseada do Castelo, se encontram e...

KATHLEEN: Por favor, deixa eu mandar um salve para o meu filho, que ficou extremamente empolgado com a ideia deste livro logo de cara, e nos avisou, bem no início, que o nome que nós duas tínhamos escolhido inicialmente para nossa cidade é exatamente o nome da cidade onde mora a turma do Scooby-Doo.

LIZ: SIM. Foi uma informação de valor inestimável, com certeza, e eu agradeço ao seu filho do fundo do coração. Também gostaria de agradecer a VOCÊ, Kathleen, por... (vamos ficar melosas por um segundo aqui, pessoal: estejam avisados) escrever este livro comigo. *Garota em pedaços* foi um dos livros que li quando comecei a escrever para jovens adultos, e me tocou tão profundamente, de tantas maneiras: lembro quando descobri que eu tinha a mesma editora de KATHLEEN GLASGOW, e eu quase morri. E agora escrevemos um livro juntas!!! Ainda custo a acreditar. Então, obrigada. E, para vocês entre os leitores que também pretendem ser escritores, por favor, saibam que seus sonhos mais loucos podem se tornar realidade um dia, se continuarem persistindo. (OK, fim do momento meloso.)

KATHLEEN: Espera aí, por acaso você acabou de interromper nossos agradecimentos para postar no Twitter?? Liz! Seu entusiasmo interminável por cada aspecto deste livro (redação, edição, revisão, divulgação) me impressiona! MUITO OBRIGADA! Já disse, logo que nos conhecemos, depois de eu ter lido e amado *The Lucky Ones* ("Os sortudos", ainda não lançado no Brasil), que eu e você éramos tão parecidas, em tantos aspectos, e isso acabou sendo uma bênção quando escrevemos este livro.

KATHLEEN: Vamos falar agora de escrever em parceria morando em lugares com fusos horários diferentes. Obrigada por mandar mensagem todo dia de manhã, mandando eu sair da cama e escrever meus capítulos!

LIZ: Olha, Kathleen, sou viciada em redes sociais. É um problema que muita gente tem. Enfim, de nada. Tanta gente me perguntou como é escrever em parceria remota, e eu respondi que dá supercerto. Como você acabou descobrindo, não sou uma pessoa muito noturna, então essa coisa do fuso horário acabou sendo positiva, acho eu.

KATHLEEN: Para que não pensem que tudo foi só alegria, Liz, não vamos nos esquecer do momento em que tivemos um breve briguinha criativa e, do nada, a sua personagem atirou um celular na cabeça da minha.

LIZ: Tudo em benefício da TRAMA, claro. E, já que estamos falando da trama, precisamos agradecer a alguns especialistas que nos ajudaram a descrever corretamente o funcionamento do sistema jurídico norte-americano. Amy Salley, em especial, foi uma fonte de valor inestimável (bem como uma das pessoas de quem mais gosto no mundo!) e nos aguentou, com a maior paciência, já que fizemos uma porção de perguntas sobre o sistema judiciário e como funciona no Mundo Real. K.J. Brower também ajudou muito e estava sempre à disposição para responder até as perguntas mais estapafúrdias.

KATHLEEN: Eu gostaria de agradecer ao *Arquivos forenses* e todas aquelas reportagens esquisitas, de tabloide, que me inspiraram a te mandar todas aquelas mensagens, começando por "Liz, tive uma ideia...", tipo, quatro dias antes do fim do prazo para mandarmos o manuscrito para as editoras. Tipo assim, uau: você realmente aguentou muita coisa vinda de mim. Também preciso agradecer ao dr. Justin Cetas por responder às minhas perguntas sobre a decomposição de cadáveres expostos à água do mar.

LIZ: Já que estamos agradecendo, seria uma omissão grave se eu não agradecesse a Anna Elisa Mackowiak, cuja ajuda com a língua francesa me permitiu escrever devidamente o capítulo em que a Alice e os amigos passam a perna em um corretor de apostas (crianças, não tentem fazer isso em casa). Eu também gostaria de agradecer aos meus amigos: Jeff Bishop (você é simplesmente o máximo. Nossa, Jeff, obrigada por tudo. Espero que você saiba que continuarei mandando pelo menos vinte vídeos do TikTok por dia até o meu último suspiro), Suzanne Park, Alex Richards, Rocky Callen, Kyrie McCauley, Nora Carpenter, Mike Lasagna, Eva V. Gibson, Jenny Howe, Jessica Goodman, Hannah Sawyer e a todas as pessoas maravilhosas que conheci desde que meu livro de estreia foi publicado. Obrigada a todos vocês por aguentarem meus dramas de escritora em um momento ou outro. Agradeço em especial a Dante Medema. Você é o tipo de nêmesis que toda garota sonha em encontrar.

LIZ: Também preciso agradecer aos meus amigos de Los Angeles, dos quais sinto muita saudade. E um agradecimento especial a Brenda del Cid, por ter servido de inspiração para o nome da personagem de Brenda. Sentimos saudade sua todos os dias!

KATHLEEN: Tomara que Jeff Bishop goste do salve que mandamos para ele no livro! Escrever, não raro, é uma atividade solitária (ainda que não completamente desta vez, já que eu gostaria de dizer que só tive metade do trabalho: arranjem alguém para escrever em parceria, meu povo!), e, quando a gente faz uma pausa para respirar, certas pessoas conseguem trazer a gente de volta para a realidade da melhor maneira possível. Um toca aqui vigoroso para Janet McNally, Karen McManus, Lygia Day Peñaflor, Shannon Parker, Beth Wankel, Jeff Giles, Holly Vanderhaar, Elizabeth Noll, Julie Schumacher e também para o meu carteiro, que nunca deixou de perguntar: "A senhora está trabalhando em alguma coisa empolgante hoje?". Esse incentivo diário me impedia de ir tirar uma soneca e me fazia voltar para a mesa de trabalho, porque, um dia, finalmente, pude responder: "SIM".

LIZ: Hora de agradecer à família! Obrigada aos meus pais, que sempre me incentivaram a ser escritora; obrigada por me cutucarem para seguir adiante, mesmo quando eu só queria desistir de tudo. Obrigada, Tori e Nick, de quem agora moro a cerca de três metros de distância – é ótimo morar perto de vocês e das crianças, e estou tão feliz por, finalmente, termos conseguido fazer isso (a única coisa boa que saiu da Pandemi Moore). Obrigada, Joel, Kate & família, por terem comprado cerca de quinze exemplares de *The lucky ones* e por terem me apoiado tanto, tanto, ao longo dos anos. E obrigada à família do meu marido também, por terem apoiado minha estreia, comentado com todos os conhecidos e por serem pessoas tão maravilhosas, que me acolheram na família quando me casei: sou uma mulher de sorte.

KATHLEEN: A Ima precisa cutucar o Joel e a Kate, pedir para se esforçarem mais e comprar, pelo menos, cinquenta exemplares de *Agathas*, Liz. Dê seu jeito.

KATHLEEN: Liz, por acaso você voltou a fazer vídeos para o TikTok? Acho que está na hora de encerrarmos.

LIZ: O Joel e a Kate já estão cuidando disso. E o TikTok é a minha vida, Kathleen, não consigo parar. Concluindo, e (como dizem), por último, mas não menos importante, de jeito nenhum, preciso agradecer ao meu marido e ao meu filho, os Garotos Kowit, que são todo o meu coração. Amo vocês dois um bilhão de trilhão de vezes.

KATHLEEN: Obrigada aos meus filhos, que trocaram o "Já terminou?" por "Mandou bem, mãe!". Vocês dois são o meu coração.

LIZ & KATHLEEN: E um obrigada enorme para todos os leitores que tornam os sonhos dos escritores realidade. Jamais parem de ler. Jamais desistam dos seus sonhos.

KATHLEEN: É melhor a gente parar por aqui. Eu posso cair no choro, e preciso ir buscar meu filho no acampamento de equitação. Últimas palavras, Liz?

LIZ: Como diria a grande Agatha Christie: "Se as pequenas células cinzentas não são exercitadas, enferrujam". Não se esqueçam de usar as suas celulazinhas cinzentas, meus amigos. E esperamos que vocês amem a Alice e a Íris tanto quanto a gente.

ONDE CONSEGUIR AJUDA

Apesar de, no fundo, *Agathas* ser um livro divertido sobre duas adolescentes detetives, ele aborda alguns assuntos muito sérios.

Iris Adams é uma criança vítima de violência doméstica. A história dela pode ser a sua história ou a de alguém que você conhece. Se você ou algum conhecido está sofrendo violência doméstica, ou você suspeita que possa estar, aqui vão dois recursos que podem te ajudar:

DISQUE DIREITOS HUMANOS
disque 100

CENTRAL DE ATENDIMENTO À MULHER EM SITUAÇÃO DE VIOLÊNCIA
ligue 180

Durante a festa, Steve e Brooke têm uma briga que chega às vias de fato. Embora isso seja explicado pelo fato de ambos estarem sob efeito de drogas (e isso não é uma desculpa), a violência no namoro é algo que nunca deve acontecer. Se você sente insegurança no relacionamento, aqui vai um recurso que pode ajudar. Você pode conversar com alguém de qualquer lugar, sobre qualquer coisa, de forma confidencial:

PODE FALAR – CANAL DE AJUDA EM SAÚDE MENTAL PARA ADOLESCENTES E JOVENS
podefalar.org.br, ou pelo WhatsApp: +55 (61) 99660-8843

SUA OPINIÃO É MUITO IMPORTANTE
Mande um e-mail para **opiniao@vreditoras.com.br**
com o título deste livro no campo **"Assunto"**.

1ª edição, out. 2023

FONTES Spectrum MT Pro 12/16,3pt; Sofia Pro 11/16,3pt
PAPEL Lux Cream 60 g/m²
IMPRESSÃO Geográfica
LOTE GEO040923